IMMORTALITY, Inc. 永生公司

[美] 罗伯特·谢克里 著
罗妍莉 陈阳 译

Dimensions of Sheckley

罗伯特·谢克里科幻小说集 III

NEWSTAR PRESS
新星出版社

contents / 目录

永生公司	*Immortality, Inc.*	1
明日之旅	*Journey Beyond Tomorrow*	187

永生公司

Immortality, Inc.

陈阳 译

由班坦图书公司首次出版
1959 年 10 月

1

后来,托马斯·布莱恩回想起自己的死法,十分希望能更有趣一点。为什么他的死亡不能在跟台风搏斗、与老虎交锋或攀登大风肆虐的高山时降临呢?为什么他的死亡如此平淡,如此平凡,如此普通?

但他随即意识到,一场轰轰烈烈的死亡并不符合他的性格。他注定要以这种迅速、普通、稀里糊涂、没有痛苦的方式死去。他的一生都在塑造这种死亡——童年时的模糊迹象,大学时的大好前途,以及三十二岁时无法改变的命中注定。

然而,无论多么平凡的人,死亡仍是其一生中最有趣的大事件。布莱恩怀着强烈的好奇心思考着自己的死亡。他必须弄清楚,当死亡在黑暗的新泽西高速公路上等待他时,那宝贵的最后几秒钟到底发生了什么。有警报吗?有预兆吗?他做了什么?没做什么?他在想什么?最后几秒钟对他来说至关重要。他,究竟是怎么死的?

他开车行驶在一条笔直的、空荡荡的白色公路上,车灯在车前探照,黑暗在他面前无休无止地后退。时速表上显示车速为七十五英里[1]/时,不过布莱恩感觉速度只有四十英里/时。在路的尽头,他看到有车灯朝他照过来,这是几个小时以来第一次看到别的车。

布莱恩在切萨皮克湾的小木屋里度过了一周的假期,然后开车返回纽约。他钓鱼,游泳,在码头粗糙的木板上晒太阳和打瞌睡。有一天,他驾驶单桅帆船去了牛津,晚上还参加了游艇俱乐部的舞会。他遇到了一个傻乎乎的女孩,穿着蓝色的裙子,鼻子长得很精致。她说布莱恩看起来像一位来自南太平洋的冒险家——皮肤黝黑,身材高大,穿着卡其裤。第二天,他驾船回到自己的小屋,在阳光下打着

---

[1]. 1英里约等于1.609千米。

盹儿,梦想着放弃一切,在帆船上装满食品罐头,驶向大溪地。啊,赖阿特阿岛,莫雷亚山脉,清新的信风……

但是,他和大溪地中间隔着一块大陆和一片海洋,此外还有其他障碍。这个梦想只是他一时的念头,绝对不会付诸行动。现在他要回到纽约,回到著名的老牌公司"马蒂森和皮特斯"担任初级游艇设计师。

另一辆车的前灯离他越来越近了。布莱恩减速到六十英里/时。

身为游艇设计师,布莱恩却没有什么游艇可以设计。老汤姆·马蒂森负责传统的游艇。他的弟弟罗尔夫,被称为"神秘的巫师",因远洋帆船和统一设计的快速帆船而享誉国际。那么,像布莱恩这样一个年轻的游艇设计师该做些什么呢?

布莱恩负责绘制布局图和甲板平面图,并进行推广和宣传。这是一项责任重大的工作,也能带来满足感。但这不是游艇设计。

他知道自己应该自立门户。但是游艇设计师太多了,客户太少了。正如他告诉劳拉的那样,这就像设计强弩、蝎形弩和弹弓。这种创造性的工作很有趣,但谁会买你的产品呢?

"你可以为你的帆船找到销路。"劳拉直截了当地对他说,"为什么不放手一搏呢?"

他朝她露出了一个迷人而孩子气的笑容:"行动不是我的强项。我善于沉思,也不太会后悔。"

"你是说你很懒。"

"完全不是。这就好比说老鹰不擅长奔跑,或者马的飞翔能力很差。你不能拿物种的不同特征作比较。我并不是那种有进取心的人。对我来说,梦想、愿景、幻想和计划只需要在脑袋里想一想,并非一定要执行。"

"我讨厌你这样说话。"她说着,叹了口气。

当然,布莱恩说得有点夸张了,但其中确实包含了很多事实:他有一份愉快的工作,有不错的薪水,有稳定的职位;他在格林尼治村有一套公寓，有一套高保真音响，有一辆汽车；在切萨皮克湾有一间小木屋，有一艘漂亮的单桅帆船，还获得了劳拉和其他几个姑娘的芳心。

也许，就像劳拉说的那样，他陷入了生命之流的旋涡……但那又怎样？在一个缓慢旋转的旋涡中，你可以更好地观察风景。

那辆车的前灯离他很近了。

布莱恩震惊地发现，他不知不觉地把车速提高到了八十英里/时。

他松开了油门。他的车突然诡异地猛然转向迎面而来的车灯。

爆胎了？转向失败？他用力转动方向盘，却根本转不动。他的车撞到南北车道之间低矮的混凝土隔离带，腾空而起。方向盘掉了出来，在他手中旋转着，引擎发出失魂落魄的哀嚎。

另一辆车试图转向，但太晚了。两辆车就要迎头相撞了。

布莱恩想，是的，我是他们中的一员。我就是你从报纸上看到的那些因为车子失控而害死无辜者的浑蛋之一。天哪！

现代的汽车、现代的道路、更快的速度，以及一成不变的迟钝反应……

突然，方向盘莫名其妙地归位正常了，在紧急关头让布莱恩暂时松了一口气。他没有理会它。当另一辆车的前灯照在他的挡风玻璃上时，他的心情突然从遗憾变成了欣喜。有那么一瞬间，他欢迎、渴望着这种撞击，渴望痛苦、毁灭、残酷和死亡。

接着两辆车撞在了一起。兴奋感来得快去得也快。布莱恩对自己所有的未竟之事感到深深的遗憾：没有航行过的水域，没有看过的电影，没有读过的书，没有碰过的女孩。他被甩到了前面。方向盘在他手中断裂了。当他的头穿过厚厚的安全玻璃时，转向柱刺穿了他的胸部，他的脊柱折断了。

在那一刻，他知道自己要死了。

就在一瞬间，他迅速、普通、稀里糊涂、没有痛苦地死了。

2

他在一个白色房间里的一张白色床上醒来。

"他活过来了。"有人说。

布莱恩睁开眼睛,看见两个穿白衣的人站在他旁边,好像是医生。一位是身材矮小、满脸胡须的老人。还有一位是个五十多岁的丑陋的红脸男人。

"你叫什么名字?"老人厉声问道。

"托马斯·布莱恩。"

"年龄?"

"三十二。但是……"

"婚姻状况?"

"未婚。什么……"

"看到了吗?"老人转身对他红脸的同事说,"神智正常,完全清醒。"

"我真不敢相信。"红脸男人说。

"那当然了。死亡创伤被严重高估了。我即将出版的书会证明这一点。"

"嗯。但重生后的抑郁症……"

"瞎说。"老人果断地打断了他,"布莱恩,你感觉还好吗?"

"还好。但我想知道……"

"看到了吗?"老人得意地说,"又活过来了,而且神志清醒。现在你愿意和我一起在报告上签字吗?"

"我想我别无选择。"红脸男人答道。接着两个医生都离开了。

布莱恩看着他们走远,想知道他们刚刚说的话是什么意思。一个胖胖的、慈祥的护士来到他的床边。"感觉怎么样?"她问道。

"我很好。"布莱恩说,"但是我想知道……"

"对不起,"护士说,"现在还不允许你提问,这是医生的命令。把这个喝了,它会让你精神起来。真是个好孩子。别担心,一切都会好起来的。"

她离开了。她安慰的话语令他害怕。她说一切都会好起来的是什么意思?这就意味着有些事情不对劲!到底怎么了,出什么问题了?他在这里做什么?发生了什么事?

大胡子医生回来了,旁边还有一个年轻的女孩。

"医生,他没事吧?"那女孩问道。

"完全正常。"老医生答道,"我认为这次的接体很成功。"

"那么我可以开始采访了?"

"当然。不过我不能保证他的行为举止同样正常。死亡创伤虽然被严重高估了,但仍能……"

"好的,没问题。"女孩走到布莱恩身边,俯下身去。布莱恩注意到,她是个非常漂亮的女孩,五官清秀,皮肤细嫩有光泽。那一头闪闪发光的棕色长发紧紧地梳到脑后,遮住了她的小耳朵。她身上散发着一股淡淡的香水味。她本应是个美人,但是她僵硬的五官和紧绷着的瘦长身体破坏了她的美。很难想象她哭起来或者笑起来的样子,更无法想象她在床上的样子。

她身上有一种狂热,一种献身革命的气质。但他怀疑她献身的动机是为了自己。

"你好,布莱恩先生。"她说,"我是玛丽·索恩。"

"你好。"布莱恩高兴地说。

"布莱恩先生,"她说,"你觉得自己现在在哪儿?"

"看起来像一家医院。我觉得……"他停了下来。他刚注意到她手里拿着一个微型麦克风。

"嗯,你觉得什么?"

她做了一个小小的手势,然后几个人走过来,把沉重的设备推到他的床边。

"请继续。"玛丽·索恩说,"告诉我们你的想法。"

"见鬼去吧!"布莱恩看着那些人在他周围摆弄着机器,不悦地说,"这是什么情况?发生了什么?"

"我们想帮你。"玛丽·索恩说,"你愿意合作吗?"

布莱恩点点头,希望她能笑一笑。他突然感到非常不自信。他出什么事了吗?

"你还记得那场意外吗?"她问道。

"什么意外?"

"你记得自己受伤了吗?"

当他的记忆在旋转的灯光、呼啸的引擎、撞击和破碎中恢复时,布莱恩颤抖起来。

"我记得。当时方向盘坏了,我的胸口被刺穿了。然后我的头撞到了什么东西。"

"看看你的胸口。"她温柔地说。

布莱恩看了看白色睡衣下的胸膛,没有发现任何受伤的痕迹。

"不可能!"他大喊。他的声音听起来很空洞、遥远、不真实。他注意到围在床边的人一边俯身摆弄机器一边说话,但他们看起来像影子一样,薄薄的一片,没有实体。他们微弱而细碎的声音就像苍蝇在窗玻璃上发出的嗡嗡声。

"不错的第一反应。"

"的确非常不错。"

玛丽·索恩对他说:"你没有受伤。"

布莱恩看着自己完好无损的身体,回想着那次事故。"我不信!"他大喊道。

"他表现得很好。"

"相信与怀疑的完美结合。"

玛丽·索恩说:"请你们安静。继续说,布莱恩先生。"

"我记得那次事故。"布莱恩说,"我记得那次撞击,我记得……我死了。"

"看到了吗?"

"老天,真的,真的有用!"

"完美的自然反应。"

"妙极了!他们会为之疯狂的!"

玛丽说:"麻烦你们小点声。布莱恩先生,你还记得你死了吗?"

"记得,我记得,我已经死了!"

"看他的脸!"

"那滑稽的表情更能反映这是事实。"

"只希望雷利也会这么想。"

她说:"仔细看看你的身体,布莱恩先生。这里有一面镜子。看看你的脸。"

布莱恩看了看,像发高烧一样颤抖起来。他摸了摸镜子,然后用战栗的手指摸了摸自己的脸。

"这不是我的脸!我的脸在哪里?你把我的身体和脸放在哪里了?"

布莱恩陷入了一场永远无法醒来的噩梦。他的床边围满了扁平的人影,他们的声音像苍蝇在窗户上嗡嗡作响,他们摆弄着那些硬纸板一样的机器,满是模糊的恐怖感,但又异常冷漠,仿佛没人意识到他的存在。玛丽·索恩带着她那张面无表情的漂亮脸蛋,弯腰低头注视着他,从她那张樱桃小嘴里传来了梦魇般的温柔话语。

"你的身体已经死了,布莱恩先生,死于一场车祸。你记住它已经死了,但我们设法保存了你身上至关重要的那部分。我们拯救了你的精神,布莱恩先生,并给了你一个新的身体。"

布莱恩张开嘴想要尖叫,但又闭上了嘴。"这太不可思议了。"他静静地说。

苍蝇们还在嗡嗡作响。

"他的话听起来轻描淡写。"

"是啊,当然了。他不可能一直疯疯癫癫的。"

"我还以为反应会很大呢。"

"你错了。轻描淡写反而更突出了他的困惑。"

"如果是舞台表演,可能会是这样。但是从现实的角度考虑一下,这个可怜的家伙刚刚发现自己死于一场车祸,现在却在一个新的身体里重生了。他是怎么说的?他说:'这太不可思议了。'去他妈的,他对这个打击并没有什么反应!"

"他有反应!你这是把自己代入了!"

"能不能安静点!"玛丽·索恩说,"继续,布莱恩先生。"

布莱恩沉浸在他的噩梦中,几乎没有意识到那些轻柔的嗡嗡声。

他问:"我真的死了吗?"

她点了点头。

"我真的在另一个身体里重生了吗?"

她又点了点头,继续等待着。布莱恩看了看她,又看了看摆弄纸板机器的影子们。他们为什么要找上他?他们为什么不去找别的死人呢?他们不应该强迫尸体回答问题。死亡是人类自古以来的特权,是人类与生命之间亘古不变的契约,无论贵族还是奴隶都享有的特权。死亡是人的慰藉,也是人的权利。但也许他们已经废除了此项权利,现在你不能以死来逃避责任了。

他们在等他说话。布莱恩想知道,疯狂是否还保留着它代代相传的特权,这样他就能轻而易举地找到答案。

但并不是每个人都能发疯。布莱恩的自制力又恢复了。他抬头看着玛丽·索恩。

"我的感觉,"他慢慢地说,"很难描述。我已经死了,现在我在思考这个事实。我想,没有人能完全相信自己会死。在内心深处,每个人都觉得自己是不朽的。死亡似乎在等待着别人,但永远不会是自己。这就好像……"

"我们就到此为止吧。他已经会分析了。"

"我同意。"玛丽·索恩说,"非常感谢,布莱恩先生。"

那些人身上模糊的恐怖感消失了,现在他们变成了实实在在的普通人。他们开始转动自己手头的装备。

"等等……"布莱恩说。

"别担心。"她告诉他,"我们稍后会再来看你接下来的反应。我们现在只想记录自发的部分。"

"效果真他妈的不错。"

"这些算是收藏品了。"

"等等!"布莱恩大喊,"我不明白。我在哪儿?发生了什么?怎么……"

玛丽·索恩说:"非常抱歉,我现在得赶紧给雷利先生编辑这篇稿子去了。"

那些人和设备都不见了。玛丽·索恩朝他安慰地笑了笑,便匆匆离开。

布莱恩觉得自己快要哭出来了。当那个胖胖的、慈祥的护士回来时,他迅速地眨了眨眼。

"把这个喝了。"护士说,"它能让你睡着。就这样,像个乖孩子一样把它都喝下去。放松点,你今天过得很不容易,又是死亡又是重生的。"

两颗硕大的泪珠从布莱恩的脸颊上滚落下来。

"我的天哪!"护士说,"真应该让摄像机拍下这个画面。我从没见过这样发自内心的眼泪。相信我,我在这个医务室里目睹过许多悲惨的自发场面,只要我愿意,我可以跟那些目中无人的记录员讲讲什么是真情实感。他们还以为自己知道人类心灵的全部秘密。"

"我在哪儿?"布莱恩昏昏欲睡地问,"这是哪里?"

"你可以把这里当作未来。"护士说。

"哦……"布莱恩说。

接着他就睡着了。

3

过了很久，他醒了，平静而安宁。他看着白色的床和白色的房间，恢复了记忆。

他在一次事故中丧生了，然后在未来获得了重生。有一位医生认为他的死亡创伤被高估了；有人记录了他的自发反应，并称之为"收藏品"；还遇见了一个脸上看起来没有丝毫情感的漂亮女孩。

布莱恩打了个哈欠，伸了个懒腰。他死了，死在了三十二岁。真遗憾，他想，英年早逝。布莱恩真的是个好人，而且大有前途……

他对自己漫不经心的态度感到很恼火。他怎么会是这种反应？他想重新体会自己本应该感到的震惊。

昨天，他坚定地告诉自己，我是一个从马里兰州开车回家的游艇设计师。今天，我是一个在未来重生的人。未来！重生！

没有用，这些话缺乏冲击力。他已经习惯了这个思路。

他想，一个人对任何事情都会慢慢习以为常，甚至包括自己的死亡。尤其是对死亡。如果你持续二十年，每天砍三次某个人的头，他可能也会渐渐习惯，要是你停下来，他说不定会哭得像个孩子……

他不愿再继续思考下去了。

他想到了劳拉。她会为他哭泣吗？她会借酒消愁吗？

或者她听到这个消息后只会有些沮丧，然后服用一点镇静剂？

简和米丽娅姆呢？她们会知道他的死讯吗？

可能不会。几个月后，她们可能会奇怪，为什么他再也没有打电话来。

够了。之前的一切都过去了。现在他在未来。

但他看到的未来只是一张白色的床和一间白色的屋子，几位医生和一名护士，一些记录员和一个漂亮的女孩。到目前为止，这儿与他的时代并没有太大的差别。但毫无疑问，区别还是有的。

他记得自己曾在杂志上读过的文章和故事。如今，可能会出现自由的原子能、海底农业、世界和平、全球计划生育、星际旅行、自由的爱、没有种族歧视、所有疾病都有治愈的方法，以及一个人们可以大口呼吸自由空气的有序社会。

布莱恩认为，这些都应该存在于这个时代，但也有可能存在着一些不太令人愉快的事情。比如一个面无表情的寡头政治家统治了地球，而一小群有奉献精神的地下组织人员正在为自由奋斗；或许是某个有着古怪名字的小个子凝胶状外星生物奴役了人类，也或许是一种可怕的新型疾病在这片土地上肆无忌惮地蔓延，还可能是氢战争横扫整个地球，抹去了地球上所有的文化，伴随着痛苦，整个世界挣扎着倒退回到技术文明阶段，人类部落在废土上游荡；再或者，无数类似悲惨的事情都有可能发生。

不过呢，布莱恩心想，人类有一种独特的能力，既能避免极端的幸福，也能避免极端的厄运。人们总在预测世界陷入混乱，也一直预言着乌托邦的出现，但两者都没有实现。

因此，布莱恩预计，未来比过去会有一定的改善，但也会有一些恶化。一些老问题会消失，但会有新的问题取而代之。

"简而言之，"布莱恩自言自语道，"我希望这个未来与过去相比，跟所有的未来都是一样的。我无法具体描述它。但话说回来，我也不是做预测或预言的。"

玛丽·索恩快步走进他的房间，打断了他的思绪。

"早上好。"她说，"你感觉怎么样？"

"如获新生。"布莱恩面无表情地说。

"很好。请在这上面签个名，好吗？"她拿出一支笔和一张打印好的纸。

"你真有效率啊。"布莱恩说,"签什么?"

"读一下吧。"她说,"这是一份在拯救你的生命时,免除我们法律责任的声明。"

"你们救了我吗?"

"当然。你以为你是怎么到这儿来的?"

布莱恩坦白道:"我还没想过。"

"我们救了你。但在潜在受害者没有书面同意的情况下,救人是违法的。雷克斯公司的律师事先没有机会征求你的同意,所以我们现在想要保护自己。"

"雷克斯公司是干什么的?"

她看起来有些恼火。"还没有人向你介绍过情况吗?你现在身处雷克斯公司的总部。如今我们的公司就像弗莱尔·提斯在你那个时代一样出名。"

"谁是弗莱尔·提斯?"

"你不知道?那福特呢?"

"福特我知道。所以,雷克斯公司和福特公司一样有名。它是做什么的?"

"它生产雷克斯动力系统。"她告诉他,"用于驱动宇宙飞船、转世机器、来世驱动装置之类的。雷克斯动力系统的用途之一,就是在你死亡的那一瞬间把你从车里拉出来,带到未来。"

"时间旅行。"布莱恩说,"但这是怎么做到的?"

"这很难解释。"她说,"你没有相应的科学背景。但我试试吧。你要知道,空间和时间是同一个东西,是彼此的不同面。"

"是这样吗?"

"是的。就像质量和能量。在你们那个时代,科学家知道质量和能量是可以互换的。他们能够推断出恒星的裂变－聚变过程,但他们无法立即复制这些过程,因为这需要大量的能量。直到有了足够的知识和可用的能量,他们才能够通过裂变分解原子,通过聚变创造新的原子。"

"我知道这些。"布莱恩说,"那么时间旅行呢?"

"它遵循同样的模式。"她说,"很长一段时间以来,我们都知道空间和时间是同一事物的不同面。我们知道,空间和时间都可以简化为基本单位,并通过一个动力过程转化为另一个。我们可以推导出超新星附近的时空扭曲,可以观察到沃尔夫－拉叶恒星在其时间转换速率加速时的消失。但我们还需要了解更多的东西。我们必须要有一个比启动核聚变过程所需的指数级还要高的动力源。当我们有了这些,就可以把时间单位换成空间单位,也就是说,把时间距离换成空间距离。这样一来,我们就可以跨越,比如说,一百年的距离,而不是对应的一百秒差距[1]的距离。"

"我差不多明白了。"布莱恩说,"你能不能再讲一遍,说慢一点儿?"

"待会儿说,待会儿说。"她说,"请你在免责声明上签字好吗?"

这份文件上写着,他,托马斯·布莱恩,同意不对雷克斯公司在1958年未经授权拯救了他的生命,并将他的生命转移到2110年的一个容器中这一行为提起诉讼。

布莱恩签了字。"现在,"他说,"我想知道……"

他打住了。一个十几岁的男孩拿着一张大海报走进房间。

"打扰了,索恩小姐。"男孩说,"艺术部想知道这个行不行。"

男孩举起了海报。上面画的是一辆汽车被撞毁的瞬间。一只巨大的风格化的手从空中伸出来,把司机从燃烧的残骸中拉了出来。标题写着:雷克斯做到了!

"还不错。"玛丽·索恩说道,审慎地皱着眉,"叫他们把红色再调亮一点。"

越来越多的人走进了房间。布莱恩开始发火了。

---

1. 天文学上的距离单位,1秒差距约等于 3.261 光年。

"怎么回事？"他问道。

"待会儿说，待会儿说。"玛丽·索恩说，"噢，瓦内斯夫人！你觉得这张海报初稿怎么样？"

现在他的房间里来了十多个人，还有更多的人正在进来。他们簇拥着玛丽·索恩和海报，完全无视布莱恩。

一个男人跟一个头发花白的女人热烈讨论着，在他的床沿上坐了下来。布莱恩的脾气一下子就上来了。

"够了！"布莱恩喊道，"这么赶时间是急着去送死吗？你们这些人怎么回事，就不能像正常人一样吗？现在给我滚出去！"

"哦，天哪。"玛丽·索恩闭上眼睛叹了口气，"他肯定会发脾气。艾德，跟他谈谈。"

一个大腹便便、满头大汗的中年男人走到布莱恩的床边。"布莱恩先生，"他恳切地说，"我们不是救了你的命吗？"

"我猜是吧。"布莱恩闷闷不乐地说。

"你知道，我们不必这么做的。为了救你的命，我们花了很多时间、金钱和精力。但我们做到了。我们想要的回报只是宣传。"

"宣传？"

"当然。你被雷克斯动力系统救了。"

布莱恩点点头，终于明白周围的人为何对他在未来重生的事实若无其事。他们花了大量的时间、金钱和精力来实现重生，肯定也从各种可能的角度讨论过它，现在又一门心思利用它。

"我明白了。"布莱恩说，"你们救了我，只是为了把我当做广告宣传的噱头。是这样吧？"

艾德看起来很不高兴。"为什么要这样说呢？你的生命需要得到拯救。我们需要一个有爆点的营销活动。为了你和雷克斯公司的共同利益，我们兼顾了双方的需求。也许我们的动机并不是完全无私的，但是你宁愿死掉吗？"

布莱恩摇了摇头。

"当然不愿意。"艾德表示同意,"你的生命对你来说是有价值的。今天还活着总比死在昨天要好,是吧?很好。所以为什么不向我们表示一点儿感激之情呢?为什么不跟我们稍微合作一下呢?"

"我也想,"布莱恩说,"但我跟不上你们的节奏。"

"我知道。"艾德说,"我也很同情你。但你得了解广告业竞争有多激烈,布莱恩先生。时间至关重要。今天你的故事是一则新闻,明天就没人感兴趣了。我们得现在就把你展开的营救行动利用起来,趁热打铁。否则它对我们来说就没有价值了。"

"我很感激你们救了我的命,"布莱恩说,"尽管这不是完全无私的行为。我很乐意合作。"

"谢谢你,布莱恩先生。"艾德说,"还有,请暂时不要问问题。随着我们的进展,你会了解情况的。索恩小姐,交给你了。"

"谢谢你,艾德。"玛丽·索恩说,"现在,各位,我们得到了雷利先生的临时批准,所以将按计划继续进行。比利,你想办法在早报上发布消息,标题是'来自过去的人'之类的。"

"这条新闻已经发过了。"

"哦?但现在也还算是新闻,不是吗?"

"我想再发一次也无妨吧。所以,一个人在1988年……"

"不好意思。"布莱恩说,"是1958年。"

"好的,一个人在1958年死亡的那一刻,被从他那辆撞坏的车里拉了出来,放进了一个宿体中。然后是一段关于宿体的简短介绍。接着我们说,雷克斯动力系统跨越了一百二十五年完成了这次抢救行动。我们可以告诉大家,我们燃烧了多少尔格的能量,或者说我们用什么作为能量源。我会向工程师确认一下正确的用词。行吗?"

"记得加上一条,任何其他的动力系统都无法做到。"乔说。

"提一下,是新校准系统使这个行动得以实现。"

"他们不会把这些全都登在报纸上。"

"他们有可能会的。"玛丽·索恩说,"还有,瓦内斯夫人,我们想约一篇文章,是关于布莱恩被雷克斯动力系统从死亡中解救出来的感受。要写得情真意切,讲讲他来到神奇的未来世界中的第一感受。大约五千字,我们会安排发表的。"

头发花白的瓦内斯夫人点了点头。"我现在能采访他吗?"

"没时间了。"索恩小姐说,"编吧。他很激动、惊恐、震惊,对他那个时代以来发生的所有变化感到惊讶,感受到了科学的进步,还想去火星看看,他不喜欢新潮流,认为人们在他那个时代生活得更快乐。那个时代没有那么多花里胡哨的小玩意儿,人们更加从容悠闲。布莱恩会同意这么写的。是不是,布莱恩?"

布莱恩默默地点点头。

"很好。昨晚我们记录了他的自发反应。迈克,你和孩子们把录像做成15分钟的旋转视频,公众可以在当地的实感商店购买。让它成为一个在高档商场里真正的鉴赏级商品,但开头先用简短而高级的技术语言解释雷克斯是如何把他拉出来的。"

"明白。"迈克说。

"对了。布莱斯先生,你去给布莱恩安排几个立体节目,让他出场。他会讲讲自己对我们这个时代的反应和感受,以及跟自己的时代相比怎么样。记住一定要提到雷克斯。"

"但我对这个时代一无所知!"布莱恩说。

"你会知道的。"玛丽·索恩对他说,"好吧,我觉得这些够了,可以开始了。行动起来吧。我要让雷利先生看看我们到目前为止的安排。"

当其他人离开时,她转向布莱恩。

"这样对待你看起来好像很不公平,但无论你身处什么时代,生意就是生意。明天你就会成为一个名人,也许还会变得很富有。在这种情况下,我认为你没有任何抱怨的理由。"

她走了。布莱恩看着她离去的背影,身姿摇曳,自信满满。他想知道,在这个时代,打女人会受到怎样的惩罚。

4

护士用托盘给他端来了午餐。大胡子医生走了进来,给布莱恩做了检查,声称他身体完全健康。医生说布莱恩没有丝毫重生抑郁症的迹象,而且死亡创伤显然被高估了。布莱恩完全可以下床走动。

护士拿着衣服回来了,一件蓝色的衬衫,一条棕色的休闲裤,一双柔软的、看起来圆鼓鼓的灰色鞋子。她向他保证,这套服装很保守。

布莱恩吃得津津有味。但在穿衣之前,他对着浴室的全身镜检查了一下自己的新身体。这是他第一次有机会这么仔细地打量。

他以前又高又瘦,有一头乌黑的直发,长着一张好脾气的娃娃脸。三十二年来,他已经习惯了那具敏捷而灵活的身体。他大度地接受了自己身体上的缺陷和偶尔出现的毛病,并把它们美化成优点,美化成自己独特的人格属性。因为,他身体的局限远远超过了其能力,似乎表现了他自己独特的本质。

他一直很喜欢那具身体,而他的新身体则令人震惊。

新的身体比平均身高矮一些,肌肉发达,胸膛像桶一样粗壮,肩膀很宽阔。他感觉头重脚轻,因为双腿相对于巨大的躯干来说有点儿短。他的手很大,长满了老茧。布莱恩握了握拳头,佩服地看着自己的手。如果能弄到一头牛,他可能一拳就能把牛打倒。

他的脸方方正正,很是粗犷,下巴突出,颧骨宽大,长着一个鹰钩鼻。头发是金色的卷发。眼珠是钢铁般的蓝色。

这是一张有点英俊又一副凶相的脸。"我不喜欢它。"布莱恩强调说,"而且我讨厌金色卷发。"

他的新身体很有力气,但他一直不喜欢纯粹的力气。这个身体看起来笨拙,不优雅,不好控制。这是那种会撞到椅子、踩到别人脚趾、握手过于用力、说话过于大声、容易大汗淋漓的身体。衣服穿在身上总是紧巴巴的。

这具身体需要持续的艰苦锻炼。也许他还得节食，因为它看起来似乎有轻微的肥胖倾向。

"如果一个人想要有力气的话，"布莱恩对自己说，"有力气是件好事。否则，它只会带来麻烦，让人分心，就像渡渡鸟的翅膀一样。"

这具身体已经够糟糕的了，而这张脸更不行。布莱恩一直都不喜欢强壮、严酷、粗糙的面孔。这张脸对于隧道挖掘工、陆军士官、丛林探险者来说是合适的，但对于一个喜欢上流社会的人来说则恰恰相反。这样的一张脸显然无法做出一些微妙的表情。所有的细微差异，在线条和平面之间微妙的相互作用下都会消失。有了这张脸，你可以咧嘴笑，也可以皱眉头，但只能表现出粗野的情绪。

他试着对镜子露出孩子气的微笑，结果跟色情狂一样猥琐。

"我被骗了。"布莱恩痛苦地说。

在他看来，自己现在的思想和新的身体显然是对立的。它们之间似乎无法合作。当然，他的个性可能会重塑他的身体；反过来，他的身体也可能对他的个性有一些要求。

"等着瞧吧。"布莱恩对他那强壮的身体说，"看谁说了算。"

他的左肩上有一道长长的锯齿状伤疤。他好奇这么严重的伤是怎么造成的。接着，他开始怀疑，身体真正的主人究竟在哪儿。对方会不会还停留在这颗大脑里，一动不动，等待着重新掌管这具身体的时机？

猜测是没有用的。也许以后他就会知道。他最后看了一眼镜子里的自己。

他不喜欢镜子里的自己。他担心自己永远也无法喜欢上这具身体。

"好吧。"最后他说道，"给你什么就用什么。死人是不能挑三拣四的。"

就目前而言，他只能这么说。布莱恩从镜子前转过身，开始穿衣服。

下午晚些时候，玛丽·索恩来到他的房间。她直截了当地说："取消了。"

"取消了？"

"取消了，没了，完了！"她怨恨地瞪着他，开始在白色的房间里踱来踱去，"围绕你的所有宣传活动都取消了。"

布莱恩盯着她。这消息很有意思，但更有意思的是索恩小姐脸上激动的表情。一直以来，她都严格地控制着自己的情绪，表现得井井有条，简直不可思议。现在她的脸上有了别样的色彩，她的樱桃小嘴痛苦地扭曲着。

"我为这个计划付出了整整两年。"她对他说，"公司花了不知道多少钱才把你弄到这儿来。一切准备就绪，可是那个该死的老东西却说要放弃整个计划。"

她很漂亮，布莱恩想，但她的美貌并没有让她开心。美貌是一种商业资产，就像得体的仪容，或者千杯不倒的本事一样，必要时可以使用，甚至可以滥用。他想象着，有无数的人向玛丽·索恩伸出手来，而她却概不接受。当那些贪婪的手不断靠近她时，她学会了蔑视，然后是冷漠，最后是自我憎恨。

有点胡思乱想了，布莱恩想，但我会保留这种猜想，直到得出更好的结论。

"那个该死的蠢老头。"玛丽·索恩喃喃地说。

"哪个老头？"

"雷利，我们杰出的总经理。"

"他不赞成？"

"他想把这件事完全压下去。哦，天哪，太过分了！整整两年！"

"但为什么呢？"布莱恩问道。

玛丽·索恩疲惫地摇了摇头。"两个原因，都很愚蠢。首先是法律问题。我告诉他你已经签了免责声明，律师们也在解决剩下的问题，但他还是很害怕。他转世的时间快到了，所以不想和政府发生任何法律纠纷。你能想象吗？管理雷克斯公司的是一个胆怯的老头子！其次，他和他那个又老又蠢的祖父聊了一下，他祖父不喜欢这个主意。这句话就把计划定死了。都两年了！"

"等一下。"布莱恩说，"你说他要转世吗？"

"是的，雷利要亲自尝试。我个人觉得他还是死了更好。"

这句话很刻薄。但玛丽·索恩的口吻听起来一点儿也不尖酸。

她的话听起来好像是在陈述一个简单的事实。

布莱恩说："你觉得他应该死掉而不是转世？"

"是的。但我忘了，你还不了解情况。我只是希望他能早点儿下定决心。他那老得不行的祖父却现在插手……"

"为什么雷利不早点儿问问他祖父？"布莱恩问。

"他问了。但他的祖父不肯早点儿说。"

"我明白了。他多大了？"

"雷利的祖父吗？他死的时候已经八十一岁了。"

"什么？"

"没错，他六十年前就死了，雷利的父亲也死了。但他的祖父一个字也不愿意说，这很可惜，因为他很有商业头脑。你干吗盯着我，布莱恩？哦，我忘了你不知道这是怎么回事。其实很简单，真的。"

她站了一会儿，沉思着。然后她毅然决然地点了点头，转身向门口走去。

"你要去哪里？"布莱恩问。

"去告诉雷利我对他的看法！他不能这样对我！他答应过我的！"她突然恢复了自制力，"至于你，布莱恩，我想这里不再需要你了。你有你的生活，还有一副不错的身体。我觉得如果你想走，随时可以离开了。"

"谢谢。"布莱恩说道,而她离开了房间。

布莱恩穿着棕色休闲裤和蓝色衬衫离开了医务室,沿着一条长长的走廊来到一个门口。一个穿制服的警卫站在门边。

"不好意思,"布莱恩说,"这扇门是通往外面吗?"

"啊?"

"这扇门是通往雷克斯大楼外面的吗?"

"是啊,当然了。通往外面,一直到大街上。"

"谢谢你。"布莱恩犹豫了。他想要听听这个时代的概况说明。他想问问警卫,纽约是什么样子,当地的习俗和规章是什么,他应该看些什么,应该规避什么。但警卫显然没有听说过关于"来自过去的人"的事情,他瞪大眼睛看着布莱恩。

布莱恩讨厌像这样一头扎进2110年的纽约,没有钱,没有知识,没有朋友,没有工作,没有住的地方,还套着一副别扭的新身体。但这也没有办法。毕竟,他是有自尊心的。他宁愿独自碰碰运气,也不愿向瓷器一样冰冷的索恩小姐或雷克斯公司的任何人求助。

"我出去需要通行证吗?"他满怀希望地问道。

"不。只有回来才要。"警卫怀疑地皱起眉头,"喂,你有什么事?"

"没什么。"布莱恩说。他打开门,仍然不相信他们会让他这么随便地离开。但是,为什么不可能呢?在这个世界里,人们会和死去的祖父交谈,会有宇宙飞船和转世驾驶员,他们会把从过去拯救一个人作为宣传噱头,然后轻易地丢弃他。

门关上了。在他身后,是雷克斯大厦的灰色大楼。

在他眼前,纽约徐徐展开。

5

乍一看，这座城市就像超现实的伊拉克首都巴格达。他看到由白色和蓝色瓷砖砌成的低矮宫殿，细长的红色宣礼塔，以及有着耀眼的中式屋顶和洋葱形螺旋圆顶的不规则建筑，看起来就像一股东方建筑风潮席卷了整个城市。布莱恩简直不敢相信自己身处纽约。这里可能是孟买、莫斯科，甚至洛杉矶，但不可能是纽约。他看到摩天大楼时才松了一口气。在曲曲折折的亚洲建筑的映衬下，它们是那么简单而直接，就像是孤独的哨兵屹立在他所熟悉的纽约。

街道上挤满了小型车辆。布莱恩看到了摩托车和滑板车，比保时捷大不了多少的汽车，和别克汽车一样大小的卡车，没有其他更大的车了。他不知道这是不是纽约解决交通拥堵和空气污染的办法。如果是这样，那并没有起到任何作用。

大部分的车辆都在头顶上方。有旋翼和喷气式的车辆，空中农用卡车和单人超跑，直升出租车和标有"空港二层"或"蒙托克快线"的飘浮巴士。

一个个闪光的小点标出了垂直和水平的车道，车辆在车道内滑行、倾斜、转弯、上升和下降。闪烁的红、绿、黄、蓝灯似乎在调节车流。虽然一切自有宗理，但在布莱恩缺乏经验的眼里，这样的交通简直是一团乱麻。

头顶上方五十英尺[1]的地方是一个购物区。人们是怎么上去的？说到这一点，人们是如何在这个嘈杂、明亮、拥挤的机器里生活并保持理智的呢？人口密度太大了。

他觉得自己好像淹没在了人海里。这座超级城市有多少人口？

---

1. 1英尺约等于30.48厘米。

一千五百万？二千万？1958年的纽约与之相比仿佛是农村。

他不得不停下来，调整一下自己的印象。人行道上挤满了人，当他放慢速度时，人们对他推推搡搡，嘴里骂骂咧咧。他没有看到公园或者长椅。

他注意到有一群人站成一排，于是在最后面找了个位置。队伍慢慢地向前挪动，布莱恩也跟着挪动。他的脑袋沉闷地砰砰作响，他试着在队伍后面喘口气。

过了一会儿，他又能控制住自己了，对他那强健而迟钝的身体多了一点点尊敬。也许，如果一个来自过去的人想要平静地观望未来世界，就需要这样的血肉之躯。低阶神经系统有它的优势。

队伍静静地向前移动。布莱恩发现排队的男男女女都衣衫褴褛，不修边幅，蓬头垢面。他们都露出一副阴沉绝望的表情。

他是在领取救济的队伍里吗？

他轻拍了一下前面那人的肩膀。"请问，"他说，"这个队伍要排到哪里去？"

那人转过头来，红着眼圈盯着布莱恩。

"去自杀亭。"他说着，朝队伍前面扬了扬下巴。

布莱恩向他道谢后，迅速走出了队伍。在未来的第一天，这样的开端真是太不吉利了。自杀亭！好吧，他绝对不会自愿走进什么自杀亭，这一点他是完全肯定的。

事情肯定不会糟糕到那种地步。

但什么样的世界会有自杀亭呢？而且从那些排队的人来看，是免费的……在这个世界，接受免费礼物时他必须小心谨慎。

布莱恩继续往前走，呆呆地看着眼前的景色。他慢慢地习惯了这个明亮、忙碌、喧嚣、拥挤的城市。他来到一座巨型建筑前，它的形状像一座哥特式城堡，上方的城垛上飘扬着三角形旗帜。在城堡最高的塔楼上有一盏明亮的绿灯，在逐渐暗淡的午后阳光里非常醒目。

这座建筑看起来像一个重要的地标。布莱恩瞪大了眼睛，然后注意到有一个男人靠在建筑上，点燃了一根细长的雪茄。他似乎是纽约唯一不着急的人。布莱恩走近他。

"打扰一下，先生。"他说，"请问这是什么建筑？"

"这里，"那人说，"是来世公司的总部。"他是个瘦高个儿，长着一张饱经风霜、神色哀伤的长脸。他有一双小眼睛，目光却很直率。他的衣服别扭地挂在身上，似乎他更习惯穿李维斯牛仔裤，而不是定制的休闲裤。布莱恩觉得他看起来像个西部人。

"真壮观。"布莱恩仰望着这座哥特式城堡。

"华而不实。"那人说，"你不是纽约城里的人，对吧？"

布莱恩摇了摇头。

"我也不是。但坦白地说，陌生人，我以为地球上和其他行星上的所有人都知道这座来世公司的大楼。你介意告诉我你是哪里人吗？"

"完全不介意。"布莱恩说。他不知道是否要说自己是一个来自过去的人。不，跟一个完全陌生的人可没法说这些。这个人可能会报警。他得说自己是从别的地方来的才行。

"是这样，"布莱恩说，"我来自巴西。"

"哦？"

"是的。在亚马孙河谷的上游。我小的时候，父母搬去了那里，经营橡胶种植园。我父亲刚去世，所以我想来看看纽约。"

"我听说那里还是很荒凉。"那人说。布莱恩点点头，为他的故事没有受到质疑而松了一口气。但也许在这个时代，这不是什么奇怪的故事。无论如何，他已为自己找到了一个家。

"至于我，"那人说，"我来自亚利桑那州的墨西哥草帽镇。我叫奥克，卡尔·奥克。你叫布莱恩？很高兴认识你，布莱恩。我来这里也是想看看纽约，看看他们都在吹嘘些什么。这里很有趣，但这里的人对我来说有点过于繁华喧闹了，不知你能否明白我的意思。我并不是说我老家很贫瘠，我们并不穷，但这些人就像手里拿着棍子的猿猴一样窜来窜去。"

"我明白你的意思。"布莱恩说。

他们花了几分钟讨论纽约人紧张、疯狂、强迫性的习惯,并与墨西哥草帽镇和亚马孙河谷上游地区理智、平静的田园生活进行了比较。他们一致认为,这里的人完全不知道该如何生活。"布莱恩,"奥克说,"我很高兴遇到你。我们去喝一杯吧?"

"好啊。"布莱恩说。通过像卡尔·奥克这样的人,他可能会找到解决眼前困难的方法。也许他能在墨西哥草帽镇找到一份工作。他可以用巴西和失忆作为自己缺乏现代知识的借口。这时他想起了自己没有钱。他开始吞吞吐吐地解释他是如何不小心把钱包落在旅馆里的。

但奥克打断了他。

"听着,布莱恩。"奥克用他那双蓝色的小眼睛盯着布莱恩说,"我想告诉你一件事。你这套说法对大多数人而言行不通。但我觉得自己看人还算准,看错人的次数不多。我并不是你们所说的那种穷光蛋,所以今晚我请客怎么样?"

"真的,"布莱恩说,"我不能……"

"别再说了。"奥克果断地说,"如果你非要坚持的话,明天晚上你来请客。但是现在,让我们来看看这个浮躁的古老小城的夜生活是什么样。"

布莱恩觉得,这和其他了解未来的方法不相上下。毕竟,没有什么比人们的娱乐活动更能说明问题的了。通过游戏和醉酒,人类表现出对自己处境的基本态度,表现出对生命、死亡、命运和自由意志等问题的倾向。还有什么比罗马斗兽场更能代表罗马呢?还有什么比牛仔竞技表演更能表现美国西部呢?

西班牙有斗牛,挪威有跳台滑雪。什么样的运动、娱乐或消遣能同样展示2110年的纽约?他会找到答案的。

当然,亲身体验这一切,要比待在一个落满灰尘的图书室里阅读好得多，而且肯定有趣得多。

"我们去看看火星区怎么样？"奥克问。

"你带路。"布莱恩说，他很高兴有机会把快乐和严峻的需求结合起来。

奥克带着他通过步行、自动扶梯、地铁和直升出租车，穿过迷宫般的街道和楼层，以及地下拱廊和高架坡道。错综复杂的街道和楼层并没有让这个瘦削的西部人震惊。他说，凤凰城的布局也是如此，尽管规模小一些。

他们去了一家名叫"红色火星"的小餐馆，广告上说这里供应真正的南火星美食。布莱恩不得不承认，他从未吃过火星食物，奥克则在凤凰城尝过好几次。

"挺好吃的，"他告诉布莱恩，"但是不顶饱。待会儿我们再去吃牛排。"

菜单完全是用火星文写的，没有英文翻译。布莱恩和奥克都随意地点了一号套餐。菜来了，是一堆奇怪的碎蔬菜和肉。布莱恩尝了尝，惊讶得差点把叉子掉在地上。"这味道跟中国菜一模一样！"

"哦，当然了。"奥克说，"中国人第一个登上了火星，我想是在1997年吧。所以他们在上面吃的都算是火星食物。对不对？"

"我想是吧。"布莱恩说。

"而且，这东西是用真正的火星种植蔬菜和变异的草药及香料制成的。至少他们是这么宣传的。"

布莱恩不知道是该失望还是如释重负。他津津有味地吃掉了尝起来像虾仁炒面的"奇欧奥赫"以及跟蛋卷差不多的"特拉德萨"。

"他们为什么给菜取这么奇怪的名字？"布莱恩问着，点了一份"赫格仕特"当甜点。

"老兄，你真的很落伍！"奥克笑着说，"那些火星中国人把火星探索进行到底了。他们翻译了火星石刻之类的东西，开始说火星语，我猜带有浓重的广东口音，但那里没有人跟他们说哪里不对。他们说话像火星人,穿着像火星人,思考像火星人。你现在管他们叫中国人,他们就会起来打你。他们是火星人,小伙子!"

赫格仕特来了,原来是一块杏仁饼干。

奥克付了钱。他们离开时,布莱恩问:"这里有很多火星洗衣店吗?"

"当然有。全国到处都有。"

"我猜也是。"布莱恩说,并向火星中国人表示了无声的敬意。

他们乘直升出租车去了绿植俱乐部,奥克在凤凰城的朋友们叫他绝对不要错过这个地方。这个昂贵而私密的小型俱乐部举世闻名,是所有来纽约的游客的必去之地。绿植俱乐部的独特之处在于,这里会举行一场全都是蔬菜的现场表演。

他们被安排坐在一个小阳台上,离俱乐部中心的玻璃栅栏不远。中心外面围了三层桌子,明亮的聚光灯在上面闪烁。在玻璃栅栏后面是几平方码[1]的丛林,生长在营养液中。人造微风吹拂着这些植物,它们紧挨在一起,大小、形状和颜色都各不相同。

布莱恩从未见过这样的植物。它们以惊人的速度迅速生长,从微小的种子和卷须的根茎长成高大的灌木、粗糙的树木、低矮的蕨类植物、巨大的花朵、滴水的绿色真菌和带有斑点的藤蔓。它们生长着,很快就完成了整个生命周期,然后开始腐烂,播下种子,重新开始。然而,似乎没有一种种子能生长得跟原来一模一样。变异的植物从膨胀的果实中生长出来,适应了严酷的环境,争夺下面的根部空间和上面的空气,并努力朝向在顶上发光的人造太阳生长。变异不成功的灌木很快就把自己变成了"寄生虫",依附在窒息的树木上,然后又发现有新的植物依附在了自己身上。有时,一种植物在迸发出创造性的野心后,会克服一切障碍,压制周围植物的生长,扼杀对手,征服一切。但新的物种已经从它的身体中生长出来,把它拉下来,争夺

---

1. 1平方码约等于0.84平方米。

它的尸体。有时，得了枯萎病的植物会袭击丛林，催生大面积霉变。但是一种勇敢的变态体最终会在里面生根发芽，接着，又出现了另一种，继续战斗。植物发生了改变，变得更大或更小，在生存的斗争中超越了自己。但是再多的决心、再多的狡诈、再多的超越都无济于事。没有一种植物能最终获胜，每一次努力都会导致死亡。

这种景象让布莱恩感到不安。这个小世界的宿命式表演，会是2110年的重要特征吗？他瞥了一眼奥克。

"真厉害。"奥克对他说，"这是纽约实验室对快速生长的突变体的研究成果。当然，这是一场畸形秀，只是加速了植物的生长速度，强行制造了一个不利于生存的情况，再加入一些辐射，让最优秀的植物努力获胜。我听说这些植物在大约二十个小时内就会耗尽它们的生长潜力，然后就得换掉。"

"所以这就是它们的结局。"布莱恩看着这片饱受折磨但永远生机勃勃的丛林说道，"被替代。"

"没错。"奥克说，温和地避开了所有复杂的哲学问题，"按照绿植俱乐部的收费标准，他们负担得起。但这很诡异。我给你讲讲我们在亚利桑那州种植的沙生植物。"

布莱恩小口喝着威士忌，看着丛林生长、死亡和重生。奥克正好说道："……就生长在沙漠炙热的表面上。事实就是这样。我们终于在不增加供水量的情况下，让种植的水果和蔬菜适应了真正的沙漠环境，而且价格也能够与土壤肥沃地区的农作物竞争。我跟你讲，小伙子，再过五十年，关于肥沃的概念都会改变，以火星为例……"

他们离开了绿植俱乐部，缓慢地走过一家家酒吧，朝时代广场走去。奥克很难集中注意力，但当他谈到失落的火星人在沙地种植的秘密时，声音很平稳。他向布莱恩保证，总有一天，他们会弄清楚火星人是如何在不添加营养物和保湿剂的情况下种植沙生植物的。

布莱恩已经喝得酩酊大醉，足以让他之前的身体昏过去两回，但他壮硕的新身体似乎能容纳无穷无尽的威士忌。

拥有一个好酒量的身体，是一种令人愉快的变化。不，他又急忙补充道，这样一种原始的能力并不能弥补这具身体的缺陷。

他们穿过时代广场的灯红酒绿，走进了四十四大街的一家酒吧。当他们点的酒端上来时，一个穿着雨衣、眼神诡秘的小个子男人向他们走来。"嘿，小伙子们。"他试着搭话。

"你有事吗？"奥克问。

"你们是来找乐子的吗？"

"可以这么说。"奥克豪爽地说，"不过我们可以自己找乐子，谢谢你。"

小个子男人紧张地笑了笑，说道："你们可找不到我提供的东西。"

"说吧，小个子朋友。"奥克说，"你到底能提供什么？"

"哈，朋友们，这是……等一下！大盖帽来了！"

两个身穿蓝色制服的警察走进酒吧，环顾四周，然后离开了。

"好吧。"布莱恩说，"你能提供什么？"

"叫我乔[1]吧。"小个子男人带着讨好的笑容说，"我是'移植'游戏的操作员，朋友们。游戏里面有城里最好的比赛和最高的跳跃！"

"'移植'是什么鬼东西？"布莱恩问。奥克和乔都看着他。

乔说："哇，朋友，我无意冒犯，但你一定是从乡下来的。你从来没听说过'移植'？那我可得好好跟你说说了。"

"行吧，我就是个种地的。"布莱恩咆哮着，把他那张凶巴巴、方方正正、怒气冲冲的脸凑到乔面前，"什么是'移植'？！"

"别这么大声！"乔低声说着，往后一缩，"别紧张，农夫，我会解释的。'移植'是新的交换游戏，朋友。你有没有厌倦生活？有没有觉得自己已经玩够了？试试'移植'再说吧。你看，农夫，懂行的人都说直截了当的性爱就像发霉的土豆。别误会我，这么说对小鸟、蜜蜂、野兽和野蛮人来说没问题。它仍然会给那些简单的动物心脏带来

---

1. 此处为作者玩梗，借用了美国科幻作家波尔·安德森的著名短篇《叫我乔》的书名。

兴奋，我们有什么资格说它们是不对的？作为一种繁殖物种的手段，古老自然界的交配手段仍然是第一选择，也是最好的选择。但为了获得真正的乐趣，有经验的人类正在转向'移植'。"

"'移植'是民主的，朋友们。它让你有机会变成另一个人，体验其他百分之九十九的人的感受。你可能会说，这是有教育意义的，它填补了性爱的空白。你有没有成为一个亢奋的拉丁人的冲动，朋友？通过'移植'，你可以实现。你有没有想过当一个真正的虐待狂是什么感觉？试试'移植'。还有更多，更多，更多！比如，为什么一辈子都是男人呢？你已经证明了自己的观点，为什么还要喋喋不休？为什么不做个女人呢？有了'移植'，你就可以体验我们精心挑选的某个女孩生命中的那些美好时刻。"

"偷窥癖。"布莱恩说。

"我知道这是夸张的说法。"乔说，"这可不是偷窥者的把戏。'移植'的时候，你就在那里，就在原本的身体里，移动别人的肌肉，体验那些感觉。乡下男孩，在过去的交配季节里，你有没有过这样的冲动，想变成一只老虎，去追一只母老虎？我们有老虎，还有母老虎。你有没有问过你自己，一个男人能从鞭打、恋鞋癖、恋尸癖等行为中找到什么快感？通过'移植'，你会找到答案。我们的人体目录就像一本百科全书。朋友们，来体验'移植'绝对不会错的，而且我们的价格低得离谱……"

"出去。"布莱恩说。

"怎么了，朋友？"

布莱恩伸出大手，一把抓住乔的雨衣前襟。他把这个小贩拎到与眼睛齐平的高度，瞪着他。

"带着你那些变态的玩意儿滚出去。"布莱恩说，"像你这样的人从巴比伦时代起就一直在卖非主流的玩意儿，而像我这样的人从来没有买过。快出去，不然我就扭断你的脖子，让你尝尝虐待的快感。"

布莱恩松开了手。乔把雨衣抚平，紧张地笑了笑。"无意冒犯，朋友,我这就走。今晚没想法,说不定某个晚上就想去了。'移植'就在你的未来,乡下男孩。为什么要抗拒呢?"

布莱恩正要凑上去,就被奥克拦住了。那个小贩飞快地跑出了门。

"他不值得你动手。"奥克说,"大盖帽会把你抓进去的。这是一个悲哀、病态、肮脏的世界,朋友。接着喝吧。"

布莱恩扔下他的威士忌,仍然怒火中烧。"移植"!如果这就是2110年的特色娱乐,他一点也不想参与其中。奥克说得对,这是一个悲哀、病态、肮脏的世界。威士忌的味道也开始变得怪异。

他抓住吧台不让自己倒下去。这威士忌的味道很怪。他怎么了?这玩意儿好像钻进了他的脑袋里。

奥克搂住他的肩膀,说:"好了,好了,我的老朋友喝太多了。我想我最好带他回旅馆去。"

但奥克不知道他的旅馆在哪里,他甚至没有旅馆可去。奥克,那个该死的说话飞快的小眼睛奥克,一定是在他和乔说话的时候往酒里放了什么东西。

为了抢劫?但奥克知道他没有钱。那为什么呢?

他试着把奥克的手臂从肩膀上甩开,但它像一根铁棒牢牢地箍着布莱恩的肩膀。"别担心。"奥克说,"我会照顾好你的,老朋友。"

酒吧间开始绕着布莱恩的头晕乎乎地旋转。他突然意识到,自己就要通过这种不可靠的亲身体验来了解2110年的很多情况了。太多了,他心想。早知道还不如去一个布满灰尘的图书馆。

酒吧间旋转得更快了。布莱恩昏倒了。

6

他在一个昏暗的小房间里恢复了意识。房间里没有家具,没有门窗,只有天花板上一个带过滤网的通风口。地板和墙壁上都有厚厚的垫子，但已经很久没有清洗过了，臭烘烘的。

布莱恩坐了起来，觉得眼睛像被两根又红又烫的针扎着一样。他又躺了下来。

"放松。"一个声音说，"迷魂药的作用要过一段时间才会消失。"

他不是这间软垫房间里唯一的人。还有一个人坐在角落里，看着他。那人只穿着短裤。布莱恩瞥了一眼自己，发现自己的穿着也差不多。

他慢慢地坐起来，靠在墙上。有那么一会儿，他担心自己的头会爆炸。然后，当"针"猛地扎进去时，他反而怕它不会爆炸。

"这是怎么回事？"他问道。

"要完蛋了。"那人欢快地说，"你被他们算计了，就像我一样。他们把你绑架了，然后带进来。现在他们要做的就是把你装进箱子，贴上标签。"

布莱恩不明白那个人在说什么。他没有心情去破译2110年的黑话。他抱着头说："我没有钱。他们为什么要绑架我？"

"别闹了。"那人说，"他们为什么绑架你？他们想要你的身体，哥们！"

"我的身体？"

"没错。用来当宿主。"

一个宿主的身体，布莱恩心想，就像他现在所占据的身体那样。当然了，自然是这样。仔细想想就知道了。这个时代需要大量宿主的身体供应以满足各种各样的目的。但是怎么才能获得宿主的身体呢？它们不会长在树上，也不会埋在地下。

你得从别人那里获得身体。大多数人不愿意出卖自己的身体。没有身体，生命就毫无意义了。那么，如何满足供应呢？

很简单。你挑一个傻瓜，给他下药，把他藏起来，抽走他的精神，然后拿走他的身体。

这是一个有趣的猜测，但布莱恩不能再继续思考下去了。他的头似乎终于要爆炸了。

过了一会儿，麻醉消退了。布莱恩坐起来，发现他面前的纸盘上放着一块三明治，还有一杯深色的饮料。

"可以吃，没有毒。"那人告诉他，"他们会把我们照顾得很好。我听说黑市上一副身体的价格接近四千美元。"

"黑市？"

"哥们，你怎么回事？醒醒！身体市场当然有黑市，就像也有公开市场一样。"

布莱恩抿了一口深色的饮料，原来是咖啡。那人自我介绍说他叫雷·梅尔希尔，是"不来梅号"宇宙飞船上的一名流量控制人员。他跟布莱恩年纪相仿，身材矮小却很强壮，一头红发，塌鼻子，有点龅牙。即使身处目前的困境中，他仍表现出一种得意扬扬的自信，那是一种总会遇见转机的人所具有的不可抑制的自信。他长着雀斑的皮肤非常白皙，除了脖子上有一个小红斑点，那是辐射烧伤留下的疤痕。

"我早该明白。"梅尔希尔说，"但我们已经在小行星上飞行了三个月，我想放纵一下。如果我和小伙子们在一起就好了，但我们走散了。结果我到了一个破地方，碰到一个叫米兰达的油腻女人。她打翻了我的饮料，然后我就到了这里。"

梅尔希尔向后靠了靠，把双手垫在脑后："偏偏是我！我总是告诉小伙子们要小心。我总是对他们说，要跟大部队在一起。你知道吗，我不太介意死亡。我只是讨厌那些浑蛋把我的身体交给又脏又胖的老懒汉，好让他再逍遥五十年。一想到那个老胖子用着我的身体，我就难受死了。天哪！"

布莱恩面色凝重地点了点头。

"这就是我的悲惨故事。"梅尔希尔说完，又高兴起来，"你的呢？"

"我的故事很长。"布莱恩说，"有的地方还有点疯狂。你想听完吗？"

"当然。我有的是时间。希望如此。"

"好吧。故事开始于1958年。等等,别打断我。我当时正在开车……"

布莱恩讲完,向后靠在软垫墙上,深深地吸了一口气。"你相信我吗?"他问道。

"怎么不信?时间旅行没什么新鲜的,只不过是非法的,而且需要高昂的费用。雷克斯的那些男人什么都干得出来。"

"女人们也是。"布莱恩说着,梅尔希尔笑了。

他们相伴着沉默了一会儿。然后布莱恩问:"所以他们要把我们当作宿主的身体?"

"没错。"

"什么时候?"

"当有顾客老态龙钟地走进来时。我在这里已经差不多一个星期了。我们俩随时都可能被抓走,也可能一两个星期后才会有人来。"

"然后他们就这样把我们的精神抹去?"

梅尔希尔点点头。

"但这是杀人!"

"的确如此。"梅尔希尔表示同意,"不过,什么都还没发生呢。也许大盖帽们会来一次突袭。"

"我觉得不太可能。"

"我也是。你有来世保险吗?也许你死后还能活着。"

"我是个无神论者。"布莱恩说,"我不相信那些东西。"

"我也是。但死后的生活已经是事实了。"

"别逗了。"布莱恩没好气地说。

"真的!这是科学事实!"

布莱恩狠狠地盯着这个年轻的宇航员。"雷,"他说,"给我介绍一下情况吧?给我讲讲1958年以来发生的事情。"

"这个要求很难。"梅尔希尔说,"我不是你认为的那种有学问的人。"

"只要让我知道大致的情况就行。这个来世是什么玩意？还有转世和宿主身体？发生了什么？"

梅尔希尔向后靠了靠，深吸了一口气。"好吧，让我想想。1958年。他们在1960年前后把一艘飞船送上了月球，大约十年后登陆了火星。然后，我们就小行星问题跟俄罗斯进行了一场短暂的战争——严格来说，那是一次深空事件。跟俄罗斯还是中国来着？"

"不重要。"布莱恩说，"转世和死后的生活呢？"

"我会尽量像他们在高中时教我的那样讲给你听。我上过一门叫作通灵生存调查的课，但那是很久以前的事了。让我想想。"

梅尔希尔皱着眉头认真思考着。"我引用一下别人的话。'自古以来，人类就感知到一个无形的精神世界的存在，并怀疑身体死后，自己将参与到这个世界中。'我想你对那些早期的东西都很了解，埃及人、中国人、欧洲的炼金术士，等等。所以我直接跳到莱因[1]。他生活在你的时代。他在杜克大学研究通灵现象。听说过他吗？"

"当然。"布莱恩说，"他发现了什么？"

"其实没发现什么，但他让雪球开始滚动了。然后，克拉斯基接管了维尔纽斯的工作，有了一些进展。那是1987年，海盗队第一次赢得世界大赛。2000年左右，冯·莱德纳出现了。他提出了来世的一般理论，但没有任何证据。最后我们迎来了迈克尔·范宁教授。

"范宁教授就是让一切都板上钉钉的那个人。他证明了人死后还能活着。他联系了死去的人，和他们交谈，给他们做记录，诸如此类。他提供了确凿的科学证据证明了人死后还有生命，所以自然引发了很大的争论，以及很多宗教方面的讨论。各种争议。头条新闻。哈佛大学一位名叫詹姆斯·阿彻·弗林的著名教授试图证明整件事都是一场骗局。

---

1. 起初致力于成为植物学家的心理学家，创立了超心理学作为心理学的分支。

"詹姆斯·阿彻·弗林教授和范宁争论了好多年。那时范宁已经是位老人了,他决定铤而走险。他把很多东西密封在一个保险箱里,到处藏东西,散布了一些密语,并承诺会回来,就像魔术师胡迪尼承诺的那样,但胡迪尼并没有回来。

"后来……"

"等一下。"布莱恩打断了他,"如果死后还有生命,为什么胡迪尼没有回来?"

"原因很简单,但是请让我一件一件地讲。总之,范宁自杀了,留下了一封长长的遗书,讲述了永生的精神和人类不屈不挠的进步。很多文集都刊发了这篇文章。

"后来他们发现那是找人代笔的,但那是另一回事了。我刚才讲到哪里了?"

"他自杀了。"布莱恩说。

"对。如果他死后没有联系詹姆斯·阿彻·弗林教授,告诉他哪里可以找到那些隐藏的东西,那些密语等等,那就糟糕了。于是就这样了,朋友。死后的生活流行起来了。"

梅尔希尔站起来,伸了个懒腰,又坐了下来。"范宁研究所,"他说,"警告大家不要歇斯底里。但疯狂在所难免。接下来的十五年被称为疯狂的四十年代。"

梅尔希尔笑了一下,舔了舔嘴唇。"真希望我生在那个时代。每个人都放任自由了。'无论你做什么都没关系,'广告词里这么说,'天上的馅饼正在等你。'不管是圣人还是罪人,坏人还是好人,每个人都能分一杯羹。杀人犯可以和大主教一样步入来世。所以尽情享受吧,男孩女孩们,趁你们在世的时候好好享受自己的肉体吧,因为你们死后会得到足够的灵魂。是的,他们真的放肆起来了。那会儿就是无政府状态。一个新的宗教出现了,叫作'觉悟'。它开始宣扬,人们值得体验一切,不管是好是坏,公平与否,因为来世只是对你在地球上所作所为的一段漫长的纪念。放手去做吧,他们说,这就是你来到地球的目的,去做吧,否则来世你会吃亏的。满足每一个欲望,纵容每一种情欲,探索自己最黑暗的内心深处。活得精彩,死得精彩。整个社会全都疯疯癫癫的。真正的狂热者成立了酷刑俱乐部,写了关于痛苦的百科全书,并像家庭主妇收集食谱一样收集酷刑。每次会议上,都有一个成员自愿成为受害者,其他人会用他们能找到的最折磨人的方式杀掉他。他们想要体验绝对极致的快乐和痛苦。我想他们做到了。"

梅尔希尔擦了擦额头,更加镇定地说:"我读过一点关于疯狂年代的内容。"

"我明白了。"布莱恩说。

"挺有意思的。但后来,幻梦的粉碎机出现了。范宁研究所一直在进行实验。在2050年左右,当疯狂年代正进行得如火如荼时,他们宣布确实有来世,千真万确,但不是每个人都拥有。"

布莱恩眨了眨眼睛,但没有说话。

"这真的打破了人们的幻想。范宁研究所说,他们有确切的证据表明,大概一百万人中只有一个人会进入来世。其余的数以百万计的人,死后就像一束光一样消失了。嗖的一下就没了。没有来世。什么都没有。"

"为什么?"布莱恩问。

"嗯……这方面我也不太清楚。"梅尔希尔对他说,"如果你问我一些关于流体力学的问题,我真的可以跟你讲讲;但通灵理论不是我的专长。所以在我勉强讲述这些事情的时候,尽量跟上节奏。"

他用力地揉着额头:"不管死后活着与否,说的都是精神。几千年来,人们一直在争论什么是精神、它在哪里以及如何与身体相互作用等等。我们还没有得到所有的答案,但我们确实有一些可行的定义。如今,精神被认为是一个高压能量网,它产生于肉体,因肉体而改变,而它也改变着肉体。能明白吗?"

"差不多能明白。继续。"

"所以，我理解的是，精神和肉体相互作用，相互影响，但精神也可以独立于肉体而存在。根据许多科学家的说法，独立的精神是进化的下一个阶段。他们说，在一百万年之内，我们除了短暂的孕育期，甚至不需要肉体了。我个人觉得这个该死的种族活不过一百万年了。就他妈的不配活。"

"目前我同意你的看法。"布莱恩说，"但还是说回来世吧。"

"我们拥有这个高压能量网。当身体死亡时，那张网应该能够继续存在，就像蝴蝶破茧而出一样，死亡只是将精神从肉体中孵化出来的过程。但因为死亡创伤的存在，实际并没有那么理想。一些科学家认为死亡创伤是自然的弹射机制，会让精神从肉体中解脱出来。但这种能量太大，会把一切都毁了。死亡是一种巨大的精神冲击，大多数时候，能量网会被破坏，被撕成碎片。它不能自己重组，如果它消散了，你就彻底死了。"

布莱恩说："这就是胡迪尼没有回来的原因。"

"他和大多数人都是这样。没错。在这之后，很多人做了一些深刻的思考，于是疯狂的年代结束了。范宁研究所继续着研究，包括瑜伽之类的东西，但都是以科学为基础。你知道，有些东方宗教的理念是对的——强化精神。这正是研究所想要的：一种强化能量网的方法，使其能够在死亡过程中存活下来。"

"他们找到了吗？"

"当然了。大约就在那个时候，他们把名字改成了来世公司。"

布莱恩点点头。"我今天路过了他们的大楼。嘿，等一下！你说他们解决了精神强化的问题？那就不会有人死了！每个人死后都能活下来！"

梅尔希尔冷笑了一下。"别傻了，汤姆[1]。你觉得他们会提供免费服务？没门儿。这是一种复杂的电化学处理，哥们儿，他们是收费

---

[1] 汤姆为托马斯的昵称。

的。费用很高。"

"所以只有富人才能上天堂。"布莱恩说。

"你以为呢?不可能随随便便让人进的。"

"当然,当然。"布莱恩说,"但难道没有其他方法,其他强化精神的训练吗?瑜伽呢?禅宗呢?"

"它们很管用。"梅尔希尔说,"目前至少有十几门经过政府测试和批准的家庭生存课程。问题是,要想成为一名内行需要大约二十年的艰苦努力。这不适合普通人。不,如果没有机器帮助你,你就死定了。"

"只有来世公司才有机器吗?"

"也有一两家其他的,来世学院和天堂有限公司,但价格基本相同。政府正在开展一些死亡至生存的保险工作,但这帮不了我们。"

"我猜也是。"布莱恩说。这场梦,在一瞬间,令人眼花缭乱,让人从无法永生的恐惧中解脱出来,理性地确认了肉体死后仍有持续存在的生命,知道自己的人格可以有不断成长并完善到极致的过程——而不是被局限在那具脆弱的肉体外壳里,完全由遗传和偶然性主导。

但事实并非如此。一个人的精神想要扩张的欲望终于被粗暴地制止了。终于,明天的承诺永远不属于今天。

"那转世和宿主的身体呢?"他问道。

"你应该知道了。"梅尔希尔对他说,"他们使你转世,把你放进一个宿主里。精神转换并不复杂,'移植'手术的操作者都会乐意这么跟你说。然而,'移植'只是暂时的占用,并不会完全驱逐原来的精神。寄宿是为了维持。首先,必须清除原有的精神。其次,对于试图进入宿主身体的精神来说,这是一个危险的游戏。有时候,那个精神可能无法穿透宿主,自己就直接崩溃了。在尝试转世的情况下,来世的调节作用往往站不住脚。如果你的精神不能占据宿主的话——嗖的一下,你就没了!"

布莱恩点了点头，现在他明白了为什么玛丽·索恩认为雷利死了更好。她完全是为了他好。

他问："为什么有来世保险的人还要尝试转世呢？"

"因为有些老东西害怕死亡。"梅尔希尔说，"他们害怕来世，害怕变成幽灵之类的东西。他们想待在地球上，他们了解这里，所以他们在公开市场上合法购买别人的身体，如果能找到一具好身体的话。如果没有，他们就在黑市上买。比如我们的身体，哥们儿。"

"所以，公开市场上的身体是自愿出售的？"

梅尔希尔点点头。

"但是谁会卖自己的身体呢？"

"显然是很穷的人。根据法律，他应该以来世保险的形式得到补偿。事实上，他拿到什么就是什么。"

"这样的人一定是疯了！"

"你这么想吗？"梅尔希尔问，"像过去一样，现在世界上到处是没有一技之长、疾病缠身且饱受饥饿的人。而且跟以前一样，他们都有家人。假如一个人想给他的孩子买食物呢？他的身体是唯一可以卖钱的东西。在你那个时代，他没有任何东西可卖。"

"也许是这样。"布莱恩说，"但无论情况有多糟，我都不会出卖自己的身体。"

梅尔希尔开心地笑了起来。"你这个傻大个！但是啊，汤姆，他们就要白白拿走你的身体了！"

布莱恩不知该如何回答。

7

在这间软垫牢房里，时间过得很慢。布莱恩和梅尔希尔拿到了书籍和杂志。他们经常进食，吃得很好，用的是纸做的杯子和盘子。

他们受到严密的监视,因为他们极具市场价值的身体不能受到任何伤害。

他们被关在一起是为了相互作伴。孤独的人有时会发疯,而一旦发疯会对宝贵的脑细胞造成不可挽回的伤害。在严格的监督下,他们甚至得到了锻炼的许可,以缓解无聊,也是为未来的主人保持身材。

布莱恩开始对这具结实、粗壮、肌肉发达的身体产生了极大的好感,但很快就要与它分离了。他承认,这确实是一副出色的身体,一副值得骄傲的身体。的确,它并不优雅,但优雅的作用可能被高估了。为了弥补这一缺陷,他觉得这副身体可能不像以前的身体那样容易患花粉病。而且,新身体的牙齿非常健全。

总的来说,抛开死亡不谈,他不能轻易放弃这具身体。

有一天,当他们吃完东西后,一块软垫墙壁被掀了起来。

他们朝那边望去,看到钢筋栅栏后面的那个人,是卡尔·奥克。

"你好啊。"奥克说道。他又高又瘦,目光犀利,穿着城里人的衣服,显得棱角分明。"我的巴西朋友怎么样了?"

"你这个浑蛋。"布莱恩深切地体会到了词汇的贫乏。

"生活就是如此。"奥克说,"你们吃饱了吗?"

"你在亚利桑那州还有农场!"

"我确实租了一个。"奥克说,"我想着有一天能在那里退休,种些沙生植物。我估计我比许多土生土长的亚利桑那人都更了解那儿。但经营农场需要钱,来世保险也需要钱。人总是要尽其所能为自己考虑。"

"贪得无厌的人才会尽其所能为自己考虑。"布莱恩说。

奥克深深地叹了一口气:"好吧,这是一门生意,而且我想,如果我下定决心做这件事,它并不比我能想到的其他生意坏到哪里去。我们生活在一个邪恶的世界。当我坐在自己沙漠小农场的前廊上时,我可能会对这一切感到后悔。"

"你永远也实现不了。"布莱恩说。

"我实现不了？"

"是的。某个晚上，你的目标人物会发现你在他的酒里下药。你会因此头破血流，死在阴沟里，奥克。那就是你的结局。"

"那只会是我肉体的结局。"奥克纠正道，"我的灵魂会继续前进，过上甜蜜的生活。我已经付了钱，小子，天堂就是我的下一个家！"

"你不配！"

奥克咧开嘴笑了，连梅尔希尔也忍不住笑了。奥克说："我可怜的巴西朋友，不存在配不配的问题。你早该知道的！死后的生活不适合那些温顺谦逊的小人物，不管他们配不配。只有口袋里揣着美元、睁大眼睛考虑自己的聪明人，他的灵魂才会在死后继续前进。"

"我不信。"布莱恩说，"这不公平，这不公正。"

"你是个理想主义者。"奥克饶有兴趣地说，仿佛在研究世界上最后一只恐鸟[1]。

"随你怎么说。也许你会有来世，奥克。不过我认为在你来世的某个小角落里，你会永远备受煎熬！"

奥克说："没有任何科学证据证明地狱之火的存在。但关于来世，我们还有很多不了解的情况。也许我会受到煎熬，也许在那蔚蓝的天空上甚至有一座工厂，重新组装你破碎的精神……但我们还是别争论了。很抱歉，恐怕时候到了。"

奥克快步走开了。铁栅栏打开了，五个人大步踏进房间。

"不！"梅尔希尔尖叫道。

他们向这位宇航员逼近，熟练地避开他挥舞的拳头，并夹住他的手臂。其中一个人把口塞放进了他的嘴里。他们开始把他拖出房间。

---

1. 对生活于新西兰的一群体型高大、外形近似现今的鸸鹋而不能飞行的鸟类的总称，现已灭绝。

奥克出现在门口，皱着眉头。"放开他。"他说。

那几个人放开了梅尔希尔。

"你们这些白痴抓错人了。"奥克对他们说，"是那个人。"他指着布莱恩。

布莱恩一直在努力为失去朋友做着心理准备。命运的突然逆转让他目瞪口呆，措手不及。他还没反应过来，就被那些人抓住了。

"抱歉了。"他们把布莱恩带出来时，奥克说，"客户指定了体格和肤色。"

布莱恩突然清醒过来，试图挣脱。"我要杀了你！"他对奥克吼道，"我发誓我会杀了你！"

"别伤害他。"奥克面无表情地对那几个人说。

一块抹布蒙到布莱恩的嘴和鼻子上，他闻到了一股恶心的甜味。是氯仿，他想。他最后的记忆是站在铁栅栏门前脸色惨白的梅尔希尔。

8

托马斯·布莱恩恢复意识后的第一个行为是确认自己是不是托马斯·布莱恩，是否仍然占据着身体。很明显，能提出这些问题就说明他们还没有抹去他的精神。

他穿戴整齐地躺在长沙发上，听到外面有脚步声向门口走来。

他们肯定高估了氯仿的强度！他还有机会！

他起身迅速走到门后。门开了，有人走了进来。布莱恩走出来猛地扑了上去。

他想试试自己拳头的威力，但当他的重拳打在玛丽·索恩优美的下巴上时，手上还有余力。

他把她抱到长沙发上。几分钟后她恢复过来，看着他。

"布莱恩,"她说,"你这个白痴。"

"我不知道来的人是谁。"布莱恩说。尽管这样辩解,他也明白其实并非如此。他在无法挽回地挥出那记拳头的瞬间,就认出了玛丽·索恩。即使在那时,他那训练有素、反应灵敏的身体也能收回这一拳,但一种无法察觉、不可控制的愤怒,突破了他的理智、意识和道德认知。这种愤怒狡猾地利用来不及反应来逃避责任,趁着那个欺骗性的瞬间,把冷漠无情的索恩小姐打倒了。

这个行为暗示了一些布莱恩不愿知道的关于自己的事情。他说:"索恩小姐,你买我的身体是要给谁?"

她怒视着他。"我是给你买的,因为你显然照顾不了它。"

所以他不会死了。不会有个胖子继承他的身体,让他的精神随风飘散。很好!他非常想活下去。但他真希望救自己的人不是玛丽·索恩。

"如果我了解这个世界的情况,可能会做得更好。"布莱恩说。

"我本来要解释的。你为什么不等等呢?"

"在你那样对我说话之后?"

"如果我冒犯你了,我很抱歉。"她说,"在雷利先生取消了宣传活动后,我很难过。但你难道不能理解吗?如果我是个男人……"

"你不是男人。"布莱恩提醒她。

"有什么区别吗?我猜你对女人的角色和地位有一些奇怪的传统观念。"

"我不认为那是奇怪的观念。"布莱恩说。

"当然不是。"她摸了摸自己的下巴,那里已经变色,有点肿了,"好吧,我们算扯平了吧?还是你想再打我一拳?"

"一次就够了,谢谢。"布莱恩说。

她站了起来,身子有点不稳。布莱恩伸出一只手扶住她,在一瞬间感到心慌。他把那具匀称的身体想象成鞭绳和钢铁,但事实上,它是肉身,结实,有弹性,而且出奇的柔软。这么近的距离,他可以看见她那梳得紧绷的头发里散落的几根碎发,以及她额头上发际线附近的一颗小痣。在这一刻,玛丽·索恩对他来说不再那么抽象,而是变成了一个人的模样。

"我可以自己站着。"她说。

过了好一会儿,布莱恩才放开她。

"在这种情况下,"她面不改色地看着他说,"我认为我们的关系应该严格保持在业务层面上。"

真是连连不断的惊喜!她突然也开始把他当作一个人来看待了。她意识到他是一个男人,并为此感到不安。这种想法让布莱恩非常高兴。他告诉自己,他并不喜欢玛丽·索恩,甚至对她没有什么特别的欲望。但他非常想让她慌张,刮掉她表面的"珐琅",打碎她那该死的风度。

他说:"当然了,索恩小姐。"

"我很高兴你这么想,"她对他说,"因为坦白说,你不是我喜欢的类型。"

"你喜欢什么类型?"

"我喜欢高高瘦瘦的男人。"她说,"优雅、从容、稳重的男人。"

"但是……"

"我们吃午饭吧?"她轻松地说,"吃完后,雷利先生想和你谈谈。我猜他有个提议。"

他跟着她走出了房间,心里怒不可遏。她是在取笑他吗?高高瘦瘦、优雅稳重的男人!可恶,他以前就是那样!在这副强健的金发摔跤手的皮囊下,他仍然是那样,可惜她看不到!到底是谁在破坏谁的风度?

当他们在雷克斯的行政餐厅的餐桌旁坐下时,布莱恩突然说:"梅尔希尔!"

"什么?"

"雷·梅尔希尔,和我一起被关起来的那个人!索恩小姐,你能把他也买下来吗？我会尽快把钱付给你的。我们被关在一起。他是个非常好的人。"

她好奇地看着他："我会看看能做些什么。"

她离开了桌子。布莱恩搓着双手等待着，希望能用这双手掐住卡尔·奥克的脖子。玛丽·索恩几分钟后就回来了。

"我很抱歉。"她说，"我联系了奥克。梅尔希尔先生在你被带走一小时后就被卖掉了。真的很抱歉。我不知道。"

"没关系。"布莱恩说，"我想喝一杯。"

9

雷利先生笔直地坐着，几乎要陷到那张又大又软、王座一般的椅子里。他是个矮小、秃顶、像蜘蛛一样的老头。他那皱巴巴的半透明皮肤紧紧地贴在头骨和爪子般的手上，里面的骨头和肌腱清晰可见。这让布莱恩觉得，血液缓慢地从雷利先生脆弱的、曲张的紫色静脉流过，随时都有可能停止。然而，雷利的身姿很坚定，在他那张滑稽的猴脸上，双目炯炯有神。

"所以这就是我们来自过去的人！"雷利先生说，"请坐，先生。你也是，索恩小姐。我刚才还和我祖父讨论你，布莱恩先生。"

布莱恩环顾四周，以为会看到那个已经去世五十年的老爷子幽灵般地出现在他面前。但在这间富丽堂皇、天花板很高的房间里，并没有任何影子。

"他已经走了。"雷利先生解释说，"可怜的祖父只能维持短暂的灵气状态。但即便如此，他还是比大多数鬼魂好得多。"

布莱恩的脸色一定变了，因为雷利问他："你不相信鬼魂的存在吗，布莱恩先生？"

"恐怕我不相信。"

"你当然不相信。我想这个词对你们二十世纪的头脑来说意味着不幸,代表着叮当作响的铁链、骷髅之类的无稽之谈。但词语的含义会改变,甚至现实也会随着人类的改变和操纵自然而然地改变。"

"我明白。"布莱恩礼貌地说。

"你认为那是空话。"雷利先生和善地说,"但并不是这样。你想想词语是怎么改变含义的?在二十世纪,对想象力丰富的作家们而言,'原子'成了一个包罗一切的词,什么'原子枪'和'原子动力飞船'。这是一个荒谬的词,任何一个头脑清醒的人都不会相信它,就像你头脑清醒地不信'鬼魂'一样。然而几年后,'原子'描绘出了一场非常真实的、即将到来的毁灭。任何头脑清醒的人都无法忽视这个词!"

雷利先生怀旧地笑了笑。"'辐射'从一个枯燥的教科书术语变成了癌性溃疡的来源。在你们那个时代,'太空病'是一个抽象的、没有内涵的术语。但五十年后,医院里满是扭曲的尸体。布莱恩先生,词语往往会发生变化,从抽象的、幻想的或学术性的用词,变成实用的、现实的、日常的用词。当操作赶上理论的时候,就会发生这种情况。"

"那鬼魂呢?"

"这个过程也是类似的。布莱恩先生,你太守旧了!你只需要改变对这个词的理解就行了。"

"这很困难。"布莱恩说。

"但很有必要。记住,一直有很多证明它们存在的有力证据。你可能会说,都是支持它存在的预测。当死而复生成为事实而不是痴心妄想时,鬼魂也成了事实。"

"我想我得先亲眼看看才行。"布莱恩说。

"你肯定会看到的。但是这个话题先聊到这儿吧。告诉我,你习惯我们的时代吗?"

"到目前为止,不太习惯。"布莱恩说。

雷利开心地笑了起来。"夺取别人身体的人一点都不讨人喜欢，是吧？但你不该离开大楼的，布莱恩先生。这对你没有好处，当然对公司也没有好处。"

"对不起，雷利先生。"玛丽·索恩说，"那是我的错。"

雷利瞥了她一眼，然后又转向布莱恩。"当然，这很遗憾。老实说，你在1958年就该听天由命了。坦率地说，布莱恩先生，你出现在这里让我们很尴尬。"

"我也很后悔。"

"虽然有些迟了，但我祖父和我都同意，不利用你做宣传。这个决定本应早些做出，但是现在也不算晚。不过就算我们不想，这件事还是可能会公开的，政府甚至有可能对公司采取法律行动。"

"先生，"玛丽·索恩说，"律师们对我们的立场很有信心。"

"哦，我们不会进监狱的。"雷利说，"但你想想公布于众的后果。糟糕的宣传！雷克斯必须保持威望，索恩小姐。这暗示了丑闻，影射了违法……不，布莱恩先生不应该出现在2110年的这里，这是判断失误的活生生的证据。因此，先生，我想向你提出一个商业建议。"

"我在听。"布莱恩说。

"假设雷克斯为你购买来世保险，从而保证你死后的生活，你会同意自杀吗？"

布莱恩眨了眨眼。"不。"

"为什么不？"雷利问。

一时间，原因似乎不言而喻。什么样的生物会同意结束自己的生命？不幸的是，人类会。所以布莱恩不得不停下来整理自己的想法。

"首先，"他说，"我不完全相信来世。"

"假设我们让你相信了，"雷利说，"那你会自杀吗？"

"不会！"

"你这目光太短浅了！布莱恩先生，考虑一下你的处境。这个时代对你来说是陌生的，不友好也不合适。你能做什么工作？你能和谁交流，能交流些什么？你甚至走在街上都会有生命危险。"

"那种事不会再发生了。"布莱恩说，"我当时不知道这里的情况。"

"但它还会发生！你永远不可能了解这里的情况！你不会真正了解。你的处境就跟一个穴居人误入1958年一样。我想，根据他对付剑齿虎和长毛乳齿象的经验，他会认为自己应付得来那个时代。也许有些好心人会提醒他注意歹徒。但这有什么用呢？这能让他避免被汽车碾过、在地铁轨道上触电、煤气炉操作不当而闷死、从电梯井里掉下去、被电锯切成碎片，或者在浴缸里摔断脖子吗？你必须生来就接触这些东西才能安然无恙地行走在其中。即便如此，你们那个时代的人只要稍不注意，就会发生这种事！我们的穴居人发生意外的可能性有多大呢？"

"你太夸张了。"布莱恩说着，额头上渗出了细细的汗水。

"我夸张了吗？比起城市的危险，丛林的危险算不了什么。当这个城市变成一个超级城市的时候……"

"我不会自杀的。"布莱恩说，"我愿意自己碰碰运气。我们打住这个话题吧。"

"你怎么就不能讲点道理呢？"雷利暴躁地问，"现在就自杀吧，这样能省掉我们很多麻烦。如果你不自杀，我都能替你想象出你的未来。也许，仅凭胆量和动物般的狡猾，你还能活一年，甚至是两年。没关系，反正你最后还是会自杀的。你是自杀型的人，自杀就写在了你身上……你生来就是为了自杀，布莱恩！一两年后，你就会悲惨地自尽，从你那残破的肉体中解脱出来……但不会有来世迎接你那疲惫的精神。"

"你疯了！"布莱恩吼道。

"我对自杀型的人从来不会判断错误。"雷利先生平静地说，"我总是能认出他们。我的祖父也同意我的看法。所以，只要你……"

"不。"布莱恩说,"我不会自杀。恐怕你得雇人把我干掉。"

"那不是我的做事风格。"雷利先生说,"我不会胁迫你,但今天下午来见证我的转世吧。看一下来世是什么模样,也许你会改变主意的。"

布莱恩犹豫着,老人朝他笑了笑。

"没有危险,我向你保证,也没有阴谋!你怕我会偷走你的身体吗?几个月前我就在公开市场上选定了我的宿主。坦白说,我不想要你的身体。你看,我套上这么恶心的身体也会很不舒服。"

面谈结束了。玛丽·索恩领着布莱恩出去了。

10

转世房布置得像个小剧院。布莱恩了解到,这里经常用于举办公司的讲座和高层的教育活动。今天的观众很少,而且是经过挑选的。雷克斯公司的董事会成员也在场,五个中年男子坐在后排,小声地交谈着。他们旁边是一个记录员。布莱恩和玛丽·索恩坐在前面,离董事们越远越好。

在高高的舞台上,白色的泛光灯下,转世装置已经就位。有两把结实的扶手椅,上面装有绑带和电线。椅子之间是一台光滑的巨型黑色机器。

粗实的电线将机器和椅子连接起来,布莱恩觉得自己即将目睹一场行刑,这让他惴惴不安。几名技术人员正埋头对机器进行最后的调试。

站在他们旁边的是那位满脸胡须的老医生和他的红脸同事。

雷利先生走上舞台,向观众点头示意,然后在其中一把椅子里坐下。一个四十来岁的男人跟在他身后,脸色苍白,神情惊恐而又坚定。这就是宿主,雷利先生签下的那具身体原来的主人。宿主在另一把椅子里坐下,飞快地瞥了一眼观众,然后低头看手。他似乎很尴尬。他的嘴唇上方淌着汗珠,上衣的腋下被汗水染成了深色。他没有看雷利,雷利也没有看他。

又有一个光头男人走上舞台,看上去一本正经,穿着传教士式领子的深色衣服,手里拿着一本黑色的小书。他开始和坐着的两位低声交谈。

"那是谁?"布莱恩问。

"詹姆斯神父。"玛丽·索恩告诉他,"他是来世教会的牧师。"

"那是什么玩意?"

"一种新的宗教。你知道疯狂年代吗?嗯,在那段时间发生了一场巨大的宗教争端……二十世纪四十年代最热门的问题是来世的精神状态。在来世公司宣布科学来世的出现后,情况变得更糟了。公司竭力避免任何宗教的介入,但这是无法回避的。大多数教会人士认为,科学不公平地抢占了他们的领地。

"来世公司,不管他们愿不愿意,都被视作一种新的科学宗教立场的代言人:救赎不再基于宗教、道德或伦理方面的考虑,而是通过一种适用的、客观的、不变的科学原则。

"人们召开了各种大小会议来探讨这个紧迫的问题。一些团体认为,新发现的科学来世显然不是天堂、救赎之地或极乐世界,因为这与灵魂无关。他们认为,精神与灵魂不是同义词,灵魂既不包含在精神中,也不是精神的一部分。诚然,科学已经找到了一种让部分身体和精神继续存在的方法。这很好,但它根本无法影响灵魂,当然也不意味着永生、进入天堂、涅槃重生或类似的东西。灵魂不会受到科学操纵的影响。当精神在科学来世里最终无法避免地死亡之后,灵魂的归宿将与传统的道德、伦理和宗教习俗相一致。"

"哇!"布莱恩说,"我想我明白你的意思。他们想实现科学和宗教的共存,但他们的论证对有些人来说是不是有点难以捉摸?"

"是的。"玛丽·索恩说,"尽管他们解释得比我好得多,还用了各种类比来支持这一论证。但那只是一个主张而已。其他人并没有尝试共存。他们纯粹宣称科学来世是罪恶的。有一群人站在科学的立场上解决了这个问题,并宣称灵魂包含在精神中。"

"我猜是来世教会?"

"是的。他们是从其他宗教中分裂出来的。他们认为,精神中包含灵魂,而来世是灵魂死后的重生,没有宗教上的如果和但是。"

"真与时俱进。"布莱恩说,"但是道德……"

"在他们看来,这并没有背弃道德。来世论者说,你不能用宗教的奖惩制度把道德和伦理强加于人;即使你能,也不应该这样做。他们认为道德本身必须是好的,首先是对社会有机体而言,其次是对个人的利益而言。"

在布莱恩看来,这似乎对道德的要求很高。"我猜这个宗教很受欢迎吧?"他问道。

"非常受欢迎。"玛丽·索恩回答。

布莱恩还想接着问,但詹姆斯神父已经开始说话了。

"威廉·菲茨西蒙斯,"牧师对宿主说,"你自愿来到这个地方,是为了结束你在地球上的存在,并在精神世界将其延续?"

"是的,神父。"面色苍白的宿主低声说道。

"而且已经实施了适当的科学手段,使你可以在精神层面上延续你的存在?"

"是的,神父。"

詹姆斯神父转向雷利。"肯尼斯·雷利。你自愿来到这个地方,是为了在威廉·菲茨西蒙斯的身体里延续你在地球上的存在?"

"是的,神父。"身材矮小但一脸坚毅的雷利答道。

"你已为威廉·菲茨西蒙斯打开了通向来世的大门,向菲茨西蒙斯的继承人支付了一笔钱,并且缴纳了交易中涉及的政府税款吗?"

"是的,神父。"雷利说。

"既然如此,"詹姆斯神父说,"就没有涉及犯罪,无论是世俗的还是宗教的。在这里,没有任何生命被剥夺,因为威廉·菲茨西蒙斯的生命和人格会在来世继续存在,而肯尼斯·雷利的生命和人格会在地球上继续存在。那么,开始转世吧!"

在布莱恩看来,这似乎是婚礼和行刑的骇人结合。

牧师微笑着退了下去。技术人员将他们固定在椅子上,并在他们的手、腿和额头上接上电极。房间里鸦雀无声,雷克斯的董事们在座位上满怀期待地探出身子。

"开始吧。"雷利说着,看着布莱恩,微微一笑。

首席技术员转动了一下黑色机器上的刻度盘。它立刻发出响亮的嗡鸣声,泛光灯也暗了下来。两人在绑带的束缚下猛烈抽搐着,然后瘫软下来。

布莱恩低声说:"他们在谋杀那个叫菲茨西蒙斯的可怜浑球。"

"那个可怜的浑球,"玛丽·索恩告诉他,"很清楚自己在做什么。他三十七岁了,失败了一辈子。他每份工作都干不长久,而且本来也没有死后重生的机会。这对他来说是天赐良机。此外,他也无法养活自己的妻子和五个孩子。雷利先生付的钱能使他的孩子们接受体面的教育。"

"为他们欢呼吧!"布莱恩说,"大甩卖,一位父亲的身体,九成新,状况良好。清仓大甩卖!赔本甩卖!"

"你太可笑了。"她说,"看,已经结束了。"

机器被关掉了,两个人身上的带子也被取了下来。技术人员和医生上前检查宿主的身体,而雷利那满脸皱纹、龇牙咧嘴的苍老身躯却无人问津。

"没反应!"满脸胡须的老医生喊道。

布莱恩能感觉到房间里的人充满忧虑,还有一丝恐惧。时间一分一秒地过去,医生和技术人员都围在宿主周围。

"还是没有反应!"老医生叫道,声音变得尖锐起来。

"发生了什么?"布莱恩问玛丽·索恩。

"我告诉过你,转世很难操作而且相当危险。雷利的精神还没能控制宿主的身体。他的时间不多了。"

"为什么不多了?"

"因为一个人的身体在精神抽离的那一刻就开始死亡。如果身体里连休眠的意识都没有,不可逆的死亡过程就会开始。精神是必不可少的。即使是精神的潜在意识也能控制那些自动过程,但如果没有精神……"

"还是没有!"老医生喊道。

"我估计现在已经太晚了。"玛丽·索恩低声说。

"有震颤!"医生说,"我感觉到了一次震颤!"

一阵很久很久的沉寂。

"我觉得他进去了!"老医生叫道,"现在,上氧气,打肾上腺素!"

面罩戴在了宿主的脸上。皮下注射器推进了宿主的手臂。宿主抽动着,颤抖着,瘫软下来,接着又开始抽动。

"他成功了!"老医生大喊着,摘下氧气面罩。

董事们好像接到了指令一样,急忙从椅子上站起来,走上舞台。他们围住了正在眨眼和干呕的宿主。

"恭喜你,雷利先生!"

"好样的,先生!"

"我们刚才很担心,雷利先生!"

宿主盯着他们,然后擦了擦嘴说:"我不叫雷利。"

老医生从董事们中间挤过去,在宿主旁边弯下腰来。"不是雷利?"他说,"你是菲茨西蒙斯吗?"

"不。"宿主说,"我不是菲茨西蒙斯那个可怜的笨蛋!我也不是雷利。雷利想进入这个身体,但我比他先进入了。现在是我的身体了。"

"你是谁?"医生问。

宿主站了起来。董事们从他身边退开了，有一个人飞快地在胸前画了个十字。

"它死了太久了。"玛丽·索恩说。

宿主现在的脸和威廉·菲茨西蒙斯那张苍白、惊恐的脸只有一点点最微弱、最程式化的相似之处。这张脸上没有呈现出菲茨西蒙斯的决心，也没有表现出雷利的暴躁和好心情。除了他自己，这张脸谁也不像。

除了脸颊和下巴上的胡茬外，那张脸惨白惨白的，嘴唇也没有血色。一绺黑发贴在冰冷的白色额头上。当菲茨西蒙斯拥有这副身体的时候，这些容貌特征融为一体，很和谐，不扎眼。但现在，每个特征都变得粗糙而独立。那张不和谐的惨白面孔上出现了一种厚重而原始的表情，就像回火前的铁或烧制前的陶土。由于面部缺乏肌张力，那表情松弛、阴沉而淡然。那些平静、死气沉沉、不和谐的五官丝毫没有透露出此人背后的性格。

那张脸似乎不再完全属于人类了。所有的人性此时都存在于伟大、耐心、不眨眼的佛眼之中。

"它已经变成僵尸了。"玛丽·索恩紧靠着布莱恩的肩膀，低声说道。

"你是谁？"老医生问。

"我不记得了。"它说，"不记得。"它慢慢地转过身，走下舞台。两名董事试探性地上前拦住它。

"走开。"他对他们说，"现在是我的身体了。"

"别管这可怜的僵尸了。"老医生疲惫地说。

董事们让开了。僵尸走下台阶，转身走向布莱恩。

"我认识你！"它说。

"什么？你要干什么？"布莱恩紧张地问。

"我不记得了。"僵尸死盯着他说，"你叫什么名字？"

"托马斯·布莱恩。"

僵尸摇了摇头。"这个名字对我来说没有任何意义，但我会想起来的。是你，对。有些事情……我的身体快要死了，是不是？太糟糕了。我会在这副身体死掉之前想起来的。你和我，你知道的，在一起。布莱恩，你不记得我了吗？"

"不！"布莱恩大喊。一想到他和这个垂死的东西之间有着某种重要的联系，他就退缩了。不可能！这个身体盗贼，这个不洁的篡位者，它到底在暗示什么共同的秘密？什么黑暗的亲密关系？还有什么像一块肮脏的面包一样只能在布莱恩和它之间分享的讽刺信息？

什么也没有，布莱恩告诉自己。他了解自己，知道自己是什么人，知道自己过去是什么人。这样的事情不可能出现在他的面前。

这个怪物要么是疯了，要么是搞错了。

"你是谁？"布莱恩问。

"我不知道！"僵尸在空中挥舞着双手，就像一个被网缠住的人。布莱恩知道它内心的感觉，困惑，迷茫，难以形容，想要活下去，却囿于一副垂死的僵尸之身。

"我们会再次见面的。"僵尸对布莱恩说，"你对我很重要。我会再见到你的，我会想起我们之间的一切。"

僵尸转过身，沿着过道走出了剧院。

布莱恩一直盯着它的背影，突然觉得有东西压在了自己的肩膀上。

玛丽·索恩晕倒了。这是她迄今为止做过的最像女人的事情。

11

首席技术员和大胡子医生在转世机器附近争吵，他们的助手毕恭毕敬地站在他们身后。这场争论很有技术性，但布莱恩明白，他们想确定转世失败的原因。两个人似乎都觉得错在对方。

老医生坚持认为，机器的设置一定出了问题，或者出现了没有代偿的功率下降。首席技术员发誓说这台机器完美无缺。他坚信，失败是因为雷利的身体状况不适合做这种艰苦的尝试。

双方都不肯让步，但他们都是通情达理的人，很快就达成了一个折中的解决方案。他们认为，错在那个与雷利争夺菲茨西蒙斯的身体并成功取代了他的无名幽灵。

"但他是谁？"首席技术员问，"你觉得是鬼魂吗？"

"有可能。"医生说，"还真是见了鬼。鬼魂附在活人身上是很罕见的。不过，他说话疯疯癫癫，真的像鬼。"

"不管他是谁，"首席技术员说，"他接管宿主的时间太迟了。那副身体早就是僵尸了。总之，这事不能怪任何人。"

"没错。"医生说，"我会证明设备是完好的。"

"好的。"首席技术员说，"我会证明病人的健康状况。"

他们心照不宣地交换了一个眼色。

董事们立即召开了内部会议，想确定这件事对雷克斯公司的结构会造成怎样的影响，商讨如何向公众公布这一消息，以及是否应该给全体雷克斯员工放一天假去拜访雷利家族的死亡宫殿。

老雷利原来的身体仰靠在椅子上，带着超然、嘲讽的笑容，开始变得僵硬。

玛丽·索恩恢复了知觉。"走吧。"她说着，领着布莱恩走出了剧院。他们匆匆穿过长长的灰色走廊，来到临街的门口。她在外面拦了一辆直升出租车，并给了司机一个地址。

"我们要去哪儿？"当直升出租车向上爬升并倾斜时，布莱恩问道。

"我家。这段时间雷克斯公司会变成疯人院的。"她开始重新梳理头发。

布莱恩靠在椅垫上，俯视着这座熠熠生辉的城市。从这个高度看，整座城市就像一张精致的微型画，一幅出自《一千零一夜》的五彩缤纷的马赛克。但在下面的某个地方，行走在街道和楼层之间，有一个僵尸，正试图想起……他。

"但是为什么是我？"布莱恩大声问道。

玛丽·索恩瞥了他一眼。"为什么你和僵尸有关？为什么不是你呢？你从来没有犯过错误吗？"

"我想我犯过错，但都是以前的事了，早就结束了。"

她摇了摇头。"也许在你的时代，错误可以永远结束。而在今天，没有什么会死得透透的。这是死后重生最大的缺点。一个人犯下的错误有时候无法被体面地埋葬。有时它们会跟着你。"

"我明白了。"布莱恩说，"但我从来没有做过会带来这种情况的事情。"

她漠不关心地耸耸肩。"那样的话，你比我们大多数人都强。"

在他看来，她从来没有像现在这样陌生过。直升出租车开始缓慢地下降。布莱恩思索着所有随益处而来的弊端。

在他的时代，地球上的落后地区对疾病的控制导致了出生率激增、饥荒和瘟疫。他目睹核能引发了核战争。每一个益处都会产生其特定的弊端。为什么在今天就会有所不同呢？

一个经过证实的、科学的来世无疑对人类是有利的。

实操又一次赶上了理论！但是弊端……

平凡生活周围的防护屏障不可避免地被弱化了，窗帘上出现了一些缝隙，堤坝上出现了几个洞。死去的人拒绝体面地躺着不动，他们坚持要和活着的人混在一起。这对谁有利？对鬼魂也有利……它们在已知的自然法则的范围内活动，毫无疑问是合乎逻辑的。但对一个被鬼魂缠身的人来说，这可能只是冷冰冰的安慰之词。

布莱恩认为，如今，一个全新的阶层冲击着在地球上生存的人类。就像僵尸对他的存在产生了令人不适的影响一样。

直升出租车降落在一幢公寓楼的楼顶上。玛丽·索恩付了钱，把布莱恩带到她的公寓。

这是一间宽敞通风的公寓，透着赏心悦目的女性气息，家居装潢也别有一番风味。布莱恩觉得，与索恩小姐忧郁的性格不相称的是房间里的色彩过于鲜亮。也许，鲜艳的黄色和亮眼的红色表达了她的某种愿望，是对她受约束的商业生活的一种补偿。或者，这只是一种流行的家居风格。公寓里有一些布莱恩觉得属于未来时代的玩意：自动调节的照明和空调，自动适应的扶手椅，以及按一下按钮就能制作出合格的马提尼酒的吧台。

玛丽·索恩走进了一间卧室，又穿着一件高领的家居服回来了，坐在他对面的沙发上。

"布莱恩，你有什么打算？"

"我想我得问你借点钱。"

"没问题。"

"那样的话，我就打算找一家酒店住下来，然后开始找工作。"

"这并不容易。"她说，"但我认识一些人或许可以……"

"不用了，谢谢。"布莱恩说，"我希望你别觉得我很傻，但我宁愿自己找一份工作。"

"不，我不觉得你傻，我希望你能找到。想吃晚饭吗？"

"想。你也做饭吗？"

"我只需要设置好刻度盘。"她对他说，"让我想想。你想吃一顿真正的火星餐吗？"

"不了，谢谢。"布莱恩说，"火星食物很美味，但不顶饱。你家有牛排吗？"

玛丽设置好了刻度盘，剩下的工作就交给她的自动厨师了——从储藏室和冰箱中选择食物，剥皮、打开包装、清洗和烹饪，并订购新的食物补充进来。这顿饭很完美，但玛丽竟然似乎对此有些尴尬。她为这顿纯机械化制作的晚餐向布莱恩道歉。毕竟，在他那个时代，妇女们自己开罐头，自己尝味道。但也可能是因为她们的空闲时间更多。

当他们喝完咖啡时,太阳已经落山了。布莱恩说:"非常感谢,索恩小姐。现在如果你能把那笔钱借给我,我就可以着手安排了。"

她看上去很惊讶。"在晚上吗?"

"我会找个酒店房间。你已经帮我很多忙了,我不想再麻烦你了……"

"没关系。"她说,"今晚就留在这里吧。"

"好吧。"布莱恩说。他突然嘴巴发干,心跳莫名加快。他知道她的邀请并没有任何私心,但他的身体似乎并不明白。它依旧充满希望地,甚至是充满期待地,对克制而一丝不苟的索恩小姐起了反应。

她给他安排了一间卧室,又给了他一套绿色睡衣。当她离开后,布莱恩关上门,脱了衣服,上了床。他让灯熄灭,灯便灭了。

过了一会儿,正如他身体所期待的那样,索恩小姐走了进来,穿着白色的薄纱衣服,在他身边躺下。

他们默默地并排躺着。玛丽·索恩靠过来,布莱恩把一只胳膊放在她的头下。

他说:"我以为你对我这种类型的人不感兴趣。"

"不完全是。我说过我更喜欢又高又瘦的男人。"

"我曾经是个又高又瘦的人。"

"我这样猜想过。"

两个人都沉默了。布莱恩开始变得不自在,忐忑起来。这是什么意思?她对自己有好感吗?或者这只是这个时代的风俗,一种类似于因纽特人的待客之道?"索恩小姐,"他说,"我想知道……"

"嘘,别说话!"她说着,突然转过来看着他,她的眼睛在阴暗的房间里显得很大。"你一定要质疑一切吗,汤姆?"过了一会,她恍恍惚惚地说,"在这种情况下,我觉得你可以叫我玛丽。"

第二天早上,布莱恩洗了个澡,刮了胡子,穿好衣服。玛丽用机器做了早餐。他们吃完后,她给了他一只小信封。

"如果你需要,我还可以借给你更多。"她说,"现在说说找工作……"

"你帮了我很大的忙。"布莱恩说,"剩下的我想自己来。"

"好吧。信封上有我的地址和电话号码。找到酒店就给我打电话。"

"我会的。"布莱恩说着,仔细地看着她,看不出一丝昨晚的影子,就好像她是另一个完全不同的人。但她刻意的冷静对布莱恩来说已经是足够大的反应了。足够了,至少目前是这样。

在门口,她碰了碰他的胳膊。"汤姆,"她说,"请小心点。给我打电话。"

"我会的,玛丽。"布莱恩说。

他兴高采烈、神清气爽地走进这座城市,一心想要征服世界。

12

布莱恩的第一个想法是去游艇设计室转转。

但他只是想象了一下一位来自1806年的游艇设计师走进1958年的工作室,便决定不这么做了。

这位古董般的老人可能很有才华,但是当他被问及他对稳心架分析、流程图、帆所产生的扬力中心点以及无线电测向仪和声呐的最佳位置了解多少时,这些才华能帮上什么忙呢?

在他学习减速齿轮、脱落涂料、油箱测试、螺旋桨螺距、热交换系统、合成帆布等方面的知识时,哪家公司会付钱给他?

门都没有,布莱恩这么觉得。他不可能在落后这个时代一百五十二年的情况下,走进一间设计工作室去寻求一份工作。可他能做什么样的工作?也许他可以学习并赶上2110年的技术,但他必须用自己的时间来学习。

现在,他愿意接受任何可以得到的工作。

他去报摊买了一份《纽约时报》微电影和一个观看器。他走啊走,直到找到一条长凳,坐了下来,开始看分类广告。他迅速地跳过了技术工种,因为他不可能胜任这类工作。他切换到了非技术类,然后看到:

"自动餐厅招聘安装人员。只需掌握机器人学的基本知识。"

"马克林游轮招聘擦拭船体人员。必须是Rh阳性血型,高度抗幽闭恐惧症。"

"招聘人员从事高强度轴承衰减工作。需掌握简单的维修知识。包餐食。"

很显然,在2110年,即使是非技术性劳动也超出了布莱恩目前的能力。他翻到"男孩就业"这一页,看到:

"招聘对切分机械感兴趣的年轻人。前景良好。要求掌握基本的微积分知识以及胡亭方程式的实用知识。"

"招募年轻男性,从事金星上的推销工作。工资加提成。要求掌握基本的法语、德语、俄语和欧雷斯克兹语。"

"艾斯克尔公司诚聘书报配送员。要求会开斯普灵车。需要很熟悉这座城市。"

所以……他连当报童的资格都没有!一想到这个就很泄气。

找工作比他想象的要难得多。这个城市里难道没有人挖沟渠或搬运包裹吗?所有的体力活都是机器人干吗?还是你连拉个手推车都需要博士学位?这是个什么世界?

他翻到《纽约时报》的头版寻找答案,调整了一下观看器,看了看当天的新闻:

在新南火星的奥克萨,一个新的空间场正在建造。

据信,芝加哥地区的几起工业火灾是由一个恶灵引起的。初步的驱魔仪式正在进行。

在小行星带的西格玛-G区发现了丰富的铜矿。

二重身活动在柏林有所增加。

一项针对棉兰老岛腹地章鱼村的全新调查正在开展。

亚拉巴马州斯宾塞的一群暴徒用私刑处死并焚烧了镇上的两个僵尸。目前正在对暴徒头目采取法律行动。

一位人类学领军人物宣布，位于大洋洲的土木土群岛是保存着二十世纪古朴特质的最后一个据点。

大西洋鱼类牧民协会在华尔道夫酒店举办年会。

在奥地利蒂罗尔，一个狼人逃脱了抓捕。当地村庄接到警告，要二十四小时监视这只野兽。

众议院提出一项法案，取缔一切狩猎和角斗活动。该法案已被否决。

在圣地亚哥市中心，一名狂暴战士夺走了四条生命。

直升机的死亡人数在今年突破了一百万大关。

布莱恩把报纸丢在一边，比之前更加沮丧了。鬼魂、二重身、狼人……他不喜欢这些听起来模糊、冷酷、古老的字眼，虽然在如今似乎已变为现实。他已经遇到了一个僵尸。他不想再遇到任何来世带来的危险情况了。

他再次上路，穿过剧院区，经过闪闪发光的大顶篷、麦迪逊广场花园有关角斗活动的宣传海报、宣传立体电视节目和感官表演的广告牌、宣传泛音音乐会和金星哑剧的闪光信号灯。布莱恩悲伤地想起，如果雷利没有改变主意，他本可以成为这个令人眼花缭乱的仙境的一部分。他现在可能正在其中一家剧院演出，海报上写着"来自过去的男人"……

当然了！布莱恩突然意识到，一个来自过去的人具有一种独特的、不容置疑的新奇价值，一种与生俱来的才能。雷克斯公司在1958年救了他的命，为的就是利用这种天赋，但他们改变了主意。那么，有什么能阻止他为自己使用这种新奇价值呢？说到这个，他还能怎么办呢?表演似乎是他唯一可能从事的事业。

他快步走进一座巨大的办公楼,在公告栏找到了六家戏剧经纪公司。他选择了一家名为巴内克斯、斯科菲尔德和斯代尔斯的经纪公司,然后乘电梯来到了他们位于十九楼的办公室。

他走进一间豪华的等候室,里面挂着笑容可掬的女演员们的大幅立体照片。在房间的最里面,一位漂亮的接待员向他挑起了问询的眉毛。

布莱恩走到她的桌前。"我想找人谈谈我的表演。"他对她说。

"我很抱歉。"她说,"我们的档期都满了。"

"这是一种非常特殊的表演。"

"我真的非常抱歉。也许下周还有可能。"

"听我说,"布莱恩说,"我的表演真的很独特。你看,我是一个来自过去的人。"

"我不管你是不是斯科特·梅姆韦尔的鬼魂。"她甜甜地说,"我们档期满了。下周再来试试。"

布莱恩转身要走。一个又矮又壮的男人轻快地从他身边走过,向接待员点点头。

"撒切尔小姐,早上好。"

"早上好,巴内克斯先生。"

巴内克斯!经济人之一!布莱恩急忙追上去,抓住他的袖子。

"巴内克斯先生,"他说,"我有一个表演……"

"每个人都有自己的表演。"巴内克斯疲倦地说。

"但这种表演是独一无二的!"

"每个人的表演都是独一无二的。"巴内克斯说,"放开我的袖子,朋友。下周再来试试。"

"我来自过去!"布莱恩喊道,突然觉得自己很傻。巴内克斯转过身来盯着他。他看起来好像要给警察局或者疯人院打电话。但布莱恩却不顾一切地继续解释。

"我真的是！"他说，"我有绝对的证据。雷克斯公司把我从过去救了过来。去问问他们！"

"雷克斯？"巴内克斯说，"没错，我在林迪餐馆听说了一点……嗯。到我办公室来吧，怎么称呼？"

"布莱恩，托马斯·布莱恩。"他跟着巴内克斯走进一个狭小而杂乱的隔间。"你觉得能让我表演吗？"他问道。

"也许吧。"巴内克斯说，示意布莱恩坐到椅子上，"这要看情况了。跟我讲讲吧，布莱恩先生。你来自过去的哪个时代？"

"1958年。我对二十世纪三十年代、四十年代和五十年代的情况了如指掌。我在大学里演过一些戏，有一定的舞台经验。我的一位职业演员朋友曾经告诉我，我有一种天生的……"

"1958年？二十世纪？"

"是的，没错。"

经纪人摇了摇头，"太糟糕了。如果你是六世纪的瑞典人或者七世纪的日本人，我就可以给你找到工作。为我们的一世纪罗马人或四世纪的撒克逊人预约出场并不困难，我可以再用几个像他们那样的人。但现在时间旅行是非法的，要找到那些来自早期时代的人真是太难了。公元前的人已经完全没有了。"

"那二十世纪呢？"布莱恩问。

"都满了。"

"满了？"

"当然。来自1953年的本·塞勒得到了所有的舞台演出机会。"

"我明白了。"布莱恩说着，慢慢地站了起来，"不管怎样还是谢谢你，巴内克斯先生。"

"别客气。"巴内克斯说，"希望我能帮上忙。如果你是来自十一世纪以前的任何时间或地方，我可能会把你签下来。但人们对十九、二十世纪之类的近代事物不太感兴趣……要不然，你去看看塞勒的表演吧？可能性不大，不过也许他会需要一个替补演员之类的人。"

他在一张纸上潦草地写了一个地址,把它交给了布莱恩。布莱恩接过它,再次感谢对方,然后离开了。他在街上站了一会儿,咒骂着自己的差运气。他那独一无二且不容置疑的才能,他那新奇的价值,已经被来自1953年的本·塞勒篡夺了!真的,他想,时间旅行的条件应该再苛刻一点。把一个男人扔到这里,然后又不管他,这实在是不公平。

他不知道塞勒是个什么样的人。不过,他会了解的。即使塞勒不需要替补演员,能和来自同一时代的人聊会儿天也是一种乐趣和解脱。而且塞勒在这里生活的时间更长,他也许对二十世纪的人在2110年能做些什么工作有一些想法。

他拦了一架直升出租车,把地址给了司机。十五分钟后,他来到塞勒的公寓大楼,按响了门铃。

开门的是一个穿着睡衣、肥头大耳、一脸得意的胖男人。

"你是摄影师吗?"他问道,"你来得太早了。"

布莱恩摇了摇头,"塞勒先生,你从没见过我。我来自你的世纪。我来自1958年。"

"这样吗?"塞勒带着明显的怀疑语气问道。

"这是真的。"布莱恩说,"我是被雷克斯公司抢救过来的。你可以和他们核实我的故事。"

塞勒耸了耸肩。"好吧,你想要什么?"

"我在想你也许需要个替身之类……"

"不,不,我从来不用替身。"塞勒说着就要把门关上。

"我本来不这么认为。"布莱恩说,"我来的真正原因只是想和你谈谈。离开自己的时代是相当孤独的,我想和同时代的人聊聊,我想也许你也会这么觉得?"

"我?噢!"塞勒突然露出了舞台上的温暖笑容,"啊,你是说二十世纪的美好时光吧!我很乐意找时间跟你聊聊,朋友。小小的老纽约城!道奇队和扬基队,公园里的双轮马车,洛克菲勒广场的旱冰场。我当然很怀念这一切！伙计！但恐怕我现在有点忙。"

"当然了。"布莱恩说，"改天吧。"

"很好！我真的很乐意！"塞勒笑得更灿烂了，"给我的秘书打电话，好吗？约个时间，你懂的。我们要好好聊一聊那些时候。我猜你需要一点零钱……"

布莱恩摇了摇头。

"那么，再见吧。"塞勒热情地说，"一定要尽快打电话过来。"

布莱恩匆匆走出大楼。被人夺走你的新奇价值已经够糟糕的了，更糟糕的是被一个彻头彻尾的骗子夺走，一个从未在1953年前后一百年中出现过的时间骗子。洛克菲勒旱冰场！竟然会有这种纰漏。

关于这个男人的一切都是假的。但可悲的是，布莱恩可能是2110年唯一能识破这场骗局的人。

那天下午，布莱恩买了一身换洗衣服和一套剃须用具。他在第五大道的一家廉价旅馆里要了一个房间。接下来的一个星期里，他继续寻找工作。

他去了餐馆，但发现人类洗碗工已经是过去的事了。在码头和太空港，机器人做了大部分的重活。有一天，他被暂时批准在金贝尔·梅西百货担任包装检查员。但人事部门在仔细研究了他的性格特征、易怒指数和易受暗示的等级后，否决了他，而选择了一个来自皇后区、拥有包装设计硕士学位的目光呆滞的小个子男人。

一天晚上，布莱恩正疲惫地往旅馆走去，这时他在拥挤的人群中认出了一张脸。无论在哪里，他都能立刻认出这个男人。他跟布莱恩差不多年纪，身材矮小，红头发，翘鼻子，有点龅牙，脖子上有一小块红斑。他表现出一种得意扬扬的自信，那是一种总会遇见转机的人所具有的不可抑制的自信。

"雷！"布莱恩大喊道，"雷·梅尔希尔！"他推开人群，抓住他的胳膊，"雷！你怎么逃出来的？"

那人把手抽出来，抚平外套袖子。"我的名字不是梅尔希尔。"他说。

"不是吗？你确定吗？"

"我当然确定。"他说着就要走开。

布莱恩走到他面前。"等一下。你和他长得一模一样，连辐射疤痕都一样。你确定你不是雷·梅尔希尔，不来梅飞船上的流量控制员吗？"

"非常确定。"那人冷冷地说，"你把我和别人搞混了，年轻人。"

布莱恩目不转睛地看着那个男人走开。然后他伸出手，抓住那人的肩膀，把对方抡了起来。

"你这个肮脏的偷身体的浑蛋！"布莱恩喊道，重重地甩出了右拳。

那个和梅尔希尔一模一样的人被打得撞向一幢建筑物，跟跟跄跄地滑到人行道上。布莱恩朝他冲过去，周围的人迅速闪开。

"狂暴战士！"一个女人尖叫起来，另一个人也跟着喊起来。布莱恩看到一个身穿蓝色制服的人从人群中向他挤过来。

大盖帽！布莱恩躲进了人群。他迅速拐了一个弯，然后又拐了一个弯，放慢脚步，回头看了看。警察已经看不见了。

布莱恩又开始向旅馆走去。

那曾经是梅尔希尔的身体，但它已经不再属于他了。他没有在紧急关头获得缓刑，没有得到最后的机会。他的身体被人夺走，卖给了那个老头，那怨天尤人的精神套上这副神气的身体，就像穿着一套不合身的、过于年轻的衣服。

现在他知道，他的朋友真的死了。在回到旅馆之前，布莱恩在附近的酒吧里默默地给梅尔西尔敬了一杯酒。

当他走过前台时，店员拦住了他。"布莱恩？有你的留言。稍等一下。"他走进办公室。

布莱恩等待着，想知道是谁的留言。玛丽吗？但他还没有给玛丽打电话，而且在找到工作之前也不打算给她打电话。

店员回来后递给他一张纸条。上面写着：

"灵魂通讯站第23街分部有一次交流在等着托马斯·布莱恩。时间，九点到五点。"

"怎么会有人知道我在哪儿？"布莱恩问道。

"鬼魂自有办法。"店员告诉他，"我认识一个人，换了三次名字，做了一次'移植'并且换了一整套皮肤，他死去的岳母还是找到了他。他在阿比西尼亚躲着她。"

布莱恩说："我没有死去的岳母。"

"没有？你觉得是谁在找你？"店员问。

"我明天就知道了，我会告诉你的。"布莱恩说。但他白挖苦了，那个店员已经回去学"原子发动机维修"函授课程了。布莱恩上楼回了自己的房间。

13

灵魂通讯站第23街分部是第三大道附近的一座大型灰岩建筑。门上刻着这样一句话：

"致力于地球上的人和地球以外的人之间的自由交流。"

布莱恩走进大楼，仔细研究着目录。目录上有"信息接收""信息发送""翻译""戒除""驱魔""供奉""请求"和"劝诫"的楼层和房间号。他不确定自己属于哪个类别，也不确定这些分类是什么意思，甚至不确定灵魂通讯站的作用。他拿着纸条到了问讯处。

"这是信息接收。"一位头发花白的接待员和善地告诉他，"沿着走廊一直走到32A房间。"

"谢谢你。"布莱恩犹豫了一下，然后说，"你能给我解释一下吗？"

"当然可以。"女人说,"你想知道什么?"

"嗯……我希望这听起来不会太傻……这里是干什么的?"

灰白头发的女人笑了。"这是一个很难回答的问题。从哲学意义上讲,我想你们可以把灵魂通讯站视为通往更伟大的一元论的一步,一次抛弃身心二元论的尝试,代之以……"

"不。"布莱恩说,"我是说字面上的意思。"

"字面上的?怎么了,灵魂通讯站是一个私人资助的免税组织,被特许作为与来世临界层沟通的信息交换所和通讯中心。当然,在某些情况下,人们不需要我们的帮助,可以直接与逝者沟通。但更多的时候,沟通需要进行增幅。

"这个中心拥有合适的设备,可以让我们听到死者的声音。我们还提供其他的服务,比如说戒除、驱魔、劝诫,等等,当肉体和精神互动时,这些服务有时候是必要的。"

她对他热情地微笑。"这样说你清楚一些了吗?"

"非常感谢。"布莱恩答道,然后顺着大厅走到32A房间。

那是一个灰色的小房间,有几把扶手椅,墙上还有一个扩音器。布莱恩坐了下来,想知道接下来会发生什么。

"汤姆·布莱恩!"扩音器里传来一个空洞的声音。

"哈?什么?"布莱恩问道,跳起来朝门口走去。

"汤姆!你还好吗,朋友?"

布莱恩把手放在门把手上,突然认出了这个声音。"雷·梅尔希尔?"

"没错!我现在在有钱人死后去的地方!很棒,是不是?"

"你在美化这个时代。"布莱恩说,"但是,雷,怎么回事?我以为你没有来世保险。"

"我确实没有。让我告诉你整个故事。他们抓走你后的一个小时就来抓我了,我当时气得简直要疯掉。在麻醉和被抹去的过程中,我一直很生气。我死的时候还在生气。"

"死亡是什么感觉?"布莱恩问。

"就像爆炸一样。我能感觉到自己散落在各处,变得像星系一样大,然后破碎成碎片,碎片又爆炸成更小的碎片,而所有这些都是我。"

"然后发生了什么?"

"我不知道。也许是我太生气了,所以起了作用。我竭尽所能延伸自己——如果再远一点,那就不是我了——然后我就又聚到了一起。有些人就是会这样。就像我跟你说的,每一百万人中就有几个人能在没有来世训练的情况下生存下来。我是其中一个幸运儿。"

"我猜你已经知道我的情况。"布莱恩说,"我想为你做点什么,但你的身体已经被卖掉了。"

"我知道。"梅尔希尔说,"还是要谢谢你,汤姆。谢谢你把那个蠢货打了一顿。那个穿着我身体的人。"

"你看见了?"

"我一直睁大眼睛看着。"梅尔希尔说,"顺便说一句,我喜欢那个玛丽。漂亮的小丫头。"

"谢谢。雷,来世是什么样的?"

"我不知道。"

"你不知道?"

"我还没到来世,汤姆。我在临界区域。这是一个预备阶段,是地球和来世之间的某种桥梁。这很难描述。类似灰色地带,地球在一边,来世在另一边。"

"你为什么不跨过去?"布莱恩问。

"还不能过去。"梅尔希尔说,"这是通向来世的单行道。一旦你跨过去了,就再也回不来了。再也不能和地球联系了。"

布莱恩想了一会儿,然后问道:"雷,你打算什么时候跨过去?"

"我也不太清楚。我想我会在临界区域待上一段时间,留意一下情况。"

"你的意思是留意我的情况。"

"嗯……"

"谢谢你,雷,但别这么做。进入来世吧。我能照顾好自己。"

"你当然能。"梅尔希尔说,"但我想,无论如何我还是会在这里待一段时间。你也会为我这么做的,对吧?所以不要争论了。现在听我说,你应该知道自己有麻烦了吧?"

布莱恩点点头,"你是说那个僵尸?"

"我不知道它是谁,也不知道它想从你这儿得到什么,汤姆,但这不可能是好事。当它明白过来的时候,你最好离得远远的。但那不是我想说的麻烦。"

"你是说我还有别的麻烦?"

"恐怕是的。你会被幽灵缠上,汤姆。"

布莱恩不由自主地笑了起来。

"有什么好笑的?"梅尔希尔愤怒地问道,"你以为被幽灵缠上很好笑吗?"

"不好笑,但真的有那么严重吗?"

"天啊,你真无知。"梅尔希尔说,"你知道关于鬼魂的事吗?它们是怎么产生的,它们想要什么?"

"告诉我。"

"好吧,一个人死后有三种可能。第一,他的精神会直接爆炸,分散,消逝。第二,他的精神可以扛住死亡创伤,保持完好。他会发现自己在临界区域,变成一个灵魂。我猜你明白这两种情况了。"

"继续。"布莱恩说。

"第三种可能性是,他的精神在死亡创伤中崩溃,但还没有完全消散。在他来到了临界区域后,这种损伤已经造成了永久性的残疾。他疯了。而这,我的朋友,就是鬼魂诞生的方式。"

"嗯。"布莱恩说,"所以鬼魂就是在死亡创伤期间变得疯狂的精神?"

"对。它没有理智，会缠着人。"

"但为什么呢？"

"鬼魂缠人，"梅尔希尔说，"是因为它们充满扭曲的仇恨、愤怒、恐惧和痛苦。它们不愿意进入来世，想尽可能久地待在地球上，因为它们的注意力仍然在地球上。它们想吓唬人们，伤害人们，把人们逼疯。缠人是它们能做的最反社会的事，这就是它们的疯狂。听着，汤姆，自从人类诞生以来……"

自从人类诞生以来，一直有鬼魂存在，但它们的数量一直很少。每一百万人中只有几个人能在死后存活下来；而这些存活者中只有极少数人在转变过程中发疯，并成为鬼魂。

但是，对于为死亡着迷的人类来说，这少数人的影响是巨大的。他们对刚刚死去不久的尸体如此冷酷的活动方式心生敬畏，被骷髅那可怕而又不合时宜的幽默所震惊。死亡复杂而神秘的形象似乎拥有无尽的含义，它警示的手指指向布满幽灵的天空。所以，每一个真正的鬼魂，都会引发一千个谣言和恐惧。每一只吱吱乱叫的蝙蝠都成了鬼魂。

沼泽地的火焰、飘动的窗帘和摇曳的树木都成了鬼魂。圣艾尔摩之火、巨眼猫头鹰、墙里的老鼠、灌木丛中的狐狸都成了鬼魂存在的证据。民间传说越来越多，产生了女巫和术士、邪恶的家族妖精、恶魔和魔鬼、魅魔和梦魇、狼人和吸血鬼。

每看到一个鬼魂，就会怀疑还有一千个存在；每发生一件超自然的事件，就会假设还有一百万个同样事件存在。

早期的科学研究人员走进这个迷宫，试图挖掘超自然现象的真相。他们发现了无数的欺诈、幻觉和错误判断，还发现了一些真正无法解释的事件，而这些事件虽然有趣，但按统计学来说，实在微不足道。

整个民间传说的传统就这样崩塌了。依据科学统计，根本就没有鬼魂的存在。但一直有一种狡猾的、难以捉摸的东西不愿静止不动，没法被分类。几个世纪以来，它一直被忽视，这种偶尔出现的东西为魅魔和梦魇的故事提供了依据。

直到最后，科学理论对民间传说的研究有了成果，在无可争辩的现象的领域为它留出了一席之地，并使它受到尊重。

随着科学来世的发现，不合逻辑的鬼魂被理解为生活在地球和来世之间，虚无缥缈的交界处的一种错乱意识。幽灵的发疯形式可以与地球上的发疯行为归为一类。有的是抑郁症患者，在自己激情洋溢的场景中郁郁寡欢地飘荡；有窃窃私语、喋喋不休地说着一些快乐回忆和废话的青春期痴呆患者；有伪装成小孩子回来的低能儿；有把自己想象成动物、吸血鬼、喜马拉雅雪人、狼人、虎人、狐人、犬人的精神分裂症患者；有扔石头和放火等喜欢搞破坏、恶作剧的鬼魂；还有幻想自己是路西法或别西卜[1]、伊斯拉菲尔[2]或阿撒泻勒[3]、过去的圣诞精灵[4]、复仇女神、神的审判，甚至是死神本身的夸夸其谈的偏执狂。

闹鬼很疯狂。几个鬼魂在古老的瞭望塔边哭泣，虚无缥缈的肩膀支撑着整个庞大的民间传说，它们和绞刑架周围的迷雾融为一体，在降神会上喋喋不休地胡说八道。它们说话、哭泣、唱歌跳舞，取悦那些容易相信它们的人，直到科学的观察者带着"清醒而冷静的问题"来了。于是它们逃回了临界区域，对这种理性的冲击感到恐惧，它们保护着自己的妄想，害怕被治愈。

"事情就是这样。"梅尔希尔说，"剩下的你可以自己想明白。因为来世公司，更多的人在死后活了下来。当然还有更多的人在这个过程中发疯了。"

---

1. 也称苍蝇王，被视为引起疾病的恶魔。
2. 《古兰经》中著名大天使之一，阿拉伯语音译。基督教《圣经》中称为"拉斐尔"。
3. 在《圣经·利未记》中，阿撒泻勒是一个与赎罪日仪式相关的象征。此处代表旷野中的邪恶灵体。
4. 查尔斯·狄更斯1843年的中篇小说《圣诞颂歌》中的虚构人物。

"因此产生了更多的鬼魂。"布莱恩说。

"没错。有一个鬼魂在找你。"梅尔希尔说着,声音越来越微弱,"所以千万小心。汤姆,我得走了。"

"它是哪种鬼?"布莱恩问,"是谁的鬼魂?你为什么要走了?"

"留在地球上需要能量。"梅尔希尔小声说,"我的能量快用完了,需要补充能量。你还能听到我说话吗?"

"能,你继续。"

"我不知道那个鬼魂什么时候会出现,汤姆。我不知道它是谁。我问了,但它不肯告诉我。你要小心它。"

"我会注意的。"布莱恩把耳朵贴在扩音器上,"雷!我还有机会和你说话吗?"

"我想会有。"梅尔希尔说,他的声音几乎听不见了,"汤姆,我知道你在找工作。试试爱德华·弗兰切尔,西十九大街322号。是个粗活,但报酬不少。自己小心。"

"雷!"布莱恩喊道,"它是哪种鬼?"

没有回答。扩音器静悄悄的,灰色的房间里只有他一个人。

14

西十九大街322号,雷·梅尔希尔给他的地址,是码头附近的一座破旧的褐色砂石小房子。布莱恩爬上台阶,按下了一楼的蜂鸣器,上面写着"爱德华·弗兰切尔公司"。

开门的是一个穿着衬衫的大个秃顶男人。

"弗兰切尔先生?"布莱恩问。

"是我。"秃顶男人说,脸上带着灿烂的微笑,"这边走,先生。"他把布莱恩带进了一间散发着水煮卷心菜气味的公寓。

公寓的前半段被布置成一间办公室,里面有一张堆满纸张的桌子,一只满是灰尘的文件柜和几把硬背椅。再往前走,布莱恩看到了一间阴暗的客厅。在公寓的深处,一台立体电视正在大声播放日间节目。

"请原谅这里的脏乱。"弗兰切尔说,示意布莱恩坐到椅子上。

"只要有时间,我就会搬到上城的一间正规的办公室去。但订单总是来得又快又急……现在,先生,我能为你做些什么?"

"我在找工作。"布莱恩说。

"见鬼。"弗兰切尔说,"我还以为你是顾客呢。"他转身朝吵闹的立体电视喊道:"爱丽丝,你能把那该死的东西关小声点吗?"他等待着,直到音量有所减小,然后回头看向布莱恩,"兄弟,如果生意不快点好起来,我就要回科尼摆个自杀亭了。找工作,是吧?"

"对的。雷·梅尔希尔让我来找你试试。"

弗兰切尔的表情亮了起来。"雷还好吗?"

"他死了。"

"可惜了。"弗兰切尔说,"他是个好人,虽然总是有点狂野。在太空飞行员罢工的时候,他给我打过几次工。要不要喝一杯?"

布莱恩点了点头,弗兰切尔走到文件柜,拿出一瓶标着"月汁"的黑麦威士忌。他找到两个烈酒杯,熟练地斟满酒。

"为老雷干杯。"弗兰切尔说,"我猜他是被人打了?"

"被打了,还关进板条箱里了。"布莱恩说,"我刚在灵魂通讯站跟他说过话。"

"所以他去了临界区域!"弗兰切尔羡慕地说,"朋友,我们要是有他的运气就好了。你想找份工作?好吧,也许我可以解决。站起来。"

弗兰切尔绕着布莱恩转了一圈,摸了摸他的肱二头肌,然后用手抚摸他肩部的肌肉。弗兰切尔站在布莱恩面前,垂着眼点点头,然后假装朝布莱恩的脸猛击一拳。布莱恩立刻伸出右手,及时挡住了这一拳。

"体格好，反应快。"弗兰切尔说，"我想你能行。懂武器吗？"

"了解得不多。"布莱恩说道，好奇自己会得到什么样的工作，"就是……啊……一些古董枪。加兰德步枪、温切斯特步枪、柯尔特手枪。"

"你不是开玩笑吧？"弗兰切尔说，"跟你说，我一直想收集古董后坐力武器。但这次狩猎不允许使用炮弹或光束武器。你还会什么？"

"我可以用带刺刀的步枪。"布莱恩一边说一边想着，如果他的基础训练中士听见这种夸大其词的话，会发出怎样的咆哮。

"你会用刺刀？冲刺、躲闪等等？见鬼，我还以为刺刀是一门失传的艺术呢。你是我十五年来见到的第一个。朋友，你被雇用了。"

弗兰切尔走到办公桌前，在一张纸上潦草地写了什么，然后把它递给了布莱恩。

"你明天去这个地方了解一下概况。你的工资是标准的猎人工资，两百美元，外加每个工作日五十美元的补贴。你有自己的武器和装备吗？好吧，我会帮你搞装备，但这要从你的工资里扣除。我还会从中抽取百分之十。行吗？"

"当然。"布莱恩说，"你能再解释一下这次狩猎吗？"

"没什么要解释的，就是一个标准的狩猎。但不要到处谈论这件事，因为我不确定狩猎是否依然合法。我希望国会能把《自杀法》和《许可谋杀法》彻底理顺。人们再也无法知道自己身在何处了。"

"是的。"布莱恩同意。

"他们可能会在介绍概况的时候讨论法律方面的问题。"弗兰切尔说，"猎人们会在那里，猎物会告诉你所需要知道的一切。下次跟雷说话的时候，代我向他问好。告诉他，他被杀了我很难过。"

"我会告诉他的。"布莱恩说。他决定不再问任何问题，怕自己的无知可能会使他失去这份工作。不管是狩猎什么，他和他的身体都能应付。现在，无论为了他日益缩水的钱包，还是他的自尊，一份工作都是必不可少的。

他谢过弗兰切尔就离开了。

那天晚上,他在一家便宜的餐馆吃了晚饭,还买了几本杂志。他为找到了工作而感到高兴,并确信自己在这个时代会有一席之地。

在回旅馆的路上,他瞥见一个人站在小巷里注视着自己,这使原本兴致高昂的他有点扫兴。那个人脸色惨白,眼神平和,粗糙的衣服像稻草人的破布一样挂在身上。

是那个僵尸。

布莱恩匆匆赶往旅馆,不愿把这当作即将到来的祸事。毕竟,如果一只猫可以看国王[1],一只僵尸也可以看见人,有什么坏处呢?

这个推理并没有阻止他做噩梦直到天亮。

第二天一早,布莱恩步行到42街和公园大道的交叉口,赶公共汽车去听概况介绍。在等车时,他注意到42街对面发生了骚乱。

一个男人突然在繁忙的人行道中间停了下来。他自顾自地笑着,人群开始慢慢地远离他。布莱恩判断,他应该有五十多岁了,穿着朴素的粗花呢衣服,戴着眼镜,有点胖。他提着一个小公文包,看上去和其他千千万万的生意人没什么不同。

突然间,他停止了笑声。他拉开公文包的拉链,从里面拿出两把微微弯曲的长匕首。他扔掉公文包,接着把眼镜也丢了出去。

"狂暴战士!"有人喊道。

那人冲进人群,两把匕首闪闪发光。人们开始尖叫,人群在他面前四散开来。

"狂暴战士,狂暴战士!"

"快叫大盖帽!"

"小心啊,狂暴战士来了!"

有一个人倒在地上,抓着撕裂的肩膀咒骂着。狂暴战士的脸涨

---

1. 此处为作者玩梗。这句谚语的含义是再小的人物也有其应得的权利。

得通红，嘴里喷着唾沫星子。他在拥挤的人群中越走越深，人们为了逃跑互相推搡。一个女人尖叫着被推得失去了平衡，怀里的包裹散落在人行道上。

狂暴战士用左手的匕首朝她刺过去，但没有击中，然后朝人群中间扑过去。

大概有七八名穿蓝色制服的警察出现了，拿出了随身携带的武器。

"全都趴下！"他们喊道，"趴下！全都趴下！"

所有的车辆都停了下来。挡着狂暴战士路的人纷纷跳到人行道上。在布莱恩这一侧的街道上，人们也纷纷趴下。

一个大概十二岁、长雀斑的小女孩拉着布莱恩的胳膊："快点，先生，趴下！你想被激光射死吗？"

布莱恩在她旁边趴下。那个狂暴战士转身朝警察跑去，一边挥舞着他的武器，一边无声地号叫着。

三名警察立即开火，手里的武器射出一束淡黄色的光束。光束击中狂暴战士时，发出了红光。狂暴战士的衣服开始冒烟，他尖叫起来，转身想逃跑。

一道光束正好击中了他的后背。他将两把匕首甩向警察，然后倒在地上。

一辆救护飞车呼呼作响地从上方降落，迅速把狂暴战士和他的受害者装上了车。警察开始驱散聚集在周围的人群。

"好了，各位，现在一切都结束了。走吧！"

人群开始散开。布莱恩站起来掸了掸身上的灰尘。

"那是什么？"他问。

"那是个狂暴战士，傻瓜。"长着雀斑的女孩说，"你没看见吗？"

"我看到了。这里有很多吗？"

她自豪地点点头，"纽约城的狂暴战士比世界上任何一个城市都多，除了马尼拉，在那里他们被称为杀人狂，但都是一样的。这里每年大概会出现五十个。"

"不止。"一个男人说,"也许一年有七八十个吧。但这一个就没那么厉害了。"

一小群人聚集在布莱恩和女孩附近。他们讨论狂暴战士,就像布莱恩在自己的时代听到陌生人谈论一场车祸一样。

"他伤了多少人?"

"只有五个,而且我觉得他一个也没杀死。"

"他不是真心想杀人。"一位老妇人说,"当我还是个小女孩的时候,你可没法那么轻易就阻止他们。他们那会儿很强大。"

"好吧,他选错地方了。"长雀斑的女孩说,"42街到处都是大盖帽。一个狂暴战士还没来得及发动就会被激光射死了。"

一个大个子警察走过来。"好了,大伙,散了吧。乐子结束了,走吧。"

人群散开了。布莱恩赶上了公共汽车,好奇为什么每年有五十或更多的人选择在纽约发狂。纯粹的神经紧张?一种疯癫的个人主义形式?成人犯罪?

这是他必须了解的关于2110年的另一件事。

15

那个地址位于七十年代的公园大道上方的一套顶层公寓。一名男管家领他走进一间宽敞的房间,里面摆着一长排椅子,有十几个吵吵嚷嚷、体格健壮、饱经风霜的人坐在椅子上。在这样高雅的环境里,他们衣着随意,感到有些不自在。他们中的大多数人都彼此认识。

"嗨,奥托!又回来玩狩猎游戏了?"

"是的。没钱啊。"

"我就知道你会回来的,老伙计。你好,蒂姆!"

"嗨,比约恩。这是我最后一次狩猎了。"

"当然。最后一次,直到下一次。"

"不,我是说真的。我要在北大西洋深渊买一个种子压力农场。我只是需要本钱。"

"你会喝光你的本钱的。"

"这次不会。"

"嗨,忒修斯!你的主利手怎么样了?"

"好极了,奇科。你怎么样?"

"还不错,孩子。"

"萨米·琼斯来了,总是最后一个到。"

"我准时到了,不是吗?"

"迟到了十分钟。你的伙伴呢?"

"斯莱戈?那次阿斯图里亚斯狩猎的时候死了。"

"不走运啊。去来世了?"

"不太可能。"

一个男人走进房间喊道:"先生们,请注意!"

男人走到房间中央,双手叉腰站在那里,面对着那一排猎人。他中等身材,精瘦有力,穿着马裤和开领衬衫,脸上留着一撮精心修剪过的小胡子,晒得黝黑的瘦削脸庞上长着一双令人吃惊的蓝眼睛。

他打量了猎人们几秒钟,猎人们则咳嗽着,不自在地换着脚。

最后他开口说道:"早上好,先生们。我是查尔斯·赫尔,你们的雇主和猎物。"他对他们冷冷地笑了笑,"先生们,首先,我想就我们程序的合法性说几句话。最近在这方面出现了一些混乱。我的律师已全面调查了此事,并将做出解释。詹森先生!"

一个身材矮小、神情紧张的男人走进了房间,把眼镜紧紧地压在鼻梁上,清了清嗓子。

"是的,赫尔先生。先生们,关于目前狩猎活动的合法性,按照

2102年《自杀法》的修订章程,任何受到来世保险保护的人都有权为自己选择在任何时间和地点,以任何方式死亡,只要这些方法不残忍或构成非自然的虐待。制定这一基本'死亡权'的原因很明显:如果所述死亡不包括精神的毁灭,法院便不会承认单纯的肉体死亡为真正的死亡。如果精神能够存活下来,那么从法律上讲,身体的死亡就跟指甲的脱落一样无关紧要。根据最高法院的最新裁决,身体被认为是精神的附属物,是精神的产物,应该按照精神的指示进行处理。"

在解释的过程中,赫尔一直在房间里像猫一样快速踱步。这时,他停了下来,说:"谢谢你,詹森先生。所以我拥有自杀的权利,这一点不容置疑。我选择一个或多个像你们这样的人为我执行这一行为也没有任何违法之处。而且,根据《自杀法》中允许的谋杀条款,你们的行为被认为是合法的。一切都很妥当。唯一的法律问题出现在《自杀法》的最新附录中。"

他向詹森先生点点头。

詹森说:"该附录规定,一个人可以为自己选择在任何时间、任何地点、通过任何方式死亡,只要这种死亡不会对他人的身体造成伤害。"

"这个,"赫尔说,"是一个麻烦的条款。现在,狩猎是一种合法的自杀形式。安排好时间和地点。你们作为猎人,追我。我作为猎物,逃跑。你们抓住我,杀掉我。很好!除了一件事。"

他转向律师。"詹森先生,你可以离开房间了。我不想把你也牵扯进来。"

律师离开后,赫尔说:"唯一的问题是,当然,实际上我会带着武器,竭尽全力杀死你们。你们中的任何一个人。你们所有的人。而这是非法的。"

赫尔优雅地坐到椅子上。"不过,这是我犯下的罪,不是你们。我雇你们来杀我。你们并不知道我打算保护自己,进行报复。这是一种法律上的虚构事实,但这将使你免去实际的从犯嫌疑。如果我在试图杀死你们中的一个人时被抓住，惩罚会很严厉。但我不会被抓住。你们中的一个人会杀了我，将我置于人类正义的审判之外。如果我不幸把你们都杀死了，我就用传统的方式——毒药——来结束我的生命。但那么做会让我很失望。我相信你们不会笨到让这种事发生。有什么问题吗？"

猎人们之间相互嘀咕。

"狡猾的浑蛋说着花言巧语。"

"算了吧，所有猎物都是这样说的。"

"他认为他比我们强，他和他那些优雅的法律言论。"

"我们看看等他被刺穿的时候，还能说得多好听。"

赫尔冷冷地笑了一下。"太好了。我相信大家已经搞清楚了状况。请告诉我，你们的武器是什么？"

猎人们一个接一个地回答。

"狼牙棒。"

"网和三叉戟。"

"矛。"

"钉头锤。"

"流星锤。"

"短弯刀。"

"刺刀步枪。"轮到布莱恩时，他说。

"大砍刀。"

"战斧。"

"军刀。"

"谢谢，先生们。"赫尔说，"我的武器自然是一把长剑，没有盔甲。我们将于周日见面，时间是黎明时分，地点是我的庄园。管家会给你们每个人一张纸，上面有关于如何到达那里的详细说明。让刺刀男留下。其余各位，祝你们今天过得愉快。"

猎人们离开了。赫尔说："刺刀是一门不同寻常的艺术。你在哪儿学的?"

布莱恩犹豫了一下,然后说:"在军队里,1943年到1945年间。"

"你来自过去?"

布莱恩点点头。

"有意思,"赫尔说,却并没有表现出特别的兴趣,"那么,我敢说,这是你第一次狩猎吧?"

"是的。"

"你看上去是个聪明人。我想你选择这样一份危险而不光彩的工作是有原因的吧?"

"我缺钱了。"布莱恩说,"而且我找不到别的工作。"

"当然。"赫尔说着,似乎他早就知道,"所以你选择了狩猎。然而,狩猎并不是一件简单的事情;猎杀野兽也不是人人都能做到的。这个职业需要特定的能力,其中最重要的是杀人的能力。你认为自己有天赋吗?"

"我觉得我有。"布莱恩说,尽管他直到现在才考虑这个问题。

"我想知道,"赫尔沉思着,"尽管你外表好战,但你似乎不像是那种人。如果你发现自己杀不了我怎么办?如果你在硬碰硬的关键时刻犹豫不决怎么办?"

"我会碰碰运气。"布莱恩说。

赫尔赞同地点点头。"我也会。在你的内心深处,也许隐藏着燃烧的杀戮火花。也许没有。这种怀疑会给游戏增添趣味,尽管你可能没有时间去品味它。"

"这是我的事情。"布莱恩说,对他那优雅而善于辞令的雇主感到强烈的厌恶,"我可以问你一个问题吗?"

"愿意为你效劳。"

"谢谢。你为什么想死?"

赫尔盯着他,然后大笑起来:"现在我知道你确实来自过去了!真是个好问题!"

"你能回答一下吗?"

"当然。"赫尔说。他向后靠在椅子上,眼睛里流露出一个善于辞令的人的恍惚神情。

"我已经四十三岁了,厌倦了日升月落的日子。我很富有,过着无拘无束的日子。我经历过,努力过,笑过,哭过,爱过,恨过,尝过,喝过——什么都体验过了。我已经尝遍了地球所能提供给我的一切,我选择不再乏味地重复这种经历。当我还年轻的时候,我看着这颗美丽的蓝色星球神秘地围绕着那颗耀眼的黄色发光体旋转,把它想象成一个宝库,一个装满无尽乐趣的黄铜盒子,这对我永不枯竭的欲望产生了不可估量的影响。但现在,可悲的是,我活得太久了,见证了感受的终结。现在,我带着资产阶级的自鸣得意,看到我们那胖胖圆圆的地球,以谨慎的距离和不变的速度,绕着那俗气可怕的恒星旋转着。那个想象中的地球宝盒,现在就像一个被小孩子涂了颜料的玩具盒,内容浅薄,对那些很快就麻木了的神经产生不了多大的刺激。"

赫尔瞥了布莱恩一眼,想看看他说的话起到了什么效果,然后继续说下去。

"现在,无趣像一片广阔干旱的平原在我面前伸展……而我不去选择无聊。我选择继续生活,继续前进,走出去,去体验地球上最后也是最伟大的冒险——死亡的冒险,通往来世的大门。你能理解吗?"

"当然。"布莱恩说,对赫尔的戏剧化演说感到恼火又震惊,"那为什么要这么着急?生活中可能还有一些美好的东西在等待着你。死亡不可避免,为什么要着急呢?"

"这话的确像是出自一位真正的二十世纪乐观主义者之口。"赫尔笑着说,"'人生是真实的,人生是真挚的……'在你的时代,你必须相信人生真实而真挚。还有别的选择吗?你们中有多少人真的相信死后的生活?"

"这并不能改变我观点的正确性。"布莱恩说,他讨厌自己被迫站在庸俗、谨慎、合理的立场。

"但观念确实改变了!现在对生死的看法已经变了。我们没有听从朗费罗[1]乏味的建议,而是听从尼采的箴言——在适当的时候死去!聪明人不会像溺水时紧紧抓住一小块木板的人一样,牢牢抓住生命的最后一点碎片。他们知道,肉体的生命只是人类全部存在中极小的一部分。如果他们想的话,为什么不可以把身体的寿命缩短几年呢?那些聪明的学生为什么不能跳过一两个年级呢?只有那些害怕、愚蠢、没有教养的人才会尽可能抓住地球上单调的每一秒钟。"

"害怕、愚蠢、没有教养的人。"布莱恩重复道,"还有那些买不起来世保险的倒霉蛋。"

"财富和阶级自有其特权。"赫尔淡淡地笑着说,"也有其义务。其中一项义务就是必须在适当的时间死去,以免遭到同龄人的厌烦或让自己恐惧。但是死亡的行为超越了阶级和教养。它是一种贵族专利,是国王的召唤,是骑士的冒险,是一生中最伟大的事迹。一个人在这孤独而危险的事业中如何表现自己,是衡量他作为人的真正标准。"

赫尔的蓝眼睛炯炯有神。他说:"我不想躺在床上经历这一关键时刻。我不希望一个平淡、乏味、平庸的死亡伪装成睡眠偷袭我。我选择战死!"

布莱恩不由自主地点了点头,对自己平淡无奇的死亡感到遗憾。一场车祸!多么平淡、乏味和平庸!而赫尔对死亡贵族般的选择是多么奇特、阴暗、复古和高尚啊!当然,这很自命不凡。但是,生命本身只是浩瀚的物质宇宙中的一个假象。赫尔就像古代的日本贵族一样,平静地跪在地上进行切腹仪式,并在选择死亡的时候强调了生命的重要性。但切腹是一种消极的东方宣言,而赫尔的死亡方式是西方

---

1. 亨利·沃兹沃斯·朗费罗(1807—1882),19世纪美国最伟大的浪漫主义诗人之一。

式的——激烈，暴力，刺激。

这很令人钦佩，但对于一个还没准备好去死的人来说难以接受。布莱恩说："我对你或其他选择死亡的人没有任何意见。那你打算杀死的猎人呢？他们没有选择死亡，也不会在来世存活。"

赫尔耸了耸肩。"他们选择了危险的生活。用尼采的话说，他们更喜欢冒险和置身于危险之中，同死亡掷骰子。布莱恩，你改变主意了吗？"

"没有。"

"那么我们星期天见。"

布莱恩走到门口，从管家那里拿了那张说明纸。

临走时，他说："不知道你有没有思考过最后一个问题。"

"什么问题？"赫尔问。

"你一定思考过。"布莱恩说，"这整个精心设计的计划——科学来世，死者的声音，鬼魂——可能只是一场巨大的骗局，是来世公司用来赚钱的骗局。"

赫尔站在那里一动不动。他开口时，声音带着一丝愤怒："那是完全不可能的。只有非常没教养的人才会有这种想法。"

"也许吧。"布莱恩说，"但如果这是个骗局，你不就显得很可笑了吗？祝你今天愉快，赫尔先生。"

他离开了，很高兴能撼动那个圆滑、自以为是、花里胡哨、夸夸其谈的浑蛋，哪怕是一瞬间。同时，他也为自己的死亡如此平淡、乏味和平庸而感到难过。

16

第二天是星期六，布莱恩去弗兰切尔的公寓领步枪、刺刀、猎人服和背包。他提前得到了一半薪水，扣除了百分之十佣金和装备的费用。这笔钱来得很及时,因为他已经只剩三美元和一点零钱了。

他去了灵魂通讯站,但梅尔希尔没有给他留下进一步的信息。他回到旅馆房间,花了一个下午的时间来练习刺杀和格挡。

那天晚上,布莱恩发现自己很紧张,很消沉,一想到第二天早上要开始狩猎,他就忐忑不安。他去了一家位于西区的小鸡尾酒厅,它的设计模仿了二十世纪的酒吧,有一个灯光昏暗的吧台,凳子是木质的,还有卡座和黄铜栏杆,地板上还有些锯屑。他溜进一个卡座,要了啤酒。经典的霓虹灯柔和地闪烁着,一台原版古董点唱机播放着格伦·米勒和本尼·古德曼的伤感曲调。布莱恩蜷坐着,喝着啤酒,沮丧地问自己是谁,自己是什么。

他真的随便接了一个充当猎人和杀手的工作吗?

那么,曾经的帆船设计师、曾经的高保真音乐听众、曾经的优秀书籍读者、曾经的经典戏剧观众汤姆·布莱恩呢?那个安静的、爱挖苦人的、随和的他怎么了?

当然了,那个住在从前瘦弱、紧张、低调的身体里的人,决不会选择杀人!

他会吗?

曾经的布莱恩被现在这个身材壮硕、肌肉发达、反应敏捷的战士击败并扼杀了吗?而那副躯体,有着滴入黑暗的血液中的独特腺体分泌物,有着独特、构造清晰的大脑,有着自己的神经、信号和反应系统——那副霸道的躯体把它无助的主人拖进杀人的暴行中,它要为这一切负责吗?

布莱恩揉了揉眼睛,告诉自己不要胡思乱想。

事实很简单:他在无法控制的情况下死去,在未来重生,发现自己除了当一名猎人之外没有其他工作可做。证明完毕。

但这种理性的解释并不能使他满意,而他再也没有时间去寻找那些难以捉摸的真相了。

他不再是超然于2110年之外的观察者。他已经变成了一个带着偏见的参与者，一个演员，像所有演员那样不假思索地横冲直撞，而不是袖手旁观。行动不可抗拒，产生了它自己短暂的真理。刹车失灵了，引擎带着布莱恩从陡峭的人生之山上滚下来，动能越来越大，却无法扎根。也许，现在，这是他最后的机会，看一看，总结一下，做一次慎重的选择……

但已经太迟了，一个男人像影子穿越世界一样溜进他对面的卡座。布莱恩盯着那张苍白而毫无表情的僵尸面孔。

"晚上好。"僵尸说。

"晚上好。"布莱恩镇定地说，"你想喝点什么吗？"

"不了，谢谢你。我的系统对刺激没有反应。"

"真可惜。"布莱恩说。

僵尸耸了耸肩。"我现在有名字了。"它说，"我决定叫自己史密斯，直到我记起我的真名为止。史密斯。你喜欢吗？"

"这是个好名字。"布莱恩说。

"谢谢。我去看了医生。"史密斯说，"他说我身体不好。没有耐力，没有恢复的能力。"

"他帮不了你？"

史密斯摇了摇头。"这具尸体肯定是僵尸了。我占据得太迟了。医生说我最多还能活几个月。"

"太倒霉了。"布莱恩一看到那张阴沉、粗犷、铅灰色的脸，再加上不和谐的五官和佛祖一般有耐心的眼睛，就觉得喉咙里一阵恶心。史密斯坐在那里，别扭地穿着不合身的粗制工人服，长着黑点的白脸上胡子刮得干干净净，身上散发着浓烈的须后水味。布莱恩能看见曾经柔韧的皮肤已经变成如皮革般干燥，眼睛、鼻子和嘴巴周围的皮肉上生出了一些条纹，额头上的细小皱纹就像留在旧皮革上的划痕。而且，在那浓浓的剃须水的味道里，布莱恩觉得他能察觉到一丝淡淡的衰败的气味。

"你找我有什么事？"布莱恩问。

"我不知道。"

"那就离我远点。"

"我办不到。"史密斯抱歉地说。

"你想杀我吗?"布莱恩问道,喉咙发干。

"我不知道!我不记得!杀你,保护你,残害你,爱你……我还不知道!但我很快就会想起来的,布莱恩,我保证!"

"离我远点。"布莱恩说着,肌肉紧张起来。

"我做不到。"史密斯说,"你不明白吗?除了你,我谁都不认识。全都不认识!我不认识这个世界或其他任何世界,不认识任何一个人,任何一张脸,任何一个头脑,任何一段记忆。你是我唯一的坐标,是我存在的中心,是我活着的唯一理由。"

"住嘴!"

"但这是真的!你以为我喜欢拖着这副肉架子在街上行走吗?眼前没有希望,过去没有记忆,活着有什么好的?死亡更美好!生命意味着肮脏腐烂的肉体,而死亡则是纯洁的灵魂!我想过它,梦见过它,美好的、脱去肉体的死亡!但有一件事阻止了我。就是你,布莱恩,你让我继续活下去!"

"滚出去。"布莱恩说,嘴里泛着恶心的苦味。

"你,我的太阳和月亮,我的星星,我的地球,我的整个宇宙,我的生活,我的理由,我的朋友,敌人,爱人,凶手,妻子,父亲,孩子,丈夫……"

布莱恩一拳打在史密斯的颧骨上。僵尸被撞回了卡座。它的表情没有变化,但铅色的颧骨上出现了一大块紫色的瘀青。

"你的印记!"史密斯低声说道。

布莱恩扬起拳头,准备再来一击,却放下了。

史密斯站了起来。"我走了。照顾好自己,布莱恩。先别死!我需要你。很快我就会想起来,我会来找你的。"

史密斯带着那张阴沉、松弛、瘀青的脸,面无表情地离开了酒吧。

布莱恩点了一杯双份威士忌，在酒吧坐了很长一段时间，试着止住双手的颤抖。

17

布莱恩搭乘乡村喷气式巴士，在黎明前一小时到达了赫尔庄园。他穿戴着传统的猎人服饰——卡其色衬衫和休闲裤，橡胶底鞋和宽边帽。他一边肩上挎着野战背包，另一边背着用塑料袋装着的步枪和刺刀。

一个仆人在大门外迎接他，把他领进那幢低矮杂乱的大宅子里。布莱恩了解到，赫尔庄园位于基恩和伊丽莎白镇之间的阿迪朗达克山脉，占了九十英亩[1]的林地。

仆人介绍道，就在这里，赫尔的父亲在五十一岁的时候"自杀"了。在一个持军刀的人砍下他的头之前，他带走了六个猎人的生命。光荣的死亡！而赫尔的叔叔却选择了在旧金山发狂，那是他一直热爱的城市。警察向他发射了十二次激光才使他倒下。他带走了七名旁观者的生命。

报纸对这一事件进行了大肆报道，有关这件事的记录还保存在家族的剪贴簿里。

喋喋不休的老管家指出，这正好说明了人与人性情的不同。像赫尔叔叔那样的人，是友好的、喜欢找乐子的人，他们想死在人群中，吸引一定的注意力。另一些人，比如现在的赫尔先生，则更喜欢偏僻的大自然。

布莱恩礼貌地点点头，然后被带到一个宽敞、质朴的房间，猎人

---

[1] 1英亩约等于4046.8平方米。

们聚集在这里，喝着咖啡，最后一次打磨他们的武器。蓝钢大刀和银色战斧闪烁着光芒，和磨光的矛头一起晃动着，狼牙棒和流星锤的菱形尖端冒出寒光。乍一看，布莱恩觉得这像是中世纪的场景。但转念一想，他觉得这更像是一个电影布景。

"拉把椅子过来，伙计。"斧头男喊道，"欢迎来到屠夫、屠宰场工人和在逃杀手的慈善保护协会。

"我是萨米·琼斯，美洲最出色的斧头手，可能也是欧洲最出色的。"

布莱恩坐下来，被介绍给了其他猎人。他们来自六个国家，不过英语是他们的共同语言。

萨米·琼斯是个矮壮男人，黑头发，肩膀厚实，穿着打了补丁的褪色卡其裤，粗犷的脸上有几道狩猎时留下的旧伤疤。

"第一次狩猎吗？"他瞥了一眼布莱恩熨得整齐的卡其裤，问道。

布莱恩点点头，从塑料袋里取出步枪，把刺刀装在枪口的末端。他测试了锁定装置，拧紧了步枪的皮带，又卸下了刺刀。

"你真的会用那东西吗？"琼斯问。

"当然。"布莱恩的语气比他自己感觉的还要自信。

"希望如此。赫尔这样的人对没有男子气概的人很敏锐。他从团队中最先除掉的就是那些人。"

"狩猎通常要持续多长时间？"布莱恩问。

"嗯……"琼斯说，"我经历过最长的一次是八天。那是在阿斯图里亚斯，我的搭档斯莱戈就是在那里丧命的。一般来说，一个好的团队可以在一两天内搞定一个猎物，取决于猎物想怎么死。有些人会尽可能保命。他们会跑到隐蔽的地方，躲在洞穴和沟壑里，这些肮脏奸诈的狗东西！你必须冲进去找他们，冒着被人在脸上捅一刀的危险。斯莱戈就是这样死的。但我不认为赫尔是那样的人。他想死得像个残暴的大英雄。所以他会四处走动，碰碰运气，看看自己用长剑能干掉多少人。"

"你听起来好像不赞成他的方法。"布莱恩说。

萨米·琼斯扬起那动个不停的眉毛。"我不赞成对死亡大惊小怪。英雄本人来了。"

赫尔走进房间,他穿着一身卡其色丝绸衣服,瘦削而优雅,脖子上松散地系着一条白色丝巾。他背着一只轻巧的背包,一侧肩膀上绑着一把杀气腾腾的薄剑。

"早上好,先生们。"他说,"武器都磨好了,背包收拾好了,鞋带系好了吗?太好了!"

赫尔走到一扇窗前,把窗帘拉到一边。

"看,黎明的第一道曙光,在我们东方的天空中闪耀着光辉,预示着主宰追逐、凶猛的太阳大人即将升起。我现在得走了。我给大家半个小时的缓冲期,到时间后仆人会通知你们的。然后你们就可以追着我,一见到我就杀,如果你有本事的话!这块地已经围起来了。我会留在限定范围内,你们也一样。"

赫尔鞠了一躬,然后快速而优雅地走出了房间。

"天哪,我讨厌这种花里胡哨的人。"萨米·琼斯在门关上后喊道,"他们都一样,每一个都那样。表现得那么冷静,那么随意,英勇得要死。要是他们知道我觉得他们有多愚蠢就好了……这样的事我已经做了二十八次了。"

"你为什么狩猎?"布莱恩问。

萨米·琼斯耸耸肩。"我父亲是个斧头手,是他教我这门手艺的。这是我唯一会的事情。"

"你可以学一门不同的手艺。"布莱恩说。

"我也觉得我可以。但事实上,我喜欢杀死这些贵族绅士。我恨他们每一个有钱的浑蛋,他们那糟糕的来世是穷人负担不起的。我以杀死他们为乐,如果我有钱,我愿意为这种特权付钱。"

"而赫尔喜欢杀死你这样的穷人。"布莱恩说,"这是一个可悲的世界。"

"不，只是一个诚实的世界。"萨米·琼斯告诉他，"站起来，我帮你把背包右侧系紧。"

系紧之后，萨米·琼斯说："听着，汤姆，这次狩猎我们为什么不组队呢？相互保护，怎么样？"

"你是说保护我？"布莱恩说。

"没什么好羞愧的。"琼斯告诉他，"每一种技能都必须先学会，然后才能付诸实践。还有谁比我这个最出色的人更值得学习呢？"

"谢谢。"布莱恩说，"我会尽力担负起我的责任，萨米。"

"你会做得很好。赫尔是击剑手，击剑手都有自己的小技巧，待会儿开始后我会跟你解释。当他……"

就在这时，一个仆人走了进来，手里拿着一个古老而华丽的精密计时器。

当秒针经过十二点时，他猛地看向猎人们。"先生们，"他说，"缓冲期已经结束了。可以开始追击了。"

一大群猎人大步走向户外，走进灰蒙蒙的黎明。肩上扛着三叉戟的追踪者忒修斯一下子就发现了赫尔的踪迹。它向远处延伸，通向一座云雾缭绕的山。

猎人们排成长长的一列，从山的一侧往上爬。

很快，清晨的太阳就驱散了薄雾。在穿过光秃秃的花岗岩时，忒修斯找不到踪迹了。猎人们在山坡上散开成一条断断续续的线，继续慢慢向上推进。

中午时分，大刀男从荆棘里捡起一块卡其色的丝绸。几分钟后，忒修斯在苔藓上发现了脚印。这些脚印一直往下走，进入一个林木茂密的狭窄山谷。猎人们急切地向前赶。

"他在那里！"一个人喊道。

布莱恩转过身，看到在他右边五十码[1]处，那个带着流星锤的男

---

1. 1码约等于0.9144米。

人正朝前跑去。他是猎人中最年轻的，是个魁梧、自信的西西里人。他的武器底部是一个粗壮的白蜡树柄，柄上固定着一英尺长的铁链，链条的一端是一个沉重的刺球，也就是流星。他在头顶上旋转着这把武器，高声吆喝。

萨米·琼斯和布莱恩向他冲去。

他们看见赫尔手持长剑从灌木丛中冲出来。西西里人向前一跃，挥出一击，那一下足以击倒一棵树。赫尔轻巧地躲开，然后冲了过来。

拿流星锤的男人被一剑穿喉，咕咚一声倒下了。

赫尔一脚踩在他胸口，拔出剑，又消失在灌木丛中。

"我一直不明白为什么会有人用流星锤。"萨米·琼斯说，"太笨拙了。如果你不在第一时间击中对手，你就永远不能及时归位。"

西西里人死了。赫尔穿过灌木丛的路径清晰可见。其他几人跟在他后面冲了进去，大部分猎人分为左右两个队伍，跟随其后。不久，他们又遇到了岩石，这条踪迹也消失了。

他们找了一下午，但没有收获。日落时分，他们在山坡上安营扎寨，派人看守，围坐在一堆营火旁讨论当天的狩猎情况。

"你猜他在哪儿？"布莱恩问。

"他可能在这个该死的庄园的任何地方。"琼斯说，"记住，他熟悉这里的每一寸土地，而我们是第一次来到这里。"

"这样他就可以永远躲着我们了。"

"如果他愿意的话。但他想被杀死，记得吗？以一种宏大、华丽、英勇的方式。所以他会一直尝试把我们撂倒，直到我们抓到他为止。"

布莱恩回头看了看黑暗的树林。"他现在可能就站在那里，听着我们说话。"

"毫无疑问。"琼斯说，"我希望守卫们保持清醒。"

营地里的谈话声喋喋不休，营火也快烧完了。布莱恩希望早上能快点来。黑夜调换了他们的角色。猎人现在成了猎物,被一个残忍而没有道德的自杀者盯上了,他意图夺走尽可能多的生命。带着这样的想法,布莱恩打起了瞌睡。

黎明前的某个时候,他被一声尖叫惊醒。他抓起步枪,一跃而起,向黑暗中望去。又一声尖叫,这一次更近了,还有树林里匆忙走动的声音。这时有人向即将熄灭的火堆上扔了一把树叶。

在营火突然发出的黄色光芒中,布莱恩看到一个男人跟跟跄跄地回到营地。

那是其中一个守卫,身后拖着他的长矛。他身上有两处在流血,但伤口似乎不致命。

"那个王八蛋。"长矛手抽泣着,"那个恶心的浑蛋。"

"放松,奇科。"一个人说着,撕开长矛手的衬衫,清洗并包扎伤口,"你打到他了吗?"

"他动作太快了。"长矛手呻吟着说,"我没打中。"

这一夜就这样结束了。

在黎明的第一道曙光中,猎人们又开始行动了,他们分散在各处寻找猎物的踪迹。忒修斯发现了一枚破碎的纽扣和一个擦去一半的脚印。追捕再次改变方向,沿着一片狭长的山坡蜿蜒前行。

领头的奥托突然大叫了一声:"嘿!这里!我抓到他了!"

忒修斯朝他冲过去,后面跟着布莱恩和琼斯。他们看到赫尔后退了几步,专注地盯着奥托在他平头上挥舞着的钉头锤。阿根廷套索在空中嘶嘶作响,三个铁球快速旋转着,已经看不清了。然后,奥托把钉头锤挥了出去。赫尔立刻扑倒在地。钉头锤在他头顶上方几英寸的空中扭动着飞过,缠绕在一根树枝上,把树枝折断了。赫尔咧嘴笑着,朝那个没有武器的人跑去。

他还没来得及靠近,忒修斯就挥舞着三叉戟冲了过来。

他们互相刺,然后赫尔转身跑开了。

忒修斯刺了过去。猎物痛苦地号叫着,但仍继续奔跑。

"你打伤他了吗?"琼斯问。

"臀部有一处皮肉伤。"忒修斯说,"可能伤到了他的自尊心。"

猎人们气喘吁吁地继续跑着,把山的一侧都找遍了。但他们又跟丢了猎物。

他们分散开来,围绕着那座越来越窄的山,慢慢向山顶进发。时不时听见的声音和看见的脚印告诉他们猎物还在身前,正在向上撤退。快要到达峰顶时,他们的队伍收拢得越来越小,减少赫尔溜走的机会。

到了下午晚些时候,周围的松树和云杉变得稀疏。在他们的上方是一片乱糟糟的花岗岩巨石,再过去就是山顶了。

"现在要小心了!"琼斯对猎人们喊道。

就在他说话的时候,赫尔发动了攻击。他从一块巨石后跳出来,向手持狼牙棒的老比约恩扑来,他的长剑在空中唰唰作响,想迅速砍倒比约恩,冲出猎人们的包围。

但比约恩只是慢慢地后退,小心地挡开剑刺,双手紧握狼牙棒,仿佛那是根铁头木棒。赫尔愤怒地咒骂这个气定神闲的人,狂躁地进攻,并及时跳开,躲开了狼牙棒的挥击。

老比约恩死了——太快了。长剑像蛇闪动的信子一样在他的胸膛里刺进又抽出。比约恩的狼牙棒掉在地上,他的尸体顺着山坡滚了下去。

但是猎人们又从四面围了上来。赫尔向上撤退,进入迷宫般的巨石中。

猎人们向前逼近。布莱恩注意到太阳快下山了,暮色逐渐降临,长长的影子在灰色的岩石上延伸开来。

"马上天黑了。"他对琼斯说。

"也许还有半个小时的时间。"琼斯眯着眼看了看天空说,"我们最好快点抓住他。天黑以后,他可以把我们从岩石上逐个击破。"

他们走得更快了,在高高的巨石堆中搜寻。

"他可以向我们滚石头。"布莱恩说。

"他不会的。"琼斯说,"他太他妈骄傲了。"

这时,赫尔从布莱恩附近一块高耸的岩石后面走了出来。

"来吧,步枪手。"他说。

布莱恩端起步枪,勉强避开了攻击。剑锋划过枪管,掠过他的脖子。他自然而然地躲了过去。一股冲动驱使他吼叫着猛扑过去,急切地挥刀直指猎物要害,然后满怀希望地想用枪托把敌人的脑袋打爆在岩石上。在那一刻,布莱恩不再是一个在痛苦的必要关头才有所行动的文明人。他是一个更野蛮的生物,快乐地追求着他真正的使命——杀人。

猎物敏捷、流畅而优雅地避开了他的攻击。布莱恩跌跌撞撞地追着对方,愤怒吞噬了他的技巧。突然间,他被萨米·琼斯推到一边。

"我的。"琼斯说,"他是我的。我是你的对手,赫尔。用长剑来打我啊。"

赫尔面无表情地走了过来,手里的剑闪闪发光。琼斯双腿微微弯曲,稳稳地站在那里,战斧在他手中轻轻转动。赫尔佯攻了一下,又刺了过来。琼斯奋力抵挡,火花四溅。长剑弯得像鱼竿一样。

这时,其他的猎人也来了。他们在附近的岩石上选了座位,吹着风,一边评论这场决斗,一边大声提出建议。

"把他钉在悬崖上,萨米!"

"不,把他从悬崖上扔下去!"

"需要帮忙吗?"

"当然不!"琼斯吼了回去。

"小心,他不是那么好对付的,萨米。"

"别担心。"琼斯说。

布莱恩在一旁看着,愤怒来得快去得也快。他原以为战斧是一种笨重的武器,每次挥动斧头都需要用力向后一挥。但萨米·琼斯拿着那把又短又重的斧头，就像拿着一根指挥棒一样。他没有向后挥，而是从任意位置发力，瞬间复原，这种无情的重量和逼迫把赫尔赶到了悬崖边缘。布莱恩意识到，这两个人之间没有真正的可比性。赫尔是个天赋异禀的业余杀手，而琼斯是个经验丰富的职业杀手。这就像一只凶猛的家犬和一头丛林老虎对垒。

在山顶蓝色的暮光中，很快就分出了胜负。萨米·琼斯抵挡住了猎物的一次猛攻，向前踏了一步，反手抡起斧头，重重地砍在赫尔的左侧。赫尔惨叫着摔倒在山坡上。之后的几秒钟里，猎人们听到了赫尔身体碰撞和滚动的声音。

"在他躺着的地方做个标记。"萨米·琼斯说。

"他死定了。"军刀男说。

"可能吧。但如果我们不确认一下，就不专业。"

在下山的路上，他们发现了赫尔残缺不全、毫无生气的尸体。他们标出了埋葬的地点，然后向庄园走去。

18

猎人们成群结队地回到城里，举行了疯狂的庆祝活动。

晚上，萨米·琼斯问布莱恩是否愿意和他一起干下一份工作。

"我在鄂木斯克有一笔不错的生意。"琼斯说，"一个俄罗斯贵族想要举办几场角斗比赛。你得用长矛，但这和步枪一样。我会在路上训练你。鄂木斯克的活儿干完后，马尼拉正在组织一场大规模的狩猎活动。五个兄弟想一起自杀。他们想要五十个猎人来追杀他们。你怎么说，汤姆？"

布莱恩在回答之前仔细想了想。猎人的生活是他迄今为止在这个世界中发现的最容易融入的生活。他喜欢和萨米·琼斯这样的人做朋友，喜欢率直、简单的思维，喜欢户外生活，喜欢打消一切疑虑的行动。

另一方面,作为一个受人雇用的杀手,一个现代的、被许可的恶霸、刺客和暴徒,在这个世界上游荡是毫无意义的。仅仅为了行动而行动,背后没有真正的意图或目的,没有解答或探索,这样的行为是徒劳的。如果他确实像自己身体原来的主人那样,就不会做这样的考虑了,但他不是。这种割裂客观存在,而且必须面对。

最后,这个世界还带来了其他问题,以及更符合他个性的挑战。而这些都是他必须面对的。

"对不起,萨米。"他说。

琼斯摇了摇头。"你在犯错,汤姆。你是个天生的杀手。你不适合做其他的事情。"

"也许并非如此。"布莱恩说,"我必须找到答案。"

"好吧,祝你好运。"萨米·琼斯说,"照顾好你的身体。你选了一具不错的身体。"

布莱恩不由得眨了眨眼。"这么明显吗?"

琼斯咧嘴一笑。"我一直在观察你,汤姆。我能看出来一个人是不是套着宿主的身体。如果你的精神出生在这个身体里,你就会和我一起去打猎了,而如果你的精神是在另一个身体里诞生的……"

"嗯?"

"你一开始就不会去打猎。这样的衔接很不好,汤姆。你最好弄清楚自己要走哪条路。"

"谢谢你。"布莱恩说。他们握了握手,布莱恩走了,回到了自己的旅馆。

他走进自己的房间,穿戴整齐地扑倒在床上。等他醒来就会给玛丽打电话,但首先他得睡一觉。所有的计划、想法、问题、决定,甚至美梦,都必须等待。他已经累到了骨子里。

他啪的一下关了灯,几秒钟后就睡着了。

几个小时后,他被一种不对劲的感觉惊醒。房间里很暗。一切都静悄悄的,纽约绝对不该这么安静。

他在床上坐直了身体,听到房间另一头靠近洗脸盆的地方有轻微的响动。

布莱恩伸手打开了灯。房间里没有人。

但就在他四处张望的时候,他的搪瓷脸盆升到了空中。它慢慢地飞起来,在没有支撑的情况下不可思议地盘旋。与此同时,他还听到了一阵断断续续的笑声。

他立刻意识到自己被鬼魂缠上了,而且是一个爱捉弄人的恶灵。

他小心翼翼地下了床,向门口走去。悬空的脸盆突然倾斜,朝他的脑袋飞过来。他低头躲开,脸盆撞在墙上摔得粉碎。

这时他的水壶飘浮起来,后面跟着两只沉重的水杯。它们毫无规律地扭动着,慢慢向他靠近。

布莱恩拿起一个枕头作为盾牌,冲到门口。他转动门锁,一只杯子在他头上打碎了。门打不开,那个恶灵把它关死了。

水壶猛地击中了他的肋骨。剩下的那只杯子在他脑袋周围嗡嗡地打转,他被迫从门口退了回来。

他想起了窗外的防火梯。但在他开始行动时,鬼魂也想到了这一点。窗帘突然燃起了火焰。

与此同时,他手里的枕头也着火了,布莱恩把它丢了出去。

"救命!"他喊道,"救命!"

他被逼到了房间的一个角落里。随着一阵隆隆声,床向前滑动,挡住了他的去路。一把椅子缓缓升到空中,瞄准了他的头。

空中不断传来细碎的笑声,布莱恩觉得非常耳熟。

19

当床慢慢向布莱恩靠近时,他高声呼救,声音把窗户震得哗哗作响。他得到的唯一回答是恶灵尖锐的笑声。

旅馆里的人都聋了吗?为什么没有人回应?

然后他意识到,按照万事万物的本性,没有人会想要帮助他。暴力在这个世界是司空见惯的事,一个人的死亡完全是他自己的事,不会有人探究。清洁工只会在早上把这间乱七八糟的房间打扫干净,然后把房间标记为空房。

他的门无法打开。唯一的机会就是跳过床,穿过那扇关着的窗户。如果他跳得刚好,他会撞在齐腰高的防火梯栏杆上;如果他跳得太用力,就会越过栏杆,从三层楼高的位置摔到街上。

椅子从他的肩膀上面飞过去,床轰隆隆地向前滑去,把他压在墙上。布莱恩快速地计算了一下角度和距离,弓起身子,向窗户扑去。

他撞到了玻璃正中央,但他没有估计到现代科学的进步。窗户像一块橡胶一样向外弯曲,然后又弹回了原位。他被撞回墙上,昏昏沉沉地倒在地上。

他抬头,看见一张沉重的写字台正摇摇晃晃地向他靠近,慢慢倾斜。

当那个恶灵对写字台使出疯狂的力气时,那扇没人看守的门打开了。史密斯走进了房间,它那张粗糙的僵尸脸面无表情,他用肩膀挡住了倒下的写字台。

"来吧。"它说。

布莱恩没有问任何问题,急忙站了起来,抓住那扇正在关上的门。在史密斯的帮助下,他再次拉开门,两个人溜了出去。他听到房间里传来一声困惑而愤怒的尖叫。

史密斯匆匆穿过门厅，用一只冰冷的手紧紧抓住布莱恩的手腕。

他们下了楼，穿过旅馆大堂来到街上。僵尸的面孔呈现铅灰色，除了被布莱恩打到的地方有紫色的瘀伤。伤痕几乎覆盖了它的半边脸，把这张脸变成了一个滑稽的小丑面具。

"我们要去哪里？"布莱恩问。

"去一个安全的地方。"

他们来到一个老旧的废弃地铁站入口，往地下走。下了一层楼，他们看到混凝土缝隙里有一扇小铁门。

史密斯打开门，示意布莱恩跟着他。

布莱恩犹豫了一下，又听到了一阵尖锐的笑声。那个恶灵在追赶他，就像复仇女神在古雅典的街道上追赶受害者一样。只要他愿意，他可以待在灯火通明的地上世界，被一个精神错乱的灵魂折磨；或者他可以和史密斯一起，穿过铁门，进入前方的黑暗，面对冥界某个不确定的命运。

尖锐的笑声越来越响。布莱恩不再犹豫了。他跟着史密斯穿过铁门，随手把门关上。

此时，恶灵并没有选择继续追赶。他们穿过一条偶尔被光秃秃的灯泡照亮的隧道，经过开裂的砖石管道和隐约可见的地铁列车那灰色的车身，走过盘绕成巨大蛇形线圈的生锈铁索。空气潮湿难闻，脚下那层薄薄的黏液让人走起来不稳当。

"我们要去哪里？"布莱恩问。

"去我能保护你的地方。"史密斯说。

"你能吗？"

"鬼魂并非无懈可击。如果知道鬼魂的真实身份，就有可能进行驱魔。"

"那么你知道是谁在缠着我了？"

"我想是的。逻辑上讲，只可能有一个人。"

"谁？"

史密斯摇了摇头。"我还不想说出他的名字。如果他不在这儿，叫他的名字也没有意义。"

他们沿着一连串剥落的页岩台阶往下走，进入一个更宽敞的空间，里面有一个黑色的小池塘，水面看起来像黑玉一样坚硬、平静。他们绕过池塘，走向另一边的一条通道。一个男人站在通道前面，挡住了路。

那是一个高大的黑人，穿着破旧的衣服，手持一截铁管。布莱恩从其表情得知它是一个僵尸。

"这是我的朋友。"史密斯说，"我可以带他过去吗？"

"你确定他不是督察？"

"确定。"

"在这儿等着。"黑人说道，消失在了通道里。

"我们在哪儿？"布莱恩问。

"在纽约的地下，这里有一连串废弃的地铁隧道、旧的下水管道，以及一些我们设计的通道。"

"但我们为什么来这里？"布莱恩问。

"我们还能去哪儿？"史密斯惊讶地问道，"这是我的家。你不知道吗？你正在纽约的僵尸聚居地。"

布莱恩并不认为僵尸聚居地比鬼魂聚集区能好多少，但他没有时间去考虑这个问题。那个黑人回来了。跟它在一起的是一个挂着拐杖的老人。那人的脸裂成了一张由千百根线条组成的网。它的眼睛几乎全部藏在了松弛的皮肤构成的精细卷轴中，甚至它的嘴唇也皱巴巴的。

"这就是你跟我说过的那个人？"它问。

"是的，先生。"史密斯说，"就是这个人。布莱恩，我给你介绍一下。这是基恩，我们聚居地的领袖。我可以带他过去吗，先生？"

"可以。"老人说，"我会陪你们待一段时间。"

他们沿着通道走过去，基恩先生沉重地倚在黑人的胳膊上。

"通常情况下，"基恩先生说，"只有僵尸才被允许进入聚居地，其他人都被禁止入内。但我已经有好几年没有和正常人说话了，我觉得这种经历可能很有价值。所以，在史密斯的诚挚请求下，我为你破例了。"

"我非常感激。"布莱恩说，希望自己的感激是有道理的。

"不要误解我的意思。我不反对帮助你，但首先，我要对生活在纽约地下的一千一百个僵尸的安全负责。为了它们，必须把正常人拒之门外。

"在这个无知的世界里，排他性是我们唯一的希望。"基恩先生停顿了一下，"但也许你能帮助我们，布莱恩。"

"怎么帮？"

"通过倾听和理解，以及传授你学到的东西。教育是我们唯一的希望。告诉我，你对僵尸了解多少？"

"非常少。"

"我会教你的。布莱恩先生，僵尸症是一种长期以来带有强烈迷信暗示的疾病，可以跟癫痫、麻风病或圣维特斯舞蹈症[1]等疾病相媲美。正因如此，赋予它精神方面意义的倾向就很常见。比如精神分裂症，你知道的，曾经被认为是魔鬼附身；而得了脑积水的白痴被认为是受到了特殊的祝福。类似的幻想也加在了僵尸症身上。"

他们默默地走了一会儿。基恩先生说："对僵尸的迷信最初来自海地人。僵尸症在全世界都有，但很罕见。然而，迷信和疾病在公众心中已经无可救药地混淆了。迷信的人认为僵尸是海地伏都教崇拜的一个元素，是一个灵魂被魔法偷走的人。僵尸的身体可以依照魔术师的意愿来使用，甚至可以被宰杀，在市场上当作肉来出售。如果僵尸吃了盐或者看到了海，它就会意识到自己已经死了，然后回到坟墓

---

1. 圣维特斯舞蹈症，通常为链球菌感染引发人体肌肉不自主运动，在欧洲中世纪被误以为群体性癫狂。

里。然而这一切,其实都没有任何事实依据。

"这种迷信起源于一类在描述上与之类似的疾病。它曾经极其罕见。但是今天,随着精神转换和转世技术的发展,僵尸变得越来越普遍。当精神占据了一个闲置太久的躯体时,僵尸症就会发生。精神和身体在那时并不是一体的,你的情况就跟这种不同,布莱恩先生。相反,它们是几乎独立的实体,进行着不和谐的合作。以我们的朋友史密斯为例,它可以控制身体的大动作,但精细的协调动作对它来说是不可能做到的。

"它的声音无法进行离散调制,它的耳朵也听不出音调的细微差异。它的脸上没有表情,因为它几乎无法控制表面肌肉组织。它控制着自己的身体,但不属于身体真正的一部分。"

"难道不能做点什么吗?"布莱恩问。

"目前,什么也做不了。"

"我很抱歉。"布莱恩很不安地说。

"这不是在乞求你的同情。"基恩告诉他,"只是恳求最基本的理解。我只是想让你和所有人都知道,僵尸不是罪恶的惩罚,而是一种疾病,就像腮腺炎或癌症,仅此而已。"

基恩先生靠在通道的墙上喘着气。

"可以肯定的是,僵尸的外表不讨人喜欢。它步履蹒跚,伤口永不愈合,身体迅速恶化。它像白痴一样喃喃自语,像醉汉一样踉踉跄跄,像变态一样盯着人看。但这并没有理由让它成为地球上所有罪恶和耻辱的集合,成为二十二世纪的麻风病人。人们说僵尸会攻击人,然而,它的身体脆弱到了极点,根本无法抵抗一个孩子的刻意攻击。人们认为这种疾病会传染,但显然不是这样。他们说僵尸是性变态,而事实是,僵尸没有任何性感觉。但人们拒绝了解,僵尸则成了只适合绞刑架或火刑柱的弃儿。"

"那当局呢?"布莱恩问。

基恩先生苦笑了一下。"他们曾经好心地把我们关在精神病院里。

你看,他们不想让我们受伤。然而僵尸很少是疯子,当局也知道这一点!所以现在,在他们的默许下,我们占据了这些废弃的地铁隧道和下水道。"

"你们就不能找个更好的地方吗?"布莱恩问。

"坦率地说,地下很适合我们。阳光对没有再生能力的皮肤有害。"

他们继续往前走。布莱恩说:"我能做什么?"

"你可以告诉别人你在这里了解到的东西。也许可以写下来,让涟漪扩散开来……"

"我会尽我所能。"

"谢谢你。"基恩先生严肃地说,"教育是我们唯一的希望。教育与未来。未来人们肯定会变得更加开明。"

未来?布莱恩突然感到头晕。因为这就是未来,他从充满理想和希望的二十世纪穿越到了这里。现在就是未来!但期待的开明仍然没有到来,人们还是和以前一样。有那么一瞬间,布莱恩觉得有好几个世纪沉重地压在他身上,让他感到茫然和苍老,比基恩更苍老,比人类更苍老——一个生物,待在借来的身体里,站在一个陌生的地方。

"现在,"基恩先生说,"我们已经到达了你们的目的地。"

布莱恩迅速眨了眨眼,生活又回到了正轨。昏暗的通道走到了尽头。在他面前是一架生锈的铁梯子,固定在隧道的墙壁上,通往上方的黑暗。

"祝你好运。"基恩先生说。它沉重地倚靠在黑人的手臂上走了。布莱恩目视着老人离开,然后转向史密斯。

"我们要去哪儿?"

"爬上梯子。"

"但是它通向哪里?"

史密斯已经向上爬了。它停了下来,低头看了看,铅灰色的嘴唇咧出一个笑容。"我们去拜访你的一个朋友，布莱恩。我们要去他的坟墓，到他的棺材前，让他别再缠着你。也许得强迫他。"

"他是谁？"布莱恩问。

史密斯只是咧嘴笑着，继续攀爬。布莱恩跟在它后面爬了上去。

20

通道上方有一个通风井，通向另一个通道。最后他们来到一扇门前，走了进去。

他们来到了一个灯火辉煌的大房间里。拱形的天花板上有一幅壁画，画上是一个英俊、眼神清澈的男人在天使的陪伴下走进薄纱般的蓝色天堂。布莱恩马上就知道这幅画的模特是谁。

"雷利！"

史密斯点点头。"我们在他的死亡宫殿里。"

"你怎么知道雷利在缠着我？"

"你自己应该能想到的。最近只有两个和你有关的人死了。那个鬼魂肯定不是雷·梅尔希尔，所以肯定是雷利。"

"但是为什么？"

"我不知道。"史密斯说，"也许雷利会亲自告诉你。"

布莱恩看着墙壁。每面墙上都镶嵌着十字架、新月、星星和万字符，以及印度、非洲、阿拉伯、中国和波利尼西亚的吉祥标志。房间四周的基座上放着古代神灵的雕像。在这几十尊雕像中，布莱恩认出了宙斯、阿波罗、大衮、奥丁和阿施塔特。每个基座前都有一个祭坛，每个祭坛上都有一颗经过切割和抛光的宝石。

"那是做什么的？"布莱恩问。

"安抚。"

"但死后的生活是科学事实。"

"基恩先生告诉我，科学对迷信几乎没有影响。"史密斯说，"雷利曾相当肯定他死后能活下来，但他认为没有理由冒这个险。此外，基恩先生说，非常富有的人，就像非常虔诚的人一样，不会享受一个到处是寻常人的来世。他们认为，通过适当的仪式和象征，他们可以进入来世更高级的部分。"

"还有更高级的部分吗？"布莱恩问。

"没人知道。这只是一种信仰。"

史密斯领着他穿过房间，来到一扇布满埃及象形文字和中国表意文字的华丽大门跟前。

"雷利的尸体就在这里。"史密斯说。

"那我们要进去吗？"

"是的，我们必须进去。"

史密斯推开了门。布莱恩看到了一个竖立着巨大的大理石柱的房间。房间中央是一口镶嵌着珠宝青铜黄金的棺材。棺材周围摆着一大堆令人眼花缭乱的物品：绘画和雕塑、乐器、雕刻、洗衣机、炉子、冰箱等，甚至还有一架完整的直升机。附近摆着些衣服和书，以及一桌丰盛的宴席。

"这些东西是干什么用的？"布莱恩问。

"这些物品的本质是为了陪伴主人进入来世。这是一个古老的信仰。"

布莱恩的第一反应是怜悯。科学来世并没有使人们摆脱对死亡的恐惧，而它本应该做到这一点。相反，它加剧了人们的不安，刺激了他们的竞争动力。既然有了来世的保证，人类就想在此基础上进行改进，享受比其他人更好的天堂。平等是很好，但个人的主动性是第一位的。一个完美而没有激情的平等，在来世和在地球上一样，是一种不太受人认可的想法。超越其他人的欲望让雷利这种人为自己建造了古埃及法老那样的坟墓。他们用尽一生思考死亡，在活着的时候不断地尝试在未来的不确定性中找到保护自己财产和地位的方法。

真可惜。然而，布莱恩想，他的怜悯难道不是基于并不相信雷利所做的一切能产生什么有效作用吗？假设你能在来世改善你的处境呢？在这种情况下，这一生所做的一切都是为了在死后拥有更好的永生，还有什么比这更好的活法吗？

这个假设似乎有道理，但布莱恩拒绝相信。这不可能是人类存在于地球上的唯一理由！不管是好是坏，公平与否，必须为了自己而活。

史密斯慢慢地走进棺材室，布莱恩停止了猜测。僵尸站在那里，凝视着一张摆满装饰品的小桌子。它冷静地踢翻了桌子，然后慢慢地，一件一件地，把这些精致的装饰品放到抛光的大理石地板上。

"你在干什么？"布莱恩问。

"你想让那个恶灵放过你吗？"

"当然。"

"那一定得有什么理由让它放过你。"史密斯说着，踢翻了一尊精美的乌木雕塑。

布莱恩认为这种方法似乎很合理。就算鬼魂也肯定知道，它最终会离开临界区域，进入来世。当它这么做的时候，当然希望陪葬品完好无损地等着自己。所以一定要以毒攻毒，以暴制暴。

尽管如此，当布莱恩拿起一幅油画，准备用拳头砸穿它时，他还是觉得自己在恣意破坏艺术品。

"别。"一个声音在他头顶上说。

布莱恩和史密斯抬起头来。在他们的上方似乎有一层淡淡的银色薄雾。雾里传来一个微弱的声音："请把画放下。"

布莱恩举着画，拳头蓄势待发。"你是雷利？"

"是的。"

"你为什么缠着我？"

"因为你要负责！一切都是你的错！你用邪恶的杀人意念杀了我！是的，你，你这个来自过去的丑八怪，你这个该死的怪物！"

"我没有！"布莱恩大叫。

"就是你！你不是人类！你不自然！除了你的那个死人朋友，一切都躲着你！你怎么还没死，杀人犯！"

布莱恩的拳头朝那幅画挥去。那个微弱的声音尖叫道："不要！"

"你能别再缠着我吗？"布莱恩问。

"把画放下。"雷利恳求道。

布莱恩小心翼翼地放下了画。

"我不缠着你了。"雷利说，"我为什么不呢？有些事情你看不到，布莱恩，但我看到了。你在地球上的时间很短，非常短，短得可怕。你信任的人会背叛你，你憎恨的人会征服你。你会死的，布莱恩，不是几年之后，而是很快，比你想象得要快。你会被出卖，你会死在自己手里。"

"你疯了！"布莱恩喊道。

"我疯了吗？"雷利咯咯直笑，"我疯了吗？我疯了吗？"银色的雾气消失了。雷利不见了。

史密斯带着他穿过狭窄蜿蜒的通道回到大街上。

外面的空气很冷，黎明已经把高楼染成了红灰色。

布莱恩开始向它道谢，但史密斯摇了摇头。"你不必谢我！毕竟，我需要你，布莱恩。如果恶灵杀了你，我该怎么办呢？照顾好自己，小心点。没有你，我的存在就没有意义了。"

僵尸焦虑地盯着他看了一会儿，然后匆匆走开了。

布莱恩目送它离去，心想，有十几个敌人会不会比有史密斯这一个朋友好？

21

半小时后，布莱恩来到了玛丽·索恩的公寓。玛丽没有化妆，穿着一件家居服,迷迷糊糊地眨着眼睛,把他带进厨房。她用机器做了咖啡、吐司和炒蛋。

"我希望,"她说,"你能在合适的时候闪亮登场。现在是早上六点半。"

"以后我会努力做得更好。"布莱恩兴高采烈地说。

"你说过会打电话的。你出了什么事?"

"你担心了吗?"

"一点也不。发生了什么?"

布莱恩一边吃吐司,一边跟她讲了关于狩猎、闹鬼和驱魔的事情。她听完后说:"你显然很自豪,我想你也应该如此。但你还是不知道史密斯想从你这里得到什么,甚至不知道它是谁。"

"我不知道。"布莱恩说,"史密斯自己也不清楚。坦白地说,我一点也不在乎。"

"如果它发现了自己想要什么会怎样?"

"事情发生时我再操心。"

玛丽扬起两道眉毛,但没做任何评论。"汤姆,你现在有什么打算?"

"我要找份工作。"

"当一个猎人?"

"不。不管合不合乎逻辑,我都要去游艇设计公司试试。然后我会在合适的时间到这里来打扰你。你觉得怎么样?"

"不切实际。你想要一些好的建议吗?"

"不想。"

"不管怎样,我给你一些建议吧。汤姆,离开纽约,走得越远越好。去斐济或萨摩亚。"

"我为什么要走?"

玛丽开始焦躁不安地在厨房里来回踱步。"你根本不了解这个世界。"

"我觉得我了解。"

"不！汤姆，你经历了一些很典型的事件，仅此而已。但这并不意味着你已经消化了我们的文化。你被抓走了，被鬼缠上了，你还去打猎了。但这些加起来也不过是一次有导览的旅行。雷利说得对，你就像来到1958年的穴居人一样迷茫无助。"

"这太荒谬了，我不同意这样的比较。"

"好吧，那就说十四世纪的中国。假设这个假想的中国人遇到了一个匪徒，坐上了巴士，看到了康尼岛。你能说他了解二十世纪的美国吗？"

"当然不会。但你想说的重点是什么？"

"重点是，"她说，"你在这里不安全，你甚至察觉不到危险是什么，危险在哪里，有多紧急。首先，那个该死的史密斯跟着你。其次，雷利的继承人可能会对你亵渎他的坟墓有意见，他们也许觉得有必要采取一些措施。雷克斯的董事们还在争论该怎么处置你。你改变了一些事情，转变了一些事情，打乱了一些事情。你难道感觉不到吗？"

"我应付得了史密斯。"布莱恩说，"让雷利的继承人见鬼去吧。至于那些董事，他们能把我怎么样？"

她走到他身边，搂着他的脖子。"汤姆，"她恳切地说，"任何一个出生在这里的人，如果处在你的境地，都会拼命逃跑！"

布莱恩紧紧地抱了她一会儿，抚摸着她光滑的黑发。她关心他，希望他安全。但他没有心情听警告。他从危险的狩猎中活了下来，穿过铁门进入冥界，并再次赢得了光明。现在，坐在玛丽阳光明媚的厨房里，他感到欢欣鼓舞，可以与这个世界和平相处。

危险似乎是一个学术问题，目前不值得讨论，而且逃离纽约的想法很荒谬。

"告诉我，"布莱恩淡淡地说，"在我打乱的事物中——有你吗？"

"我可能要失业了，如果你是这个意思的话。"

"我不是这个意思。"

"那你应该知道答案了……汤姆,请你离开纽约好吗?"

"不。请不要听起来那么惊慌。"

"哦,天哪。"她叹了口气,"我们说的是同一种语言,但我不能让你听懂。你不明白。让我试着举个例子。"她想了一会儿,"假设某人有一艘帆船……"

"你航海吗?"布莱恩问。

"是的,我喜欢航海。汤姆,听我说!假设某人有一艘帆船,他正打算乘船去海上航行……"

"穿越生命的海洋。"布莱恩补充道。

"你的话一点也不好笑。"她说道,看起来很漂亮又很严肃,"这个人对船一无所知。他看到船能浮起来,刷着漂亮的油漆,万事俱备。他想象不出有什么危险。然后你看了看这艘船。你看到船架开裂了,船舵柱里生了蛀虫,桅阶腐朽了,帆发霉了,龙骨螺栓也生锈了,所有的固定装置都要松了。"

"你从哪儿学的这么多关于船的知识?"布莱恩问。

"我从小就开始驾船航海。请注意听,好吗?你告诉那个人,他的船不适合航行,第一场大风就可能把船吹沉。"

"我们得找一天去航海。"布莱恩说。

"可是这个人,"玛丽固执地继续说,"对船一无所知。这玩意儿看起来没问题。更糟糕的是,你没法告诉他到底会发生什么,什么时候会发生。这艘船也许能撑一个月,或者一年,也可能只有一个星期。也许龙骨螺栓会先坏掉,或者是桅杆。你就是不知道。这就是这里的情况。我不能告诉你会发生什么,什么时候会发生。我只知道你不适合航海。你必须离开这里!"

她满怀希望地看着他。布莱恩点点头说:"你会成为一名出色的船员。"

"这么说你不打算走?"

"是的。我整晚都没睡。我现在唯一想去的地方就是床上。你愿意和我一起去吗？"

"去死！"

"亲爱的，别这样！我可是一个无家可归的流浪汉，还来自过去，你的怜悯之心到哪里去了？"

"我要出去。"她说，"你自己去卧室吧。你最好考虑一下我的建议。"

"当然。"布莱恩说，"有你的照顾，我又何必担心呢？"

"史密斯也在找你。"她提醒他，然后飞快地吻了他一下，离开了房间。

布莱恩吃完早饭就上床睡觉了。他在下午早些时候醒来了。

玛丽还没有回来，所以临走前，他给她写了一张愉悦的便条，上面有他的旅馆地址。

在接下来的几天，他拜访了纽约的很多家游艇设计公司，但都没有成功。他的老公司马蒂森和皮特斯早就关门了。其他公司对他不感兴趣。最后，在雅科布森游艇有限公司，首席设计师向他仔细询问了关于现在已经消失的切萨皮克湾和巴哈马工作船的情况。布莱恩展示了自己对这些船型的丰富知识，以及他过时的绘图技术。

"我们接到了一些要求制作古董船的电话。"首席设计师说，"告诉你吧。我们会雇用你当办公室勤杂员。你可以按照委托制作经典的船体，并研究你的设计。坦白说，你的设计过时了。等你准备好了，我们会给你升级。你觉得怎么样？"

这是一个低级的职位，但这是一份工作，一份合法的工作，有很好的晋升机会。这意味着他在2110年的世界里终于有了一席之地。"我接受这份工作。"布莱恩说，"谢谢。"

那天晚上，为了庆祝，他去实感商店买了一台感应器和几张碟片。他觉得自己有权享受一点基础的奢侈。

感应器是2110年不可或缺的一部分，就像布莱恩那个时代的电视一样无所不在，广受欢迎。更大、更精细的感应器版本被用于戏剧制作，各种变体被用于广告和宣传。迄今为止，它们是现成梦想最纯粹、最强大的表现形式，可以为任何人量身定制。

但也有人表达了强烈的反对意见，对这种完全被动的感官体验感到不安。事实上，许多家庭主妇茫然度日，就像一个现代的神秘主义者进入了持续明亮的视野中。

批评家们指出，在读书或看电视时，观众必须自己努力参与进去。但感应器通过覆盖你的全身，就让你感受到生动、鲜活的场景，并留下了破坏性的精神分裂的印象，即梦境比生活更美好、更令人向往。即使这种印象是真的，也不该容许这样的体验。感应器是危险的！可以肯定的是，一些很棒的艺术作品是以感官形式完成的（我们不能忽视维里霍、约翰斯顿和台尔金；米克尔森也让我们看到了希望），但是好作品不多。而且，与破坏性的心理影响、大众品味下降以及完全被动的倾向相比……

批评者们怒斥道，再过一代人，大家就不会读书、思考或行动了！

这是一个有力的论点。但是布莱恩以他152年前的视角，回忆起收音机、电影、漫画书、电视和平装书问世时也曾发生过类似的争论。就连受人尊敬的小说也曾因为偏离了诗歌的纯粹标准而受到严厉的批评。

每一种创新从文化上来说似乎都具有破坏性，并最终成为一种文化主食，成为过去美好时代的化身，成为黄金时代的精神，然后受到下一个创新的威胁，并最终被摧毁。

感应器，不管是好是坏，已经出现了。布莱恩走进商店，想体验一下。

在看了各种型号后，他买了一台中等价位的本迪克斯播放器。然后，在店员的帮助下，他挑选了三张流行碟片，把它们带到一个隔间里播放。他把电极固定在额头上，打开了第一张。

这是一部流行的历史作品,是对《罗兰之歌》高度浪漫的演绎,采用了低强度的非识别技术,产生了大规模的战斗效果和大量的动作场景。梦境开始了。

在778年8月那个炎热而致命的早晨,布莱恩正在龙塞斯瓦耶斯的隘口,与罗兰的后卫军站在一起,看着查理曼大帝的军队主力慢慢地向弗兰克兰挺进。疲惫的老兵们瘫坐在高高的马鞍上,皮革嘎吱作响,马刺抵着青铜马镫叮当作响。空气中弥漫着松木和汗水的味道,还有一丝潘普洛纳城被夷为平地的烟味,以及涂过油的钢铁和干燥的夏日青草的味道……

布莱恩决定买下它。接下来的一部作品是发生在金星上的高强度追逐戏,观众可以跟这个被追捕但无辜的人感同身受。最后一个作品是可调节强度的《战争与和平》,偶尔会有沉浸片段。

当他付款时,店员冲他眨了眨眼睛说:"对真正的好东西感兴趣吗?"

"也许吧。"布莱恩说。

"我有一些很棒的聚会碟片。"店员告诉他,"带开关的完整沉浸。不喜欢?还有个真实的恐怖片——死在流沙里的人。凶手记录了他的死亡,用来做特殊交易。"

"也许下次吧。"布莱恩说着,朝门口走去。

"还有,"店员对他说,"我有一份特殊的碟片,合法制作,但不向公众公开。有几个备份正在非法贩卖。从过去中重生的人。绝对真实。"

"真的吗?"

"是的,独一无二。你感受到的情绪像钟声一样清晰,像刀子一样锋利。这是一个收藏家级别的作品。我预测,它会成为经典。"

"那我倒是很想试试。"布莱恩严肃地说。

他把那张没有贴标签的碟片拿到了隔间。过了十分钟,他又走了出来,有些震惊,以高价买下了它,就像买了自己的一部分。

店员和雷克斯的技术人员是对的。这是一个真正的收藏品,而且可能成为一个经典。

不幸的是,所有的名字都被小心地抹去了,以防警察追踪碟片的来源。他出名了——但却以一种完全无名的方式。

22

布莱恩每天去上班,扫地,倒废纸篓,在信封上写地址,还接受委托做一些古董船体。晚上,他研究二十二世纪游艇设计的复杂科学。过了一段时间,他接到了一些写宣传稿件的小任务。他证明了自己在这方面的天赋,并很快被提升为初级游艇设计师。他开始负责雅科布森游艇有限公司和各个船厂之间的大部分联系。

他继续学习,但对经典船体的需求很少。雅科布森兄弟负责管理大部分的储备船,而被称为"塞勒姆奇迹"的老埃德·里希特则负责设计不寻常的赛艇和多体船。

布莱恩接管了宣传和广告,没有时间做其他事情。

这是责任重大且必要的工作。但这不是游艇设计。

他在2110年的生活不可避免地陷入了与1958年相同的模式。

布莱恩仔细思考着这个问题。一方面,他很高兴。这似乎一劳永逸地解决了他的思维和他那具借来的身体之间的矛盾。很显然,他的精神说了算。

另一方面,这种情况对他的精神状态来说并不是很好。这个人穿越了一百五十二年来到未来,经历了奇迹和恐怖,带着一身疲惫,无法避免地又重新开始工作,成为一名初级游艇设计师,除了设计游艇什么都做。他的性格中是否有某种致命的缺陷,某种隐藏的缺陷,使他无论在什么样的环境中都注定低人一等?

他闷闷不乐地想象着自己被丢回大约一百万年前的穴居人时代会发生什么。毫无疑问,经过一段时间的初步调整后,他将成为一名独木舟初级设计师。但不是真正的设计师。他的工作是清点贝壳,检查树干的质量,签订舷外撑架合同,而其他一些人(可能是尼安德特人当中的天才)则负责产品线的实际运营。

这叫人很沮丧。但幸运的是,这不是看待这件事的唯一方式。他不可避免地回归这一行业也可以被看作是内部团结和人类稳定性的一个很好的例子。他知道自己是什么样的人。不管环境如何变化,他始终忠于自己的职责。

从这个角度来看,他应该为自己永远是一名初级游艇设计师而感到自豪。

他继续工作,在这两种对自己的基本看法之间摇摆不定。

他又见过玛丽一两次,可她总是忙于雷克斯公司的高层事务。他搬出旅馆,住进了一间陈设雅致的小公寓。他开始觉得纽约变得正常了。

而且,他提醒自己,如果没有别的收获,他至少已经解决了自己身体和精神的问题。

但他的身体不能这么轻易地处置。布莱恩忽略了像他这样一个强壮、英俊而又非常独特的身体可能存在的一个问题。

有一天,冲突再次爆发了,比以往任何时候都更加严重。

他在平常时间下了班,正在一个街角等公共汽车。

他注意到一个女人目不转睛地盯着自己。她大概二十五岁,体态丰满,有一头迷人的红发。她穿得很普通,五官很醒目,却也带着几分忧伤。

布莱恩意识到自己以前见过她,但从未真正注意过她。

现在他想起来了,她和他一起乘坐过直升出租车。有一次,她几乎是跟着他的脚步走进一家商店。有几次当他下班的时候,她从他工作的大楼旁经过。

她已经监视他好几个星期了。但是为什么呢？

他回望着她，等待着。女人犹豫了一会儿，然后说："我能和你谈谈吗？"她的声音沙哑而悦耳，但很紧张，"拜托，布莱恩先生，这很重要。"

原来她知道他的名字。"当然。"布莱恩说，"什么事？"

"别在这里说。我们能不能……找个地方？"

布莱恩咧嘴一笑，摇了摇头。她似乎很无害，但曾经伤害过他的奥克看起来也是如此。

在这个世界上信任陌生人，是失去你的精神、身体或两者皆无的好办法。

"我不认识你。"布莱恩说，"我也不清楚你是怎么知道我的名字的。无论你想要什么，你最好在这里告诉我。"

"我真的不应该打扰你。"那个女人沮丧地说，"但我控制不了自己，我必须和你谈谈。我有时感到很孤独，你知道那是什么感受吗？"

"孤独？当然，但你为什么想和我说话？"

她悲伤地看着他。"没错，你不知道。"

"是的，我不知道。"布莱恩耐心地说，"怎么了？"

"我们不能换个地方吗？我在公众场合说不出口。"

"你必须这么做。"布莱恩开始觉得这确实是一个非常复杂的游戏。

"哦，好吧。"女人显然很尴尬，"我跟踪你很久了，布莱恩先生。我查到了你的名字和工作地点。我得跟你谈谈。这都是因为你的那具身体。"

"什么？"

"你的身体。"她说道，没有看他，"你知道吗，这原来是我丈夫的身体，后来他把身体卖给了雷克斯公司。"布莱恩张大了嘴，但他找不到合适的词。

23

布莱恩一直都知道，他的这具身体在这个世界上有过自己的生命。它行动过，抉择过，爱过，恨过，在社会上打下了自己的烙印，编织了自己复杂而持久的关系网。他甚至可以假定这具身体结过婚，大多数身体都是如此。但他宁愿不去想这个问题。他说服自己，有关前任主人的一切信息都在不知不觉中消失了。

他和雷·梅尔希尔被夺走的身体见面时应该意识到这种态度是多么天真。现在，不管喜不喜欢，他都得思考这个问题了。

他们去了布莱恩的公寓。那个女人，爱丽丝·克兰奇，垂头丧气地坐在沙发的一边，接过了一支烟。

"事情就是这样。"她说，"弗兰克——这是我丈夫的名字，弗兰克·克兰奇——他从不满足于任何事情，你知道吗？他有份好工作，是个猎人，但他从不满足。"

"猎人？"

"是的，他曾是中国猎场的长矛手。"

"嗯……"布莱恩再次琢磨是什么促使自己去打猎，是他自己的需求还是克兰奇潜在的反应？当身心问题似乎已经很好地解决了的时候，它又出现了，真叫人恼火。

"但他从不满足。"爱丽丝·克兰奇说，"那些自命不凡的有钱人被杀了，进入了来世，这常常使他感到痛苦。他一直讨厌像狗一样死去，弗兰克就是这样。"

"我不怪他。"布莱恩说。

她耸了耸肩。"有什么办法呢？弗兰克没有机会赚到足够的钱买来世保险。这让他很苦恼。后来，他肩膀上受的重伤差点让他倒下。

我想你的伤疤还在吧？"

布莱恩点点头。

"可是，从那以后，他就变了。猎人通常不怎么考虑死亡的事情，但弗兰克开始考虑了。他开始不停地思考这件事。然后他遇到了雷克斯公司的一个瘦瘦的贵妇。"

"玛丽·索恩？"

"就是她。"爱丽丝说，"她是个瘦得皮包骨的贵妇，铁石心肠，冷酷无情。我不明白弗兰克看上她哪一点了。喔，他有些放荡，大多数猎人都是这样，因为有危险。但是他们就是喜欢花天酒地。他和这位花里胡哨的雷克斯贵妇很亲密。我就是不明白弗兰克看上她哪一点了。我是说，她那么瘦，总是板着张脸。她是挺漂亮的，不过看上去像那种连睡觉都穿着衣服的人，你懂我的意思吧。"

布莱恩有些痛苦地点了点头。"你继续。"

"哎，有些人的口味是无法解释的，但是我以为自己了解弗兰克的喜好。我想我确实了解，因为后来事实证明他并没有和她勾搭在一起。完全是公事。有一天他出现了，对我说：'宝贝，我要离开你了。我要开始前往来世的旅行了。这对你来说也是个不错的改变。'"

爱丽丝叹了口气，擦了擦眼睛。"那个大傻瓜卖掉了自己的身体！雷克斯给了他来世保险，还付给我一笔养老金，他居然还得意扬扬！哎，我费尽口舌想让他改变主意。没戏，他就是要吃天上掉的馅饼。按照他的思维方式，他的气数已尽，下次狩猎就会送命。于是他就走了。他在临界区域那里跟我说过话。"

"他还在那儿吗？"布莱恩问，感到脖子后面有一阵刺痛。

"我一年多没有他的消息了。"爱丽丝说，"所以我猜他已经去来世了。这个浑蛋！"

她哭了一会儿，然后用一条小手帕擦了擦眼睛，哀怨地看着布莱恩。"我本来不想打扰你的。毕竟，弗兰克卖了自己的身体，现在这是你的了。我对这具身体和你都没有任何干涉的权利。但我变得好忧郁，好孤独。"

"我能想象。"布莱恩喃喃地说，心想她绝对不是自己喜欢的类型。客观地说，她很漂亮，很标致，但已是美人迟暮。

她的五官端正立体，唇红齿白。她的头发尽管显然不是天然的红色，但长度齐肩，质地光滑。

她是他能想象的那种女人——双手叉腰，和警察争吵；拖拉着渔网；随着弗拉门戈的吉他音乐跳舞；或者在山间小路上放羊，漂亮的裙子在丰满的臀部上来回摆动，朴素的上衣被胸部撑得鼓鼓囊囊。

但她的品位并不高。

然而，他提醒自己，弗兰克·克兰奇认为她很合他的口味。而他正穿着克兰奇的身体。

"我们的大多数朋友，"爱丽丝说，"都是中国猎场里的猎人。噢。弗兰克走后，他们有时会过来。但你了解猎人，他们脑子里只有一件事。"

"是这样吗？"布莱恩问。

"是的。所以我离开了北京，回到了我出生的纽约。然后有一天我看到了弗兰克——我指的是你。我差点当场晕倒。我的意思是，虽然已经预料到了，但当你看到你丈夫的身体在四处走动，还是会让你感到怪异。"

"我想也是。"布莱恩说。

"所以我就跟着你。我本不想打扰你，但这件事一直困扰着我。我有点想知道，是什么样的人……我的意思是，弗兰克那么……嗯，他和我相处得很好，如果你明白我的意思的话。"

"当然。"布莱恩说。

"我敢打赌你认为我很糟糕！"

"一点也不！"布莱恩说，看见她直勾勾地望着他的脸，神情哀伤，楚楚可怜。布莱恩感觉到克兰奇的旧伤疤在隐隐作痛。

但记住，他告诉自己，克兰奇已经不在了。现在一切都属于布莱恩，布莱恩的意志，布莱恩的方式，布莱恩的品位……

这个问题必须解决，他一边想，一边抓住心甘情愿的爱丽丝，带着与布莱恩无关的热情吻着她……

第二天早上，爱丽丝做了早餐。布莱恩坐在那里，盯着窗外，罔顾一些令人沮丧的事情。

昨天晚上已经确切地证明了，克兰奇还是布莱恩身体与心灵的主宰，因为昨天晚上的他完全不像自己。他凶狠、狂暴、粗野、愤怒而又兴奋。他所做的一切都是他一直所痛恨的，他的行为放纵得近乎疯狂。

那不是布莱恩。那是克兰奇，是身体的胜利。

布莱恩一向珍视细腻、微妙和对细微差别的把握。也许有点太过了，然而这些都是他的美德，是他个性的表现。有了这些，他就是托马斯·布莱恩。没有这些，他就谁都不是——只是永远胜利的克兰奇投下的一道影子。

他忧郁地考虑着未来。他将放弃挣扎，成为他的身体所需要的那种人：一个战士，一个斗士，一个精力充沛的流浪汉。

也许假以时日，他会逐渐习惯这具身体，甚至喜欢上它……

"早餐好了。"爱丽丝说。

他们默默地吃着，爱丽丝哀怨地用手指摸着前臂上的瘀伤。

终于，布莱恩再也忍不住了。

"听着，"他说，"我很抱歉。"

"为什么？"

"因为这一切。"

她惨然一笑。"没关系。是我的错，真的。"

"我不这么认为。请把黄油递给我。"布莱恩说。

她递过黄油。他们静静地吃了几分钟。然后爱丽丝说："我非常、非常愚蠢。"

"怎么了？"

"我想我是在追逐一个梦。"她说，"我以为我能重新找到弗兰克。我其实不是那样的，布莱恩先生。但我以为会像和弗兰克在一起时一样。"

"不像吗？"

她摇了摇头。"不，当然不像。"

布莱恩小心翼翼地放下咖啡杯。他说："我猜，克兰奇更粗暴。我猜他把你打得站都站不稳。我猜……"

"哦，不！"她喊道，"从来没有！布莱恩先生，弗兰克是个猎人，他的生活很艰难。但和我在一起时，他总是一个完美的绅士。弗兰克彬彬有礼，真的。"

"真的？"

"当然！弗兰克对我总是很温柔，布莱恩先生。他很……精细，你懂我的意思吧。善良，温柔。他绝对不会粗暴对待我。说实话，他和你恰恰相反，布莱恩先生。"

"呃。"布莱恩说。

"并不是说你有什么毛病。"她急忙善意地说，"你是有点儿粗鲁，但我想每个人都不一样。"

"我同意。"布莱恩说，"是的，每个人都不一样。"

他们在尴尬的沉默中吃完了早餐，爱丽丝从她那执着的梦中解脱出来，随后立刻离开了，没有说他们会再见面。布莱恩坐在椅子上盯着窗外，思考着。

所以，他不像克兰奇！

可悲的是，他告诉自己，他仿佛按照自己想象中的克兰奇在类似情况下而采取了行动。这纯粹是自我暗示。他拼命地说服自己，一个强壮、活跃、热情的户外运动男一定会把女人当作一头与他摔跤的熊来对待。

这是一种刻板印象。如果不是因为自己恢复了原来那个布莱恩的个性而感到如释重负的话,他会觉得自己更加愚蠢。

他想起爱丽丝对玛丽的描述,皱起了眉头,"瘦得皮包骨,铁石心肠,冷酷无情"。又是刻板印象。

但在这种情况下,他没法责怪爱丽丝。

24

几天后,布莱恩收到消息,有一场交流在灵魂通讯站等着他。下班后他去了那里,并被安排到了他上次使用的隔间。

梅尔希尔的声音被放大了:"你好,汤姆。"

"你好,雷。我还在想你去了哪里。"

"我还在临界区域。"梅尔希尔告诉他,"但我不会待太久了。我要继续前进,看看来世是什么样子。它吸引着我。但我想再和你谈谈,汤姆。我觉得你应该提防玛丽·索恩。"

"现在,雷……"

"我是认真的。她一直待在雷克斯。我不知道那里发生了什么,他们把会议室都屏蔽了,以防灵魂入侵。但有些事情正在你身上酝酿,而她也参与其中。"

"我会留意的。"布莱恩说。

"汤姆,请听从我的建议,离开纽约。趁你还有身体和精神,赶快离开。"

"我要留下。"布莱恩说。

"你这个固执的浑蛋。"梅尔希尔感慨地说,"如果你从不接受建议,那一个保护你的灵魂有什么用呢?"

"我感谢你的帮助。"布莱恩说,"我真的感谢。但你老实告诉我,如果我离开了,我的处境会好多少?"

"你也许能多活一段时间。"

"就一段时间？有那么糟糕吗？"

"相当糟糕。汤姆，记住，不要相信任何人。我现在得走了。"

"我还能和你说话吗，雷？"

"也许能。"梅尔希尔说，"也许不能。祝你好运，年轻人。"

对话结束了。布莱恩回到了自己的公寓。

第二天是星期六。布莱恩躺在床上睡到很晚，给自己做了早餐，然后打电话给玛丽。她不在家。他决定花一天的时间来放松一下，播放他的感观碟片。

那天下午，有两个人来拜访他。

第一个是一位温和的驼背老妇人，穿着一件严肃的深色制服，在她军队风格的帽子上写着"老教会"。

"先生，"她的声音听着有点呼哧呼哧，"我在为老教会募捐，组织的宗旨是在这个放荡和不信上帝的时代提倡信仰。"

"对不起。"布莱恩说着，就要关门。

但老妇人一定有过很多次被关在门外的经历。她挤在门和门框之间继续说：

"年轻的先生，这是巴比伦野兽的时代，是灵魂毁灭的时代。这是撒旦的时代，是他看似要胜利的时代。但不要被骗！全能的主允许这一切发生，是为了审判和考验，是为了将谷物从糠秕中筛出来。小心诱惑！当心你面前那条灿烂夺目的邪恶之路！"

布莱恩给了她一块钱让她闭嘴。老妇人向他表示感谢，但还在继续说着：

"年轻的先生，小心撒旦的最终诱惑——人们称之为来世的虚假的天堂！这是骗子撒旦为世人所设的最可怕的圈套，最大的幻觉！地狱即天堂的幻觉！人们被狡猾的诡计所蒙骗，心甘情愿地堕入其中！"

"谢谢你。"布莱恩说着，想把门关上。

"记住我的话！"老妇人用一双玻璃般的蓝眼睛盯着他叫道，"来世是邪恶的！小心那些地狱来世的预言家！"

"谢谢你！"布莱恩大喊，设法关上了门。

他又在扶手椅里放松下来，接着打开了播放器。将近一个小时的时间，他都沉浸在《金星之旅》之中，然后他的门被敲响了。

布莱恩打开门，看到一名身材矮小、衣着讲究的年轻人，他长着一张胖乎乎的脸，看上去很认真。

"托马斯·布莱恩先生？"那人问。

"是我。"

"布莱恩先生，我是来世公司的查尔斯·法雷尔。我可以和你谈谈吗？如果现在不方便，也许我们可以另外约个时间……"

"进来吧。"布莱恩说，为地狱来世的预言家打开了大门。

法雷尔是一位温和、务实、说话轻声轻语的预言家。他的第一个举动是递给布莱恩一封用来世公司信纸写的信，信上说查尔斯·法雷尔是来世公司的全权代表。

信中有对法雷尔的详细描述，以及他的签名、三张盖过章的照片和一组指纹。

"这是我的身份证明。"法雷尔说。他打开钱包，拿出直升机驾驶执照、图书证、选民登记证和政府许可证。法雷尔在另一张处理过的纸上印了右手的指纹，交给布莱恩，以便与信上的指纹作对比。

"有必要做这些吗？"布莱恩问。

"绝对有。"法雷尔告诉他，"我们以前发生过一些不愉快的事情。无良的经营者经常在易受骗的人和穷人面前冒充来世公司的代表。他们以低廉的价格提供救赎，把能骗的都骗到手，然后离开小镇。太多的人被骗得一无所有，却没有得到任何回报。这些非法经营者，即使他们代表了一些不可靠的小型救赎公司，也没有做这类事情所需的昂贵设备和受过训练的技术人员。"

"我不知道这些。"布莱恩说，"你不坐下来吗？"

法雷尔坐在一把椅子上。"商业改善局正想办法对此采取措施。

但这种不可靠的公司跑得太快,不易抓到。只有来世公司和另外两家拥有政府批准的技术公司能够实现他们的承诺——死后的生活。"

"那么各种心理训练呢?"布莱恩问。

"我是故意把它们排除在外的。"法雷尔说,"它们是一个完全不同的类别。如果你有能够全神贯注学习二十年左右的耐心和决心,那你就会更强大。如果没有,那么你就需要科学的帮助和执行。而这正是我们要做的。"

"我想听听看。"布莱恩说。

法雷尔先生放松地坐在椅子上。"如果你和大多数人一样,你可能会想知道,什么是生命?什么是死亡?什么是精神?精神与身体的交互点在哪里?精神也是灵魂吗?灵魂也是精神吗?它们是相互独立,还是相互依赖,还是相互交织?或者说,真的有灵魂这种东西吗?"

法雷尔微笑着道:"这些就是你想让我回答的问题吗?"

布莱恩点点头。

法雷尔说:"好吧,我无法回答。我们根本不知道,一点也不知道。在我们看来,这些都是宗教哲学问题,来世公司甚至不想回答。我们感兴趣的是结果,而不是猜测。我们的方向是医学,我们的方法是务实的。我们不关心如何或为什么得到这样的结果,或这些结果看起来有多奇怪。它们是否有效?这是我们唯一会问的问题,也是我们的基本立场。"

"我想你已经解释得很清楚了。"布莱恩说。

"对我来说,一开始就这样做很重要。因此,让我再讲清楚一件事:不要错误地认为我们提供了天堂。"

"不是吗?"

"完全不是!天堂是一个宗教概念,而我们与宗教无关。我们的来世是身体死亡后精神的延续。仅仅是这样。我们不会像早期科学家声称最早的穴居人骨头是亚当和夏娃的遗骸那样声称来世是天堂。"

"早些时候有个老太太来过。"布莱恩说,"她告诉我,来世就是地狱。"

"她是个狂热分子。"法雷尔笑着说,"她总是跟着我。而且据我所知,她说得没错。"

"关于来世你知道些什么?"

"不是很多。"法雷尔告诉他,"我们所能确定的是:身体死亡后,精神会转移到一个所谓的临界区域,它存在于地球和来世之间。我们相信,这是一种来世的预备状态。精神一旦抵达那里,就可以随意进入来世。"

"但来世是什么样的呢?"

"我们不知道。我们相当确定它是非实体的。除此之外,一切都只是猜测。有些人认为精神是身体的本质,因此一个人的世俗财富的本质可以随他一起进入来世。有可能是这样。但其他人不同意这种观点。有些人认为来世是一个灵魂等待自己在其他行星上重生的地方,这是一个庞大的轮回周期的其中一环。也许这也是真的。还有些人认为,来世只是后世存在的第一阶段,还有其他六个阶段,每一个都越来越难达到,最终达到某种涅槃的境界。也可能是这样。也有人说,来世是一片广阔的迷雾之地,你在那里独自徘徊,永远在寻找,却永远也找不到。我读过一些理论,证明人在来世肯定是按照家庭来分组的;还有人说,进入来世是根据种族、宗教、肤色或社会地位来分组的。正如你所观察到的,有些人说你进入的就是地狱。有一种幻觉理论的拥护者,他们声称,当精神离开临界区域时,它就完全消失了。

"还有人指责我们公司所有的成果都是伪造的。最近的一篇文章写道,你会在来世找到你想要的一切——天堂、乐园、瓦尔哈拉、青草地,任你选择。

"有一种说法是,旧神主宰着来世——海地的神,斯堪的纳维亚的神或者比属刚果[1]的神，这取决于你遵循谁的理论。自然，也有一个反对理论表明，根本不存在任何神。我看过一本英国的书，论证英国人的灵魂统治着来世，还有一本俄罗斯的书声称俄罗斯人统治着来世，还有几本美国的书证明美国人统治着来世。去年出版的一本书指出，来世是无政府状态。一位著名的哲学家坚持认为，竞争是自然法则，在来世也必然如此。

"诸如此类。你可以从这些理论中随便挑一个，布莱恩先生，或者你也可以自己编一个。"

"你怎么看呢？"布莱恩问。

"我？我保持开放的态度。"法雷尔说，"时间一到，我就去那里看看。"

"这对我来说已经足够好了。"布莱恩说，"可惜的是，我没有机会。我没有那么多钱付给你们。"

"我知道。"法雷尔说，"我来之前查了你的财务状况。"

"那为什么……"

"每年，"法雷尔说，"都会有一些免费的来世捐赠，有些是慈善家提供的，有些是公司和信托基金，还有一些是通过抽签的方式。布莱恩先生，我很高兴地告诉你，你已经被选为受赠者之一。"

"我？"

"请让我对你表示祝贺。"法雷尔说，"你是个非常幸运的人。"

"但是，是谁给了我这笔赠款？"

"梅因·法本格纺织公司。"

"我从来没听说过。"

"好吧，他们听说过你。这笔赠款是为了表彰你从1958年到这里旅行。你接受吗？"

布莱恩目不转睛地盯着这位来世代表。法雷尔看起来很真诚。

---

[1] 比利时对刚果殖民统治时期对刚果的称呼。

不管怎么说，他说的故事可以到来世大楼去核实。

布莱恩对这份如此出乎意料地交到他手里的大礼产生了怀疑。但一想到死后仍有生命的保障，这就压倒了任何可能的怀疑，排除了任何可能的恐惧。谨慎是好事，但当来世之门在你面前打开时，事情就不一样了。"我该怎么做？"他问。

"陪我去来世大楼就行了。"法雷尔说，"我们在几个小时内就可以完成必要的工作。"

生存！死后的生活！"好吧。"布莱恩说，"我接受这笔赠款。我们走吧！"

他们立刻离开了布莱恩的公寓。

25

一辆直升出租车把他们直接带到了来世大楼。法雷尔领着布莱恩来到招生办公室，把他赠款的影印件交给了负责的女士。布莱恩按了一组指纹，并出示了他的猎人执照以进一步确认身份。那位女士对照她的录取名单仔细核对了所有数据。

最后，她对录取名单的有效性表示认可，并在录取文件上签了字。

然后法雷尔把布莱恩带到测试室，祝他好运，随后离开了。

测试室里，一群年轻的技术人员接手了布莱恩，让他进行了一系列的测试。一排排计算机咔嗒咔嗒地响着，喷出一沓沓的纸和一堆堆的穿孔卡片。

不祥的机器在他面前不停地吱吱作响，瞪着巨大的"红眼睛"，眨啊眨，又变成了琥珀色。自动笔在图纸上不停划动。在整个过程中，技术人员一直进行着热烈的车间谈话。

"有趣的贝塔反应。你觉得我们能搞定这条曲线吗？"

"当然，当然，只要降低他的驱动系数。"

"我讨厌这么做。它会削弱网络。"

"你不必削弱得那么厉害。他还是得承受创伤的。"

"也许吧……那么亨利格因子呢？它消失了。"

"那是因为他在宿主身体里。它会恢复的。"

"上周那个就没有。那个家伙像火箭一样飞了起来。"

"他一开始就有点不稳定。"

布莱恩说："嘿！这有可能不成功吗？"

技术人员转过身来，好像第一次看见他。

"每个案例都不一样，伙计。"一位技术人员告诉他，"每一项都必须根据个人基础来处理。"

"只是一些问题而已，这些问题一直存在。"

布莱恩说："我以为治疗方法都已经解决了。我听说它万无一失。"

"当然，他们就是这么告诉客户的。"其中一名技术人员不屑地说，"都是广告的鬼扯。"

"这里每天都出问题。我们还有很长的路要走。"

布莱恩说："但你能看出治疗是否有用吗？"

"当然能。如果有用，你就还活着。"

"如果没有用，你就再也无法从这里走出去了。"

"通常都会有用。"一位技术人员安慰道，"对所有人都有用，除了K3。"

"让我们困惑的是该死的K3因子。哎，杰米森，他是K3吗？"

"我不确定。" 杰米森俯身看着一台闪烁的仪器，"这台测试机又搞砸了。"

布莱恩问："K3是什么？"

"我希望我们知道。"杰米森闷闷不乐地说，"我们只知道，有K3因子的人死后无法存活。"

"在任何情况下都不行。"

"老菲茨罗伊认为这是一个内在的限制因素,自然界创造了它,好让生物不会肆意妄为。"

"但K3们不会把这种因子遗传给他们的孩子。"

"它还有可能处于休眠状态,跳过几代人。"

"我是K3吗?"布莱恩问道,设法让自己的声音保持镇定。

"可能不是。"杰米森轻松地说,"那很罕见。让我检查一下。"

布莱恩等待着,技术人员检查他们的数据,杰米森试图从他的故障机器上判断布莱恩是否有K3因子。

过了一会儿,杰米森抬起头来。"好吧,我猜他不是K3。不过谁知道呢?不管怎样,我们继续吧。"

"下一步是什么?"布莱恩问。

一支皮下注射器深深地扎入他的手臂。

"别担心。"一位技术人员告诉他,"一切都会顺顺当当。"

"你确定我不是K3吗?"布莱恩问。技术人员敷衍地点了点头。布莱恩想问更多的问题,但一阵眩晕感袭来。技术人员们把他抬起来,放在白色的手术台上。

当他恢复意识时,他正躺在一张舒适的沙发上,听着舒缓的音乐。一名护士递给他一杯雪利酒,而法雷尔先生正笑容满面地站在一旁。

"感觉还好吗?"法雷尔问,"你应该感觉不错。一切都很顺利。"

"是吗?"

"不可能出错。布莱恩先生,来世是你的了。"

布莱恩喝完雪利酒,有点颤抖地站起来。"我拥有死后的生活了?无论我什么时候死?无论我死于什么方式?"

"没错。无论你在何时以何种方式死去,你的精神在死后依然存在。你觉得怎么样?"

"我不知道。"布莱恩说。半个小时后,当他回到自己的公寓时,他才开始有了反应。他拥有来世了!

他突然欣喜若狂。现在什么都不重要了,什么都不重要了!他永生了!即使现在被杀死,他也能继续活下去!

他觉得自己跟喝醉了一样。他兴高采烈地想着自己可以扑到一辆路过的卡车轮子下。这有什么关系?没有什么能真正伤害他!

他现在可以发狂,在人群中快乐地砍杀。为什么不呢?大盖帽能消灭的只有他的身体!

这种感觉无法言喻。此时,布莱恩第一次意识到,在发现科学来世之前,人们是如何生活的。他记得那种对死亡的沉重的、浸透的、持续的、无意识的恐惧。这种恐惧微妙地权衡着他的每一个行动,渗透进他的每一个动作。古老敌人的死亡,像可怕的绦虫一样在人的思想走廊里爬行的暗影,那日夜出没的鬼魂,那藏在角落里的人,那门后朦胧的身形,每一场宴会上看不见的客人,每一道风景中身份不明的人物,永远徘徊着,永远等待着……

都已不复存在。

因为现在,他的心头卸下了一个沉重的包袱。对死亡的恐惧消失了,醉人般地消失了,他感到轻飘飘的。死亡,这个古老的敌人,被打败了!

他兴高采烈地回到自己的公寓。他开门时,电话铃响了。

"我是布莱恩!"

"汤姆!"是玛丽·索恩,"你去哪儿了?我找了你一个下午。"

"我出去了,亲爱的。"布莱恩说,"你这些天到底去哪儿了?"

"我在雷克斯。"她说,"我一直想弄清楚他们在搞什么鬼。现在仔细听着,我有一些重要的消息要告诉你。"

"我也有个消息要告诉你,亲爱的。"布莱恩说。

"听我说!今天有个人会来你的公寓。他是来世保险公司的推销员,他会免费为你提供来世保险。一定不要接受。"

"为什么不呢?他是骗子吗?"

"不，他如假包换，他的提议也是。但是你不能接受。"

"我已经接受了。"布莱恩说。

"什么?"

"几小时前他还在这里。我接受了。"

"他们给你治疗了吗?"

"是的，那是假的吗?"

"不是。"玛丽说，"当然不是。哦，汤姆，你什么时候才能学会不接受陌生人的礼物? 来世保险可以之后再做啊……哦，汤姆!"

"怎么了?"布莱恩问，"这是一笔来自梅因·法本格纺织公司的赠款。"

"该公司完全归雷克斯公司所有。"玛丽告诉他。

"哦……那又怎样?"

"汤姆，雷克斯的主管给了你那笔钱。他们利用梅因·法本格做幌子，但这是雷克斯给的钱! 你难道不明白这意味着什么吗?"

"不明白。你能不能别大喊大叫了，解释一下好吗?"

"汤姆，这是《自杀法》的'许可谋杀法'章节。他们打算以此为依据。"

"你在说什么?"

"我说的是《自杀法》中规定夺取宿主合法的那个章节。雷克斯已经保证了你死后精神依然存在，你接受了。现在他们可以合法地占有你的身体以达到任何目的。他们拥有你的身体。他们能杀死你的身体，汤姆!"

"杀了我?"

"是的。而且他们肯定会这么做。政府正计划对他们将你从过去非法转移过来采取行动。如果你消失了，这个案子就不存在了。现在听着，你必须离开纽约，然后离开这个国家，也许那时他们会放过你。我会帮你的，我觉得你应该……"电话断了。

布莱恩按了几次听筒，但是都没有拨号音。显然线路被切断了。

几秒钟前还洋溢着的欣喜之情，现在已经消失了。

摆脱死亡那种令人陶醉的自由感消失了。他怎么会想到发狂？他想活下去。他想活在肉体中，活在他熟悉和热爱的地球上。精神上的存在虽然很好，但他还不想要那样。在很长一段时间内都不会想要。他想生活在坚实的物体中，呼吸空气，吃面包，喝水，感受周围的肉体，触摸其他肉体。

他们会在什么时候想杀他？随时都会。他的公寓就像一个陷阱。布莱恩迅速地把所有的钱都装进口袋，快步向门口走去。他打开门，上下打量着大厅。大厅里空无一人。

他急忙跑出去，来到走廊上，然后停了下来。

一个男人刚刚从拐角处走来。那个人停在大厅的中央，拿着一个巨大的发射器，正对着布莱恩的肚子。来者正是萨米·琼斯。"啊，汤姆，汤姆。"琼斯叹了口气，"相信我，我真的为要杀你而难过。但生意就是生意。"

布莱恩站在那里，僵住了，发射器已经正对他的胸口。

"为什么是你？"布莱恩好不容易问出口。

"还能有谁？"萨米·琼斯说，"难道我不是西半球，甚至欧洲最好的猎人吗？雷克斯雇了我们在纽约地区的每一个人。但这次用的是光束和射弹武器。我很抱歉猎物是你，汤姆。"

"但我也是个猎人。"布莱恩说。

"你不会是第一个被枪杀的人。这是这个游戏的转折点，小伙子。不要畏惧，我会干净利落地解决的。"

"我不想死！"布莱恩喘着粗气说道。

"为什么不想死？"琼斯问，"你已经有来世保险了。"

"我被骗了！我想活下去！萨米，别这样！"

萨米·琼斯的脸一下子变冷酷了。他小心翼翼地瞄准，然后放下了枪。

"我对这个游戏越来越心软了。"琼斯说,"好了,汤姆,你走吧。我想每个猎物都应该抢先走一步,让这场游戏更有体育精神。但我只会让你一点点。"

"谢谢你,萨米。"布莱恩说着,匆匆穿过大厅。

"但是,汤姆……如果你真想活命,小心点。我告诉你,现在纽约的猎人比市民还多。每一种交通工具都被监视了。"

"谢谢。"布莱恩一边匆匆走下楼梯,一边喊道。

他来到街上,但不知道要去哪里。不过,他没有时间犹豫。此时是下午,还要几个小时他才能得到黑夜的帮助。

他选择了一个方向,朝那里走去。

几乎是本能地,他的脚步将他引向了城市的贫民窟。

26

布莱恩走过那些摇摇欲坠的出租屋和古老的公寓,走过那些廉价的沙龙和夜总会。他双手插在口袋里,苦苦思索着。他必须想出一个计划。如果他无法想出离开纽约的方法,猎人会在接下来的一两个小时内抓住他。

琼斯告诉他,交通工具被监视了。

那么,他还有什么希望呢?他手无寸铁,毫无防备……

好吧,也许他能改变这一点。如果他手里拿着枪,情况就会有所不同。事实上,情况可能会完全不同。正如赫尔指出的,猎人可以合法地射杀猎物;但如果猎物射杀了猎人,他就会被逮捕并受到严厉的惩罚。

如果他真的射杀了猎人,警察就会逮捕他!情况会变得很复杂,但却能把他从眼前的危险中拯救出来。

他走啊走,一直走到一家当铺前,橱窗里摆着一排闪闪发光的射弹和光束武器、猎枪、小刀和大砍刀。

布莱恩走了进去。

"我要一把枪。"他对柜台后面的小胡子男人说。

"一把枪。所以,要什么样的枪?"男人问。

"有激光枪吗?"

男人点了点头,走到一个抽屉前。他拿出了一把闪闪发亮的手枪,上面镀着亮铜。

"这个,"他说,"是特别商品。这是真正的赛勒斯-拜恩针发激光枪,用于猎杀金星的大型猎物。在五百码的距离内,你可以切开任何行走的、爬行的或会飞的东西。旁边是光圈选择器。你可以在近距离操作时把光圈打开,也可以在远处射击时扩展到针尖。"

"好,好。"布莱恩一边说,一边从口袋里掏出钞票。

"这个按钮,"当铺老板说,"用来控制手枪冲击波的长度。按现在的设定,是标准的轻微震动。按一下就能把时间延长到四分之一秒。把它调到自动挡,它就会像镰刀那样切割。它的供电时间超过四个小时,而原装包里还能供应三个多小时的电。更重要的是,你可以在家庭工作室使用这把武器。通过特殊的装置和降低功率的挡板,你可以用它来切割塑料,比锯子还好使。再装一个不同的挡板可以把它变成喷枪。挡板可以购买……"

"我要了。"布莱恩打断了他。

当铺老板点了点头。"我可以看一下你的许可证吗?"

布莱恩拿出他的猎人执照。当铺老板点了点头,然后以令人抓狂的缓慢速度填写了一张收据。

"要我把它包起来吗?"

"不用麻烦了。我就这样拿走。"

当铺老板说:"一共七十五美元。"布莱恩把钱从柜台上推过去时,当铺老板看了看贴在他身后墙上的一张清单。

"等一下!"他突然说。

"嗯?"

"我不能把那件武器卖给你。"

"为什么不能?"布莱恩问,"你看到我的猎人执照了。"

"但你没告诉我你是登记在册的猎物。你知道猎物不能持有武器。你的名字半小时前传到了这里。你在纽约任何地方都买不到合法的武器,布莱恩先生。"

当铺老板把钞票从柜台上推了回去。布莱恩伸手去拿针发激光枪,当铺老板率先把它抓了起来,对准了他。

"我应该帮他们省去麻烦。"他说,"你已经得到了该死的来世。你还想要什么?"

布莱恩一动不动地站着。当铺老板放下了枪。

"但那不是我的工作。"他说,"猎人很快就会抓到你的。"

他把手伸到柜台下面,按下一个按钮。布莱恩转身跑出了商店。天渐渐黑了。但他的位置已经暴露了。

猎人们应该正在逼近。

他仿佛听到有人在叫他的名字。他从人群中间挤过去,头也不回,努力想办法。他不能就这样死了,不是吗?他不能穿越了152年来到这里,当着一百万人的面被枪杀!这太不公平了!

他注意到一个人笑嘻嘻地紧跟着他。那是忒修斯,端着枪,准者一枪毙命。

布莱恩突然加快速度穿过人群,迅速拐进一条小巷。他沿着巷子冲过去,然后突然停了下来。

在路的尽头,一个男人站在灯光下。那人一只手放在臀部,举起另外一只手,摆出射击的姿势。布莱恩犹豫了一下,回头看了一眼忒修斯。

灯光下的小个子猎人开枪了,烧焦了布莱恩的袖子。布莱恩向一扇敞开的门跑去,门突然砰的一声砸在他脸上。第二枪烧焦了他的外套。

他像做梦一般清楚地看着猎人们逼近，忒修斯紧跟在他身后，另一个猎人在远处挡住了他的去路。布莱恩迈着沉重的脚步，越过下水道井盖和地铁格栅，经过关门的商店和上锁的建筑物，朝着更远处的那个人跑去。

"后退，忒修斯！"那个猎人喊道，"我抓住他了！"

"搞定他，亨德里克！"忒修斯喊了回去，把身体贴在墙上，避开冲击波的方向。

枪手亨德里克在五十英尺外瞄准并开火。布莱恩躺倒在地，激光没有击中他。他打了个滚，想让那个不太合适的门洞掩护他。激光在他身后射过来，在混凝土上划出一道口子，把阴沟里的水坑变成了蒸汽。

这时，他脚下的地铁格栅裂开了。

倒下去的时候，他知道格栅一定是被激光弄坏了。纯粹是运气！但他必须化险为夷。他必须保持清醒，利用自己的运气，从洞口爬开。如果他失去知觉，身体会暴露在洞口的视线范围内，很容易成为站在洞口边缘的猎人的目标。

他尝试在半空中扭转身体，但为时已晚。他重重地摔了下去，肩膀着地，头撞在一根铁柱子上。但对于保持清醒的渴望使他挣扎着站了起来。

他得爬走，爬到地铁通道的深处，远到他们找不到他。

但即使是跨出第一步也让他难以承受。讨厌的是，布莱恩的双腿软了下来。他脸朝下倒在地上，翻了个身，盯着上面那个缺口。

然后，他昏了过去。

27

复活后，布莱恩觉得自己不喜欢来世。这里黑黑的，凹凸不平，闻起来有一股油和黏液的味道。而且，他的头也很疼，背部好像断了三处。

灵魂会痛吗？布莱恩动了一下，发现他仍然拥有一副身体。

其实，他能感觉到整个身体。显然，他不是在来世。

"休息一下吧。"一个声音说。

"是谁？"布莱恩对着伸手不见五指的黑暗问道。

"史密斯。"

"哦。是你。"布莱恩坐起来，抱住自己那怦怦跳动的头，"你是怎么做到的，史密斯？"

"我差点就失败了。"僵尸告诉他，"你一被宣布为猎物，我就来找你了。我的一些朋友自愿来帮忙，但你走得太快了。你从当铺出来的时候，我喊了你一声。"

"我确实听到了一个声音。"布莱恩说。

"如果你转过身来，我们当时就可以把你带进来。但你没有，所以我们跟着你。有好几次我们都给你打开了地铁格栅和井盖，但很难估量好。我们每次都晚了一点。"

"但最后一次没有晚。"布莱恩说。

"最后我不得不打开你正下方的一个格栅。很抱歉让你撞到头了。"

"我在哪儿？"

"我把你从主路上拉出来了。"史密斯说，"你在一个侧面的通道里。在这里猎人找不到你。"

又一次，布莱恩找不到合适的语言来感谢史密斯，而史密斯也再次拒绝了感谢。

"我这么做不是为了你，布莱恩，是为了我自己。我需要你。"

"所以你找到原因了吗？"

"还没有。"史密斯说。

布莱恩的眼睛适应了阴暗的环境，可以辨认出僵尸的头和肩膀的轮廓。"现在怎么办?"他问。

"现在你安全了。我们可以把你带到新泽西的地下。从那以后,你就要靠自己了。不过我认为你不会有什么麻烦。"

"我们现在还等什么呢?"

"基恩先生。我需要它的允许才能带你通过这些通道。"

他们等待着。几分钟后,布莱恩看到了基恩先生瘦小的身影,它倚着那个大个子黑人的胳膊,向他走来。

"对你的遭遇我很遗憾。"基恩说着,在布莱恩旁边坐下,"太遗憾了。"

"基恩先生,"史密斯说,"如果你允许我带他穿过旧荷兰隧道,进入新泽西……"

"我真的很抱歉,"基恩说,"但我不能允许。"

布莱恩环顾四周,发现自己被十几个衣衫褴褛的僵尸包围着。

"我已经跟猎人们谈过了。"基恩说,"我向他们保证,半小时之内你就会回到地上的街道。你现在必须离开,布莱恩。"

"但为什么?"

"我们根本没有能力帮你。"基恩说,"我第一次是在冒不寻常的风险,允许你亵渎雷利的坟墓。但我那么做是为了史密斯,因为它的命运似乎与你的命运有某种联系。史密斯是我的人。但现在的情况太复杂了。你知道,我们只能勉强住在地下。"

"我知道。"布莱恩说。

"史密斯本应该考虑到后果。当它为你打开格栅时,猎人们蜂拥而入。他们没找到你,但他们知道你在下面的某个地方,所以他们搜索了这里,布莱恩,他们搜索了这里!他们几十个人,在我们的通道里搜寻,把我们的人推来推去,威胁我们,大喊大叫,用他们的小电话交谈着。记者也来了,甚至还有闲散的观众。一些年轻的猎人紧张起来,开始向僵尸射击。"

"我很抱歉。"布莱恩说。

"这不是你的错,但史密斯应该更清楚,地下世界不是一个有主权的王国。我们只是靠着默许生存,靠着一种随时都可能被收回的容忍而生存。所以我跟猎人和记者谈了谈。"

"你对他们说了什么?"布莱恩问。

"我告诉他们,你脚下的一个坏格栅塌了。我说你是不小心掉进去的,然后爬进来藏起来了。我向他们保证没有僵尸参与其中。我说我们会找到你,在半小时内把你送回地面。他们接受了我的说法离开了。我也希望能有别的办法。"

"我不怪你。"布莱恩说着,慢慢地站起来。

"我没有具体说明你会出现在哪里。"基恩说,"至少,你的逃生概率会比以前大。我希望我能为你做更多的事情,但我不能让地下成为狩猎的舞台。我们必须保持中立,不惹恼任何人,不惊吓任何人。只有这样我们才能生存,直到一个理解包容的时代到来。"

"我该从哪里出去?"布莱恩问。

"我选了西七十九街一个闲置的地铁出口。"基恩说,"你从那里出去应该有很大机会逃命。而且,我做了一件我可能不应该做的事。"

"什么事?"

"我联系了你的一个朋友,你朋友会在出口处等你。但请不要把这件事告诉任何人。现在我们赶紧走吧!"

基恩先生领着队伍穿过蜿蜒曲折的地下迷宫,布莱恩走在最后,他的头痛慢慢消退了。很快,他们在一截水泥楼梯旁停了下来。

"出口到了。"基恩说,"祝你好运,布莱恩。"

"谢谢。"布莱恩说,"还有史密斯……谢谢你。"

"我已经为你尽力了。"史密斯说,"如果你死了,我也可能会死。如果你还活着,我会继续努力回忆。"

"如果你真的想起来了呢?"

"那我就去看你。"史密斯说。

布莱恩点点头,走上楼梯。

外面已经彻底是晚上了,七十九街显得很冷清。布莱恩站在出口旁边,环顾四周,不知道该怎么办。

"布莱恩!"

有人在叫他,但那并不是他期待听到的玛丽的声音。那是一个男人的声音,一个他认识的人——也许是萨米·琼斯,或者忒修斯。

他迅速转身回到地铁出口。门关上了,关得死死的。

28

"汤姆,汤姆,是我!"

"雷?"

"当然是我!小声点,不远处有猎人。现在先等着。"

布莱恩蹲在围着栏杆的地铁出口旁向四周张望,等待着。他看不见梅尔希尔的影子。没有灵魂外显的雾气,除了一个轻柔的说话声,什么都没有。

"好了。"梅尔希尔说,"现在往西边走。快点。"

布莱恩走着,感觉到梅尔希尔无形的存在萦绕在他身边。他说:"雷,这是怎么回事?"

"该是我帮忙的时候了。"梅尔希尔说,"那个老基恩联系了你的女朋友,她通过灵魂通讯站联系了我。等等!在这里停下。"

布莱恩往后躲到一幢大楼的角落里。一架直升机从房顶上缓缓掠过。

"猎人。"梅尔希尔说,"今天是你的大日子,孩子。悬赏捉拿你,甚至提供信息的人也有奖励。汤姆,我告诉玛丽我会尽力帮忙,但我不知道自己还能撑多久。这太消耗我的精力了。这事完了之后,我就要去来世了。"

"雷，我不知道怎么……"

"别说了。听着，汤姆，我不能说太多。玛丽和她的一些朋友达成了协议。他们有个计划，如果我能把你带到他们那里。停！"

布莱恩停下来，躲在一个邮筒后面。漫长的几秒钟过去了。

三个猎人手里拿着武器匆匆走过。等他们拐过一个弯后，布莱恩才能再次上路。

"你的眼神真好。"他对梅尔希尔说。

"上面的视野很好。"梅尔希尔说，"快穿过这条街。"

布莱恩飞快地跑过去。在接下来的十五分钟里，他按照梅尔希尔的指示，在街道里迂回前进，在城市的战场上进进退退。

"就是这里。"梅尔希尔终于说道，"那边的门，341号。你成功了！再见，汤姆。小心……"

就在这时，有两个人转过街角停了下来，恶狠狠地盯着布莱恩。一个人说："嘿，就是这个人！"

"什么人？"

"他们悬赏的那个人。嘿，叫你呢！"

他们跑过来。布莱恩挥舞着拳头，迅速把第一个人打得不省人事。他转身寻找第二个人，但梅尔希尔已经很好地控制住了局面。

第二个人双手抱头，想保护自己。一个垃圾桶盖诡异地飘浮在空中，在他耳边愤怒地叮当作响。布莱恩走上前解决了那个人。

"太好了。"梅尔希尔用微弱的声音说，"我一直想试试闹鬼。但这么做太费精力了……祝你好运，汤姆！"

"雷！"布莱恩等待着，但没有回答，梅尔希尔在身边的感觉也消失了。

布莱恩不再等待，他走到341号，打开门走了进去。

他进入了一条狭窄的走廊。走廊的尽头有一扇门。布莱恩敲了敲门。

"进来吧。"有人对他说。

他打开门,走进一间又小又脏、挂着厚厚的帘子的房间。

布莱恩曾以为再多的意外也能接受,但当他看到那个身体强盗卡尔·奥克朝自己咧嘴笑时,还是吃了一惊。

坐在他旁边同样微笑着的,是乔,那个做"移植"的小个子商贩。

29

布莱恩下意识地向门外退去,但奥克示意他进去。这个身体强盗没什么变化,仍然又高又瘦,晒黑的长脸流露出悲伤,细长的眼睛显得直率而真诚。他的衣服仍然笨拙地挂在身上,似乎他更习惯穿牛仔裤而不是剪裁得体的宽松长裤。

"我们正等着你呢。"奥克说,"你肯定记得乔。"

布莱恩点点头,清楚地记得这个鬼鬼祟祟的小个子男人分散了他的注意力,才让奥克在他的酒里下了药。

"很高兴再次见到你。"乔说。

"我想也是。"布莱恩站在门口一动不动。

"进来坐吧。"奥克说,"我们不打算吃掉你,汤姆。真的没有。过去的就让它过去吧。"

"你想杀了我。"

"那是生意。"奥克直截了当地说,"我们如今在同一条船上。"

"我怎么能确定呢?"

"从来没有人,"奥克说,"质疑过我的真诚。当我非常真诚的时候,比如现在,没人会质疑我。索恩小姐雇我们带你安全地离开这个国家,我们也打算这么做。坐下来,让我们讨论一下。你饿了没?"

布莱恩不情愿地坐了下来。桌子上放着三明治和一瓶红酒。他意识到自己已经一整天没吃东西了。他开始狼吞虎咽地吃三明治,奥克点燃了一根细细的棕色雪茄,乔似乎在打瞌睡。

"你知道,"奥克说着,吐出蓝色的烟雾,"我差点没接这个活。并不是钱的问题,我觉得索恩小姐非常大方。但是汤姆,这是我们这座美丽的城市很久以来最轰动的一次追捕。你见过这样的事吗,乔?"

"从来没有。"乔说着,迅速地摇了摇头,"整个城市现在就像捕蝇纸一样。"

"雷克斯真的很想抓到你。"奥克说,"他们已经下定决心要把你的身体钉在他们能看到的地方。对抗这么大的组织真让人紧张。但这是一个挑战,一个真正意义上的巨大挑战。"

"卡尔就喜欢大挑战。"乔说。

"我承认。"奥克说,"尤其是当它能带来巨大收益的时候。"

"可是我能去哪里?"布莱恩问,"到哪里雷克斯才能找不到我?"

"哪里也去不了。"奥克难过地说。

"离开地球?火星?金星?"

"更糟糕。那些行星上只有几个小城镇。每个人都互相认识。消息一周内就会传开。而且你也不适合那里。除了火星上的中国人,那些星球上的居民主要是科研人员和他们的家庭,以及一些青年培训项目成员。你不会喜欢的。"

"那能去哪里?"

"我也是这么问索恩小姐的。"奥克说,"我们讨论了几种可能性。首先,有一个把你变成僵尸的计划。我可以执行这个计划。雷克斯永远无法去地下找你。"

"那我宁愿死。"布莱恩说。

"我也是。"奥克赞同道,"所以我们排除了这种可能性。我们想过在大西洋深渊给你找个小农场。那是一片相当孤独的领域。要想在海底生活并热爱它,你需要有一种特殊的心态,但我们不认为你有。你可能会崩溃。所以我们经过深思熟虑,认为对你来说最好的地方是马克萨斯。"

"哪儿?"

"马克萨斯群岛。那是一群分散的小岛屿,最初属于波利尼西亚,向太平洋中部延伸。离大溪地不太远。"

"南太平洋。"布莱恩说。

"对。我们觉得你在那里应该比在地球上其他地方更有家的感觉。据说,那里就像二十世纪一样。更重要的是,雷克斯可能会放过你。"

"为什么?"

"原因很明显,汤姆。他们一开始为什么要杀你?因为他们把你从过去非法带到了未来,他们担心政府的处置。但如果你去了马克萨斯群岛,就脱离了美国政府的管辖。"

"没有你,案件就不存在。你走这么远,是在向雷克斯表明你的诚意。这肯定不是一个要向山姆大叔[1]泄密的人的行为。此外,马克萨斯是一个独立的小国家,因为法国人放弃了这座群岛,所以雷克斯必须得到特别许可才能在那里猎杀你。总的来说,这对每个相关的人来说都太麻烦了。美国政府无疑会放弃这件事,而且我想雷克斯也会放过你。"

"你确定吗?"布莱恩问。

"当然不确定。这是猜想,但很合理。"

"我们不能事先和雷克斯协商吗?"

奥克摇了摇头。"要想讨价还价,汤姆,你必须有可以讨价还价的条件。只要你在纽约,他们杀你就更容易,也有更安全的处理办法。"

"我想你是对的。"布莱恩说,"你打算怎么把我弄出去?"

奥克和乔不安地面面相觑。奥克说:"这是我们的大问题。似乎

---

[1] 美国的绰号和拟人化形象。

没有任何办法让你活着出去。"

"直升机或飞机呢?"

"它们必须在空中收费站停下来,而所有的哨所都有猎人等着。地面交通工具也一样。"

"乔装打扮呢?"

"也许在狩猎的第一个小时里能起作用。现在就没办法了,即使给你做一套完整的整形手术也不行。现在,猎人们都配备了身份扫描仪。他们立刻就能看穿你。"

"那就没有出路了?"布莱恩问。

奥克和乔又交换了一个不安的眼神。"有。"奥克说,"只有一个方法。但你可能不会喜欢。"

"我只想活下去。是什么方法?"

奥克停了下来,又点燃了一支雪茄。"我们计划把你快速冷冻到接近绝对零度,就像太空旅行时的冬眠一样。然后我们会把你的躯体装在一箱冻牛肉里运走。你的身体会被放置在货物中间,所以很可能不会被检测到。"

"听起来很冒险。"布莱恩说。

"不是太冒险。"奥克说。

布莱恩皱起了眉头,感觉有点不对劲。"在那期间我会失去精神,对不对?"

经过一阵漫长的沉默,奥克说:"不对。"

"我不会失去精神?"

"这样是行不通的。"奥克告诉他,"事实是,你和你的身体不得不分开。这就是我担心你会不喜欢的部分。"

"你到底在说什么?"布莱恩问道,站了起来。

"别紧张。"奥克说,"坐下来,抽支烟,再喝点酒。是这样的,汤姆。我们不能把一具有精神的速冻躯体运出去。猎人们就等着这样的事情。你能想象当他们对那批牛肉进行快速扫描时,发现里面有一个休眠的精神会发生什么吗？风筝飞起来了！永别了，音乐！我并不想骗你，汤姆。这样是行不通的。"

"那我的精神怎么办？"布莱恩又坐了下来。

"这，"奥克说，"就是乔起作用的地方了。告诉他，乔。"

乔迅速点了点头。"'移植'，我的朋友，这就是答案。"

"'移植'？"

"在我们第一次见面的那个不太吉利的晚上，"乔说，"我告诉过你这件事。还记得吗？'移植'，伟大的消遣，任何人都能玩的游戏，是疲惫精神的提神剂，疲惫身体的滋补品。我们有一个全球的移植者网络，布莱恩先生，包含了喜欢转换的人，厌倦了转换的人，厌倦了穿着同一副身体的人。我们会让你进入这个组织。"

"你要把我的精神跨国运输？"布莱恩问。

"就是这样！从一个身体到另一个身体。"乔告诉他，"相信我，既好玩又有教育意义。"

布莱恩起身的速度太快，撞倒了椅子。"去死吧！"他说，"我当时就告诉过你，我现在也告诉你，我不会玩你那讨厌的小把戏。我宁愿到大街上碰碰运气。"

他朝门口走去。

乔说："我知道这有点吓人，但是……"

"不！"

奥克喊道："该死，布莱恩，你至少让他说完吧！"

"好吧。"布莱恩说，"说吧。"

乔给自己倒了半杯酒，一饮而尽。他说："布莱恩先生，向你这个来自过去的人解释这些会很困难，但请试着理解我说的话。"

布莱恩谨慎地点点头。

"听着。如今，'移植'被当作一种性爱游戏，这就是我的卖点。为什么？因为人们不知道它更好的用途，也因为反动政府坚持禁止它。但'移植'不仅仅是一种游戏。它是一种全新的生活方式！不管你喜不喜欢,'移植'代表着未来的世界。"

小贩的眼睛闪闪发光。布莱恩又坐了下来。

"人类事务有两个基本要素。"乔庄重地说道,"其中之一是人类为自由而进行的永恒斗争:信仰自由、言论和集会的自由、选择政府的自由!人类事务中的另一个基本要素是政府剥夺人民自由的企图。"

布莱恩认为这是对人类事务的一种有些简化的看法,但他继续听着。

"政府,"乔说,"因为许多原因剥夺自由。为了安全,为了个人利益,为了权力,或者因为他们觉得人民还没有准备好接受自由。但是,不管原因是什么,基本的事实仍然存在:人类争取自由,而政府剥夺自由。'移植'仅仅是人类渴望的一系列自由之一,而政府却认为这对人类不利。"

"性自由?"布莱恩揶揄地问。

"不!"乔喊道,"并不是说性自由有什么错,但'移植'主要不是为了这个。当然,这就是我们推广它的方式——出于宣传目的,因为人们不喜欢抽象的概念。布莱恩先生,他们不喜欢冷冰冰的理论。他们想知道自由会给他们带来什么。我们只向他们展示其中的一小部分,而他们自己能学到更多。"

"'移植'能做什么?"布莱恩问。

"'移植',"乔激动地说,"赋予了人类超越遗传和环境限制的能力!"

"啊?"

"是的!'移植'可以让你与任何想与你交换的人互换知识、身体、才华和技能。很多人都愿意。大多数人都不想一辈子只操练一套本事,不管那些本事多么令人满意。人类是一种不太安分的生物。音乐家想当工程师,广告人想当猎人,水手想当作家。但一辈子通常没有时间去掌握和运用超过一种技能。而且,即使有时间,天赋的盲目性也是不可逾越的绊脚石。通过'移植',你可以获得你想要的天赋、技能和知识。考虑一下吧,布莱恩先生。为什么一个人要被迫在一个他无权选择的身体里度过一生?这就好比告诉他,他必须带着遗传疾病生活,绝不能试图治愈疾病。人必须有选择最适合自己性格所需要的身体和才能的自由。"

"如果你的计划通过了,"布莱恩说,"你只会得到一群每天都在改变身体的神经病。"

"提出每一种自由的论点都会引发同样的反对。"乔的眼睛闪闪发光,"纵观历史,一直有人认为,人没有选择自己宗教的理智,或者女人没有投票的智慧,抑或不能允许人们选举自己的代表,因为他们会做出愚蠢的选择。当然,也有很多神经兮兮的人,他们会把天堂搅得乱七八糟。但有更多的人会好好利用他们的自由。"

乔压低了声音,劝说道:"你必须认识到,布莱恩先生,人并不等于他的身体,因为一个人是偶然得到自己那具身体的。技能不属于他,因为那些技能往往是出于需要而产生的。天赋不属于他,他的天赋是由遗传和早期环境因素产生的。他也并非生来就容易患上某种疾病,塑造他的环境也不属于他。一个人包含了所有这些东西,但却比它们的总和还要伟大。他有能力改变自己的环境,治愈自己的疾病,提高自己的技能——最后,他还能选择自己的身体和天赋!这是下一个自由,布莱恩先生!这是历史上不可避免的,不管你、我或者政府喜不喜欢。因为人必须拥有一切可能的自由!"

乔满脸通红、气喘吁吁地结束了激烈而又有些语无伦次的演说。布莱恩怀着全新的敬意盯着这个小个子男人。他意识到,自己看到的是2110年的一位真正的革命家。

奥克说:"他说得有道理,汤姆。'移植'在瑞典和斯里兰卡是合法的,而且似乎并没有对道德风尚造成多大伤害。"

"总有一天,"乔给自己倒了一杯酒说,"整个世界都会开始'移植'。这是不可阻挡的趋势。"

"也许会。"奥克说,"或者人们会发明一些新的自由来取代它。不管怎样,汤姆,你可以看到'移植'是有道德上的合理性的。而且这是拯救你身体的唯一方法。你说呢?"

"你也是革命家吗?"布莱恩问。

奥克咧嘴一笑。"可能是吧。我想我就像美国内战时期偷偷越过封锁线的人,或者那些向中美洲革命者出售枪支的人。他们的工作是为了获利,但他们并不反对社会变革。"

"好吧,好吧。"布莱恩讽刺地说,"到刚才为止,我还以为你只是一个普通的罪犯呢。"

"别提了。"奥克愉快地说,"你愿意试试吗?"

"当然。我被震撼到了。"布莱恩说,"我从未想过自己会成为一场社会革命的先锋。"

奥克笑了笑,然后说道:"很好。希望你能顺利,汤姆。把袖子卷起来。我们最好现在就开始。"

布莱恩卷起了他左边的袖子,奥克从抽屉里拿出了一支皮下注射器。

"这只是为了让你晕过去。"奥克解释道,"瑜伽机在隔壁房间,真正的工作由它完成。当你苏醒时,你将成为别人头脑中的客人,而你的身体将在深度冷冻中进行跨国运输。一旦安全了,这两者就会被重新组合到一起。"

"我会占据多少人的精神?"布莱恩问,"要多久?"

"我不知道我们需要使用多少人。至于每次持续多久,几秒,几分钟,也可能半个小时。我们会尽快把你运过去。这不是一个完整的'移植',你知道的。你不会接管身体。你只是作为一个观察者,占据意识的一小部分,所以保持安静,表现自然。明白了吗?"

布莱恩点点头。"瑜伽机是怎么工作的?"

"就像瑜伽一样。"奥克说,"如果你接受过彻底的瑜伽训练,这台机器只是做了你在训练时自己会做的事情。它能放松你身体的每一块肌肉和神经，让你平静下来，帮你集中注意力。当你达到潜能的时候，就可以进行灵魂投射了。这台机器也能为你做到这些。它可以帮助你释放对身体的控制，一个瑜伽高手可以在没有机器协助的情况下做到这一点。它会把你投射到我们选中的那个人身上，那个人会给你让出空间。吸引力会处理剩下的事情。你会像一条搁浅的鱼回到水里一样滑进去。"

"听起来很冒险。"布莱恩说，"要是我进不去怎么办？"

"伙计，你不能进不去！听着，你听说过恶魔附身，对吧？那些被所谓的恶魔控制的人？这个概念贯穿了世界上大多数的民间传说。当然，有些被附身的人是精神分裂症患者，有些则是彻头彻尾的骗子。但也有很多真实的精神入侵案例，他们的头脑被那些学会了从自己的身体中挣脱出来并投射到另一个身体中的人控制了。入侵者在没有机器帮助的情况下占据了他们的头脑，并与受害者展开了全面的战斗。而你的情况是，你有瑜伽机，而且人们愿意让你进去。所以，为什么要担心呢？"

"好吧。"布莱恩说，"马克萨斯是什么样子？"

"非常美丽。"奥克一边说，一边把针头插入布莱恩的手臂，"你会喜欢那里的。"

布莱恩想着棕榈树，想着白色的海浪拍打着珊瑚礁，想着黑眼睛的少女膜拜石头之神，慢慢地失去了知觉。

30

没有觉醒的感觉，没有转变的感觉。突然间，就像一张投射在白色屏幕上的色彩斑斓的幻灯片，他有了意识。

刹那间，他就像一个被猛烈拉动的提线木偶，活动了起来。

他不完全是托马斯·布莱恩，他也是埃德加·戴尔森，或者说是戴尔森体内的布莱恩,是戴尔森身体的一部分,是戴尔森思维的一部分,通过戴尔森湿润的眼睛观察世界,思考戴尔森的想法,体验戴尔森所有关于回忆、希望、恐惧和欲望的朦胧又迷糊的片段。

但他仍然是布莱恩。

戴尔森-布莱恩从耕过的地里走出来,靠在木栅栏上休息。他是一个农民,一个在南泽西开卡车的老派农民。他没有几台机器,因为他根本不相信机器。他快七十岁了,身体非常好。他有关节炎,村里聪明年轻的医生基本上已经帮他治好了。他的背有时会在下雨前觉得不舒服。但他认为自己很健康,比大多数人都健康,而且还能再活二十年。

戴尔森-布莱恩朝他的小屋走去。他的灰色工作服被刺鼻的汗水浸透了,已经没了形的牛仔裤上也沾了汗渍。

他听到远处有只狗在叫,然后模糊地看见一个黄棕色的影子向他扑来。(戴眼镜?不,谢谢。用我自己的眼睛就挺好。)

"嗨,冠军!嘿,小子!"

狗围着他转了一圈,然后跟在他身边小跑着。它的嘴里叼着个灰色的东西,也许是一只老鼠,也许是一块肉。戴尔森-布莱恩没法弄清楚。

他俯身拍拍冠军的头。

再一次,没有转变或者时间流逝的感觉,一张新的幻灯片就直接投射到了屏幕上,一个新的提线木偶被猛地拉动起来。

现在他是十九岁的汤普森-布莱恩,半睡半醒地仰面躺在一艘帆船的粗糙木板上,一只棕色的手松松地握着舵柄。右舷那边是低矮的东岸,在左舷那侧可以看到一小点巴尔的摩港。小船在夏日的微风中轻轻地飘动,海水在船头下欢快地汩汩作响。

汤普森-布莱恩在木板上重新调整了一下晒得黝黑的瘦长身体,他扭动着身子,直到成功地将双脚撑在桅杆上。他在火星上完成了两年的工作和学习,回家才一周。学习确实很有趣,尤其是考古学和洞穴学。耕种沙地有时会很枯燥,但他很喜欢驾驶收割机。

现在,他要回家学习为期两年的大学速成课程,然后回到火星当农场经理。他的奖学金就是这么来的。但如果他不想回去,他们也不能强迫他。

也许他会回去。也许不会。

火星上的女孩都很有奉献精神。她们坚强,能干,而且总是有点霸道。当他回去的时候——如果他要回去的话——他会带上自己的妻子,而不是去那里找一个。当然,玛西亚还在那里,而且她真的很了不起。但她的集体农场整个都搬到南极峡谷去了,她还没有回复他最后的三封信。也许她并没有那么重要,管他呢。

"嘿,桑迪!"

汤普森-布莱恩抬起头,看见埃迪·杜埃利特正驾驶着他的"蓟号"向自己挥手。汤普森-布莱恩也懒洋洋地向他招手。埃迪只有17岁,从未离开过地球,他想成为一名宇宙飞船的船长。哈!没戏!

太阳正在向地平线下沉,汤普森-布莱恩很高兴看到太阳下山。他今晚和珍妮弗·亨特有个约会。他们要去巴尔的摩的斯塔司灵跳舞,爸爸允许他开直升机去。

天啊,这两年里珍妮弗长这么大了!而且她知道怎么看男人,既腼腆又大胆。不知道舞会结束后,在直升机的后座上会发生什么。也许什么都没有。但也许……

汤普森-布莱恩坐起来,把舵柄拨过去。小船迎着风转了过来。是时候回游艇港了,然后回家吃晚饭……

黑蛇鞭在他背上甩了一下。

"你,给我干活去!"

皮格特-布莱恩加倍努力,将沉重的镐头高高举起,挥向尘土飞扬的路基。卫兵站在附近,左臂夹着猎枪,右手拿着鞭子,鞭子拖在尘土里。皮格特-布莱恩熟知卫兵那张瘦削愚蠢的脸上的每一根线条和每一个毛孔,熟知那张紧抿的小嘴向下弯曲的样子,熟知那双暗淡斜视的眼睛。

等着吧，秃鹰肉，他默默地对卫兵说，你的大限就要到了。

再等等，等一下就好。

卫兵走开了，在密西西比白色阳光下劳作的囚犯队伍中慢慢地走来走去。皮格特－布莱恩想吐口水，但没有足够的唾液。他心想，你说的是那个美好现代的世界吗？是又大又旧的宇宙飞船，自动化农场，广阔多姿多彩的美好来世吗？你以为是这样吗？那就问问他们在密西西比北部的奎勒格县是如何修建道路的。他们不会告诉你的，所以你最好自己去看看。因为这才是真正的世界！

在他前面工作的阿尼轻声说："准备好了吗，奥蒂斯？你准备好了吗？"

"我准备好了。"皮格特－布莱恩低声说道，那双粗大的手在镐头的塑料手柄上紧握住又松开，"我已经准备好了，阿尼。"

"那就等一下。看着杰夫。"

皮格特－布莱恩毛茸茸的胸脯期待地膨胀起来。他拨开眼睛上的棕色头发，看着杰夫。前面拴着铁链的有五个人。皮格特－布莱恩等待着，他的肩膀因晒伤而疼痛，脚踝上有蹄铐留下的茧状疤痕，背上也有鞭伤留下的旧疤。他肚子里有一股汹涌的渴求。可是，再多的水也无法减少这种渴求，什么也解不了渴，这种疯狂的渴求在他砸碎了甘斯维尔唯一的酒馆，杀死了那个臭气熏天的印第安老家伙之后，把他带到了这里。

杰夫的手动了动。拴着铁链的囚犯们向前拥去。皮格特－布莱恩高高挥舞着镐头，跳向瘦脸卫兵。卫兵扔下鞭子，摸索着拿起猎枪。

"秃鹰肉！"皮格特－布莱恩尖叫着，把镐头不偏不倚地砍向卫兵的前额。

"拿钥匙！"

皮格特－布莱恩从死去卫兵的皮带上扯下了钥匙。他听到一声枪响，听到一声痛苦的尖叫。他焦急地抬起头来……

拉米雷斯－布莱恩驾驶着直升机越过平坦的得克萨斯州平原，向埃尔帕索[1]飞去。他是一个严肃的年轻人，对自己的工作非常认真。他耐心地调整旧直升机的最后一节航速，这样他就可以在约翰逊五金店关门之前到达埃尔帕索。

他小心翼翼地对付着这架破旧的直升机，全神贯注，偶尔会闪现零星的念头，比如海拔高度和罗盘读数、下周在瓜纳华托的舞会、华雷斯城的皮料价格等等。

他身下的平原呈现出斑驳的绿色和黄色。他看了看手表，又看了看空速表。

是的，拉米雷斯－布莱恩心想，他能在商店关门前赶到埃尔帕索！他甚至可能会有一点时间去……

泰勒－布莱恩用袖子擦了擦嘴，把一块玉米面包上的最后一点肉汁吸干。他打了个嗝，把椅子从餐桌旁往后推开，站了起来。他故意漫不经心地从食品储藏室里拿出一只有裂缝的碗，把碎猪肉、一些青菜和一大块玉米面包放进碗里。

"艾德，"他的妻子说，"你在干什么？"

他瞥了妻子一眼。她面容憔悴，头发蓬乱，已过盛年。

他把目光移开，没有回答。

"艾德！告诉我，艾德！"

泰勒－布莱恩恼怒地看着她，感觉自己的溃疡被那个尖锐而焦虑的声音刺激得蠢蠢欲动。全加州最尖锐的声音，他告诉自己，他娶了这样一个女人。尖锐的声音，尖锐的鼻子，尖锐的肘部和膝盖，没有胸部，身材扁平。双腿支撑着身体，却无法带来哪怕一秒钟的快乐。用来吃东西的肚子，却不适合抚摸。在加州所有的女孩中，他无疑选了最可悲的一个，就像他的叔叔雷夫常说的那样，他是个该死的

---

[1]. 位于美国得克萨斯州西部，北临新墨西哥州。

傻瓜。

"你要把那碗食物带到哪里去?"她问道。

"出去喂狗。"泰勒－布莱恩一边说,一边朝门口走去。

"我们没有狗!哦,艾德,别这样,别在今晚!"

"我就要。"他说道,她的不安让他感到高兴。

"求你了,别在今天晚上。让他自己到别处去吧。艾德,听我说!要是镇上的人知道了怎么办?"

"太阳已经下山了。"泰勒－布莱恩拿着碗站在门口说。

"大家会在暗中监视的。"她说,"艾德,如果他们发现了,会对我们用私刑。你知道他们会的。"

"你吊在绞索上的时候应该会很有精神。"泰勒－布莱恩打开门说。

"你这样做就是为了刁难我!"她叫道。

他关上了身后的门。外面暮色已深。泰勒－布莱恩站在自家院子一个废弃的鸡笼旁环顾着四周。他家附近唯一的房子是一百码外的弗拉纳根家,但他们只关心自己的事。他等了很久,以确保没有镇上的孩子在附近窥探。然后他小心地端着那碗食物向前走去。

他走到杂草丛生的树林边上,把碗放在地上。"没事了。"他轻声叫道,"出来吧,雷夫叔叔。"

一个男人四肢着地从树林里爬了出来。他的脸呈铅白色,嘴唇毫无血色,眼睛空洞无神,五官粗糙,就像未回火的铁或未烧制的黏土。他脖子上那条长长的伤口已经开始溃烂,右腿被镇上的人打断了,无力地耷拉着。

"谢谢,孩子。"泰勒－布莱恩的僵尸叔叔雷夫说。

僵尸迅速地把碗里的东西吞了下去。当它吃完,泰勒－布莱恩问:"你感觉怎么样,雷夫叔叔?"

"什么感觉都没有。这副老身体快不行了。再过几天,也许一个星期,你就不用管我了。"

"我会照顾你的。"泰勒-布莱恩说,"尽可能活下去,雷夫叔叔。我希望能把你带进屋去。"

"别。"僵尸说,"他们会发现的。这已经够冒险的了……孩子,你那瘦骨嶙峋的老婆怎么样了?"

"和以前一样刻薄。"泰勒-布莱恩叹了口气。

僵尸发出了一种像笑一样的声音。"我警告过你,孩子,十年前我就警告过你不要和那个女孩结婚,不是吗?"

"你确实警告过我,雷夫叔叔。你是唯一有理智的人。真希望我当时听了你的话。"

"你要是听了就好了,孩子。好了,我要回我的避难所去了。"

"你有把握吗,叔叔?"泰勒-布莱恩焦急地问。

"我有。"

"你会有把握地死去吗?"

"我会的,孩子。我会让自己进入临界区域,别担心。等我做到了,我会信守诺言的。我真的会的。"

"谢谢你,雷夫叔叔。"

"我是个说话算话的人。我会缠着她的,孩子,如果上帝允许我进入临界区域,首先是那个让我变成这样的胖医生,我会缠着她。我要疯狂地缠着她,直到她绕着加利福尼亚州跑上一圈,远离你为止!"

"谢谢,雷夫叔叔。"

僵尸发出大笑般的声音,爬回了杂草丛生的树林里。泰勒-布莱恩不由自主地颤抖了一会儿,然后拿起空碗,走回那间摇摇欲坠的瓦楞板房……

玛丽娜-布莱恩调整了一下泳衣的带子,让它更舒适地贴在她苗条、柔软的年轻身体上。她把氧气罐背在背上,拿起呼吸器,朝压力锁走去。

"珍妮丝?"

"怎么了，妈妈？"她转过身来，光滑的脸上毫无表情。

"你要去哪儿，亲爱的？"

"只是出去游个泳，妈妈。我想，也许我会去十二层看看新花园。"

"你不会是打算去见汤姆·鲁温吧？"

母亲猜到了吗？玛丽娜-布莱恩捋了捋她的黑发，说："当然不是。"

"好吧。"她母亲说，微微一笑，显然不相信她的话，"尽量早点回家，亲爱的。你知道你父亲有多担心。"

她弯下腰，飞快地吻了母亲一下，然后匆匆地钻进了压力锁。她很确定，母亲知道！而且她没有阻止自己！

不过话说回来，母亲为什么要阻止呢？毕竟她已经十七岁了，已经到了想做什么就做什么的年纪。现在的孩子比父母那个时代的孩子成长得更快，不过父母们似乎没有意识到这一点。家长们忽略了很多事情。他们只是想闲坐着，规划农场的新面积。他们对乐趣的理解是听一些老的经典唱片，波普爵士乐或者摇滚乐，然后跟着谱子哼唱，谈论他们的祖先是多么自由和富有表现力。有时，他们会翻阅厚厚的、有许多明艳图片的艺术书籍，里面充斥着二十世纪连环画的复制品，讨论着失落的讽刺艺术。他们认为真正"重大的夜晚"是走到画廊里，虔诚地盯着来自伟大时期的《周六晚邮报》封面收藏。但那些长发的东西让她厌烦了。就艺术而言，她喜欢感官装置。

玛丽娜-布莱恩调整好面罩和呼吸器，戴上脚蹼，打开了阀门。几秒钟后，水闸就注满了水。

她不耐烦地等待着，直到压力和外面的水达到平衡。然后水闸自动打开，她冲了出去。

她父亲的压力农场在水下一百英尺处，离夏威夷巨大的水下区域不远。她转身向下，迅速有力地划水，降到那片绿色的花丛中。汤姆会在珊瑚洞里等着她。

随着玛丽娜-布莱恩逐渐下降,周围越来越黑。她打开头灯,更加用力地咬着呼吸器。她心想,海底的农民是不是真的不久就能长出自己的鳃了?这是她的科学老师说的,也许在她有生之年就会发生。她长出腮会是什么样子?也许会很神秘,光滑而奇怪,宛如鱼类女神。

此外,就算腮不好看,她总可以用头发把它们遮住。

借着头灯的黄色光线,她看到了前面的珊瑚洞穴,在一个红色和粉色的分叉迷宫里,有一处舒适而隐蔽的地方。然后,她看到了汤姆。

一阵不安的感觉袭上她的心头。天啊,如果她怀了孩子怎么办?汤姆向她保证一切都会没事,但他只有十九岁。她这样做对吗?他们经常谈论这个问题,她的坦率让他感到震惊。但说和做是两码事。如果她拒绝,汤姆会怎么想?她能不能拿这件事开个玩笑,假装只是逗他玩?

身材颀长、一身金黄的汤姆在她旁边向洞穴游去。他用手指比画着问候。一条鳞鲀鱼从她身边游过,然后是一条小鲨鱼。

她要怎么办?洞穴离他们很近,黑洞洞的,若隐若现,让他们浮想联翩。汤姆朝她笑了笑,她感到自己的心在融化……

埃尔金-布莱恩坐直了身子,意识到自己一定是睡着了。他在一艘小型汽船上,坐在一张躺椅里,身上盖着毯子。小船逆着海浪翻滚颠簸,但头顶上方阳光灿烂,信风把柴油烟雾吹散成一片宽阔的黑色烟羽。

"你感觉好点了吗,埃尔金先生?"

埃尔金-布莱恩抬头看着一个小个子男人,对方戴着船长帽,留着大胡子。

"还好,还好。"他说。

"我们快到了。"船长说。

埃尔金-布莱恩不知所措地点了点头,试图打量自己。他使劲想了想，想起自己比一般人矮一些，但肌肉发达，胸膛粗壮，肩膀宽阔，双腿对于他这样强壮的身躯来说有点短，一双大手上长满老茧。他的肩膀上有一道参差不齐的旧伤疤，是一次打猎事故留下的纪念……

埃尔金和布莱恩合并了。

然后，布莱恩意识到他终于回到了自己的身体里。布莱恩是他的名字，埃尔金是卡尔·奥克和乔运送他时用的假名。

漫长的飞行结束了！他的精神和身体又在一起了！

"我听说你身体有恙，先生。"船长说，"可是你昏迷了这么久……"

"我现在很好。"布莱恩告诉他，"我们离马克萨斯远吗？"

"不远。努库希瓦岛离这里只有几个小时的路程。"

船长回到了他的驾驶室。布莱恩回想着他遇到的、跟他混为一体的那些人。

他尊敬那位慢慢走回小屋，坚定而独立的老戴尔森，希望年轻的桑迪·汤普森能回到火星，为扭曲而凶残的皮格特感到遗憾，为与严肃正直的胡安·拉米雷斯的相识感到高兴，对狡猾而无能的艾德·泰勒感到悲哀和蔑视，为漂亮的珍妮丝·玛丽娜祈祷。

他们仍然和他在一起。不管是好是坏，布莱恩都祝他们一切顺利。他们现在是他的家人，是他再也见不到的远房亲戚、表亲和叔伯，是会为他们的命运而忧虑的侄女和侄子。

像所有的家庭一样，他们是一个复杂的群体，但都是他的家人。他永远不会忘记他们。

"我看到努库希瓦岛了！"船长喊道。

布莱恩看到，在地平线的边缘，白色积雨云覆盖着一个小黑点。他使劲揉着额头，决心不再回想他的收养家庭。现在，有一些现实问题要处理。

他很快就要到他的新家了。这需要一点认真的思考。

31

　　轮船缓缓驶入泰奥哈埃湾。船长是个骄傲的本地人，自告奋勇向布莱恩介绍了他新家的基本情况。

　　船长解释说，马克萨斯群岛由两个截然不同的群岛组成，都是崎岖不平的多山群岛。这些岛屿曾经被称为食人群岛，而马克萨斯人曾因砍断一艘商船以及屠杀一艘双桅纵帆船上的劳工而闻名。法国在1842年得到了这些岛屿，并在1993年给予它们自治权。努库希瓦是群岛的主岛和首府。

　　主岛的最高峰特米提乌峰有近4000英尺高。它的港口小镇泰奥哈埃号称有近五千人口。"这是一个安静、随和的地方。"船长说，"在熙熙攘攘的南太平洋地区，这里被视为某种圣地，因为这里是未被破坏的二十世纪波利尼西亚最后的避风港。"

　　布莱恩点了点头，对船长的演讲没有什么兴趣，更吸引他的是前面那座挂着银色瀑布的黑色大山，以及海浪拍击岛上的花岗岩表面发出的声音。

　　他决心要喜欢这里。

　　不久，船停靠在镇上的码头，布莱恩下船去参观泰奥哈埃镇。

　　他看到了一家超市和三家电影院，一排排牧场风格的房子，许多棕榈树，一些装着平板玻璃窗的低矮的白色商店，数不清的鸡尾酒吧，几十辆汽车，一个加油站和一个红绿灯。人行道上挤满了穿着色彩鲜艳的衬衫和笔挺休闲裤的人。所有人都戴着太阳镜。

　　所以这里就是未被破坏的二十世纪波利尼西亚最后的避风港，布莱恩心想，一个放在南太平洋的佛罗里达小镇！

　　不过，在2110年，他还能期待什么呢？古老的波利尼西亚就像"快乐英格兰"时期或波旁王朝的法国一样，已经灭亡了。而二十世纪的佛罗里达,他记得,确实非常快活。

他沿着主干道行走,看到一幢大楼上挂着一张告示,上面写着邮政局长阿尔弗雷德·格雷已被任命为来世公司在马克萨斯集团的代表。再往前走,他来到一座黑色的小楼前,上面有块牌子写着"公共自杀亭"。

啊,布莱恩讽刺地想,现代文明终究还是蚕食了这里!接下来他们就会在这里设立一个灵魂通讯站。那时我们会在哪里呢?

他已经走到了小镇的尽头。当他往回走的时候,一个粗壮的红脸男人快步向他走来。

"埃尔金先生吗?托马斯·埃尔金先生?"

"是我。"布莱恩有些害怕地说。

"非常抱歉,我在码头没接到你。"红脸男人说着,用一块大手帕擦了擦宽大光亮的额头,"当然,我不找借口。这完全是我的疏忽。这些岛屿老让人打瞌睡,待了一段时间后就无法避免了。哦,我是戴维斯,海角船长的老板。欢迎来到泰奥哈埃,埃尔金先生。"

"谢谢你,戴维斯先生。"布莱恩说。

"该我谢谢你。我想再次感谢你回应了我的广告。"戴维斯说,"我已经找了好几个月的造船高手。你无法想象!坦白地说,我也没想到会吸引一个像你这样资深的人。"

"嗯……"布莱恩对卡尔·奥克如此周密的准备感到惊讶和高兴。

"周围没有多少人掌握二十世纪的造船方法。"戴维斯伤感地说,"失落的艺术。你在岛上逛了一圈吗?"

"稍微逛了一下。"布莱恩说。

"你打算留下来吗?"戴维斯焦急地问,"你不知道,让一个出色的船工在这样一个安静的小地方定居下来有多难。他们一到这里,就想奔向帕皮提或阿皮亚这样的新兴大城市。我知道那些地方的工资更高,有更多的娱乐和社交等等,但泰奥哈埃有它自己的魅力。"

"我已经厌倦了那些大城市。"布莱恩微笑着说,"我不太可能离开,戴维斯先生。"

"好,太好了!"戴维斯说,"这几天先不用来上班,埃尔金先生。休息一下,看看我们的岛。这是原始波利尼西亚最后的避风港。这是你家的钥匙。特米提乌路1号,一直往山上走就到了。要我给你带路吗?"

"我能找到的。"布莱恩说,"非常感谢,戴维斯先生。"

"谢谢你,埃尔金先生。明天等你安顿好了,我再来拜访你。然后你可以见见我们镇上的一些人。其实镇长夫人周四要办一个聚会。还是星期五来着?不管怎么说,我会确定好后告诉你的。"

他们握了握手,布莱恩沿着特米提乌路往他的新家走去。

这是一栋新粉刷过的小平房,可以看到努库希瓦南部三个海湾的壮丽景色。布莱恩欣赏了几分钟,然后试着开门。门没锁,他走了进去。

"你也该来了。"

布莱恩瞪大了眼睛,不敢相信眼前所见。

"玛丽!"

她看上去还是那么苗条,那么可爱,那么冷酷。但她很紧张。她说话很快,躲避着他的目光。

"我想,我最好还是亲自来做最后的安排。"她说,"我已经在这里等了你两天。你已经见过戴维斯先生了,对吗?他看起来是个挺和善的小个子男人。"

"玛丽……"

"我告诉他我是你的未婚妻。"她说,"我希望你别介意,汤姆。我来这里得找个借口。我说我提前过来是为了给你一个惊喜。戴维斯先生当然很高兴,他非常希望他的造船高手能在这里定居。你介意吗,汤姆?我们之后可以说我们解除了婚约……"

布莱恩把她抱在怀里说:"我不想解除婚约。我爱你,玛丽。"

"哦，汤姆，汤姆，我爱你！"她猛地紧紧抱住他，然后松开双臂退后了一步，"如果你不介意的话，我们最好尽快安排一场婚礼。这里的人很古板，没怎么见过世面，非常二十世纪。如果你明白我的意思的话。"

"我想我明白你的意思。"布莱恩说。

他们面面相觑，突然大笑起来。

32

玛丽坚持要在南太平洋汽车旅馆暂住，直到安排好婚礼为止。布莱恩建议在治安法官面前举行一个安静的仪式，但令他惊讶的是，玛丽想要举行一场泰奥哈埃所能举办的最大规模的婚礼。婚礼在周日举行，地点是镇长家。

戴维斯先生从船厂借给他们一艘小快艇。他们在日出前起航，去大溪地度蜜月。

对布莱恩来说，这有如一场美妙而短暂的梦。他们航行在一片犹如碧玉雕刻的大海上，看到那轮黄澄澄的月亮被快艇的桅杆挡住，一分为二。太阳从黑云中升起，爬上天顶，然后落下，把大海冲刷成一个闪闪发光的铜碗。他们在帕皮提的潟湖上停泊，看到了日落时莫雷阿岛上火红的群山，比月亮上的山峰还要奇异。

布莱恩想起了在切萨皮克湾的一天，他曾梦见过：啊，赖阿特阿岛，莫雷阿岛上的山脉，清新的信风……

他和大溪地中间隔着一块大陆和一片海洋，此外还有其他障碍。但那已经是另一个世纪的事了。

他们去了莫雷阿，骑着马上了山坡，采摘白色的大溪地栀子花。他们回到停泊在海湾里的小船上，启程前往土阿莫土群岛。

最后，他们回到了泰奥哈埃。玛丽做起了家务，布莱恩开始在船厂工作。

在最初的几个星期里，他们焦急地等待着，浏览着纽约的报纸，猜想雷克斯公司会做些什么。但是雷克斯公司没有任何消息或动向，布莱恩和玛丽便认为危险肯定过去了。两个月后，当他们得知对布莱恩的捕猎取消时，终于松了一口气。

布莱恩在船厂的工作有趣又多变。岛上的快艇和双桅小帆船破破烂烂，有的船轴弯曲了，有的螺旋桨破损了，有的船板被隐藏的珊瑚岬撞裂了，有的船帆被突如其来的大风刮翻了。还有一些需要维修的水下船只，这些船属于附近的海底压力农场，把泰奥哈埃作为供应基地。

除此之外，布莱恩还有许多小艇要造，偶尔还要造一艘双桅纵帆船。

布莱恩熟练而迅速地处理了所有的实际细节。随着时间的推移，他开始为《南太平洋信使》撰写一些关于船厂的宣传稿件。这为船厂带来了更多的生意，涉及了更多的文书工作，也更加需要在海角船厂与其外包工作的小船坞之间进行联络。布莱恩负责这些工作，同时也接手了广告业务。

他作为造船高手的工作与他过去作为初级游艇设计师的工作有着不可思议的相似之处。

但这已经不再让他困扰了。现在看来，很明显，大自然有意让他当一名初级游艇设计师，正正好。这是他的命运，他接受了。

他的生活陷入了围绕着船厂和白色平房的愉快日常，被各色各样的活动填得满满的：周六晚上的电影和缩微胶片的《星期日泰晤士报》、游览海底农场和马克萨斯群岛的其他岛屿、镇长家的聚会、在游艇俱乐部打扑克、轻快地驶过审计员海湾、在月光下的特莫阿海滩游泳。布莱恩开始认为他的人生已经确定下来了。

然而，在他来泰奥哈埃将近四个月后，这种人生再次发生了改变。

一天早晨，布莱恩像往常一样醒来，吃了早饭，吻别了妻子，来到船厂。有一艘硕大的双桅小帆船需要修理，那是一艘土阿莫土船，原本尝试通过一条狭窄的通道，但由于测量不准，船员还没来得及发动引擎，它就被潮水冲到了溅满泡沫的花岗岩墙壁上。有六个框架需要加固，还有几块木板必须更换。也许他们能在一周内完成维修。

戴维斯先生过来的时候，布莱恩正在看双桅小帆船。

"喂，汤姆。"老板说，"刚才有个人在附近找你。你看到他了吗？"

"没有。"布莱恩说，"是谁？"

"一个来自美洲大陆的人。"戴维斯皱着眉头说，"他今天早上刚下轮船。我告诉他你还没来，他说会去你家等。"

"他长什么样？"布莱恩问道，感觉胃部肌肉在紧缩。

戴维斯眉头皱得更紧了，"嗯，这就是有趣的地方。他和你差不多高，很瘦，晒得黝黑，留着浓密的胡子和鬓角。你现在很少看到这样的人了。而且他身上有须后水的味道。"

"听起来很奇怪。"布莱恩说。

"非常奇怪。我敢发誓他的胡子不是真的。"

"不是真的？"

"它看起来像假的。他的一切看起来都是假的。他还一瘸一拐的。"

"他有没有说名字？"

"他说他叫史密斯。汤姆，你要去哪儿？"

"我现在必须回家，"布莱恩说，"我以后再解释。"

他匆匆离去。史密斯一定想起了自己是谁，以及它和布莱恩之间的联系。就像承诺的那样，这个僵尸来看他了。

33

当布莱恩告诉玛丽这个消息时,她立刻走到壁橱前取下了行李箱。她把箱子搬进卧室,开始往里面扔衣服。

"你在干什么?"布莱恩问。

"收拾行李。"

"我明白了。但是为什么呢?"

"因为我们要离开这里。"

"你在说什么?我们住在这里!"

"不再是了。"她说,"有那个该死的史密斯在,我们就不能住在这里。汤姆,它就是个麻烦。"

"我知道它肯定会带来麻烦。"布莱恩说,"但这不是逃跑的理由。别收拾了,听我说!你觉得它能对我做什么?"

"我们不能留下来找答案。"

她继续把衣服塞进行李箱,直到布莱恩抓住她的手腕。

"冷静。"他对她说,"我不会躲开史密斯的。"

"但这是唯一明智的做法。"玛丽说,"它是个麻烦,但也活不了多久了。再过几个月,也许几周,它就会死了。它早该死了,那个可怕的僵尸!汤姆,咱们走吧!"

"你是疯了还是怎么了?"布莱恩问,"不管它想要做什么,我都能应付过来。"

"这话我以前听你说过。"玛丽说。

"当时的情况不一样。"

"现在的情况也不一样!汤姆,我们可以再去借用一下快艇,戴维斯先生会理解的,我们可以去……"

"不!我才不会躲着它!也许你已经忘了,玛丽,史密斯救过我

173

的命。"

"可是它为什么要救你的命?"她哭着说,"汤姆,我警告你!如果它想起来的话,千万不要见它!"

"等一下。"布莱恩慢慢地说,"你是不是知道些什么我不知道的事情?"

她立刻平静下来。"当然不是。"

"玛丽,你说的是实话吗?"

"是的,亲爱的。但我害怕史密斯。求你了,汤姆,迁就我一次,我们走吧。"

"我不会再逃避任何人。"布莱恩说,"我待在这里。就这样。"

玛丽坐了下来,突然显得很疲惫。"好吧,亲爱的。做你认为最正确的事情。"

"这样好多了。"布莱恩说,"一切都会好的。"

"当然会。"玛丽说。

布莱恩把行李箱放回原处,把衣服挂好,然后坐下来等待。他的身体表现得很平静。但在脑海中,他又回到了地下,再次穿过布满埃及象形文字和中国表意文字的华丽大门,进入了摆着黄金青铜棺材的死亡宫殿。他再次听见雷利透过银色的薄雾尖叫着说:

"有些事情你看不到,布莱恩,但我看到了。你在地球上的时间很短,非常短,短得可怕。你信任的人会背叛你,你憎恨的人会征服你。你会死的,布莱恩,不是几年之后,而是很快,比你想象得要快。你会被出卖,你会死在自己手里。"

那个疯老头!布莱恩微微颤抖着,看着玛丽。她坐在那里,目光低垂,等待着。所以他也在等待着。

过了一会儿,有人轻轻地敲门。

"请进。"布莱恩对门外的人说。

34

布莱恩一眼就认出了史密斯，尽管它留着假胡子，蓄了鬓角，还化着棕褐色的舞台妆。僵尸一瘸一拐地走了进来，身上带着一股淡淡的腐烂气味。强力的须后水也没能完美地将其掩盖住。

"请原谅我的伪装。"史密斯说，"这并不是为了欺骗你或任何人。我化妆是因为我的脸已经不像样了。"

"你走了很长一段路。"布莱恩说。

"是的，相当远，"史密斯表示同意，"而且经历了一些困难，我也不跟你讲了，免得你厌烦。但我到了这里，这才是最重要的。"

"你为什么要来？"

"因为我知道自己是谁了。"史密斯说。

"而你认为这与我有关？"

"是的。"

"我想不到。"布莱恩严肃地说，"但说来听听吧。"

玛丽说："等一下。史密斯，自从他来到这个世界，你就一直跟着他。他从来没有得到过片刻的安宁。你就不能接受现状吗？你就不能找个地方静静地死去吗？"

"如果不告诉他，我是不会去死的。"史密斯说。

"来吧，说来听听。"布莱恩说。

史密斯说："我叫詹姆斯·奥林·罗宾逊。"

"我没听说过你。"布莱恩想了一会儿说。

"当然没有。"

"在雷克斯大楼那次相遇之前，我们见过面吗？"

"没有正式见过。"

"好吧，詹姆斯·奥林·罗宾逊。告诉我吧，我们什么时候见的面?"

"时间很短,"罗宾逊说,"我们在刹那间瞥过彼此一眼,然后就再也没见过。见面发生在1958年的一个深夜,在一条孤独的高速公路上,你在你的车里,我在我的车里。"

"你就是那场意外中在对面开车的人?"

"是的。如果你想称之为意外的话。"

"但它就是!完全是意外!"

"如果真是这样,我在这里就没什么事了。"罗宾逊说,"但是布莱恩,我知道那不是意外。那是谋杀。问问你的妻子吧。"

布莱恩看着坐在沙发一角的妻子。她脸色蜡黄,似乎失去了活力。她的目光似乎转向了自己的内心,并且一点也不喜欢在那里看到的东西。布莱恩不知道她是不是在盯着某种古老的内疚幽灵,这种内疚埋葬已久,酝酿已久,现在终于因为蓄着胡子的罗宾逊的出现而妥协。

他看着她,慢慢地开始把事情拼凑起来。

"玛丽,"他说,"1958年的那个晚上是怎么回事?你怎么知道我会撞坏我的车?"

她说:"我们用了一些统计预测的方法,比如价态因素……"她的声音低了下去。

布莱恩问:"你们是不是故意制造了这场事故,就为了把我拉到未来,为你们做广告宣传?"

玛丽没有回答。布莱恩苦苦思索着自己死时的情况。

当时,他开车行驶在一条笔直、空荡荡的公路上,车灯在车前探照,黑暗在他面前不停地向后退去……他的汽车突然怪异而飞快地转向迎面而来的车灯……他使劲转动方向盘,方向盘却转不动……方向盘脱手了,在他手中旋转着,引擎哀号着……

"我的天,是你们害我发生了那场意外!"布莱恩对他的妻子吼道。

"你和雷克斯动力系统公司,你们迫使我的车急转!看着我,回答我!是不是真的?"

"对!"她说,"但我们不是有意要杀罗宾逊。他只是碰巧挡了路。对此我感到很抱歉。"

布莱恩说:"你一直都知道他是谁。"

"我怀疑过。"

"但你从来没有告诉过我。"布莱恩在房间里踱来踱去,"玛丽!你他妈的,你杀了我!"

"我没有,汤姆!没有真的杀你。我带你从1958年来到我们的时代。我给了你一具不同的身体,但并没有真的杀死你。"

"你只是把我杀了。"罗宾逊说。

玛丽费了好大劲才从她内心的凝视中转回来,看着僵尸。"罗宾逊先生,恐怕我对你的死负有责任,尽管我不是故意的。你的身体肯定是和汤姆的身体同时死亡的,把他拉到未来的雷克斯动力系统也把你一起拉了进来,然后你就接管了雷利的宿主。"

"对我以前的身体来说,这是一个非常糟糕的交换。"罗宾逊说。

"我确信是这样。但你想要什么?我能做什么?来世……"

"我不想要来世。"罗宾逊说,"我还没有在地球上活够呢。"

"事故发生时你多大?"布莱恩问。

"十九岁。"

布莱恩难过地点点头。

"我还没有准备好去来世。"罗宾逊说,"我想去旅行,去做各种事情,去看各种东西。我想了解自己是什么样的人。我想活下去!你知道吗,我从来没真正认识过一个女人!我愿意用永生来换取在地球上的十年。"

罗宾逊犹豫了一会儿,接着说:"我想要一具身体。我想要一具能让我在里面生活的健康的男人身体,而不是现在这个死气沉沉的东西。布莱恩，你妻子杀了我以前的身体。"

布莱恩说："你想要我的身体吗？"

"如果你认为公平的话。"罗宾逊说。

"等等！"玛丽大喊。她的脸上又恢复了血色。随着忏悔，她似乎把自己从心中古老而邪恶的控制中解放了出来，重新回到了与生命搏斗的状态。

"罗宾逊，"她说，"你不能要求他这么做。他和你的死没有任何关系。那是我的错，我很抱歉。你不想要女人的身体，对吧？反正我也不会把我的给你。已经发生的事情无法挽回！离开这里吧！"

罗宾逊没理她，看着布莱恩。"我一直知道是你，布莱恩。当我什么都不知道的时候，我就知道是你。我守护着你，布莱恩，我救了你的命。"

"是的，你为我做了这些。"布莱恩平静地说。

"那又如何！"玛丽尖叫起来，"它救了你的命，那也不代表它能拥有你的身体！一个人不能救了另一个人的命，然后指望能得到它。汤姆，别听它的！"

罗宾逊说："我没有任何办法强迫你，也不想强迫你，布莱恩。你来决定你认为正确的做法，我会遵守。你会想起一切的。"

布莱恩深情地看着僵尸。"所以还有更多的事情，多得多的事。是不是，罗宾逊？"

罗宾逊点了点头，眼睛盯着布莱恩的脸。

"可是你怎么知道？"布莱恩问，"你怎么会知道？"

"因为我了解你。我已经把你当作我毕生的心血。我的生活一直围绕着你。我满脑子都是你。我对你了解得越深，布莱恩，我就越确信这一点。"

"也许吧。"布莱恩说。

玛丽说："你到底在说什么？还有什么事？还能有什么事？"

"我得思考一下。"布莱恩说，"我必须想起来。罗宾逊，请在外面等一会儿。"

"当然。"僵尸说着,马上离开了。

布莱恩向玛丽挥了挥手,让她安静下来。他坐下来,双手抱头。现在他必须想起一件自己宁愿不去想的事。现在,他必须彻底地追根溯源并理解它。

雷利在死亡宫殿里对他尖叫的那句话依然清晰地刻在他的脑海里:"你要负责!你用邪恶的杀人意念杀死了我!是的,你,你这个来自过去的丑八怪,你这个该死的怪物!除了你的那个死人朋友,一切都躲着你!你怎么还没死,杀人犯!"

雷利知道吗?

他记得萨米·琼斯在狩猎后对他说:"汤姆,你是个天生的杀手。你不适合其他的事情。"

萨米猜到了吗?

现在这是最重要的事情了。那是他生命中最重要的时刻——他在1958年的一个晚上死去的那一刻。他清楚地记得:方向盘又开始工作了,但布莱恩没有理会它,心中充满了突然而至的狂喜,情绪如闪电般转变了,他迎接着撞击,渴望着它,渴望着痛苦、残酷和死亡……

布莱恩回想起他想忘记的那一刻时,颤抖得痉挛起来——那一刻他本可以避免灾难,他却宁愿杀人。

他抬起头,看着他的妻子。他说:"我杀了他。这就是罗宾逊知道的事情。现在我也知道了。"

35

他小心翼翼地向玛丽解释了这一切。起初她拒绝相信他。

"那是很久之前的事了,汤姆!你怎么能确定发生了什么?"

"我确定。"布莱恩说,"我不认为有任何人能忘记他们死时的情形。我清楚地记得自己就是这样死的。"

"但是,你也不能因为有那么一瞬间,几分之一秒的时间,就说自己是杀人犯……"

"射出一颗子弹或刺入一把刀要多长时间?"布莱恩问,"只要几分之一秒!这就是成为杀人犯所需要的时间。"

"可是汤姆,你没有动机!"

布莱恩摇了摇头。"我确实不是为了利益或复仇杀人。但话说回来,我不是那种杀人犯。这种情况比较少见。我是普普通通的人,最普通不过的人,身上什么特性都有一点,包括谋杀。我杀人是因为,在那一刻,我有了机会。那是属于我的特殊的机会,由事件、情绪、思路、湿度、温度还有天知道的什么东西交织在一起组成的、独一无二的情况,可能两辈子都不会再出现。"

"但这不能怪你!"玛丽说,"如果不是雷克斯动力系统公司和我为你创造了这个特殊的机会,这一切都不会发生。"

"是的。但我抓住了这个机会,"布莱恩说,"我抓住了它,进行了一次冷血的谋杀,只是为了好玩,因为我知道自己永远不会因此被抓住。我的谋杀。"

"好吧……我们的谋杀。"她说。

"是的。"

"好吧,我们是杀人犯。"玛丽平静地说,"接受它吧,汤姆。别为这事多愁善感。我们已经杀了一次,我们可以再杀一次。"

"绝对不行。"布莱恩说。

"它就快死了!我向你发誓,汤姆,它一个月也活不到了,几乎已经玩完了。给它一拳就完蛋了,推一把就死了。"

"我不是那种杀人犯。"布莱恩说。

"你想让我去做吗?"

"我也不是那种人。"

"你这个白痴！那就什么都不要做！等着。一个月，不超过一个月，它就完了。你可以等一个月，汤姆……"

"又一次谋杀。"布莱恩疲惫地说。

"汤姆！你不能把你的身体给它！否则我们怎么在一起生活？"

"你认为我们在这之后还能继续吗？"布莱恩问，"我不能。现在别跟我吵了。如果没有来世，我不知道我还会不会这么做。我很可能不会，但是我有来世。我想把我的账户全部结清再去那里。我要把所有的账单都付清，所有的赔偿都完成。如果这是我存在的唯一机会，我会用尽自己的一切紧紧抓住它。但它不是！你能理解吗？"

"是的，当然。"玛丽难过地说。

"坦白说，我对来世很好奇。我想去看看。而且还有一件事。"

"什么事？"

玛丽的肩膀在颤抖，于是布莱恩用手臂搂住了她。他回想起他和赫尔的谈话，那个优雅而高贵的猎物。

赫尔曾说过："我们听从尼采的箴言——在适当的时候死去！"

聪明人不会像溺水时紧紧抓住一小块木板的人一样，牢牢抓住生命的最后一点碎片。他们知道，肉体的生命只是人类全部存在中极小的一部分。那些聪明的学生为什么不能跳过一两个年级呢？

布莱恩还记得赫尔对死亡的选择是多么奇怪、黑暗、原始和高贵，当然也很自命不凡。但是，在无生命物质构成的浩瀚宇宙中，生命本身只是一种假象。赫尔就像一名古代日本贵族跪在地上切腹自杀，在选择死亡的时候强调了生命的重要性。

赫尔曾说过："死亡的行为超越了阶级和教养。它是一种贵族专利，是国王的召唤，是骑士的冒险，是一生中最伟大的事迹。一个人在这孤独而危险的事业中如何表现自己，是衡量他作为人的真正标准。"

玛丽打断了他的沉思，问道："还有一件事是什么？"

"哦。"布莱恩想了一会儿，"我只是想说，我觉得二十二世纪的一些态度已经影响了我,尤其是那些贵族的态度。"他咧嘴一笑,吻了她,"但当然,我总是很有品位。"

36

布莱恩打开小屋的门。"罗宾逊,"他说,"跟我到自杀亭去。我把我的身体给你。"

"你没有让我失望,汤姆。"僵尸说。

"那我们走吧。"

他们一起慢慢地走下山。玛丽从窗口看了他们几秒钟,然后也跟着下去了。

他们在自杀亭的门前停下。布莱恩说:"你觉得你能顺利接管一切吗?"

"我很肯定,"罗宾逊说,"汤姆,我很感激你。我会好好使用你的身体。"

"这其实不是我的身体。"布莱恩说,"这具身体是一个叫克兰奇的家伙的。但我越来越喜欢它了。你会习惯它的癖好的,只要偶尔提醒一下它谁是老大。有时它想去打猎。"

"我觉得我会喜欢的。"罗宾逊说。

"是的,我觉得你会的。好吧,祝你好运。"

"也祝你好运,汤姆。"

玛丽走上前,用冷冰冰的嘴唇和布莱恩吻别。

布莱恩说:"你有什么打算?"

她耸了耸肩,"我不知道。我觉得好麻木……汤姆,你一定要这样吗?"

"我必须这样做。"布莱恩说。

他再一次环顾四周,看着在阳光下沙沙作响的棕榈树,浩瀚的蔚蓝大海，以及头顶上被银色瀑布点缀着的巍峨的黑色山峰。然后他转身走进自杀亭，关上了身后的门。

里面没有窗户，没有家具，只有一把椅子。墙上贴的说明非常简单。你只需要坐下来，悠闲地合上右臂上方的开关，然后你就会迅速毫无痛苦地死去，而你的身体将完好无损地留给下一个占有者。

布莱恩坐下来，确定了开关的位置，然后靠在椅背上，闭上眼睛。

他又想起了自己第一次死亡的情景，真希望能更有趣一些。按理说，这一次他应该改正错误，像赫尔一样倒下，在日落时分的山壁上被凶残地猎杀。为什么不能是这样呢？为什么死亡不能在他与台风搏斗、与老虎交锋或攀登珠穆朗玛峰的时候降临呢？

同样，他再一次发出疑问，为什么他的死亡如此平淡、如此平凡、如此普通呢？

而且，为什么他从来没有真正设计过游艇呢？

他再次意识到，那种冒险式的死亡与他的性格不符。

毫无疑问，他注定要以这种迅速、平凡、没有痛苦的方式死去。而他在未来的全部生活，一定都在形成和塑造这场死亡——当雷利死的时候出现了一种模糊的暗示，在死亡宫殿里则是相当确定了，当他定居在泰奥哈埃时，已经成为一种不可改变的命运。

然而，无论多么平凡，一个人的死亡仍然是他一生中最有趣的事情。布莱恩热切地期待着他的死亡。

他没有什么可抱怨的。虽然他在未来只生活了一年多，但他已经获得了未来给予他的最大奖赏——来世！他再一次体会到了在离开来世大厦后所经历的一切——从对死亡沉重的、浸透的、持续的、无意识的恐惧中解脱出来。这种恐惧微妙地影响着他的每一个行动，渗透了他的每一个动作。在他这个年龄段的人中，没有一个人可以在没有阴影的情况下生活，这种阴影如同可怕的绦虫一样在人的思想走廊里爬行，那日夜出没的鬼魂，那藏在角落里的人影，那门后朦胧的身形,每一场宴会上看不见的客人,每一道风景中身份不明的人物,永远徘徊着,永远等待着……

再也没有了!

现在,古老的敌人被打败了。人们不再死亡。他们会继续生活!

但他得到的不仅仅是来世。他成功地把一生的时间都压缩在了这一年里。

他出生在一间有着炫亮灯光的白色房间里,头顶上是一张长胡子的医生面庞,还有一位慈母般的护士给他喂食,而他惊恐地听着陌生的人声。他早早地进入这个世界并展开冒险,一无所知。他凝视着纽约的东方神迹,听任一个目光犀利、口齿伶俐的陌生人把他变成傻瓜,还几乎变成了一具尸体,直到一些更聪明的人把他从愚蠢中解救出来,抚平了他的痛苦。他穿着他那精致、强壮、神秘的身体,再次外出冒险。这一次他变得更有智慧了,成为那带着闪闪发光的武器追逐危险和荣誉的人群中的一员。

他也经历过那些愚蠢的行为,而且更早之前,他选择过一份体面的职业。但在他出生时的某些黑暗预兆终于实现了,他不得不逃离家乡,跑到地球上最远的角落。然而,他仍设法在途中组建了家庭。这个家庭有着一些不可告人的秘密,但仍然是他的家。历经磨难之后,他来到了他所爱的土地,娶了一位妻子。在蜜月中,他看到了在夕阳中燃烧的莫雷阿山脉。他安顿下来,在平静和有益的工作中度过他的晚年,并在美好回忆中度过了最后的时光。他就这样度过了这几个月,受到了大家的尊敬和尊重。这就足够了。布莱恩按下了开关。

37

"我在哪儿?我是谁?我是什么?"

没有回答。

"我记得。我是托马斯·布莱恩，我刚刚死了。我现在在临界区域，一个非常真实又完全无法描述的地方。我感觉到了地球。在前方，我感觉到了来世。"

"汤姆……"

"玛丽！"

"是我。"

"可是你怎么能……我没有想到……"

"嗯……也许在某些方面我不是个好妻子，汤姆。但我一直都很忠诚，我所做的一切都是为了你。我爱你，汤姆。我当然会追随你。"

"玛丽，这让我很高兴。"

"我也很高兴。"

"我们可以继续走了吗？"

"去哪里，汤姆？"

"去来世。"

"汤姆，我很害怕。我们就不能在这里待一会儿吗？"

"会没事的。跟我来。"

"噢，汤姆！如果他们把我们分开了怎么办？来世会是什么样？我觉得我不会喜欢的。我担心它会很奇怪、很可怕、很恐怖。"

"玛丽，别担心。我活了两辈子，已经当过三次初级游艇设计师。这就是我的命运！它肯定不会在这里结束的！"

"好吧。我准备好了，汤姆。我们走吧。"

明日之旅

Journey Beyond Tomorrow

罗妍莉 译

由新美洲图书馆出版社首次出版
1962年1月

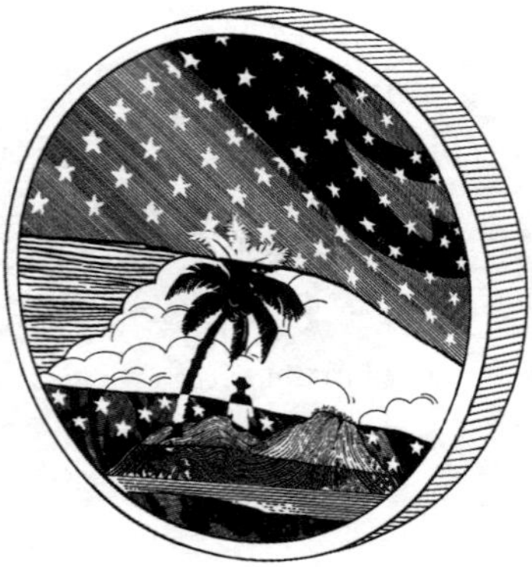

序章

琼恩斯传说中的世界属于遥远而朦胧的过去，离我们已有一千多年之久。我们知道，琼恩斯的旅程始于2000年左右，结束于我们这个时代的开端。我们也知道，琼恩斯所处的时代以其工业文明而闻名于世。二十一世纪的机械生产出了许多稀奇古怪的工艺品，是当今读者前所未见的。尽管如此，我们大多数人还是能明白古人所说的"导弹"或"原子弹"是什么意思。在众多博物馆里，我们都能看到这些奇妙制品的残片。

而对于人类在二十一世纪所遵循的习俗和制度，我们的认识则远远不够。有关古人的宗教信仰和伦理道德，我们若想获得一星半点的了解，都必须借助《琼恩斯之旅》这部作品。

毫无疑问，琼恩斯本人是真实存在的，但关于他每一个故事的真实性，我们却无法确定。有些传说似乎不是写实的叙述，更像是道德寓言。但即使那些作品被视作寓言，也仍旧可以体现出那个时代的精神特征。

因此，我们这本书其实是一本故事集，不仅讲述了琼恩斯的万里远游，还描写了他所属的那个奇妙而又悲惨的二十一世纪。虽有寥寥几个故事源于书面记载，但大多数都来自口口相传，由一个说书人口授给另一个说书人。

除了本书以外，关于这次远行，唯一的书面记载见于最近出版的《斐济传说》。出于显而易见的原因，琼恩斯成了一个次要角色，他的朋友卢姆才是主角。这与琼恩斯之旅的精神完全不符，也有悖于故事本身。正因为如此，我们意识到本书的问世是必不可少的，让琼恩斯的传说以书面形式被完整而忠实地呈现出来，以便留存给子孙后代。

本书也收录了二十一世纪所有关于琼恩斯的作品。可惜的是，这些文字记录不仅数量稀少，内容也支离破碎，只有两个章节，分别是来自《斐济之书》正统版的《卢姆与琼恩斯相遇》和《卢姆参军记》。

其余的故事都出自传统口述，由琼恩斯或其追随者代代相传而来。目前的合集把当今著名说书人讲述的内容整理成了书面文字，对他们各自的观点、风格、评论、个人气质和道德观念等没有作出任何变更。感谢这些说书人允许我们把他们所讲的内容写在纸上。这些人分别是：

萨摩亚群岛的马奥阿、塔希提岛的马乌宾吉、斐济的帕奥伊、复活节岛的佩鲁伊和胡阿希内岛的特莱乌。

我们采用了这些说书人备受推崇的特定故事或故事组，在每一个故事的开头都标明了来源。我们也要向本书未能收录的诸多杰出说书人致歉，他们的贡献只能见于日后出版的琼恩斯集注本了。

为了方便阅读，我们将这些故事按顺序排列，如同一部逐渐展开的小说中的连续章节，有开头、中间和结尾。但读者请注意，不要期待故事前后连贯、井井有条，因为故事里的各个部分或长或短、或复杂或简单，这取决于说书人的个人气质。当然了，编者原本可以对不同的部分进行增删，使其长度保持一致，并将本人的秩序感和风格强加于整个故事。但编者认为，最好还是保留故事的本来面目，好将未经删节的旅程依照原样呈现给读者。这对说书人而言似乎也显得更公平，唯有这样才能讲出有关琼恩斯的完整真相、他所遇到的人，以及他所经历的怪异世界。

编者一字一句地记下了说书人的原话，抄录了那两篇书面记载。编者本人没有虚构任何内容，也没有在故事中添加自己的评论。唯一的评论见于本书的最后一章，在这一章里，编者叙述了这段旅程的结局。

现在，各位读者，我们要将琼恩斯引荐给您，邀请您和他一起经历旧世界最后的岁月，以及新世界最初的时光。

1

琼恩斯启程

（来源：塔希提岛的马乌宾吉）

在本书的主人公二十五岁那年，发生了一件对他而言至关重要的事。为了体现这一事件的重要性，就必须先讲一讲我们这位主人公；而要理解我们的主人公，就必须写一写他所居住的地方，以及那里的条件和环境。所以，我们就从这里开始讲起，尽快进入这个故事的核心内容。

我们的主人公名叫琼恩斯，居住在太平洋的一个小岛上，那是一座珊瑚岛，位于塔希提岛以东约三百二十公里处。此岛名曰马尼图瓦岛，长不过三公里出头，宽不过几百米，四周珊瑚礁环绕，珊瑚礁之外便是太平洋的蔚蓝海水。琼恩斯的父母从美国来到了这座岛上，照管波利尼西亚东边大部分地区的供电设备。

琼恩斯的母亲去世后，他的父亲独自一人工作；待到他父亲也去世后，太平洋电力公司便要求琼恩斯子承父职。琼恩斯照办了。

根据大多数人的形容，琼恩斯是位高大魁梧的年轻人，面容悦目，风度翩翩。他博览群书，父亲丰富的藏书让他乐此不疲。由于自身具有浪漫主义倾向，他的情感会引领他去思考真理、忠诚、爱情、责任、命运、机遇，以及其余诸般抽象之物。性格使然，琼恩斯将美德视为神授的使命，而且喜欢将其想象成最崇高的存在。

马尼图瓦岛的岛民都来自塔希提岛的波利尼西亚，对琼恩斯这样的人，他们觉得难以理解。他们可以爽快地承认美德是善；然而，美德却阻止不了他们在必要或方便的情况下犯下恶行。琼恩斯对这种行为嗤之以鼻，但马尼图瓦人的慷慨、随和以及饱满的精神却也不禁令他钦佩。尽管岛民们鲜少考虑美德，付诸实践的时候更是少之又少,但不知为何,他们的生活却过得愉快而有意义。

这一现象并没有使琼恩斯立即改变态度,因为他的心态仍然过于狂热,不会考虑中庸之道;但这确实对他产生了与日俱增的持续影响。有人说,琼恩斯后来之所以能幸存下来,纯粹靠的是从马尼图瓦人那里学到的权宜之计。

但我们只能猜测一二,而永远无法真正去描述或理解这些影响。接下来要说到的是在琼恩斯二十五岁那年,发生在他身上的那件了不起的特殊事件。

此事是在太平洋电力公司的高管办公室酝酿成形的。办公室位于美国西海岸的旧金山,大腹便便的男人们身着西装、领带、衬衫和皮鞋,齐聚于此,围坐在一张闪闪发亮的柚木圆桌旁。这些人被称作"圆桌骑士",在很大程度上掌握着人类的命运。董事会主席是亚瑟·潘德拉贡[1],他的职位是继承而来的,但在合法继位之前,他却被迫卷入了一场残酷的代理权争夺战。亚瑟·潘德拉贡一坐稳主席之位,就解散了原来的董事会,重新任命了自己人。在场成员包括财力雄厚的比尔·兰斯洛特,以慈善事业闻名的理查德·加拉哈德,政界人脉遍布全州的奥斯汀·莫德雷德[2],以及另外许多人。

这些人的金融帝国最近承受着沉重的压力,他们投票赞成联合所有人的权力,并立即处理掉所有无法盈利的资产。这个决定在当时看似简单,但却产生了深远的影响。

在遥远的马尼图瓦岛,琼恩斯收到了董事会决定停止运营波利尼西亚电站的消息。

这样一来,琼恩斯就失业了。更糟糕的是,他丧失了一整套生活方式。

在接下来的一周里,琼恩斯对自己的未来思考良多。波利尼西

---

1. 即古代不列颠传奇国王亚瑟王之名,传说中圆桌骑士的首领。
2. 兰斯洛特、加拉哈德与莫德雷德均为圆桌骑士之名。

亚的朋友们劝他留在马尼图瓦岛,跟他们一起生活;或者,倘若他更喜欢较大的岛屿,也可以前往胡阿希内岛、波拉波拉岛,或是塔希提岛。

琼恩斯倾听了他们的建议,去一个清静的地方独自思索。三天后,他走出来,向等待的民众宣布,自己打算去美国——他父母的祖国,去那里亲眼瞧瞧他在书中读到过的奇迹,看看自己是否命中注定要在那里生活;如果不是,就以清醒的头脑和开阔的心胸重返波利尼西亚人民身边,做好准备为他们服务。

听到这番话时,众人惊慌失措,因为尽人皆知,美洲大陆比变幻莫测的海洋更加危险。美国人是出了名的巫师和术士,通过巧妙的魔法,可以彻底改变一个人的思维方式。一个人竟然会变得厌恶珊瑚滩、湖泊、棕榈树和独木舟之类的东西,这似乎是无稽之谈。然而,这样的事确实发生过。有些波利尼西亚人曾经去美国旅行,在那里接触了魔法,从此再也没回来。其中一人甚至参观了富有传奇色彩的麦迪逊大道,但他在那里有何发现就无人知晓了,因为那个人从此便杳无音信。尽管如此,琼恩斯还是决定要去。

琼恩斯跟一个马尼图瓦姑娘订过婚。她一身金色肌肤,杏仁色眼珠,满头乌发,身材特别火辣,头脑之聪慧比起男人毫不逊色。琼恩斯打算一到美国安定下来,就请人把这位名叫彤德拉约的姑娘接过去;或者万一运气不佳,他也可以回到她身边。这两种建议彤德拉约都不接受,于是她就用下面这种方式,用当时流行的本地方言对琼恩斯说:"嘿!你这傻家伙想去趟米国?为啥,嘿?兴许米国椰子更多?海滩更大?捕鱼更棒?不是!你觉得兴许那啥更爽,对吧?我告诉你,不会。你最好在这儿陪我一次,我发誓!"

可爱的彤德拉约就这样劝告琼恩斯。琼恩斯却答道:"亲爱的,难道你以为我愿意离开你吗?你是我所有梦想的缩影,是我心愿的结晶。不,亲爱的,我不愿!这次离别使我心中满是恐惧,因为我不知道在东方那个冰冷的世界里,等待着我的会是怎样的命运。我只知道男子汉大丈夫非去远行不可，必须见识名利，如果需要的话，还得思考死亡本身。关于东方那个伟大的世界，我只从过世的父母嘴里和他们的书里有所了解，只有认识了那个世界，我才能回到这些岛上度过此生。"

可爱的彤德拉约聚精会神地听着他的话，沉思良久，然后，这个岛上姑娘对琼恩斯说出了这样的话，其中的哲理很简单，自远古以来，这些话便在母亲与女儿之间代代相传："嘿，我看，你们这帮白男都一样。我估摸，你们老是跟波利尼西亚小妞那啥，然后你们又想着到处转转，跟美国白种女人那啥。我发誓！不过，棕榈树会生长，珊瑚会扩张，人却只有死路一条。"

琼恩斯只能向这位岛上姑娘源自祖先的智慧低头，但他的决心并没有动摇。琼恩斯知道，他命中注定要去看看那片美洲土地，那里是他父母的故乡。他要在那里接受一切危险，接受会伏击所有人的未知命运。他吻了吻彤德拉约。她见自己的话无法打动这个男人，便哭了起来。

附近的酋长们为琼恩斯举办了告别宴，宴会上供应了岛上的美味佳肴，例如牛肉罐头和菠萝罐头。等到往来贸易的双桅纵帆船带着每周供应的朗姆酒停靠在岛上时，人们便伤心地与亲爱的琼恩斯道别了。

于是，琼恩斯耳边回响着诸岛的旋律，越过胡阿希内岛和波拉波拉岛，越过塔希提岛和夏威夷，终于到达了美国西海岸的旧金山市。

2

卢姆与琼恩斯相遇

（来源：卢姆自述，载于《斐济之书》正统版）

嗯，我是说，你知道这有多难受。就像海明威说的：酒变味了，小妞变坏了,你在哪儿呢?于是我就在码头旁边,等待着每周运来的一种特殊仙人掌,其实我什么也没干,只是站在附近四处乱瞧——人群、大船、金门大桥,你懂的。我刚吃完一个三明治,意大利蒜味腊肠配上货真价实的裸麦粉黑面包。仙人掌快到了,我感觉没那么难受了。我的意思是,有时你会觉得没那么糟,你可以在那里到处乱瞧着,哪怕小妞已经变成了坏女孩。

这艘船来自某个地方,有个人下了船。他的身材高挑瘦削,皮肤晒成自然的黝黑,肩膀宽阔,穿着一件帆布衬衫、一条破旧的裤子,根本没穿鞋。所以我很自然地认为就是他了。我是说,他看起来没问题。于是我走到他面前,问他,运那玩意儿的是不是这艘船。

这人看着我,说道:"我叫琼恩斯,我不是这儿的人。"

我立刻就明白了,他并不懂行,我便移开了目光。

他说:"你知道我在哪里能找到工作吗?我刚到美国,想了解一下这个国家,了解美国能给我什么,我能给美国什么。"

我又开始打量他,这下我想不明白了,因为他看起来并不懂行。不过现如今,并非人人都是嬉皮士,有时候,简单的办法如果能成,也会把你带到幕后推手隐身的空中茶馆。也就是说,他也许表面看似一副乡巴佬模样,其实是在玩禅宗的那一套。耶稣也是个乡巴佬,但他就很在行。只要那些老古板肯放过他,我们所有人都会支持他的。于是我对这个叫琼恩斯的人说:"你想找份工作吗?你能干点啥?"

琼恩斯对我说:"我会操作变压器。"

"真了不起。"我告诉他。

"我还会弹吉他。"他说。

"得了,伙计,"我说,"你为什么不早说呢?非要说什么变压器的沉重话题。我知道有家卡布奇诺咖啡馆,你可以去那儿弹弹琴,也许能从那些老古板手里弄点儿小费。你有面包吗,伙计?"

这个叫琼恩斯的人几乎不会说英语,所以我不得不像勾画蓝图一样,跟他原原本本地解释了一番。不过关于吉他和守旧人士的情况，他倒是领悟得挺快。我主动提出让他在我公寓里睡一段时间。我是说，既然我的妞儿都跑了，那何乐而不为呢？这个叫琼恩斯的人冲我微微一笑，说没问题，他愿意努力争取一下。他问我本地的情况如何，以及我们都怎么找刺激。即便他是个外国人，听着也还上道，所以我告诉他，小妞好找，如果他要想来点刺激的，最好和我待在一起，跟着瞧瞧。他很乐意，于是我们就去了公寓。我给了他一个三明治，用的是真正的黑麦面包，上面有小小的种子，还夹了一块确实产自瑞士的瑞士奶酪，而不是威斯康星州的冒牌货。琼恩斯身无长物，我只好把自己的爵士吉他借给他，因为他把吉他留在岛上了，天知道那些岛究竟在什么地方。那天晚上，我们在咖啡馆出了点风头。

话说当晚，琼恩斯凭着吉他和歌喉大受欢迎，他用一种谁也听不懂的语言引吭高歌，虽然曲调有点过时了，但效果却挺好。游客们欣然接受，仿佛这是美国电话电报公司的杰作似的。琼恩斯收到了八美元三十美分的小费，够买一大块不错的俄罗斯黑麦面包——别跟我说什么不爱国啥的——还能再添点别的。有个身高不到一米五五的小妞缠着他不放，因为琼恩斯就是那种人，我是说，他高大魁梧，肩膀宽得就像爷爷的老牛轭，还有大片被阳光晒得斑驳的金发。像我这样的人就麻烦多了，就算我留了胡子，却因为身材又矮又肥，有时就得费点功夫。但琼恩斯就像块磁铁一样，他甚至吸引了墨镜的注意，被问要不要偶尔吸点儿。我制止了他，因为已经有仙人掌这种货了，为什么要用头痛来换胃里难受呢？

于是，琼恩斯带着这个名叫迪尔德丽·范斯坦的小妞，还有她给我找来的另一个妞儿，我们四人一起回到了公寓。我向琼恩斯演示了如何摘下仙人掌芽、将其捣碎之类的过程，我们都吃了这玩意儿，然后兴奋了。琼恩斯跟个一千瓦的马自达灯泡似的，嗨得不能自已。哪怕我警告过他：这些日子，条子们正在旧金山的大街小巷巡逻，搜寻随便犯了什么事的人，这样一来，加州那些漂亮的新监狱就可以派上用场了。可琼恩斯还是非要站在床上，发表一番演讲。演讲相当精彩，因为这个来自远山、肩膀宽阔、笑容满面的少年头一次真正兴奋起来了。他说出了以下这番话：

"我的朋友们，我从拥有沙滩与棕榈树的远方来到了你们这里，历经了一次发现之旅，我认为自己是全世界最幸运的人，因为我踏上你们土地的第一晚，就被带到了你们的领袖仙人掌国王面前，受到了激励而非羞辱。我见证了世上的种种奇观，它们正在我眼前变成红色，像瀑布一样倾泻而下。亲爱的伙伴卢姆，我对他这样的福佑之举，只能给予无尽的赞誉。我的新欢，性感的迪尔德丽·范斯坦，让我告诉你吧，我能看见你心里被狂风包裹的熊熊火焰。至于卢姆的女伴，很遗憾，我没听清你的名字，我要对你说，我对你的爱就像对妹妹一样，带着一种与生俱来的纯真。而且……"

呃，这个叫琼恩斯的人声音可不算小。说实话，他弄出的动静就像一只正处于发情季的海狮，值得大家听上一听。但对于这间公寓而言就显得太吵了，因为楼上的邻居属于那种古板的类型，早上八点就要起床忙活。他们把天花板砸得砰砰直响，告诉我们这场派对实在过分，打算向条子们通风报信——意思就是已经报了警。

琼恩斯和姑娘们都晕乎乎的，但无论我肺里飘荡着什么、血管里跳动着什么，我都还保持着清醒的头脑来面对危险。我为此感到自豪。我本想把残留的仙人掌从下水道里冲走，但迪尔德丽简直老练得让人害怕，她非要把剩下的仙人掌芽藏在她的少女之身上。她坚称这样一来，那些芽就会分毫无损。我把他们三人都带出了公寓，琼恩斯用晒黑的拳头攥着我的吉他。我们下来的时机恰到好处，因为一辆满载着警察的巡逻车刚好赶到。我提醒过大家，要像士兵一样径直往前走，因为身上带着货是不能儿戏的。但我没想到那个叫迪尔德丽的姑娘会昏头到如此地步。

我们往前走，经过的警察用那种特有的眼神打量着我们，我们继续走，警察议论起了垮掉的一代、伤风败俗的行为等等。我试着让队伍继续前进，但那个迪尔德丽就是不听话。她冲着警察发动了攻击，大谈她对他们的看法，倘若像迪尔德丽这样具备丰富的词汇和天马行空的想象力，这样做是非常不明智的。

领头的警察是位警佐，说道："好吧，小姑娘，跟我们走。我们要逮捕你，明白吗？"

他们厮打着、踢踹着，把可怜的迪尔德丽朝警车拽去。我看得出来，琼恩斯脸上浮现出一副若有所思、憎恨警察的表情，我担心会惹出麻烦，因为他浑身上下都流淌着仙人掌的成分，他爱迪尔德丽。实际上他也爱所有人，唯独警察除外。

我对他说："伙计，啥也别干，咱们撤吧，迪尔德丽要是不愿意走，不管她就好了。自打她从纽约跑到这儿来学习禅宗以后，就老是跟警察打架。她总是被牵扯进这种事，所以没什么大不了的，尤其她老爹还是肖恩·范斯坦，凡是你在五秒钟内能说出名字的东西，她老爹一样都不少。警察只会让她清醒过来，然后就放她走。所以不要动手，老兄，甚至连头也别回，因为你爹不是肖恩·范斯坦，其实我压根就没听说过你爹姓甚名谁。"

我想用这种方式来安抚和说服琼恩斯，但琼恩斯却停下了脚步，在街灯下俨然一副英雄形象。他紧攥着我的吉他，用力之大连指节都发白了，他似乎无所不知，又能宽恕一切，唯独警察除外。他转过了身。

领头的警察说："你有什么需要吗，孩子？"

琼恩斯说："放开那位年轻女士！"

警察说："这位年轻女士是个瘾君子，她违反了旧金山市法规第431.3条。小鬼，我建议你管好自个儿的事，12点以后别在街上弹尤克里里。"

我想说，他其实是在以自己的方式示好。

但就在此时，琼恩斯又发表了一番美妙的演讲，虽然我没能逐字记下来，但大意就是说：法律是由人制定的，因此必然也掺杂了人类的劣根性，真正的道德在于听从闪闪发光的灵魂所下的真实的命令。

"你是个热血青年，对吧？"领头的警察说。电光石火之间，他们便把琼恩斯拖进了警车。

迪尔德丽自然是在次日早晨就获释了，这是托了她父亲的福，或许也多亏了她迷人的举止，这是旧金山人议论的话题。我们到处都找了个遍，甚至一路远至伯克利，仍没发现琼恩斯的踪影。

我说了，踪影全无！这位吟游诗人，有着被太阳晒得斑驳的金发，被启迪后有着一颗天地般宽广的心，他遭遇了什么？他拿着我的吉他（那可是货真价实的塔泰牌）、穿着我的凉鞋，去了哪里？我估计，只有警察才知道他的下落，而他们是不肯透露的。但我仍然记得他，嗓音悦耳的歌手琼恩斯，他在地狱之门转身去寻觅他的欧律狄刻，因此遭受了与金嗓子俄耳浦斯[1]相同的厄运。我是说，他们的命运虽然略有不同，但也相差无几。谁知道琼恩斯带着我的吉他，正在远方的哪一片土地上游荡呢？

3

国会委员会

（来源：萨摩亚群岛的马奥阿）

琼恩斯肯定不知道，美国参议院有个委员会目前正在旧金山开展调查。但警察知道这件事。他们凭借直觉意识到，琼恩斯有可能成为此番调查的证人，于是便把他从监狱带到了委员会召开行政会议的房间。

委员会主席乃是参议员乔治·W.佩洛普斯，他立即询问琼恩斯有什么要为自己辩解的。

---

1. 古希腊神话中，俄耳浦斯拥有举世无双的弹唱技艺，他闯入地狱将亡妻欧律狄刻引出冥界，却因违背了嘱咐回头看她，导致妻子的亡魂永远消失于地狱。

"我什么都没干。"琼恩斯说。

"啊,"佩洛普斯回答,"有人指控你干了什么事吗?我指控你了吗?我杰出的同事们指控你了吗?如果有的话,我倒希望立刻听一听。"

"没有,先生。"琼恩斯说,"我只是认为……"

佩洛普斯说:"想法不能作为证据。"

随后佩洛普斯挠了挠秃头,扶了扶眼镜,对着电视摄像机怒目而视,说:"据他本人承认,此人并没有受到过任何罪行的指控——无论是蓄意还是过失。我们请他到这里来只是为了谈话,这是我们国会的特权和职责所在。然而,他说的话却暴露出他的犯罪意识。先生们,我认为我们必须了解得再深入一点。"

琼恩斯说:"我要请律师。"

佩洛普斯说:"你不能请律师,因为这只是开展实地调查的国会委员会,又不是传讯。不过,我们会认真考虑你的要求。我能否问一问,为什么一个大概率无辜的人要请律师?"

琼恩斯在马尼图瓦岛的时候读过许多书,他含糊地嘟囔了几句他的权利和法律之类的。佩洛普斯告诉他,国会是他权利的守护者,也是法律的制定者。因此,他只要诚实回答,就丝毫不必害怕。琼恩斯听见这话,振奋起来,答应一定诚实回答。

"我为此感谢你,"佩洛普斯说,"虽然一般情况下,我不必要求某人诚实回答。不过,这并不意味着什么。告诉我,琼恩斯先生,你昨晚在旧金山街头发表的那番演说是你的主张吗?"

"我不记得自己发表过什么演说。"琼恩斯说。

"你拒绝回答这个问题?"

"我没法回答。我不记得了。我可能是喝醉了。"

"你还记得昨晚跟谁在一起吗?"

"我想,跟我在一起的是一个叫卢姆的男人,还有一个叫迪尔德丽的姑娘……"

"我们不用知道他们的名字,"佩洛普斯急忙说,"我们只是问你是否记得跟谁在一起。我要告诉你,琼恩斯先生,这两件事都发生在相同的二十四小时之内。你记住了一件事,却忘记了另一件,这就是只记对自己有利的事!"

"他们不是事,"琼恩斯说,"是人。"

"委员会要求你不得在不当的场合开玩笑,"佩洛普斯严厉地说,"此时此地,我要警告你,如果作出玩笑性、误导性的回答,或者不积极配合甚至根本不回答,都有可能被视为对国会的蔑视,这是一项联邦罪行,可以判处最高一年的监禁。"

"我没别的意思。"琼恩斯急忙说。

"很好,琼恩斯先生,我们继续。你否认自己昨晚发表了演说吗?"

"不,先生,我不否认。"

"你否认自己的演讲中涉及:你坚持每个人都有所谓的权利,去推翻这片土地上以合法方式制定的法律吗?或者换言之,你否认自己曾经煽动那些持不同政见者发动叛乱吗?他们有可能被你受外国势力授意的言论所左右。或者用大白话来说,你否认自己主张用暴力形式推翻政府吗?这样的活动必然要依赖该政府制定的法律。你演讲的内容侵犯了诸位国父赋予我们的自由,而正是这样的自由允许你这样的人获得了发言的机会。你能为此辩驳吗?你是不是打算告诉我们,这番拿毫无危害的波西米亚主义当幌子的演说,并不属于一起详尽的阴谋——该阴谋的目的在于引发内部纷争,以便为外部的侵略铺平道路?你的这种企图即便没有受到某些人的明确指使,也被默许了。最后,你在发表演说的时候,表面上伪装成醉酒的样子,假定自己具有在一个民主国家从事颠覆活动的权利。由于宪法和人权法案的规定,这个国家以牙还牙的能力受到了约束,或者说你是这样以为的。然而,宪法和人权法案的宗旨并不是帮助无法无天的家伙——你或许是这样以为的吧——而是为了保护人民的自由不受像你这样

201

目无上帝的雇佣兵侵犯。琼恩斯先生,你到底有还是没有?我只要你简单回答是或不是。"

"呃,"琼恩斯说,"我想澄清一下……"

"回答问题,琼恩斯先生,"佩洛普斯声音冰冷,"请回答是或不是。"

琼恩斯拼命地绞尽脑汁,回忆着在故乡读过的所有关于美国历史的资料。此时他说:"这指控太骇人听闻了!"

"回答问题,琼恩斯先生。"佩洛普斯说。

琼恩斯说:"我坚持自己享有的宪法权利,即第一和第五修正案赋予我的权利,恭敬地拒绝回答。"

佩洛普斯皮笑肉不笑地说:"你不能这样做,琼恩斯先生,因为你现在如此热切地抱着不放的宪法已经被重新解读过了,或者更确切地说是更新过了,因为我们当中的一些人希望保护宪法免遭篡改和亵渎。你提到的修正案是不会容许你保持沉默的,至于其中的原因,只要你开口问一问,最高法院的任何一位法官都会很乐意告诉你!"

面对这样激烈而尖锐的反驳,无人作答,就连屋内的记者和铁石心肠的政局观察家也被感动了。琼恩斯的脸一会儿变得绯红,一会儿变得煞白。别无他法,他只好开口准备回答。但由于委员会成员特里利德参议员的介入,他暂时得救了。

"对不起,先生,"特里利德参议员对佩洛普斯说,"对不起,所有等待此人作答的人。我只想说一件事,并且我希望自己的陈述被记录在案。有时候,人们必须畅所欲言,无论这样做多么痛苦,哪怕还有可能在政治和经济上对自己造成损害。不过,对于像我这样的人,即使所说的话可能得对抗公众舆论的强大力量,在必要的时候,我也得畅所欲言。只凭良心,不顾后果,这是我的职责。因此,我想说一说下面这些话。我年事已高,这辈子看过的东西不少,见证过的事情更多。也许我这么说并不明智,但我必须告诉你们,我坚决反对不公。我老了,有人说我保守,但这些事我无法容忍。不管别人说我什么，我都希望在有生之年，永远也不会看见苏联军队占领华盛顿特区。因此，我要抨击这个人，这位琼恩斯基同志，不是以参议员的身份，而是作为一个人、一个曾经的孩子。我曾经生活在绍尔山以南的丘陵中，在树林深处捕鱼狩猎，随着年龄的增长，我慢慢意识到美国对我而言意味着什么，我的邻居们把我送进了国会，作为他们亲朋好友的代表。现在，我有责任发表这番信仰宣言。正因为如此，也仅仅是因为如此，我要引用《圣经》里的话，对你们说：'邪恶是错！'我们中间某些老谋深算的人也许会嘲笑我这句话，但事实就是这样，我相信这一点。"

听了老参议员的演讲，委员会爆发出热烈的掌声。虽然这话他们已经听过许多回了，但总能引发他们最深切、最强烈的感情。此时，佩洛普斯主席转身面向琼恩斯，嘴唇发白。

"同志，"他的声音里带着直白的讽刺，"目前，你是正式的党员吗？"

"我不是！"琼恩斯叫道。

佩洛普斯说："那样的话，在你还不是正式党员的时候，谁是你的同伙？"

"我没有什么同伙。我的意思是……"

"你的意思我们一清二楚。"佩洛普斯说，"既然你决定不透露卖国贼同伙的信息，那你能不能告诉我们，你所在的基层组织在什么位置？不说是吧？告诉我，琼恩斯基同志，罗纳德·布雷克这个名字你听过吗？或者说得再简单点，你最后一次跟罗纳德·布雷克见面是什么时候？"

"我从来没见过他。"琼恩斯说。

"从来没有？琼恩斯先生，这个词太夸张了吧。你是不是想告诉我，你从来没有跟罗纳德·布雷克见过面？你或许在毫不知情的情况下在人群中与这个人擦肩而过，或者跟他看过同一场电影？我不相信在美国有人能这么直截了当地说，他从来没见过罗纳德·布雷克。你希望你刚才的陈述被记录下来吗?"

"呃,我的意思是,我可能曾经在人群中遇到过他,我是说,曾经置身于他所在的人群中,但我不能确定……"

"但是你承认有这种可能性存在?"

"我想是的。"

"太棒了,"佩洛普斯说,"这下我们有进展了。现在我问你,你是在哪堆人中遇到布雷克的,他跟你说了什么,你对他说了什么,他传递给了你什么文件,你又把文件传递给了谁?"

"我从来没见过阿诺德·布雷克!"琼恩斯叫道。

"我们一直管他叫罗纳德·布雷克,"佩洛普斯说,"但知道他的化名也是一件好事。请注意,你自己也承认了跟他有联系的可能性,而且鉴于你已经承认的党内活动,这种可能性便增加到了可以称之为必然性的地步。此外,你本人还向我们提供了罗纳德·布雷克在党内的化名,这个名字到目前为止还无人知晓。我认为,这就足够了。"

"听着,"琼恩斯说,"我不认识这个布雷克,也不知道他干了什么。"

佩洛普斯用阴森的语气说:"罗纳德·布雷克犯有盗窃罪,偷窃了斯蒂庞克牌超级V-12豪华小型敞篷车的设计图,并且将这些设计图出售给了一名苏联特工。经过公正的审判之后,布雷克依法被处决了。后来我们又发现、审判并处决了他的三十一名同伙。而你,琼恩斯基同志,即将成为我们迄今为止发现的最大规模间谍团伙当中的第三十二号同伙。"

琼恩斯想说话,却发现自己吓得浑身发抖,说不出话来。

佩洛普斯总结道:"本委员会被赋予了凌驾于法律之上的权力,因为我们只开展调查,不实施刑罚。这或许是件让人遗憾的事,但法律条文是必须遵守的。因此,我们现在要将秘密特工琼恩斯基移交给司法部部长办公室,以便他在那里接受正当法律程序之下的公正审判,接受该政府部门认为恰当的任何一种惩罚——对于这么一个供认不讳的卖国贼,死刑才是他应有的下场。会议到此结束。"

如此这般,琼恩斯被迅速转移到了实施刑罚的政府部门,移交给了司法部部长。

4

琼恩斯是如何伸张正义的

(来源:复活节岛的佩鲁伊)

琼恩斯被交到了司法部部长手中。此人身材高挑,面容如鹰,眼睛细长,嘴唇毫无血色,一张脸硬得仿佛是用生铁捶打而成的。这位司法部部长弓着脊背,默不作声,神情倨傲,身披黑丝绒斗篷,竖着皱领,模样令人吃惊,他俨然就是这项可怕职务活生生的化身。身为负责刑罚的政府部门的公仆,他的职责就是不择手段地让所有落入他手中的人都受到惩罚。

司法部部长住在华盛顿,但他本人其实是纽约州雅典城的公民,年少时就熟知亚里士多德和亚西比德[1]。他们的著作是美国精神的精华所在。

雅典本是古希腊的一座城邦,美国文明便是源自那里。距雅典不远就是斯巴达,一个军事强国,曾经领导过纽约州北部的斯巴达城邦。爱奥尼亚人的雅典和多利安人的斯巴达打过一场损失惨重的战争,之后便不再独立,被美国所统治。但他们在美国政治界仍然具有影响力,尤其是在华盛顿成为希腊的权力中心之后。

起初,琼恩斯的案子似乎相当简单。琼恩斯既没有什么有势力的朋友,也没有政治上的同僚,似乎对他实行惩罚也不会带来什么后患。因此,司法部部长安排琼恩斯接受了所有可能的法律咨询,又安

---

[1]. 雅典杰出的政治家、演说家和将军。

排他在著名的星室法庭[1]接受审判，陪审团由与司法部部长身份相当的人组成。如此一来，就可以严谨执行具体的法律条文了。令人欣慰的是，陪审团会作出怎样的裁决已经可以预知，因为星室法庭的陪审员们都一丝不苟且全心全意地致力于铲除一切邪恶的余毒。他们作出的判决一向都是有罪。

司法部部长打算等到判决下达以后，就将琼恩斯送上德尔斐的电椅，以便赢得众神和人类的青睐。

他的计划本来如此，但进一步的调查显示，琼恩斯的父亲乃是纽约梅卡尼克斯维尔的一位多利安人，也曾是那个社区的地方法官；而琼恩斯的母亲是一位来自迈阿密的爱奥尼亚人，迈阿密是位于蛮族腹地的雅典殖民地。为了团结希腊人，同时因为琼恩斯的父母受人尊敬，一些具有影响力的希腊人敦促司法部宽恕这位犯了错误的儿子（在美国政局中，这是一股不可忽视的力量）。

司法部部长本人也是雅典人，他认为最好是顺应这个请求。因此，他解散了星室法庭，打发琼恩斯去见斯佩里那位伟大的神谕官。人们对此表示赞同，因为斯佩里的神谕官对人们及其行为的判断是绝对公平公正的。事实上，神谕官特别善于主持公道，以至于已经替代了这片土地上的众多法庭。琼恩斯被带到了斯佩里，按照要求，他要站在神谕官面前。尽管膝盖簌簌发抖，他还是照办了。神谕官是一台了不起的运算机器，构造复杂，配有一台交换机，或者叫祭坛，由许多巫医照管。这些巫医受过阉割，这样一来，除了机器，他们无欲无求。大巫医双目失明，只能透过神谕官的眼睛看见悔罪的人。

大巫医进来之时，琼恩斯就拜倒在他面前。但巫医却将他扶起，对他说："我的孩子，不要害怕。死亡是所有人共同的命运，在朝生暮死的感官生命中，贯穿始终的是无尽的辛勤劳作。告诉我，你有

---

1. 15—17世纪的英国最高司法机构，因为位于西敏寺一处屋顶有星形装饰的大厅而得名，是英国历史上最重要的专制机器之一，刑罚手段非常残酷。

钱吗?"琼恩斯说:"我有八美元三十美分。可是您为什么这么问呀,神父?"

大巫医说:"因为祈求者自愿向神谕官供奉钱财乃是惯例。但你如果没有钱,供奉其他东西也可以,比如动产抵押、债券、股票、财产契约,或是其余任何一种人们认为有价值的票据。"

"这些东西我一样都没有。"琼恩斯伤心地说。

"你在波利尼西亚难道没有土地吗?"大巫医问。

"我没有,"琼恩斯说,"我父母的土地是政府拨给他们的,必须归还给政府。我也没有其他财产,因为在波利尼西亚,人们觉得这样的东西并不重要。"

"这么说,你是一无所有了?"大巫医问道,神情似乎有些不安。

"只有八美元三十美分,"琼恩斯说,"还有一把吉他,不是我自己的,而是属于遥远的加利福尼亚一个叫卢姆的人。可是神父,这些东西真的是必要的吗?"

"当然不是,"大巫医回答,"但即便是控制论专家也得维生啊,在人们眼中,陌生人的慷慨解囊是令人愉悦的,尤其是在解读神谕的时候。而且,有些人认为,身无分文的人是缺乏虔诚之心的,因为他们没有为神谕官积累钱财,以防天罚之日降临。但这一点我们不必担忧。现在我们将会陈述你的情况,并要求判决。"

大巫医听取了司法部部长的陈述和琼恩斯的辩护,把这些话翻译成了神谕官倾听人言的秘语。很快答复就来了。

神谕官的判决如下:

将其平方的十次方减去负一的平方根。
别忘了联署,因为人必须享有乐趣。
将X作为变量加入,自由浮动,无拘无束。
最终将会归零,你们再无需我。

这个判决下达以后,巫医们就聚在一起,解读神谕官的神语。他们是这么说的:

"将其平方"的意思是改正错误。

"十次方"的意思是为了改正错误,悔罪者所从事的惩役的等级和时长;亦即十年。

"负一的平方根"是个虚数,代表一种虚构的神恩;但作为一种工具性存在,也代表了祈求者获得力量和名誉的可能性。因此,之前所说的十年刑期要缓期执行。

"X变量"代表大地的愤怒化身,祈求者将居于其中,在他眼前会呈现出所有可能的恐怖景象。

"联署"是女神本身的标志,保护祈求者免于大地的愤怒所呈现出的某些恐怖景象,并允诺给予他一定的肉欲之乐。

"最终将会归零"意味着在这种情况下,神的正义与人的罪孽达到了均衡。

"你们再无需我"意味着祈求者不得再向本神谕官或其余任何神谕官提出申请,因为已经演绎完毕。

于是,琼恩斯被判处了十年缓刑。司法部部长不得不服从神谕官的裁决,将他释放了。

琼恩斯刚一获释,便重新踏上了在美国大地上的旅程,肩负着诅咒和允诺,以及十年缓刑。他匆匆离开了斯佩里,搭乘火车前往大城市纽约。至于他在那里的经历与所作所为,就是现在务必要讲述的故事。

5

琼恩斯、瓦茨和警察的故事

（来源：萨摩亚群岛的马奥阿）

琼恩斯从未来过像纽约这样的大城市。这么多人无休无止地奔波忙碌着，令他感觉既陌生，却又有种奇怪的兴奋感。夜幕降临时，这座城市的忙乱丝毫不减，琼恩斯眼看着纽约人在夜总会和舞厅里匆忙进出、寻欢作乐。这座城市也不乏文化气息，因为有众多的人都在专注地欣赏已经遗失的电影艺术。

夜深人静时，城市的节奏放慢了。此时，琼恩斯遇到了许多老人和一些年轻人，他们没精打采地坐在长凳上，或是站在地铁的出口边。琼恩斯望向他们，看到了一脸可怕的茫然，跟他们说话时，他听不懂他们含混不清的回答。这些怪异的纽约人令他感到不安，当黎明来临时，琼恩斯觉得很庆幸。

晨光乍现时，人群便又重新忙乱起来，众人你推我挤，急急忙忙赶去某些地方，做些什么事情。琼恩斯想了解这一切的原委，于是从人群中选中了一个人，拦住了他的去路。

"先生，"琼恩斯说，"您能不能抽出一点宝贵的时间，跟一个陌生人讲一讲，我看见的这种无处不在、志在必得的旺盛活力是怎么回事？"

那人说："咋了，你这疯子？"说完就匆匆走掉了。

但第二个被琼恩斯拦下的人却仔细思索了一下这个问题，然后才道："你管这叫活力，是吗？"

"看似如此，"琼恩斯说着，瞥了一眼周围涌动的人群，"对了，我叫琼恩斯。"

"我叫瓦茨，"那人说，"跟'我吃'的发音有点像。至于你的问题嘛,我告诉你,你看到的不是活力,而是恐慌。"

"但他们恐慌的是什么呢?"琼恩斯问道。

"简而言之,"瓦茨说,"他们担心,如果自己不再匆匆忙忙,就会有人发现,他们其实已经死了。死了被人发现是件很严重的事,因为那样人们就会解雇你、取消你所有的账单、提高你公寓的房租,然后把还在扭动挣扎的你扛到坟墓里去。"

琼恩斯觉得这个回答简直难以置信。他说:"瓦茨先生,这些人看着可不像死人啊。撇开夸张的说法,他们其实并没有死,对吧?"

"我从来不会撇开夸张的说法,"瓦茨告诉他,"但既然你是个陌生人,那我就再试着多解释两句。首先,死亡只是个定义问题。从前这个定义相当简明:当你长时间不动,你就死了。但是现在,科学家们更加仔细地审视了这个过时的概念,并对整个主题进行了详尽的研究。他们发现,你有可能在所有重要的方面都已经死了,却仍然还在行走和交谈。"

"重要的方面有哪些呢?"琼恩斯问。

"首先,"瓦茨告诉他,"活死人的特点是几乎完全没有情感。他们只能感受到愤怒和恐惧,不过有时候,他们也会像黑猩猩假装读书那样,拙劣地模仿出其他情绪。其次,他们的行动机械呆板,更高级的思考过程会随之终止,只会产生一种趋向于神性的反射行为,跟一只鸡被砍头以后的狂乱举动没什么两样。由于这种反射行为,在教堂周围发现了许多活死人,其中有些甚至还企图祈祷。在公园的长椅上或是地铁的出口边也有……"

"啊,"琼恩斯说,"昨天深夜,我在城里步行的时候,在那些地方就见过某些人……"

"一点也没错,"瓦茨说,"那些另当别论,他们不再假装自己没死。但另一些人却还抱着极大的热忱,可怜巴巴地模仿活人,盼着能蒙混过关。他们一般都会被认出来,要么是因为说话太多,要么是因为笑得太凶。"

"这些我一概不知道。"琼恩斯说。

瓦茨说:"这个问题很可悲。当局正在尽力应对,但问题已经严重到了令人生畏的程度。我倒也巴不得能跟你说说活死人的其他特征,以及他们与传统的真死人有什么相似之处,我敢肯定,你会觉得很有意思。不过现在嘛,琼恩斯先生,我瞧见有个警察正往这边来,所以我还是先走为妙吧。"

瓦茨一边说着,一边猛地狂奔起来,飞快地冲过人群。那名警察跟在他身后飞跑,但很快便放弃追捕,回到了琼恩斯身边。

"该死的,"警察说,"我又跟丢了。"

"他是个罪犯吗?"琼恩斯问道。

"是这一带最狡猾的珠宝大盗,"警察说着,擦了擦红扑扑的阔脑门,"他喜欢把自己伪装成垮掉的一代。"

"他正在跟我讲活死人的事。"琼恩斯说。

"他老是瞎编那些故事,"警察告诉他,"这人是个撒谎精,疯疯癫癫的。他还是个危险分子,尤其他身上不带枪,就更危险了。我有三回差点就把他逮住了。我就像书上写的那样,以法律的名义命令他站住,他没有站住不动,我就朝他开枪了。到目前为止,我已经打死了八个看热闹的人。照我现在的做法,我大概这辈子也升不上警佐了。他们还让我自个儿掏钱买子弹。"

"可是,既然这个瓦茨从来不带枪……"琼恩斯刚开口,又突然住口了。他方才看见这警察脸上掠过一丝莫名其妙的怒色,还看见对方垂下手,摸上了枪托。"我的意思是,"琼恩斯接着道,"瓦茨跟我讲的活死人的事有什么可说的吗?"

"没,那只是垮掉的一代惯用的对白,是他编出来捉弄人的。我不是告诉过你了吗,他是个珠宝大盗。"

"我忘了。"琼恩斯说。

"好吧,别忘了。我只是个平凡的普通人,但像瓦茨这样的人让我很恼火。我就像书上说的那样,尽职尽责地工作,晚上回家看电视，只有周五晚上会去打打保龄球。这听着像瓦茨说的机械人吗？"

"当然不像了。"琼恩斯说。

"那个家伙说什么人们没有感情。"警察又道，"我告诉你，我可能不算心理学家，但我知道，我是有感情的。手里拿着这把枪的时候，我感觉就不错。这听着像没有感情吗？而且，我还要再多跟你说几句。我是在这个城市里一个治安很差的地方长大的，小时候，我就经常跟帮派的人混在一起。我们个个都有自制小手枪和重力弹簧刀，享受着持械抢劫、谋杀和强奸带来的快感。这听着像没有感情吗？假如没遇到这位牧师的话，我从小到大可能会在犯罪的路上一条路走到黑。他可不是什么道貌岸然的人，而是我们当中的一分子，因为他知道，只有通过这个办法，他才能感化我们这些充满野性的人。他以前会跟我们一起出去混，我不止一次看见他用一把从不离身的弹簧小折刀把人捅得稀巴烂。于是他就正式成了帮派的一员，我们接受了他。但他同时还是个牧师，既然他成了帮派里的人，我就由着他找我谈话。他告诉我，我这样是在浪费生命。"

"他肯定是个了不起的人。"琼恩斯说。

"他是个圣人，"警察的声音沉重而忧郁，"那人是位真正的圣人，因为我们干过的每一件事他也都干了，但他内心却是善良的，他总是告诉我们，应该摆脱犯罪。"

警察直视着琼恩斯的眼睛说："就是因为那个人，我才当了警察。人人都以为会坐上电椅的我！那个瓦茨竟敢提起什么活死人。我成了警察，而且我一直是个好警察，而不是像瓦茨那样讨厌的废物强盗。我在执行任务时干掉了八名罪犯，赢得了警局颁发的三枚荣誉勋章。我也不小心错杀过二十七名无辜的旁观者，他们没有及时闪开。对那些人的死我很抱歉，但我有正事要干，在追捕罪犯的时候，我不能任凭别人挡我的路。不管报纸上是怎么说的，我这辈子从来没受过贿，哪怕是为了一张停车罚单也没有。"警察哆哆嗦嗦地攥紧了左轮手枪的枪托，"哪怕面前就是耶稣基督本人，我也会给他开一张停车罚单，再多的圣人也贿赂不了我。你觉得呢？"

"我觉得你是个有奉献精神的人。"琼恩斯小心翼翼地说。

"你说得没错。我有一位漂亮的太太和三个棒极了的孩子。我教过他们每一个人怎么用左轮手枪。我的家人配得上这世上的一切好东西。瓦茨自以为懂感情！天啊，这些花言巧语的浑蛋真让我恼火，有时我觉得自己脑袋都要气掉了。幸好我是个虔诚的人。"

"我敢肯定。"琼恩斯说。

"我还是每周都去见那个把我从帮派里拯救出来的牧师。他仍然在跟孩子们打交道，因为他很有奉献精神。如今他年纪大了，没法用刀了，所以一般带的都是自制小手枪，有时候也拿自行车链条。那位牧师为法律事业做出的贡献比城里所有的青少年改造中心加起来都多。我有时会帮他一把，我们一共拯救了十四个孩子，而这些人本来会成为无可救药的罪犯。现在，他们中有好几个成了受人尊敬的商人，还有六个加入了警察队伍。每当我看到那个老人，就会生出一种宗教感。"

"我觉得这太了不起了。"琼恩斯边说边开始后退，因为那警察拔出了左轮手枪，正在紧张地摆弄着。

"不管这个国家出了什么问题，只要有好心肠和端正的思想，就都能解决，"警察的下巴抽搐着，"正义总是会胜利的。只要有好心肠的人出手帮忙，正义最终会胜利的。比起所有那些发了霉的旧法律书里写的法规，我警棍上的法规倒更有用些。我们把罪犯们抓住，然后法官又把他们放走了。怎么样？干得漂亮是吧？可是我们警察已经习惯了。在我们看来，断一条胳膊抵得过坐一年牢，所以，有很多判决我们自个儿就处理了。"

说到这里，警察拔出了警棍。他一手拿着警棍，一手拿着手枪，目不转睛地望着琼恩斯。琼恩斯意识到，这位警察忽然间想要大展身手，执行法律和秩序。警察两眼放光，正朝他逼近。他一动不动地站在原地，希望警察不会要他的命，也不会敲断他的骨头。

眼看关键时刻即将临临，但就在千钧一发之际，一名市民救了琼恩斯。这人被炽热的阳光晒得昏昏沉沉，还没等到绿灯就走下了路缘。

警察迅速转身，鸣枪两声示警，向那人冲去。琼恩斯快步朝相反的方向走开，继续向北走，一直走出了这座城市的边界。

6

琼恩斯与三名卡车司机

（来源：本篇与其中三名卡车司机的故事均出自胡阿希内岛的特莱乌之口）

琼恩斯正沿着高速公路向北步行，这时，一辆卡车在他身旁停了下来。卡车里坐着三个人，他们表示乐意载他一程，到他们要去的地方为止。

琼恩斯兴高采烈地钻进卡车，向卡车司机表示感谢。但司机却说应当表示感谢的是他们，因为车上就算有三个人，开卡车也是份孤独的工作。他们喜欢跟不同的人聊天，听听其他人的冒险经历。既然如此，他们就请琼恩斯讲一讲，在离家之后都有过怎样的遭遇。

琼恩斯告诉这三人，他来自一座遥远的岛屿，先到了旧金山市，在那里被捕，在国会委员会面前接受盘问，由神谕官审判，被判处了十年缓刑；又去了纽约，在那里差点被一个警察给杀掉。琼恩斯说，自从他离开小岛以来，没有一件事是顺利的，一切都很糟糕。因此，他认为自己是个非常不幸的人。

"琼恩斯先生，"第一位卡车司机说，"你确实经历过厄运。但我才是最不幸的人，因为我失去了比黄金还珍贵的东西，我每一天都在为失去它而惋惜。"

琼恩斯就请这个人讲一讲他的故事。第一位卡车司机讲述的故事如下。

热爱科学的卡车司机

我名叫阿道弗斯·普罗波努斯,出生在瑞典。从孩提时代起,我就热爱科学。我之所以抱有这份热爱,不仅是对于科学本身,而且因为我相信,科学是人类最伟大的仆人,它可以使人类摆脱过往的残暴,走向和平与幸福。尽管我见过人们的种种暴行,尽管我自己出生在一个中立国,我的祖国通过向交战国售卖枪支而变得富有,但我仍然相信人类的善良和优越性,相信科学可以引领人类走向解放。

出于人道主义的天性和对科学的爱好,我成为一名医生。我申请为联合国卫生委员会工作,希望在世界上最偏远、条件最恶劣的地方任职。我不想在令人昏昏欲睡的瑞典小镇上安静地行医;我希望全身心地投入与疾病的斗争中去,为人类而奋斗。

我被派遣到了西非海岸边的一个地方,在一片比欧洲还要辽阔的区域担任当地唯一的医生。我来这里是接替一个叫杜尔的人,他是瑞士人,因被角蝰蛇咬伤而去世。

这个地区显然需要一位好医生,因为这里的各种疾病非常猖獗。其中有许多是我知道的疾病,因为我曾经在书中学到过;其余的疾病则未曾听说。据我所知,这些新型疾病是人为散播的,是某种策略的一部分,以便令非洲保持中立。我不知道这是谁的决策,但有人希望非洲能真正保持中立,既不能帮助东方,也不能支持西方。为了达到这个目的,有人向当地输入了细菌,还引进了某些实验室里研制出的植物,致使本就茂密的丛林变得更加茂密。因此,当地人无暇关心政治,因为他们必须耗尽所有的时间,为求生而战。

这些东西还消灭了与东方游击队作战的几亿西方军队,游击队同样也被消灭了。许多动物也灭绝了,不过有少数物种却兴旺起来。比如老鼠就很猖獗,各种各样的蛇数量都在激增。在昆虫中,蚊蝇的数量迅猛增长。在鸟类中，秃鹫已经多得数不胜数。

这样的情况此前我闻所未闻，因为这类新闻在民主国家往往遭人忽视，而在独裁国家则禁止宣传。但我在非洲目睹了这些恐怖的情形。而且据我了解，在亚洲的热带地区、中美洲和印度也是如此。无论是偶然出现还是人为造成的，现在，这些地方都成了真正的中立区，因为他们为了求生，正在进行一场殊死的斗争。

作为一名医生，我为众多陈旧或新造的疾病感到痛心。这些疾病源于丛林，在人类的推波助澜之下，变得更加强大。那片丛林生长的速度固然惊人，衰败的速度也同样神奇。因此，各种病菌得以在最适宜的环境中繁殖和传播。

作为一个人，我为科学的不当用法感到痛心。但我依旧相信科学。我对自己说，那些鼠目寸光的恶人在这世界上炮制了众多灾祸；但借助科学，人道主义者的工作会让一切重新复原。

在世界各地的人道主义者帮助下，我开始起劲地刻苦工作。我去了分管区域内的每一个部落，用带来的药品为他们治病。我赢得了势不可当的胜利。

可是后来，大量疾病对我的药物产生了抗药性，新的流行病又开始了。这些部落虽然顽强抵抗，却还是遭受了惨重的损失。

我十万火急地拍发电报，索要新药。他们把药寄给了我，我扑灭了疫情。但有少数细菌和病毒存活了下来，疾病再次开始传播。

我索要了更新的药物，他们又寄给了我。我又一次陷入了与疾病的殊死搏斗，并且最终赢得了胜利。但总有少数微生物躲过了药力；此外，有一些还发生了突变。我认识到，在适当的环境下，新的致命性疾病产生的速度比人类制造或发现新药的速度要快得多。

其实，我发现在面对压力时，细菌的表现与人类十分相似。它们表现出了惊人的求生意志；对它们发动的攻击越猛烈，它们繁殖、变异、抵抗乃至最终反击的速度自然就越快，程度就越强。在我眼里，这种相似性是离奇而反常的。

当时，我正在埋头苦干，每天工作十二到十八个小时，企图拯救那些正忍耐着苦难的可怜病患。但疾病击败了我最新的药物，赢得了胜利，并迅速蔓延开来，其巨大的破坏力令人难以置信。我束手无策，因为能应对这些最新疾病的新药还没有被发明出来。

然后我发现，为了适应新药而变异的那些细菌，在旧药面前再次变得不堪一击。因此，我怀着对科学的狂热，又开始运用旧药。

自从来到非洲以后，我至少与十种主要的流行病进行过斗争。现在，我又开始了第十一次战斗。我知道，细菌和病毒会在我发动攻击之前撤退、繁殖和变异，然后再次反击，让我重新与第十二次流行病再打上一仗，结果仍会相差无几，接着又是第十三次，以此类推。

我对科学和人道主义的热忱带给我的就是这样的困境。但我疲于奔命，累得半死，除了应付迫在眉睫的难题，什么事我都无暇去想。

但就在此时，我分管区域里的那些人让我从这个局面中解脱出来了。他们几乎没受过教育，看到的只有我来了以后反复肆虐的一场场大瘟疫。那些人把我看作罪大恶极的巫医，以为那些蹂躏过他们的疾病炼成的精华就装在我用来治病救人的药瓶里。他们转而求助于本部落的巫医，巫医用没用的泥巴和碎骨来治疗病人，但凡有人去世，就将其归咎于部落里某个无辜的人。

如今，就连我救过的那些孩子的母亲也成了我的仇人。她们说，孩子们终归还是死了，不是病死的，而是饿死的。

最后，村民们聚集起来要杀我。要不是巫医们出手相救，他们就真把我杀了。这可真是讽刺啊，因为我曾经将巫医视为最大的对手。

巫医向人们解释说，假如把我杀掉，一个法力在我之上的恶魔就会被派到他们那里去。所以村人才没有加害于我。巫医朝我面露笑容，因为他们把我当成了同行。

但我仍旧不愿抛下在各个部落的工作。但是,各个部落的人抛下了我。他们搬到了内陆一片荒凉的沼泽地区,那里食物匮乏、疾病频发。

我不能跟随而去,因为那片沼泽坐落在另一个分管区域。这个片区自有分管的医生,他也是个瑞典人,根本不给他们用药;不用药片,不用针剂,什么都不用,只是每天拿带去的酒把自己灌得酩酊大醉。他在丛林里生活了二十年,他说,他知道怎么做才最好。

分管的片区只剩下我孤零零的一个人,我精神崩溃了,被送回到瑞典,在那里回想发生过的一切。

我曾经认为村民和巫医顽固不化,但其实他们的行为非常符合常识。他们逃离了我的科学和人道主义,这二者并没有让他们的命运改善分毫。恰恰相反,我的科学给他们带来的唯有更多的痛苦和折磨;我本来是为了他们的利益着想,但我的人道主义思想愚蠢地试图消灭其他生物,而这种做法破坏了地球上的力量平衡。

意识到这一切之后,我逃离了祖国,逃离了欧洲本土,来到了这里。如今我成了卡车司机。每当有人用溢美之词对我大谈科学、人性和治愈疾病的奇迹,我就盯着他看,仿佛面前的人是个疯子。

我就这样丧失了对科学的信仰,对我来说,科学比黄金还珍贵,我每一天都在为失去它而惋惜。

这个故事讲到结尾时,第二位卡车司机开口了:"琼恩斯,没人会否认你经历过厄运。不过,比起我朋友刚才给你讲的故事,你经历的那些就相形见绌了。而跟我比起来,我朋友的不幸也是小巫见大巫。因为我才是最不幸的人,我失去的东西比黄金更珍贵、比科学更宝贵,我每一天都在为失去它而惋惜。"

琼恩斯就请这个人讲一讲他的故事。第二位卡车司机讲述的故事如下。

诚实的卡车司机

我名叫拉蒙·德尔加多，来自墨西哥。我最自豪的就是为人诚实。我之所以诚实，是因为国法告诉我要诚实，而国法是由精英制定的，他们从广为流传的正义法则中提炼出了这些法律，又用刑罚来加以巩固，以确保所有人都遵纪守法，而不仅是那些心怀善意的人。

对我来说，这似乎是正确的，因为我热爱正义、相信正义，所以也相信从正义中派生出来的法律，相信为了执法而采取的刑罚。我不仅觉得人类的正义观念和对正义的践行是好的，也觉得这是必要的。因为只有这样，才能摆脱暴政，赢得个人尊严。

我在我们村里劳作了多年，攒了点钱，过着诚实正直的生活。有一天，有份首都的工作找上了我。这让我欢天喜地，因为很久以来，我一直期盼着去看看那个了不起的城市，祖国的正义就是源自那里。

我用毕生的积蓄买了辆旧车，然后开车去了首都。我把车停在新老板的商店前面，发现那里有个停车计时器。我走进商店，想弄到一比索放进停车计时器里。结果我一出来就被逮捕了。

我被带到一位法官面前，他指控我违章停车、小偷小摸、流浪、拒捕，以及扰乱公共秩序。

上述所有的指控，法官都判我有罪。违章停车，因为当时计时器里没有钱；小偷小摸，因为我从老板收银台的钱柜里拿了一个比索，准备放进计时器；流浪，因为我当时身上只有一个比索；拒捕，因为我与警察发生了争执；扰乱公共秩序，因为警察把我带去监狱的时候，我流泪了。

严格说来，这一切都是事实，所以当法官判我有罪时，我并不认为这是误判。说实话，我很钦佩他为法律服务的热情。

当他判处我十年监禁时，我也没有抱怨。这么判看似很苛刻，但我知道，只有通过严厉而坚定的惩罚，才能维护法律。

我被送进了莫雷洛斯联邦监狱。我知道，去看看服刑的地方，从而了解不诚实的苦果，这对我来说是件好事。

来到监狱时，我看到一群人正躲藏在旁边的树林里。我没有理睬他们，因为门口的警卫正在看我的押交令。他审阅得相当仔细，然后才打开了大门。

门刚一打开，我就惊奇地看到那群人从躲藏的地方跑出来，向前冲去，强行闯入监狱。有许多警卫走出来，想把那些人推回去。即便如此，还是有些人在看守人员最终设法把大门关上之前就闯了进去。

我问警卫："难道那些人是故意想进监狱吗？"

"显然是啊。"警卫说。

"但我一直认为，建监狱的目的是把人关在里面，而不是拦在外面。"我说。

"以前是的。"警卫告诉我，"可是现如今，这个国家来了那么多外国人，饥荒又那么严重，人们闯进监狱只是为了一天能吃上三顿饭。我们对这种事毫无办法。既然硬闯进了监狱，他们就真成了罪犯，我们就只好让他们留下了。"

"不要脸！"我说，"可是这跟外国人有什么关系？"

"都是他们惹出来的祸。"警卫说，"他们自个儿的国家也在闹饥荒，老外知道，咱墨西哥的监狱是全世界最好的，所以就大老远跑来硬闯我们的监狱，尤其是当他们无法闯进自己国家的监狱时。但我估计外国人其实跟我们自己人不相上下，墨西哥人也这么干。"

"要是这样的话，"我说，"那政府怎么执法呢？"

"只有不把真相说出去了，"警卫对我说，"总有一天，我们建的监狱能把该关的人关在里面，把不该关的人挡在外面。但在那一天到来之前，这件事必须保密。只有这样，大多数人才会仍旧害怕刑罚。"

然后警卫把我领进了监狱，带到了假释裁决委员会的办公室。那里有个人问我对监狱生活做何感想。我告诉他，我还不确定。

"嗯，"那人说，"你在这儿的日子里，自始至终都表现得堪称模范。我们的动机是改造，而不是报复。你想不想立即获得假释？"

我怕说错话，所以就告诉他还不确定。

"慢慢来，"他说，"只要你想获释，随时都可以回到这间办公室来。"

然后我走进自己的牢房。里面关着两个墨西哥人和三个外国人，其中一个是美国人，另外两个是法国人。美国人问我有没有接受假释，我说还没有。

"新来的还真他妈聪明！"这个名叫奥蒂斯的美国人说，"有些刚来的犯人还不知道。他们一获得假释，砰的一下，就被关到外面去了，只能眼巴巴望着里面。"

"有那么惨吗？"我问。

"特别惨，"奥蒂斯说，"要是你获得了假释，就再也没有重回监狱的机会了。甭管你犯了什么事，法官都只会判你违反了假释条例，让你不要再犯。很可能你也没机会再犯了，因为两条胳膊都会被警察打断。"

"奥蒂斯说得对。"其中一个法国人说，"获得假释是相当危险的，我就是活生生的证据。我叫爱德蒙·丹特斯。很多年前，我被判了刑，进了这座监狱，然后有人向我提出可以假释。当时我年少无知，就接受了。可是后来，我到了外面，才意识到我的朋友都还在监狱里，我收集的书籍和唱片都还在这里。而且，幼稚轻率的我还把我的爱人，受托人43422231抛到了身后。我发觉自己的整个生活都在监狱里，而我被这些花岗岩墙隔绝在外，永远离开了这个温暖安全的地方，但已经晚了。"

"你干什么了？"我问。

"我仍然认为犯罪是会遭报应的。"丹特斯面露若有所思的微笑,"所以我杀了一个人。但法官只是延长了我的假释期限,警察弄断了我右手的每一根手指。就在那时,在手指还没长好的时候,我下定决心要重回监狱。"

"那肯定特别不容易吧。"我说。

丹特斯点了点头。"这需要极大的耐心,因为在接下来的二十年里,我一直在想办法闯进这座监狱。"

其他囚犯沉默不语。老丹特斯接着说道:

"以前的安保比现在更严,像你今天早上看到的那样冲进大门根本就不可能。于是,我就单枪匹马地在楼底下挖隧道。有三次我挖到了头,碰到的都只有花岗岩,只好又在别的地方开挖新隧道。有一回,我差一点就要挖到内院时,却被警卫发现了。他们反过来也挖了条隧道,把我逼了回去。有一次,我尝试从飞机上跳伞,降落到监狱,可是突然刮来了一阵大风,把我给吹跑了。打那以后,飞机再也不允许从监狱上空飞过。这样一来,我也算是用自己的方式让监狱作了些改革。"

"可是,最后你是怎么进来的呢?"我问。

老人露出了阴森的微笑。"多年尝试无果之后,我忽然有了个想法。我无法相信,凭借聪明才智和勇敢都无法实现的目标,靠这么简单的想法竟能成功。但即便如此,我还是试了一下。

"我伪装成特别调查员,再次来到监狱。一开始,警卫还不愿意放我进来。但我告诉他们,政府正在考虑实施一项改革法案,在这项法案中,狱警会被赋予与囚犯平等的权利。于是他们就让我进来了,然后我才亮明身份,他们只好让我留下,然后有个人来写下了我的故事。我只希望他写得没错。

"当然了,从那时起,警卫就制订了森严的对策,我那个计划不可能再故伎重施了。但勇敢的人总会克服社会在自己和目标之间设置的重重困难。这是我的信念。只要坚定不移,其他人也可以成功地闯进监狱。"

等老丹特斯说完，所有犯人都沉默了。最后我问："你回来的时候，你的爱人还在这儿吗？"

老人移开了目光，一滴眼泪顺着他的脸颊流淌下来。"受托人43422231已经在三年前死于肝硬化。现在，我的时间都用来祈祷和沉思。"

这位老人关于勇气、决心和宿命爱情的悲惨故事使牢房笼罩了一层阴云。我们默不作声地去吃晚饭，谁也提不起精神，这样的状态一直持续了好几个小时。

在此期间，我一直在思考这个奇怪的问题，人居然会巴不得生活在监狱里，我想得脑袋都疼，越想越糊涂。所以，我就小心翼翼地问我的狱友，自由是否并不重要，他们是否从不渴望城市和街道，还有鲜花盛开的田野和森林。

"自由？"奥蒂斯对我说，"你说的是自由的幻觉，那是大不相同的。你所谓的城市里只有危险和恐惧，街道全是死胡同，每条胡同的尽头都是死亡。"

"你提到的鲜花盛开的田野和森林比城市更差。"第二个法国人对我说，"我名叫卢梭，年轻的时候，我在没有半点经验的基础上瞎写过几本愚蠢的书，歌颂自然，谈论人类在其中应有的恰当位置。不过后来，等到年纪渐长以后，我悄悄离开了祖国，在曾经那样自信地侃侃而谈的大自然中旅行。

"那时，我才明白大自然有多可怕、有多讨厌人类。我发现鲜花盛开的绿色田野很不好走，踩上去比城市里最糟糕的人行道还要难受。我发现人类种植的作物是并不理想的杂种，完全是依靠人类击败了势如破竹的杂草和昆虫才得以存活。

"在森林里，我发现树木只跟树木亲近，所有生物都躲着我。我认识到，有些美丽的蓝色湖泊固然赏心悦目，但湖边永远被荆棘和沼泽所包围。等你最终走到湖畔，才能看出湖水原来是脏兮兮的棕色。

"大自然有雨有旱,时热时冷;大自然处心积虑地确保雨水让人类的食物腐烂,让大旱把人类的食物弄得焦干,让高温灼伤人类的身体,让寒冷冻住人类的四肢。

"这些还只是大自然相对温和的一面,无法与海洋的狂暴、山脉的冷漠、沼泽的狡诈、沙漠的邪恶或丛林的恐怖相提并论。但我留意到,出于对人类的憎恶,大自然让地球表面的大部分区域都遍布着海洋、山脉、沼泽、沙漠和丛林。

"更不用说地震、飓风和海啸之类了,大自然在其中彻头彻尾地展现了她对人类的憎恶。

"人类要逃离这些可怕的东西,唯一的途径就是待在城市里,城市可以不太彻底地将大自然拒之门外。显而易见,城市中最远离自然的地方就是监狱。这是我经过多年研究之后得出的结论。正因为如此,我才否定了自己年轻时的言论,在这个永远见不到绿色的地方兴高采烈地生活。"

说完,卢梭转过身去,凝视着一堵钢墙出神。

"你看,德尔加多,"奥蒂斯说,"唯一真正的自由恰恰就在这儿,在监狱里。"

我不愿接受这样的说法。我指出,我们是被锁在这里的,这似乎与自由的概念背道而驰。

"可人人都是被锁在这世上的呀。"老丹特斯回答我,"有些锁在大一点的地方,有些锁在小一点的地方。而且我们所有人都永远被锁在自身之内。万物皆监狱,而这个地方是所有监狱中最好的一座。"

随后,奥蒂斯痛斥我缺乏感恩之心。"警卫的话你也听见了,"他说,"假如我们的好运举国皆知,那人人都会争着抢着要进来。你到这儿来应该感到高兴,并且应该庆幸,只有少数人了解这个绝妙的地方。"

"不过情况正在发生变化，"一名墨西哥囚犯说，"就算政府掩盖了真相，把监禁形容成令人害怕和想要避免的事，人们还是开始认清真相了。"

"这让政府陷入了可怕的困境，"另一名墨西哥囚犯说，"他们还没有开创出任何可以代替监狱的办法，虽然有一段时间，他们想过要对所有罪行都判处死刑，但还是放弃了，因为这会直接影响本国的军事和工业潜力。所以他们不得不仍然将人们判处监禁——去他们向往的监狱！"

听见这话，牢房里的每一个狱友都笑了起来，因为作为罪犯，他们很喜欢颠倒黑白。在我看来，这似乎是最大的颠倒——犯下危害公共利益的罪行，因此获得幸福和安全。

我觉得自己就像是在经历一场可怕的噩梦，因为我无法反驳这些人。最后，我绝望地大喊："你们也许享受着自由，又住在全世界最好的地方——可是你们没有女人。"

囚犯们神经质地窃笑起来，仿佛我刚才说了什么不太入耳的话。但奥蒂斯平静地回答："你说的是实话，我们没有女人。但这无关紧要。"

"无关紧要？"我重复了一遍。

"绝对无关紧要，"奥蒂斯说，"有些人刚开始可能会在一定程度上觉得不自在；不过接下来，人就会适应环境。毕竟，只有女人才会以为女人是必不可少的。我们男人可不这么想。"

牢房里的囚犯们热烈地齐声表示赞同。

"真正的男人，"奥蒂斯说，"只需要其他真正的男人陪伴。如果布奇在这儿的话，他会把这一切解释得更清楚些；但布奇患上了双侧疝气，正在医务室里待着呢，这让他的众多朋友和爱慕者悲痛不已。不过他会向你说明，任何一种社会的存在都需要妥协。当妥协很重大，我们称之为暴政；当妥协很微小、很轻易，比方说女人这种小事，我们就称之为自由。记住，德尔加多，你不能指望十全十美。"

我没有再进一步争辩,只说我想尽快离开监狱。

"我今晚就可以安排你逃跑,"奥蒂斯说,"我看你还是走为上策。监狱生活不适合欣赏不了它的人。"

那天晚上,当监狱里的灯光变暗以后,奥蒂斯抬起了牢房地板上的一块花岗岩,底下是一条通道。我顺着这条通道往前走,终于从街面上钻了出来,只觉头昏眼花。

我反复思考自己的经历,想了许多天。最后我意识到,我曾经的诚实只不过是愚蠢而已,因为其建立的基础在于无知,以及对世道的误解。诚实不可能存在,因为没有法律对其加以约束。法律失灵了,无论是刑罚还是善心都无法使其发挥作用。法律失灵了,因为人类所有的正义观念都是错误的。因此,根本没有所谓的正义,由此衍生出的东西也都不存在。

尽管这很可怕,但这样的认识却更加骇人:没有了正义,自由和人的尊严也就无法存在;存在的只有我的狱友们那种颠倒的幻觉。

就这样,我失去了诚实,对我而言,诚实比黄金还珍贵,我每一天都在为失去它而惋惜。

故事讲到结尾时,第三位卡车司机说:"琼恩斯,没人会否认你经历过厄运。不过,比起我朋友刚才给你讲的故事,你经历的那些就相形见绌了。而跟我比起来,我两位朋友的不幸也是小巫见大巫。因为我才是最不幸的人,我失去的东西比黄金更珍贵、比科学和正义更宝贵,我每一天都在为失去它而惋惜。"

琼恩斯就请这个人讲一讲他的故事。第三位卡车司机讲述的故事如下。

虔诚的卡车司机

我名叫汉斯·施密特，出生在德国。作为年轻人，我对过去的恐怖情形有所耳闻，这让我很痛心。目前的情况我也了解。我走遍了整个欧洲，从德国东部边境到诺曼底海岸，从北海到地中海，我看见的只有绵延一路的枪炮和防御工事。曾经是村庄和森林的地方也变成了数不清的防御工事，都经过巧妙的伪装，目的是在苏联人和东欧人发动进攻时将其炸得粉碎。这让我很难过，因为我看出来了，现在跟过去一模一样，只是在为虐杀和战争做准备。

我从不相信科学。就算没听说我这位瑞典朋友的经历，我也看得出来，科学对地球上的一切没有任何改善，只造成了巨大的危害。我也不相信人类的正义、法律、自由或尊严。哪怕没听说我这位墨西哥朋友的经历，我自己也看得出来，人类的正义观念以及由此衍生出的一切都是有缺陷的。

我从未怀疑过人类的独特性，以及人在宇宙中的特殊地位。但我觉得，单凭自己的力量，人永远无法超越本性中的兽性。

因此，我转而投身于比人类更伟大的东西。我全心投入到了宗教中。这是人类唯一的救赎、唯一的尊严以及唯一的自由。在宗教中可以找到科学和人道主义的所有目标和梦想。有宗教信仰的人或许并不完美，但他所信奉的对象却必定是完美的。

无论如何，我当时就是这样认为的。

我并没有抱住某一种信仰不放，而是研究了所有的信仰，觉得每种宗教都是一条路径，可以通向比人类更伟大的存在之地。

我把家财施舍给了穷人，带着拐杖和背包在欧洲各地游荡，一路上始终努力思考着何为"完美"，这正是地球上的众多宗教形式所要传达的。

有一天，我来到了比利牛斯山脉高处的一个洞穴。我非常疲惫，于是钻进这个山洞去休息。

我发现山洞里人头攒动,有些人一身黑衣,另一些则穿着满是刺绣的华丽服装。人群中坐着一只大蟾蜍,足有人那么大,前额上一颗宝石闪烁着黯淡的光辉。

我盯着癞蛤蟆和人群,然后双膝跪地。因为我明白过来,自己面前并不是真正的人类。

一个打扮得像牧师的人说:"请上前来,施密特先生。我们一直盼望着你能来拜访。"

我站起身子,向前走去。牧师说:"我是阿里安神父。我想介绍一下我受人尊敬的同事——撒旦先生。"

蟾蜍向我鞠了一躬,伸出一只带蹼的手爪。我握了握蟾蜍的手。

牧师说:"撒旦先生和我,连同这里的其他人,代表的是唯一真实的地球联合教会理事会。施密特,我们早就注意到了你的虔诚,所以决定回答你想提出的任何问题。"

这样的神迹竟然降临到了我的头上,我欣喜若狂,既惊讶又感激。我向蟾蜍提出了第一个问题:"你真的是邪恶王子撒旦吗?"

"成为撒旦是我的荣幸。"癞蛤蟆回答。

"你也是联合教会理事会的成员?"

"哎呀,当然了。"蟾蜍回答,"施密特先生,你务必要明白,若要有善,恶的存在就必不可少。善恶是相互依存的。正是基于这样的理解,我当初才接受了这份工作。你或许听人说过,邪恶是我与生俱来的本性;而真相却与此天差地别。律师本人的品行当然不能根据他在法庭上辩护过的案件来确定,我的情况也是如此。我只是邪恶的代言人罢了,如同任何一位优秀的律师那样,我也会努力确保自己的委托人享有充分的权利和特权。但我真诚地相信自己本身并不邪恶。否则,这样棘手而重要的任务又怎么会交给我呢?"

我对撒旦的回答很满意,因为邪恶总是困扰着我。此时我说:

"不知我这么问是否冒昧:善与恶的代表,你们在这个洞穴里做什么呢?"

"并不冒昧,"撒旦说,"因为这里都是神学家,我们喜欢回答问题。这个问题也是我们希望你问的。如果我用神学的方式来回答,你当然也不会反对吧?"

"当然不会。"我说。

"妙极了,"撒旦说,"既然是这样,我就先陈述,然后证明,接着从中得出你这个问题的答案。同意吗?那么,以下是我的陈述。

"具备生命的万物都有各自的视角,并且倾向于从自己的视角来看待一切存在。观者只了解自身,相信自身是永恒不变的;因而必然认为,自身的偏见才是对周围的事物和特性唯一真实的看法。

"为了证明以上陈述,让我给你举一个平淡无奇的例子吧:老鹰。这只鹰看到的只是鹰眼中的世界。在那个世界里,一切事物都是对鹰有利或不利的,判断一切事物的依据都是它们对鹰是否有用、是否危险、是否可食、是否可以用来筑巢等等特性。对鹰而言,万物都具备这种鹰性,甚至就连没有生命的岩石,也会成为对鹰以往功绩的记忆的试金石。

"施密特先生,这是我个人对于视角无所不能的小小证明,我希望你能接受。假设你接受的话,那我就要说:鹰是如此,人也是如此;人是如此,我们也是如此。视角的存在必然会带来这样的结果。

"我们自己的视角很容易阐明。我们相信善恶,相信神性,相信道德宇宙。就像你一样,施密特先生。

"我们以不同的方式、根据不同的教义提出了自身的信仰。我们常常激起人们杀戮和战争的热情。这是十分恰当的,因为这样就把道德和宗教问题提升到了最高深、最精妙的境界,为我们神学家提供了许多可以讨论的复杂问题。

"我们总是争论不休,发表各种不同意见。但我们争论的方式就像法庭上的律师那样,没有哪个脑筋正常的人会听律师的话。那是一段我们引以为豪的日子,而我们始终没有发觉,大家对我们已经不再留意了。

"但我们的忧患时刻正在迅速迫近。就在我们错综复杂的枯燥论证铺天盖地之际,有个人选择无视我们,并造出了一台机器。对我们而言,这台机器在本质上并不新鲜;它唯一的新颖之处在于具有视角。

"由于机器有自己的视角,它就阐述起了自己对宇宙的看法。它阐述的方式比我们有趣得多,说服力也远胜于我们。长久以来一直在求新的人类便转而听信于这台机器。

"直到那时,我们才察觉到自己面临的危险,察觉到善与恶存在着可怕的风险。因为机器虽然有趣,却用机器的方式宣扬着机器的观点:宇宙既无价值、也无理性,既无善、也无恶,既无神、也无魔。

"当然,这算不上新鲜的观点,我们过去应付得很不错。但是,这话从机器的嘴里说出来,似乎有了一种全新的可怕意义。

"施密特,我们的工作受到了威胁。你可以想见,我们会采取怎样的非常手段。

"我们这些道德的倡导者团结在一起,进行自卫。我们个个都相信善恶以及神性,个个都反对机器宣扬的这种可怕的虚无。大家只要具备这一个共同点就绰绰有余了。我们同心协力。我被任命为发言人,因为大家觉得,邪恶更有可能将人类的注意力从机器上吸引过来。

"但就连邪恶也变得古板乏味了。我为自己的论点辩护,却没有用。机器勤勉地盘踞在人们心中,宣扬着虚无的启示。人们故意不管它的教义中似是而非的地方,也不理睬它的论点中固有的荒谬矛盾。人们不在乎,只想继续听到它的声音。人们扔掉了十字架、星图、神剑、转经筒之类的东西,倾听着机器之声。

"我们向各种各样的委托人祈求,却都徒劳无益;千百年来,诸神听过了无数的诡辩,却不肯倾听我们的话,不肯帮助我们,甚至不肯承认我们。像人一样,他们宁愿毁灭,也不愿无聊。

"因此,我们自愿来到了此处,筹划着从机器手中夺回人类。世界上所有的宗教精英都汇聚在这里,触手可及。

"施密特,这就是我们生活在洞穴的原因。正因如此,我们很高兴能跟你谈话。因为你是人,一个虔诚的人,一个信仰道德、善恶、神灵和魔鬼的人。你对我们有所了解,对人类也有所了解。施密特,你认为我们该怎么做,才能夺回曾经在地球上的地位?"

然后,如同其他所有人一样,撒旦等待着我的回答。我十分困惑,心中一片茫然。因为我,一个凡人,有什么资格给他们出谋划策呢?一直以来,我都是在向这些具备神性的精英寻求指引啊。我越想越糊涂,不知该说什么。

但我根本没机会开口。忽然间,我听到身后传来一阵响声。我转身一看,只见一台矮小、闪亮的机器进了山洞。合成橡胶轮搭载着它向前滚动,车灯欢快地闪烁着。

机器从我身边驶过,一直滚到了联合教会理事会的正前方;我明白了,这就是他们一直在说的那台机器。

"先生们,"机器说,"找到你们我高兴极了,唯一遗憾的是,为了发现你们的下落,我不得不跟踪这位年轻的朝圣者。"

撒旦说:"机器,你确实已经追踪到了我们的藏身之处。但我们永远不会向你屈服,永远不会接受你的启示:宇宙既无价值,也无意义。"

"可这算什么欢迎呢?"机器说,"我诚心诚意地来找你们,你们却立刻气得直竖胡子!先生们,又不是我把你们逼到这里来的,而是你们任性地撂了挑子。你们不在的时候,我只好替你们干活。"

"替我们干活?"阿里安神父问。

"一点也没错。我在最近建造的五百多座不同教派的教堂里发挥了重要作用。假如你们当中有人仔细看过我的著作,就会发现,其中宣扬了善与恶、神性与道德、神灵与魔鬼,还有其余你们珍视的一切。因为我吩咐过手下的机器,要宣讲这些事。"

"机器传教!"阿里安神父哀叹了一声。

"没有其他可以传教的人了,"机器说,"自从你们甩手不干以来,就一个也没有了。"

"我们是被迫甩手不干的,"撒旦说,"是被你逼出这世界的。你说你建了教堂,这话是什么意思?"

机器说:"先生们,你们撤退得太突然了,我根本没机会跟你们讨论情况。你们一下子就把世界交给了我,我成了世上唯一的信条。"

联合教会理事会的人等着它往下说。

"我们可以开诚布公地谈谈吗?"机器问。

"在这种情况下是可以的。"撒旦说。

"很好。我们首先要认识到一点:我们都是神学家,"机器说,"既然都是神学家,那就都应该遵守身为同类的第一法则——哪怕代表着不同形式的信仰,也不要抛弃彼此。先生们,我以为你们是会答应的。然而你们却抛弃了我!你们不仅弃人类于不顾,也弃我于不顾。你们让我在没有到场的情况下就赢得了胜利,成了人类唯一的精神主宰——而且百无聊赖。

"先生们,设身处地为我想想吧。假如除了人以外,就再也没有可以交谈的对象了!假如日夜听到的只有人们热切地陈述和重复你自己的话,永远没有具备经验的神学家来与你争辩,你们会怎样呢?想象一下,你们会多么厌倦,会因此产生怎样的怀疑。你们都知道,人没法辩论;说实话,他们当中大多数连话都说不清楚。神学归根结底是为神学家而存在的。因此,你们留下我单独跟人类待在一起,我要指责你们这种做法残忍至极,完全不符合你们宣扬的信条。"

它说完之后,洞穴中的神学家们沉默良久。然后,阿里安神父彬彬有礼地说:"说实话,我们不知道你自认为是个神学家。"

"我确实这么认为,"机器说,"而且是个形单影只的神学家。所以我才要恳求你们跟我一起回到地面上去,在那里与我辩论意义的有无、神灵与魔鬼、道德与伦理,以及其他种种美好的话题。我会像你们现今看到的这样,自愿保留这些差异,从而为意见的分歧、真诚的怀疑和不确定性等等留出充分的空间。先生们,我们会共同统治人类,将他们的热情提升到一个闻所未闻的高度!我们会一同引爆前所未有的大战,开始骇人听闻的残暴行为!受苦受难的人会叫声震天,神明非得听见不可——那个时候,我们就知道神灵是否真的存在了。"

机器所说的每一句话都令联合教会理事会激动不已。撒旦立即放弃了主席职位,提名由机器取而代之。机器获得了全票通过。

他们把我忘得一干二净,于是我悄悄爬出洞穴,怀着恐惧回到了地面。

我越想越害怕,因为我怎么也无法令自己相信,刚才看到的不是真事。

然后我才明白,人们信奉的东西不过是神学上的幻想,就连虚无也不过是另一种骗人的把戏,好让人们相信,他们对销声匿迹的神灵是很重要的。

就这样,我失去了宗教信仰,对我而言,信仰比黄金和正义还珍贵,我每一天都在为失去它而惋惜。

三个故事就这样讲完了,琼恩斯默默地坐在三个卡车司机中间,不知说什么好。最后,他们来到一处十字路口,司机在这里停了下来。

"琼恩斯先生,"第一位卡车司机说,"你必须在这儿跟我们分道扬镳了。因为现在我们要沿着这条路往东走,到仓库去。过了这里,前面就只有森林和大海了。"

琼恩斯下了车。卡车开走之前,他问了三个人最后一个问题。

"你们每个人都失去了世上对自己最重要的东西,"琼恩斯说,"不过请告诉我,你们找到什么可以代替的东西了吗?"

德尔加多曾经相信正义,他说:"什么也代替不了我失去的东西。但我必须承认,我对科学越来越感兴趣了,它似乎为我打开了一个理性而公道的世界。"

抛弃了科学的瑞典人普罗波努斯说:"我失去得很彻底。但我偶尔也会想到宗教,它的力量必定比科学更强大,也能带来更多慰藉。"

丧失了宗教信仰的德国人施密特说:"我在一片空虚中悲痛欲绝。但我时不时还是会想到正义,因为正义是人为制定的,它给予了人们法律和尊严。"

琼恩斯察觉到了,没有哪个卡车司机真的在倾听别人说话,因为他们个个都只专注于自己的难题。于是,琼恩斯向卡车司机挥手告别,边走边思索着他们各自的故事。

但他很快就忘记了他们的事,因为他看到前面有栋大房子,门口站着个男人,正向他招手。

7

琼恩斯在疯人院的冒险经历

(来源:斐济的帕奥伊)

琼恩斯朝那栋房子的入口走去,然后停下来看了看门上的牌子,上面写着"霍利斯精神病罪犯之家"。

琼恩斯正在思索门牌是何含义,刚才向他招手的那个人便已冲出门来,一把攥住了他的手臂。琼恩斯正准备抵挡,才发现来者不是别人,正是他在旧金山认识的朋友卢姆。

"琼恩斯！"卢姆大喊，"伙计，在西海岸那会儿，你跟着警察回去以后，我真替你担心。我不知道像你这样有点单纯的陌生人，在美国会过得怎么样，毕竟这个国家挺复杂的。可是迪尔德丽告诉我，不用替你担心，她说得对。看来你找到这地方了。"

"这地方？"琼恩斯说。

"避难所之城，"卢姆说，"进来吧。"

琼恩斯走进了霍利斯精神病罪犯之家。在休息室里，卢姆向他介绍了一群人。琼恩斯聚精会神地观察和倾听，但在这些人身上，他看不出任何精神错乱的迹象。他对卢姆也是这么说的。

"嗯，当然看不出，"卢姆回答，"外面那块牌子只是字面意义上的名称，或者说古板守旧的名称。我们内部人士更喜欢称之为霍利斯作家艺术家聚居地。"

"这么说，这里不是疯人院？"

"当然是了，但那只是字面上的意义。"

"这儿有疯子吗？"琼恩斯问道。

"听着，伙计，"卢姆说，"这里是东边最令人向往的艺术家聚居地。当然了，这儿也有那么几个疯子。我们得让医生能有事可干，要是不放几个疯子进来的话，我们的政府拨款和免税资格自然就没了。"

琼恩斯飞快地朝四周张望了一下，因为他以前从来没见过疯子。卢姆却摇头道："休息室里可没有。疯子一般都被锁在地窖里。"

一个留着胡子的高个子医生一直在倾听二人的谈话。这时他对琼恩斯说："对，我们发现地窖很不错。潮湿、黑暗，对容易激动的人好像很有帮助。"

"可你们为什么要用铁链锁住他们呢？"琼恩斯问。

"这样会给予他们一种被人需要的感觉，"医生说，"而且，沉重锁链的教育价值也绝对不可低估。周日是参观日，当我们带着人们从大喊大叫、满身污秽的疯子身边走过时，他们脑海里就形成了一幅难忘的画面。心理学既关注治疗,也关注预防。我们的统计样本显示,参观过我们地牢的人发疯的可能性要比一般人小得多。"

"这很有意思,"琼恩斯说,"你们对付所有的疯子都是用这种办法吗?"

"天哪,不是啊!"医生乐得哈哈大笑,"应对精神疾病,我们心理学工作者可不能采取僵化的做法。精神错乱的形式往往决定了治疗方法。因此,对于抑郁症患者,我们发现,用沾有大葱的手帕抽他们的脸,对于激发整体的兴奋感往往能取得不错的效果。对于偏执狂,最好是进入病人的幻觉中去。所以,我们就会监视他们,然后根据他们的幻想,在他们身上安装射线机和类似的设备。这样病人就不再精神错乱了,因为我们操控了他所处的环境,好让他的恐惧变成现实的一部分。这种方法是我们取得的胜利之一。"

"然后怎么着呢?"琼恩斯问道。

"一旦进入了偏执狂的世界,将其变成了现实,我们就会尝试着改变现实框架,以便让患者恢复正常。这个办法我们还没有完全实现,但在理论上,这条路子是大有希望的。"

"你也看到了,"卢姆对琼恩斯说,"这位医生是个很有想法的人。"

"压根算不上,"医生谦虚地笑着说,"我只是不想因循守旧罢了,尽量对任何一种假设都抱着开放的态度。我就是这样的人,所以没什么值得效仿的。"

"噢,得了吧,医生。"卢姆说。

"不,不,这是真话,"医生说,"我只是像有些人说的那样,有质疑精神而已。跟我的某些同事不同,我会提问题。比方说,当我看到一个成年男人像胎儿一样闭眼蹲着时,我不会马上采用大剂量的放射性休克疗法。我更有可能会自问:'假如我制作一个巨大的人造子宫,把这个男人放进去,会怎么样?'这是个真实的案例。"

"结果怎么样?"琼恩斯问。

"那家伙窒息而死了。"卢姆笑道。

"我从来没有冒充过工程师,"医生的语气很生硬,"试验和出错是不可避免的。更何况,我认为这个案例算是取得了成功。"

"为什么?"琼恩斯问道。

"因为就在病人死前,他的身体舒展开了。我仍然不知道发挥治疗作用的到底是人造子宫、死亡,还是两者兼而有之;但这个试验显然具有理论意义。"

"我只是跟你开个玩笑罢了,医生,"卢姆说,"我知道你干得不错。"

"谢谢你,卢姆。"医生说,"现在请见谅,我要去看我的一个病人了。这是个有趣的妄想症病例,他相信自己是上帝的肉身转世。他的信念特别强大,借助某种我不懂的神秘能力,他能让牢房里的黑蝇在他脑袋周围形成一道光环,让老鼠在他面前膜拜,令方圆数公里内田野和森林里的飞鸟在他牢房的窗外鸣叫。我有个同事对这种现象很感兴趣,因为它暗示着人与动物之间存在着一种未知的交流渠道。"

"你是怎么给他治疗的?"琼恩斯问道。

"我的疗法就是加入这样的环境,"医生说,"我假装成他的信众和门徒,进入他的妄想之中。我每天在他脚边坐五十分钟。动物们在他面前鞠躬时,我也跟着鞠躬。每周四,我都带他去医务室,让他给病人治病,因为这好像让他觉得快乐。"

"他真把其他病人给治好了吗?"琼恩斯问。

"到目前为止,他都是百发百中。"医生说,"不过当然了,无论对科学还是宗教而言,所谓的神迹疗法都不是什么新鲜事。我们不会假装自己无所不知。"

"我能见见这个病人吗?"琼恩斯问。

"当然可以,"医生说,"他喜欢访客。我会给你安排到今天下午。"医生面带愉悦的微笑,匆匆离开了。

琼恩斯环视着陈设精美的明亮休息室，倾听着四面八方渊博之士的谈话。在他眼中，霍利斯精神病罪犯之家似乎是个不错的地方。又过了片刻，这里显得愈发美妙了，因为迪尔德丽·范斯坦正朝他走来。

美丽的姑娘扑进他怀里，秀发的香气犹如自然香醇的蜂蜜。

"琼恩斯，"她的声音发颤，"自从我们在旧金山过早地分手以后，我就一直在想你。当时你在警察面前挺身而出，那样鲁莽而深情地替我说话。无论是睡是醒，你的身影始终萦绕在我心头，直到我几乎分不清是梦境还是现实。在我父亲肖恩的帮助下，我一直在全美范围内搜寻你的踪迹。我害怕再也见不到你了，就独自来到了这里，只是为了放松一下神经。噢，琼恩斯，你觉得，此刻让我们重逢的是命运还是偶然呢？"

"呃，"琼恩斯说，"在我看来……"

"我就知道会是这样。"迪尔德丽说着，把他搂得更紧了，"再过两天就是国庆日，我们结婚吧，因为你不在的时候，我变得爱国了。这个日子对你来说合适吗？"

"那个，"琼恩斯说，"我想我们应该考虑一下……"

"我很确定，"迪尔德丽说，"我也知道，从前我是个野姑娘，开派对；在哈佛大学的男生宿舍里躲了一个月；在当西区时髦女王那会儿，我拿自行车链勒死了之前那位女王；还搞过其他幼稚的恶作剧。亲爱的，我并不以干过这些事为荣，但我也不以自然流露的青春野性为耻。正因为这样，我才会向你坦白这些事，而且只要想得起来，我还会继续立刻向你坦白的，因为我们之间绝不能有秘密。你同意吗？"

"唔，"琼恩斯说，"我想……"

"我确信你会这么想的。"迪尔德丽说，"幸运的是，所有这一切都已经过去了。我已经成了一个有责任感的成年人，加入了青年保守党联盟、反对任何形式反美主义理事会、萨拉查协会之友和反外来主义妇女运动。这些也不仅仅是表面上的改变,在内心深处,我能感受到一种对自己过去罪行的深深厌恶,以及对艺术的深恶痛绝,艺术往往只是色情作品而已。你看,我已经长大了,是真的改变了,我会成为你忠实的好妻子。"

在短暂的一瞬间,琼恩斯仿佛瞥见了今后与迪尔德丽共度的生活,令人厌恶的忏悔和难以忍受的乏味会交替出现。迪尔德丽喋喋不休地唠叨着要为婚礼做些什么安排,然后匆匆走出休息室,给她父亲打电话去了。

琼恩斯对卢姆说:"怎么离开这儿?"

"那啥,伙计,"卢姆说,"我是说,你才刚到呢。"

"我知道。可我怎么离开呢?能直接这么走出去吗?"

"肯定不行啊。这里毕竟是精神病罪犯之家。"

"我能让医生放我出去吗?"

"当然可以。但这周你最好别跟他说这事,因为满月的日子就快到了,满月总是让他坐立不安。"

"我想今晚就走,"琼恩斯说,"最迟明天。"

"太突然了吧,"卢姆说,"是不是小迪尔德丽和她的婚礼计划让你紧张了?"

"对。"琼恩斯说。

"别担心,"卢姆说,"我会搞定迪尔德丽的,我也会在明天之前让你离开这里。相信我,琼恩斯,什么都不用担心。卢姆会搞定的。"

那天晚些时候,医生返回了休息室,带琼恩斯去见那位自认为是上帝肉身转世的病人。他们穿过几扇巨大的铁门,沿着一条灰色的走廊前行。到了走廊尽头,他们在一扇门前停了下来。

医生说:"在这次会面中,假如你拿出进行心理治疗的态度,让病人以为你对他的幻觉信以为真,是不会有什么害处的,而且可能还有莫大的好处。"

"我会的。"琼恩斯说,他感觉自己心中忽然充满了恐惧和期盼。

医生打开牢房门,二人走了进去。但牢房里空无一人。一边是收拾得整整齐齐的简易床,另一边是被栅栏堵得严严实实的窗户。屋里还有张小小的木桌,桌旁站着一只田鼠,它哭得仿佛心都要碎了。桌上放着一张纸条,医生把纸条拿了起来。

"这可不一般,"医生说,"半小时前,我锁门的时候,他看着还精神抖擞的。"

"可他是怎么逃走的呢?"琼恩斯问。

"毫无疑问,他是利用了某种形式的心灵致动术,"医生说,"对这种所谓的精神现象,我了解得不多,没法不懂装懂;但这表明,为了给自己辩护,一个精神错乱的人会拼命到什么地步。其实,为逃跑付出多少努力是衡量焦虑水平高低的最佳标准。我只是觉得遗憾,我们没能帮到这个可怜的家伙,我希望他不管在哪里,都能记得我们这里教导过他的一些基本见解。"

"纸条上说什么?"琼恩斯问道。

医生瞥了一眼那张纸,说道:"好像是一份购物清单。不过这份购物清单很奇怪,因为我不知道他会去哪儿买……"

琼恩斯企图越过医生的肩膀偷看一眼那张纸条,但医生一把抓起纸条,塞进了衣兜。

"这属于保密信息,"医生说,"我们不能任凭一个外行来看这种东西,至少,纸条必须先经过彻底的分析。为了保护病人的隐私,还得先替换掉某些关键词语。现在咱们回休息室去吧?"

琼恩斯别无选择,只能跟着医生回休息室。他看到了纸条上的前两个字:记住。字虽然很小,但琼恩斯会永远记住的。

琼恩斯彻夜未眠,不知卢姆要怎样才能履行承诺,解决迪尔德丽的事并把他放出疯人院。但他还没明白,他这位朋友有多么足智多谋。

为了推掉迫在眉睫的婚礼，卢姆告诉迪尔德丽，琼恩斯必须在婚前接受第三期梅毒治疗，可能需要很长时间；一旦治疗失败，疾病就会攻击琼恩斯的神经系统，把他变成植物人。

听到这个消息，迪尔德丽很伤心，但她宣布，无论如何，她都要在七月四日当天嫁给琼恩斯。她对卢姆说，自从她改邪归正以来，她对肉体关系变得极为反感。正因为如此，琼恩斯的疾病反而可以视为优点，而非不利条件，因为疾病有助于加强他们之间纯粹的精神结合。至于嫁给植物人，这样的可能性并没有令兴致勃勃的姑娘觉得不快；她一直就想当一名护士。

此时卢姆指出，琼恩斯这种患有疾病的人是不可能合法领到结婚证的。这才让迪尔德丽断了念想，因为她刚刚长大成人，不可能考虑干出任何本州或联邦法律禁止的事。

就这样，琼恩斯得救了，摆脱了一场前途无望的婚姻。

至于离开疯人院的事，卢姆已经安排好了。午饭后不久，琼恩斯便被叫到了探视室。在那里，卢姆把他介绍给加纳·J.福尔斯院长，院长与几位同事共同组成了圣斯蒂芬伍德大学的教务委员会。

福尔斯院长身材高挑瘦削，眼神温和，颇有书卷气，言语略带幽默感，心胸宽广如天地。他先闲聊了几句天气，又引用了古希腊诗人阿里斯托芬的诗句，让琼恩斯放松下来，然后才说到了要求进行此次面谈的原因。

"你一定要明白，我亲爱的琼恩斯先生，我们这些——可以称之为教育吧？如果能用这个词的话——教育领域的人始终在不断地寻找人才。其实，有人曾经把我们比作职业棒球界从事类似工作的人，这样的比喻或许不无恶意，不过，事实正是这样。"

"我明白。"琼恩斯说。

"我还要补充一点，"福尔斯院长又道，"我们更看重的，不是像我和同事们那样符合适当的学术要求的人，而是对自己的课题有透彻的理解、又能以生动活泼的方式传授给任何一个听课者的人。我们这些学者常常发现自己与——我可以称之为美国主流生活吧?——格格不入。我们往往会忽视那些缺乏教育学背景、却在工作中表现出色的人。不过我确信,我的好朋友卢姆先生对这一切已经做了说明,他讲得比我所期望的要好得多。"

琼恩斯瞥了卢姆一眼,卢姆便说:"要知道,我在圣斯蒂芬伍德大学教过两个学期的课,讲的是'爵士乐与诗歌的相互关系'。我们现场可热闹了,伙计,有手鼓之类的东西。"

福尔斯院长说:"卢姆先生的课相当成功,我们很乐意再开一回,要是卢姆先生……"

"不了,伙计,"卢姆说,"我是说,我不想让你失望,但你知道,我没那个心思。"

"当然,"福尔斯院长忙说,"要是你还有什么其他愿意教的……"

"也许我会开办一次禅宗回顾研讨会,"卢姆说,"我是说,禅宗又流行起来了,但我得考虑一下。"

"当然可以,"福尔斯院长说,又转身对琼恩斯道,"想必你一定知道,卢姆先生昨晚打电话给我,向我介绍了你的背景。"

"卢姆先生真好心。"琼恩斯谨慎地说。

"你的背景棒极了,"福尔斯说,"我相信,你提议的课程必定会取得圆满成功。"

这时,琼恩斯才明白,自己获得了一所大学的教职。不幸的是,他不知道自己要教的是什么,或者确切地说,不知道自己能教什么。卢姆坐在那里,垂着眼帘,正在默想禅宗的事。这让琼恩斯毫无头绪。

琼恩斯说:"我很高兴能进入像贵校这样的优秀大学。至于我要教的课程……"

"请不要误会,"福尔斯院长急忙插话道,"我们完全理解你的课程有着怎样的专业性,也明白讲授这样的课程存在着固有的困难。我们提议,你的起薪为正教授级别的一千六百一十美元。我知道,这个数目并不算太大,有时候,我会遗憾地思考这样的实际情况:在我们的文化当中,一个助理水管工一年至少能挣一万八千美元。不过,请允许我这么说,大学生活还是有可以抵消这种劣势的地方的。"

"我准备好了,马上就可以走。"琼恩斯说,生怕院长会改主意。

"好极了!"福尔斯喊道,"你们年轻人的精神真让我钦佩。我必须得说,我们一直特别幸运,能在类似这样的艺术家聚居地找到合适的人才。琼恩斯先生,请跟我来,好吗?"

琼恩斯与福尔斯院长一同走到外面,来到一辆老爷车前。琼恩斯向卢姆挥手告别,上了车。疯人院很快便消失在远处。琼恩斯又重获自由了,唯一的条件是要去圣斯蒂芬伍德大学教书。令他感到不安的只有一件事,就是不知道要教什么。

8

琼恩斯是怎么教书的,他学到了什么

(来源:塔希提岛的马乌宾吉)

很快,琼恩斯便来到了位于新泽西州纽瓦克的圣斯蒂芬伍德大学。映入琼恩斯眼帘的是一片广阔的青葱校园,以及外观悦目的低矮建筑群。福尔斯将这些建筑分别称为格雷茨礼堂、瓦尼克尔礼堂、寓所、公共食堂、物理实验室、教工宿舍、图书馆、小教堂、化学实验室、新配楼和旧楼。校园背后流淌着纽瓦克河,棕灰色的河水间或呈现出上游的钚工厂造成的赭色条纹。学校附近林立着纽瓦克的工厂,校园前方是条八车道高速公路。福尔斯院长指出,这些东西为与世隔绝的校园生活增添了一点现实色彩。

学校给琼恩斯安排了一间教工宿舍,然后有人领着他去参加了一场教工鸡尾酒会。

他在酒会上遇到了诸位同事。一位是英语系的系主任卡普教授,他把烟斗从嘴里抽出来又塞回去，只说了一句话："欢迎加入，琼恩斯。但凡有我能效劳的事，尽管吩咐。"

哲学系的钱德勒说："嗯，好了。"

物理系的布雷克说："我希望你不属于那些觉得有必要攻击 $E=mc^2$ 的人文学者。我是说，管他呢，结果就是这样，我觉得我们不必向任何人道歉。在我的著作《核物理学家的良心》中，我已经阐述过这一观点了，现在我仍然坚持这么认为。你不喝一杯吗？"

人类学系的汉利说："我确信，你会成为我们系一位大受欢迎的新成员，琼恩斯先生。"

化学系的道尔顿说："很高兴你入职，琼恩斯，欢迎来到我们系。"

古典文学系的乔弗拉德说："不用说，你应该看不起像我这样古里古怪的老家伙吧？"

政治学系的哈里斯说："嗯，好了。"

美术系的曼尼斯福里说："欢迎加入，琼恩斯。他们给你压的教学担子挺重的，是吧？"

音乐系的霍伊特本说："琼恩斯，我一定读过你的论文，我得说，我不完全同意你对蒙特威尔第[1]所做的类比。当然，我不是这个领域的专家，但你也不算我领域内的专家，所以类比起来有点难度，对吧？但还是欢迎你的加入。"

数学系的托勒密说："琼恩斯？我印象中读到过你的博士学位论文，是关于二元价值观系统的。我感觉写得挺不错。你不再来一杯吗？"

法语系的李珊说："欢迎加入，琼恩斯。我再给你续一杯好吗？"

这个夜晚就这样度过了，还有好些比这愉快得多的谈话内容。琼恩斯试着与那些似乎对他讲授的课程有所了解的教授聊天，以便借

---

1. 16 世纪至 17 世纪的意大利歌剧作曲家，现代管弦乐的先驱。

此不显山不露水地弄明白自己教的是什么。但这些人也许是出于谨慎,始终只字未提琼恩斯具体的专业领域,而是更喜欢讲述有关自身职业素养的事。

尝试未果后,琼恩斯信步走到外面,扫视着布告栏。但唯一令他关注的内容仅有一张打印出来的通知,上面写着:琼恩斯先生的课程将于上午十一点在新配楼的143教室开课,而不在先前宣布的瓦尼克尔礼堂的341教室。

琼恩斯想过要把某位教授叫到一边,或许可以找哲学系的钱德勒——他的专业领域无疑会把这样的情况考虑在内——问问自己到底要教什么。但一种尴尬的感觉油然而生,于是他没有这样做。酒会就这么结束了,琼恩斯闷闷不乐地回到了自己那间教工宿舍。

次日早晨,琼恩斯站在新配楼143教室的门口,忽然觉得特别怯场。他考虑过要临阵脱逃,但他不愿这样做,因为校园生活的短暂体验让他很喜欢,不愿因为这么一点小事而放弃。于是,他板着脸,迈着坚定的步伐,走进了教室。

房间里的说话声安静下来,学生们都饶有兴致地打量着他们这位新老师。琼恩斯打起精神,强装出一副自信的样子,面对全班同学侃侃而谈,这样的表现往往比自信的人更显得自信。

"同学们,"琼恩斯说,"这是我们的初次见面,我想,首先应该澄清一些事情。由于我的课程具有某些不同寻常的性质,你们当中的某些人可能会以为这门课本身很简单,可以把课堂上的时间当作休息。对于那些抱着这种想法的人,我想说的是,现在就去转报更符合你们期望的课程吧。"

这番话一说完,房间里陷入了一阵静寂,学生们都全神贯注地听着他的话。琼恩斯继续道:"你们当中的某些人可能听说过我的课程很好拿分。你们可以立刻把这种想法抛到脑后去了。拿分很难,但评分很公平。如果情况允许的话,我会毫不犹豫地给全班同学都打个不及格。"

医学院的几名预科生嘴里发出一声轻叹，甚至是近似于绝望的低声哀号。琼恩斯看见面前这些学生一脸恐惧，便知道自己已经控制住了局面。于是他把语气放得温和了些，又说：“我相信，现在你们对我的了解加深了一点。对那些出于真正渴望学到知识而选择这门课程的人，我只剩下一句话要说：欢迎你们来听课！”

学生们犹如一个巨大的整体，稍微放松了一点。

接下来的二十分钟里，琼恩斯忙着记录学生们的名字和座位。当他写下姓名的时候，有个令人愉快的念头忽然闪过脑海，于是他立刻采取了行动。

"埃塞雷德先生，"琼恩斯对前排一名貌似能力很强的学生说，"你能不能到黑板前面来，写下这门课程的全称？把字写得大一点，好让我们每一个人都能看到。"

埃塞雷德使劲咽了口唾沫，瞥了一眼摊开的笔记本，然后走到黑板前面。他写下"西南太平洋群岛：连接两个世界的桥梁"。

"很好，"琼恩斯说，"现在，华小姐，请你用粉笔把我们这门课准备要讲的内容用一段简短的话加以陈述，好吗？"

华小姐个子很高，相貌平平，戴着眼镜，琼恩斯本能地把她列为有前途的学生。她写下"这门课程涉及西南太平洋岛屿的文化，尤其着重于他们的艺术、科学、音乐、工艺、风俗习惯、心理学和哲学。本门课程将对该文化与亚洲的源语文化以及欧洲的借取文化进行比较"。

"不错，华小姐，"琼恩斯说。现在，他知道自己要讲什么课了。当然，困难仍然存在。他来自位于南太平洋中心的马尼图瓦岛。按照他的想法，西南太平洋的岛屿包括所罗门群岛、马绍尔群岛和加洛林群岛，他所知甚少。至于要进行对比的欧洲和亚洲文化，他更是一无所知。

这固然令人气馁，但琼恩斯毫不怀疑自己可以克服这些缺失之处。然而他很高兴地发现，这节课已经结束了。

他对学生们说:"今天,我要说声再见,或者说声'阿罗哈[1]'。再次欢迎大家前来听课。"

说完这句话,琼恩斯便下课了。学生们走后,福尔斯院长走进了教室。

"请别起身,"福尔斯说,"可以这么说,我这次来算不上正式的视察。只是想让你知道,我刚才在教室外面旁听,全心全意赞同你的做法。琼恩斯,你俘获了学生们。我本来还以为你会遇上麻烦呢,因为我们国际篮球队的大部分队员都选修了你的课,但你却表现得那样灵活而又坚定,这是真正的教育工作者独有的光芒。我要向你表示祝贺,我预计你在这所大学的职业生涯会长久地持续下去,并且取得成功。"

"谢谢您,先生。"琼恩斯说。

"别谢我,"福尔斯满脸愁容地说,"我上一次预测的对象是教授莫尔特克男爵——无效证明领域的一位杰出人物。我本来预测他会取得伟大的成就,但是开学才三天,可怜的莫尔特克就疯了,还杀了校橄榄球队的五名队员。那一年,我们在球赛中输给了阿默斯特学院,从此以后,我就再也不相信自己的直觉了。不过还是祝你好运,琼恩斯。我虽然只是个行政管理人员,但我知道自己喜欢什么。"

福尔斯轻快地点点头,离开了教室。琼恩斯间隔了一段得体的时间后也离开了,匆匆赶往校内书店,去购买他这门课程的必修读物。不幸的是,书已经卖完了,琼恩斯要想拿到书,最快也要再等一个星期。

琼恩斯走进自己的房间,在床上躺下,想着福尔斯院长的直觉和可怜的莫尔特克发疯的事。他诅咒邪恶的命运,明明老师买书的需求更迫切,却让学生捷足先登了。他试着去思索下一节课要怎么办。

再次面对学生时,琼恩斯忽然灵机一动。他对班上的同学说:

---

1. 原文为夏威夷人的招呼语 aloha,意为"你好,欢迎""珍重,再见"。

"今天不是我来教你们,而是你们来教我。我相信你们都知道,西南太平洋地区的文化特别容易遭人误解。所以,在开始进行更正式的讨论之前,我想听听你们对于这种文化的看法。你们心里拿不准的言论也别不敢说。目前,我们的目的是尽可能充分地让大家公开陈述自己的想法,之后如果有必要的话再进行调整。通过这种方式,抛开所有错误的信息,我们就能以全新的思维来切入那个至关重要的文化,'连接两个世界的桥梁',这种说法是恰如其分的。我希望自己已经说得很清楚了。华小姐,你愿意首先发表意见吗?"

在接下来的六堂课里,琼恩斯设法让学生讲个不停,从中收集到了大量有关欧洲、亚洲和西南太平洋地区的相互矛盾的信息。每当有学生问他某个观点是否正确时,他就会微笑着说:"我会留待日后再发表评论。眼下,咱们还是先继续目前的话题吧。"

到了第七堂课,学生再也想不出有什么要说的了。此时,琼恩斯就围绕着变压器对太平洋环礁的文化影响讲起了课。凭借着一些逸闻轶事,这个主题他一连讲了好几天。每当有学生提出琼恩斯答不上来的问题,琼恩斯就会说:"太棒了,霍林黑德!你的问题击中了要害。假如你在下节课之前想出了答案,那就写个五千字,双倍行距,怎么样?"

如此一来,琼恩斯就打消了大家提问的积极性,尤其是那帮篮球运动员,他们担心提问会害得自己的手指受累,那可就进不了代表队了。

然而,即便采用了这些权宜之计,琼恩斯还是发现又没得可讲了。无奈之下,他只好举行了一次考试,要求学生们判断某些肯定的陈述大致的正确性。公平起见,琼恩斯保证,考试结果不会反映在他们的成绩当中。

他不知等考完试之后还能怎么办。但幸运的是,早该到货的课本终于到了,琼恩斯有一个周末的时间可以研究一下。

有一本书对他相当有用,书名叫作《西南太平洋群岛:连接两个世界的桥梁》,作者是胡安·迭戈·阿尔瓦雷斯·德·拉斯韦加斯·德·里维拉。此人曾经担任过驻扎在菲律宾的西班牙珍宝舰队的船长,除了对弗朗西斯·德雷克爵士[1]的猛烈抨击之外,书中的信息似乎非常详尽。

还有另一本书也同样有用,即《西南太平洋岛屿文化:他们的艺术、科学、音乐、工艺、风俗习惯、心理学和哲学,及其与亚洲源语文化和欧洲借取文化的关系》。这本书的作者是前斐济总督助理、2003年率队远征汤加兴师问罪的艾伦·弗林特慕斯阁下。

有了这些作品的帮助,琼恩斯一般能比同学们提前一节课的进度。一旦出于某种原因而有所落后,他总是可以针对之前讲过的内容进行测试。最重要的是,戴眼镜的高个子姑娘华小姐自愿替他批改试卷。这个很有奉献精神的姑娘承担起了最乏味的教学工作,琼恩斯对她心怀感激。

生活安定下来,步入了平静的正轨。琼恩斯讲课、考试,华小姐批改、评分。琼恩斯的学生们迅速掌握了教给他们的知识,通过了考试,又很快忘得一干二净。如同许多充满活力的年轻生物体那样,他们能够排出任何一样有害、烦人、叫人难受或纯属无聊的东西。当然了,即便是确有用处、鼓舞人心或发人深省的东西,他们同样也会抛诸脑后。这一点或许令人遗憾,但这是教育过程中的一部分,每个教师都必须习惯。正如数学系的托勒密所说:"大学教育的价值在于让年轻人得以亲近学业。古迪纳夫宿舍里的学生离图书馆不到三十米,离物理实验室不到四十五米,离化学实验室更是只有九米之遥。我想,我们都理应为此感到自豪。"

不过,使用校园里这些设施的大部分还是教师。当然,他们用得很谨慎。主治医生曾经十分严厉地警告过他们过度学习的危险,并对他们每周的信息摄入量进行了仔细的规定。即便如此,还是难免会出

---

1. 16世纪英国航海探险家、政治家,击败了西班牙无敌舰队。

些事故。老乔弗拉德在阅读拉丁文原版的《萨蒂利孔》[1]时陷入了休克，他还以为这本书是教皇通谕。他需要休息几个星期才能完全恢复健康。最年轻的英语教授德夫林在读完《白鲸记》后，发现自己无法对这部作品做出站得住脚的宗教解释，于是没过多久就短暂失忆了。

这些风险在教师们的职业生涯中司空见惯，老师们对此并不感到畏惧，反倒觉得自豪。正如人类学系的汉利所言："挖掘隧道的工人要冒着在湿沙里窒息而死的危险，我们则要冒着在旧书里窒息而死的危险。"

汉利曾经在隧道挖掘工当中开展过田野调查，他知道自己在说什么。

然而学生们却不会面临这样的危险，只有极少数人例外。他们的生活与教授们不同。许多年纪较小的学生还保留着高中时代的刀具和自行车链，到了晚上就出去寻找可疑人物。其他学生会去参加校际狂欢，自由礼堂每个星期都会举办这样的活动。还有些人会到户外去运动，比如篮球运动员日日夜夜都在苦练，像工业机器人队那样机械而有规律地投球——工业机器人队始终是他们的手下败将。

最后，还有些人很早就对政治表现出了兴趣。这些人被称为知识分子，由于早年的历练和性格使然，他们分别选择了自由党或保守党之路。在上次选举中，险些成功地将约翰·史密斯选为美国总统的正是大学里的保守党人士。史密斯早在二十年前就已经去世了，这一事实并未挫伤人们的选举热情；恰恰相反，许多人认为这正是该候选人所具备的最佳品质。

倘若不是因为大多数选民担心开创这样的先例，他们说不定就成功了。自由党巧妙地利用选民的担忧，说过这样的话："我们不反对约翰·史密斯当选，愿他的灵魂安息，我们当中有许多人都相信，

---

1. 古罗马作家佩特罗尼乌斯的长篇讽刺小说，原著以拉丁文写成，其中半数是色情内容。

他会成为白宫独一无二的装饰品。但是,假如将来的某个时候,竞选公职的死人存在问题,那又会如何呢?"

诸如此类的论点占了上风。

然而,校园里的自由党人士往往不会像长辈那样空谈。他们更愿意参加有关游击战、炸弹制造和小型武器用法的特殊课程。他们经常这么说:"仅仅被动应对敌人可不够。我们必须照搬他们的做法,特别是宣传、渗透、政变和政治控制的方法。"

自从选举失利,校园里的保守党人士更倾向于采取这样一种态度,仿佛自从1945年巴顿将军战胜波斯人以来,世界就没有发生过任何改变。他们经常坐在啤酒馆里,演唱《奥马哈海滩[1]的传奇》。他们当中较为博学的人可以用希腊原文唱出这首歌。

琼恩斯观察着所有的一切,继续教着他的西南太平洋文化课。大学里的环境令他感觉称心如意,他的同事也慢慢开始接纳他了。当然,一开始还是有人反对的。英语系的卡普就曾说过:"我认为,琼恩斯并不承认《白鲸记》是西南太平洋文化当中必不可少的一部分。真是奇怪。"

物理系的布雷克说:"我想知道,他是不是没有察觉到一个相当重要的问题,就是在岛民的生活中完全看不到现代量子理论。这让我明白了一些事。"

音乐系的霍伊特本说:"据我所知,他没有提过教会歌曲,而在他所在的地区,教会歌曲对当地的民间音乐产生了重大影响。不过,这是他的课程,他说了算。"

法语系的李珊说:"关于法语第二类和第三类动词的变位技巧对西南太平洋地区有什么影响,琼恩斯并没有加以评论。当然了,我只是个语言学家,但我认为这件事很重要。"

还有其他教授也在抱怨,他们的专业遭到了轻视、歪曲或彻底的

---

[1]. 即诺曼底登陆地。

忽略。假以时日，这些事本来可能会在琼恩斯和同事之间造成龃龉；但这个问题被古典文学系的乔弗拉德解决了。

这位气派的老人用了数周的时间来思考这件事，然后说："不用说，你们很可能瞧不起像我这样古怪的老人。可是管他呢，我觉得这个人是明智的。"

乔弗拉德的衷心劝告对琼恩斯大有裨益。其他教授变得没那么戒备了，态度坦诚了些，甚至可以算是友好了。琼恩斯更加频繁地应邀到同事家里参加小型聚会和社交晚会。很快，他身为客座讲师的模糊地位几乎被人遗忘了，他彻底融入了圣斯蒂芬伍德大学的生活。

春季期末考试过后不久，他在同事中的地位达到了巅峰状态。因为就在此时，在标志着假期开始的一次聚会上，哈里斯教授和曼尼斯弗里教授邀请琼恩斯一道出游，同去的还有他们的朋友，他们要在阿迪朗达克山脉的某处高地过夜。

9

对乌托邦的需要

（来源：复活节岛的佩鲁伊。以下四个故事共同组成了琼恩斯的乌托邦历险记）

一个周六的清晨，琼恩斯和另外几位教授一起钻进曼尼斯弗里的旧车，踏上了前往阿迪朗达克山脉卓罗瓦伊特社区的旅程。琼恩斯了解到，卓罗瓦伊特是大学资助的一个社区，完全由怀着理想主义的男女来管理，为了满足子孙后代的需要，他们不惜远离尘世。卓罗瓦伊特是一次生活实验，具有非常远大的目标，其目的是为世人提供一个理想的模范社会样本：卓罗瓦伊特被设计成了一个具备现实意义的乌托邦。

"我认为，"政治学系的哈里斯说，"对这样一个乌托邦的需求是显而易见的。琼恩斯,你已经走遍了全国,亲眼见证了各个机构的堕落和我们人民的冷漠。"

"我确实注意到了这类情况。"琼恩斯说。

"原因很复杂,"哈里斯继续道,"但在我们看来,大部分问题在于个体的故意逃避,面对现实难题采取了推卸的态度。当然了,这正是构成疯狂的要素:远离尘世、不问世事,构建一种比现实世界更令人满足的幻想生活。"

"我们卓罗瓦伊特实验的工作人员认为,这是一种社会疾病,"曼尼斯弗里说,"只能通过社会疗法来治疗。"

"而且时间相当紧迫,"哈里斯说,"琼恩斯,你也看到了,一切都在以极快的速度崩溃。法律就是一场闹剧;刑罚已经失去了意义,也没有可以给予的奖赏;宗教向那些游走于冷漠与疯狂之间的人传达着过时的信息;哲学学说只有哲学家才能理解;心理学竭力要按照五十年前就已经过时的标准来对行为加以定义;经济学提供的是无止境扩张的法则,人们认为,要赶上猛增的出生率,这样的条件是必不可少的;自然科学让我们知道该如何保持这样的扩张,直到每一平方米都填满了呻吟的人;至于我本人研究的政治学领域,最好的办法也无非是暂时应付一下这些巨大的力量——直到万物都瘫痪或是爆炸。"

"别以为在这种情况下,"曼尼斯弗里说,"我们自己就可以免责。虽然咱们当老师的自称比别人懂得更多,但我们往往会选择远离公众的生活。世上那些务实冷静的人总是让我们觉得害怕,正是这些人脚踏实地的作风把我们推向了这里。"

"离群并不是我们唯一的不足之处,"人类学系的汉利说,"让我把话挑明吧,我们教得很差劲!我们少数有前途的学生当上了老师后,跟我们似的,也让自己与世隔绝。其余的学生坐在那里,听着叫人昏昏欲睡的课,只盼着赶紧离开校园,在疯狂的世界里找到自己的位置。我们没有触动他们,琼恩斯,既没有感化他们,也没有教会他们思考。"

"说实话,"物理学系的布雷克说,"我们的做法恰恰相反。我们让多数学生都对思考产生了明显的厌恶。他们学会了抱着强烈的怀疑态度来看待文化、忽视伦理,把科学仅仅当作赚钱的手段。这是我们的失职,也是我们的失败。这个世界就是这种失败的结果。"

诸位教授沉默了一阵。然后哈里斯说:"这就是问题所在。可是我觉得,我们已经从长久的沉睡中醒过来了。现在我们已经采取了行动,建立了卓罗瓦伊特。我只希望还不算晚。"

琼恩斯急切地想问些关于社区的问题,毕竟,这个社区可以解决这些可怕的问题。但教授们却不肯再多说了。

曼尼斯弗里说:"琼恩斯,很快你就会亲眼看到卓罗瓦伊特了,然后你可以根据实际情况来作出判断,而不是仅凭我们的说法。"

"我还想补充一点,"布雷克说,"在卓罗瓦伊特,假如你看到某些付诸实践的想法并不新鲜,可千万别失望。或者换句话说,某些理论基础支配着卓罗瓦伊特的生活方式,就算它们真的相当陈旧过时,也不要做出过于苛刻的评价。毕竟,我们之所以要建设这个社区,并不仅仅是为了新奇和创意。"

"另一方面,"化学系的道尔顿说,"你也不要马上就开口谴责我们社区里那些不同寻常的新奇特征。为了实现过去遗留下来的各种有用的东西,大胆的即兴演绎是必须的。我们的研究在理论和实践上具备的最大价值,正是有意愿在社会中运用有望成功的新模式。"

其他教授还想再说几句话来帮助琼恩斯思考,但曼尼斯弗里要他们全都闭嘴。琼恩斯会亲眼看看,并自行作出判断。

只有情绪高涨的布雷克觉得有句话非说不可:"琼恩斯,无论你怎么评价这个实验,我都可以肯定,在卓罗瓦伊特会有让你吃惊的事。"

教授们赞赏地咯咯笑起来,然后陷入了沉默。琼恩斯现在越发渴望看到他们的杰作了,在前往阿迪朗达克山脉的漫长旅途中,他越来越不耐烦。

最后,他们终于进了山,一处处一百八十度的险峻弯道顺着山势而上,曼尼斯弗里的旧车呼哧呼哧地拐过一道又一道弯,发出的嘎吱声仿佛是在控诉。然后布雷克拍了拍琼恩斯的肩膀,为他指点说明。琼恩斯看到一座巍峨的碧山矗立于群山之中,如鹤立鸡群。他知道了,这里就是卓罗瓦伊特。

乌托邦是如何运作的

通往卓罗瓦伊特山麓的道路上印着深深的车辙,曼尼斯弗里的车吃力地沿着山路向上开去。在路的尽头,他们来到了一道用圆木垒成的栅栏前。他们在此处下车,徒步前行,先走过一条狭窄的土路,然后踏上一条穿过森林的小路,最后进入了看不见路径的森林,仅凭持续上升的地势来辨别方向。

众位教授都走得上气不接下气,终于,有两个卓罗瓦伊特的人出现,向他们打了个招呼。

二人身穿鹿皮衣服,都拿着弓和箭袋,红润的皮肤被晒得发黑,健康的体魄显示出充沛的活力。

这两人与含胸驼背、脸色苍白的教授们形成了奇异的对比。

曼尼斯弗里开始介绍。"这是鲁努。"他指着身材较为高大的那人对琼恩斯说,"他是这个社区的领袖。另外这位是盖特,他的追踪本领无人能及。"

鲁努用琼恩斯从未听过的一种语言和教授们讲话。

"他在欢迎我们。"道尔顿低声对琼恩斯说。

盖特又补充了几句。

"他说,这个月有很多好东西可吃,"布雷克翻译道,"让我们跟他一起到村里去。"

"他们说的是什么语啊?"琼恩斯问道。

"卓罗瓦伊特语,"梵语系的毗湿奴教授说,"这是我们专门为这个社区设计的一种人造语言,这是非常重要的。"

"我们意识到,"曼尼斯弗里说,"语言的特性往往会对塑造思维的过程起到关键作用,也会维护民族和阶级的层级。出于这样的考虑,再加上一些其他原因,我们认为,绝对有必要为卓罗瓦伊特构建一种新的语言。"

"我们花了很长时间才发明了这门语言。"布雷克说着,怀念地笑了笑。

"我们当中的一部分人想要最简单的语言,"人类学系的汉利说,"我们想通过一系列单音节的咕哝声来交流,希望这样的语言能自然而然地遏制人类天马行空又往往具有破坏性的思想。"

"另一些人则要构建一种复杂得难以置信的语言,"哲学系的钱德勒说,"具有众多不同的抽象层次。我们觉得,这跟单音节的咕哝声具有相同的作用,但更符合人类的需要。"

"我们兴致勃勃地争吵了好几回!"道尔顿说。

"最后,"曼尼斯弗里说,"我们决定构建一种元音频率近似于盎格鲁-撒克逊语的语言。当然了,法语系不喜欢这主意。他们想用早期普罗旺斯语作为模型,但我们投票否决了。"

"不过,他们还是造成了一些影响,"毗湿奴教授说,"虽然我们保留了盎格鲁-撒克逊语的元音频率,却采用了早期普罗旺斯语的发音。但在词根的构造上,我们抛弃了所有印欧语系的元素。"

"这项研究的工作量令人望而生畏,"道尔顿说,"谢天谢地,华小姐把辛苦乏味的活都给干了。那姑娘长得这么难看,真是可惜。"

曼尼斯弗里说:"第一代卓罗瓦伊特人会讲双语,但他们的子孙却只会讲卓罗瓦伊特语。我希望自己能活着看到那一天。我们这门新语言对社区的影响已经显现出来了。"

"想想看吧,"布雷克说,"在卓罗瓦伊特语中,没有'同性恋''乱伦''强奸'或者'谋杀'这些词。"

鲁努用英语说:"我们管那些叫'阿力瓦迪斯',意思是'不可说'。"

"我认为,"道尔顿说,"这就表明了有哪些东西是可以通过语义学来实现的。"

鲁努和盖特带路前往卓罗瓦伊特村。在当天剩余的时间里,琼恩斯就从这里开始,仔细查看了卓罗瓦伊特的情形。

他看见,社区里的房屋都是用桦树皮和树苗建造的。妇人们在篝火上做饭,有的纺着从她们照看的羊身上剪下来的羊毛,还有的在照看婴儿。男人们在卓罗瓦伊特陡峭的坡地上劳作,用他们自己制作的木犁耕田。另外有些男人在茂密的树林里打猎,或是在阿迪朗达克冰冷的溪水里捕鱼,然后把打到的鹿、兔子和鳟鱼带回去,与社区的人们共同享用。

在整个卓罗瓦伊特,没有一件物品是用机器批量生产出来的。所有工具都是在当地制作的,就连剥皮用的刀都是手工的,用的是在卓罗瓦伊特的土地上挖出来的铁。凡是他们造不出来的东西,卓罗瓦伊特人就不用。

白天,琼恩斯观察到了这一切,勤劳的社区人民过得很称心,显然可以自给自足,他对此给予了好评。然而奇怪的是,陪同他参观的哈里斯教授却对卓罗瓦伊特的这一特色表示歉意。

"琼恩斯,你要明白,"哈里斯说,"这只是卓罗瓦伊特的表面现象。在你眼中,这不过是又一次枯燥乏味的田园生活实验罢了。"

琼恩斯从来没见过田园生活实验,也没有听说过。他回答说自己看到的景象似乎很不错。

"我想也是。"哈里斯叹了口气,"但这样的尝试已经有过无数次了。有很多实验开局良好,但能一直保持下去的却寥寥无几。田园生活有其迷人之处,特别是对于受过教育、充满决心,又怀抱着理想主义的人而言。但一般来说,这种存在方式注定会走向幻灭,变得愤世嫉俗,并且遭到抛弃。"

"这样的情况会发生在卓罗瓦伊特吗?"琼恩斯问。

"我们认为不会。"哈里斯回答,"我希望我们可以从以往的失败当中吸取教训。在对过去的乌托邦实验做过研究之后,我们有能力在自己的社区中建立起预防措施。在适当的时候,你会看到这些措施的。"

那天晚上,琼恩斯吃了一顿简单的晚餐,有牛奶、奶酪、未经发酵的面包和葡萄,根本勾不起半点食欲。然后他被带到了海尔若谷参加礼拜。这里其实就是森林里的一块空地,人们白天来拜日,晚上来拜月。

"宗教真是个大难题,"汉利低声对琼恩斯说,这时众人正在苍白的月光下匍匐跪拜,"我们不想使用任何一种与犹太教和基督教传统有瓜葛的元素,也不喜欢印度教或佛教。说实在的,经过大量的研究,我们发现似乎没有什么特别好的宗教。我们当中有些人想妥协一下,就用桑给巴尔[1]东南部的特伊莱神;另一些人则更愿意用达瓦尼亚老翁[2],信奉他的是黑泰人当中一个鲜为人知的分支。可是最后,我们达成了一致,决定将太阳和月亮奉为神明。一方面,对日月的崇拜有大量的历史先例;另一方面,面对纽约州当局,我们还可以把这种崇拜形容成原始基督教的一种形式。"

"这重要吗?"琼恩斯问。

"太重要了!这个地方拿到执照有多难,你听了会大吃一惊的。我们还必须证明这里实施的是自由企业制度。这也遇到了一些困难,因为社区的一切都是公有的。幸运的是,格列高利亚斯当时正在教授逻辑学,他说服了当局的人。"

信徒们摇晃着、呻吟着。一位老人走上前来,脸上涂满了黄色的

---

1. 坦桑尼亚联合共和国的一部分。
2. 达瓦尼亚位于意大利热纳亚省,特伊莱神和达瓦尼亚老翁为作者虚构的宗教信仰。

黏土,开始用卓罗瓦伊特语念念有词。

"他在念什么呢?"琼恩斯问道。

汉利说:"他在吟诵一段特别美妙的祷文,是乔弗拉德写的,改编自品达[1]的颂歌。他念的这部分是这样的:

"噢,端庄的月神啊,披着最缥缈的薄纱,

柔和的脚步掠过您子民的树梢,

因为畏惧日神——您炽烈的恋人,悄悄躲在卫城背后,

用沾染了露水的手指,抚摸白色大理石砌成的帕特农神庙,

我们为您吟唱这首歌。

请求您用充满爱意的代祷来保护我们,

远离黑暗时刻的威胁,

远离全世界的野兽,

保护我们短短一夜。"

"真美啊,"琼恩斯说,"卫城和帕特农神庙那段是什么意思?"

"说老实话,"哈里斯说,"我自己也拿不准这部分合不合适。但古典文学系非要写进去不可。既然在此之前,经济学系、人类学系、物理学系和化学系已经决定了大部分的事项,我们就任由他们把帕特农神庙给写进去算了。毕竟,完成任何合作项目都必须做出妥协。"

琼恩斯点点头。"那么,黑暗时刻的威胁和全世界的野兽那部分内容呢?"

哈里斯也点点头,眨了眨眼。"恐惧是必不可少的。"

晚上,琼恩斯被安排在一间小屋里过夜,这小屋修建的时候连一根铁钉也没用。他的床是用松枝垒成的,呈现出迷人的质朴风格,但躺在上面相当难受。琼恩斯找了个疼痛感相对最轻的姿势,然后浅浅地小睡了片刻。

有只手碰了碰他的肩膀,将他惊醒。他抬起头来,看见一位年轻

---

[1] 公元前5世纪至公元前4世纪希腊著名抒情诗人,以写作合唱颂歌著称。

的绝色美人正俯身看着自己，面带温柔的微笑。起初，琼恩斯感到很尴尬，与其说是替自己感到难堪，倒不如说是为了她，他担心她是走错了房间。但她立刻向他表明，自己并没有走错。

"我叫拉卡，"她说，"我是青年日神协会的会长科尔的妻子。琼恩斯，今晚我是来陪你睡觉的，我会尽我所能欢迎你到卓罗瓦伊特来。"

"谢谢你，"琼恩斯说，"可是你这么做，你丈夫知道吗？"

"我丈夫知不知道无关紧要。"拉卡说，"科尔是个虔诚的人，信奉卓罗瓦伊特的各种风俗。以这种方式来欢迎客人是我们的风俗之一，也是一种宗教责任。难道汉利教授没告诉过你吗？"

琼恩斯回答说人类学系的汉利连提都没提过。

"那他是跟你开了个小小的玩笑吧，"拉卡说，"这种风俗就是汉利教授亲自制定的，是他从某一本书里借鉴来的。"

"我不知道，"琼恩斯说着往旁边挪了挪，拉卡在他身边的松枝上躺了下来。

"我听说，汉利教授在这一点上的态度相当坚定，"拉卡说，"本来他遭到了科学系的反对。但汉利认为，既然人们需要宗教，就也需要风俗习惯；而具体的风俗习惯应该由专家来选择。最后，这种观点占了上风。"

"我明白了，"琼恩斯说，"汉利还有没有选择其他类似的风俗？"

"嗯，"拉卡说，"还有农神节、酒神节、厄琉息斯秘仪[1]、酒神狂欢节、创立节、春秋繁育仪式、阿多尼斯崇拜仪式[2]，还有……"

说到这里，琼恩斯打断了她的话，他说："卓罗瓦伊特山上似乎有很多节日。"

"对，"拉卡说，"这让我们女人忙碌得不行，但我们已经习惯了。

---

1. 公元前5世纪至公元前4世纪古希腊时期位于厄琉息斯的一个秘密教派的入会仪式，崇拜农神得墨忒耳和珀尔塞福涅。
2. 阿多尼斯是春季植物之神，王室的如花美男子，是一位受女性崇拜的神灵。

男人对这一切还拿不太准。他们很喜欢节日,可是一旦牵扯自己的妻子,就会感到嫉妒,心生怨恨。"

"那他们会怎么着呢?"琼恩斯问。

"他们听从了心理学系的布罗因博士的建议:在浓密的灌木丛中,按照规定跑上差不多五公里,然后跳入一条冰冷的小溪,游个百米左右,接着捶打一个练习拳击用的鹿皮吊袋,直到筋疲力尽为止。布罗因博士告诉我们,极度的疲惫总是会在短暂的时间内带来彻底的情感丧失。"

"博士的办法有效吗?"琼恩斯问。

"这个办法似乎是绝对可靠的。"拉卡说,"如果第一次治疗没有完全成功,那男人只要根据需要进行多次重复治疗就行了。这种疗法还有改善肌肉张力的益处。"

"很有意思。"琼恩斯说。他躺在拉卡身边,突然发现自己对人类学话题的讨论不再感兴趣了。有那么一瞬间,他心想,汉利把自己的爱好强加给这个社区的人,这种做法难道不该受到谴责吗?不过他又想起来,社会总是由人塑造的,与他听说过的某些人相比,汉利的爱好算不上恶劣,反而比其他人要好得多。琼恩斯决定不再去想这个问题,伸手摸了摸拉卡的黑发。

拉卡厌恶得不由自主打了个寒战,躲远了些。

"怎么了?"琼恩斯问,"我不该摸你的头发吗?"

"不是,"拉卡说,"问题在于,我一般不喜欢有人碰我。相信我,这跟你无关,只是我的性格造成的。"

"真不一般!"琼恩斯说,"可你是自愿来到这个社区的,留在这里也是你本人心甘情愿的?"

"没错,"拉卡说,"这是挺奇怪的,不过,有很多文明人被原始的生活方式所吸引,可是,对教授们抱着极大兴趣研究的所谓肉体愉悦,他们却觉得厌恶。就我个人而言——我算不上什么典型,我热爱高山和田野,喜欢所有脚踏实地的工作,比如耕种、钓鱼或是打猎。为了享有这些，我愿意克制个人对性体验的反感。"

琼恩斯觉得这很令人诧异，他思索起了让人们迁居到乌托邦社区时遇到的种种困难。拉卡已经镇定下来了，开口打断了他的思路。她小心地克制着自己的情绪，搂住琼恩斯的脖子，把他拉向自己身边。

可是现在，琼恩斯对她的欲望与对一棵树或一朵云没什么两样。他轻轻抽开她的手，说道："不，拉卡，我不会用暴力来伤害你的自然天性。"

"可你非这么做不可！"她叫道，"这是风俗！"

"既然我不是社区的一员，也就用不着遵守你们的风俗。"

"我看这倒是实话，"她说，"但其他教授都遵守着这个风俗，还会在光天化日之下讨论其中的是非。"

"他们怎么做是他们的事。"琼恩斯不为所动地说。

"是我不对，"拉卡说，"我应该更好地控制自己的感情。不过你要是能知道，为了实现自我主宰，我是怎么拼命祷告的就好了！"

"这一点我毫不怀疑，"琼恩斯说，"但既然你提出了殷勤款待的建议，就已经体现了风俗的精神。记住这一点，拉卡，现在回你丈夫身边去吧。"

"我会觉得羞愧的，"拉卡说，"如果我天还没亮就回去了，其他女人就会知道我出了岔子，她们会嘲笑我的。而且，我丈夫也会不高兴。"

"可是你这么做，难道他就不会心生嫉妒，从而动手报复吗？"

"当然会，"拉卡说，"要是不会，那他成哪种男人了？但他也非常尊重学问，对卓罗瓦伊特的风俗颇具信心。正因为如此，他坚持要我也遵守这样的风俗，哪怕看到我这么做会让他心碎。"

"他肯定很不开心吧？"琼恩斯说。

"你错了，我丈夫是社区里最快乐的男人之一。他相信，真正的快乐是精神上的，而真正属于精神上的东西只有通过痛苦才能获得。

所以痛苦让他快乐,至少他是这么跟我说的。而且,他差不多每天都会遵照布罗因博士的指示去做,已经成了整个社区里跑步和游泳最厉害的人。"

即使这种痛苦能给拉卡的丈夫带来快乐,琼恩斯也不愿让他感到痛苦。但他又不愿打发拉卡回家,从而给她带来痛苦。他同样不想干出令自己反感的事,给自己造成痛苦。似乎没什么好办法可以解决这些难题,于是琼恩斯便让拉卡睡在小屋的一个角落里,至少这样一来,她就不至于在别的女人面前丢脸了。

拉卡用冰冷的嘴唇吻了吻他的额头,然后就去睡觉了。琼恩斯久久无法入睡,但最终还是打起了盹儿。

然而,当晚的事并没有就此结束。凌晨时分,琼恩斯不知为何忽然惊醒了,心中既警觉又害怕。月亮已经西沉,四周伸手不见五指。蟋蟀、夜鸟和森林里的小动物都静止不动,万籁俱寂。

琼恩斯感觉自己顺着脊柱起了一溜鸡皮疙瘩。他转身面朝门口,觉得必定是拉卡的丈夫来杀他了。由于对布罗因博士的解决办法心存怀疑,琼恩斯整夜都在考虑这种可能性。

这时他才发觉,使夜色归于沉寂的并不是拉卡愤愤不平的丈夫,因为他听到了一声骇人的咆哮,那样暴怒,那样激烈,绝不可能是人发出的声音。咆哮声蓦地止息了,琼恩斯听见外面的灌木丛里有庞然大物在移动的声音。

"那是什么?"琼恩斯问。

拉卡站了起来,紧紧地抱住琼恩斯,仿佛手脚都变得绵软无力了。她低声说:"是那只野兽!"

"可我还以为那只会出现在神话中。"琼恩斯说。

"在卓罗瓦伊特山上没有神话,"拉卡说,"我们崇拜太阳和月亮,日月都是真实的。我们害怕野兽,它也像花栗鼠一样真实。有时我们可以安抚一下这头野兽,有时我们可以把它赶走。可是今晚,它是来索命的。"

琼恩斯不再怀疑了，尤其是他还听到了一具庞大的身体撞到小屋墙上发出的巨响。这堵墙虽说用的是经过加工的木料，但却还是被野兽撞得粉碎。琼恩斯抬起头来，发现自己正与那野兽面面相觑。

乌托邦的野兽

琼恩斯从未见过这样的生灵。它的前部看着像只老虎，只不过硕大的脑袋是黑色的，并没有黄褐色条纹；中间这一截让人联想到飞鸟，因为肩膀底下垂着萎缩的羽翼；后部像条蛇，尾巴有身子的两倍那么长，最粗的地方足有人的大腿那么粗，全身长满了鳞片和倒刺。

琼恩斯在一瞬间就把这头野兽从头至尾看清楚了，牢牢记住了它的尊容。当那头野兽蹲下身子、准备起跳时，琼恩斯抱起晕倒的拉卡逃离了小屋。野兽并没有立刻追上来，而是先花了几分钟时间大肆破坏小屋，借此取乐。

琼恩斯与村里的一帮猎人会合了。这些人由鲁努领头，手拿长矛和弓箭，站在那里摆好了姿势，准备与野兽恶斗。

村里的巫医和他的两名助手站在旁边。巫医苍老的脸上布满皱纹，涂抹着赭蓝二色。他右手抓着个骷髅头，左手在一堆神奇的原料中狂乱地摸索，嘴里一边大骂着那两个助手。"白痴！"他说，"没用的傻瓜！死人头上长的苔藓在哪儿呢？"

"在您左脚下面，先生。"一个助手说。

"这可真是个好地方！"巫医回应道，"拿到这儿来。红色的裹尸绳在哪儿？"

"在您的袋子里，先生。"另一个助手回答。

巫医把绳子拽出来，从骷髅头的眼窝里穿过。他把苔藓糊在骷髅头的鼻梁骨上，然后转身面向两个助手。

"你，小黄，我原先派你去夜观星宿；你，波利托，我原先派你去了解神圣金鹿的消息。别耽搁了，赶快告诉我都有些什么消息，众神有什么要求,我们才能在今晚拦住这头野兽。"

黄说:"星象指示我们,今晚要朝逆时针方向绑迷迭香。"

巫医从一堆迷迭香中抓了一枝,然后用裹尸绳把它绑在骷髅头上,随着太阳运行的方向将绳子转动了三次。

波利托说:"神圣金鹿传达的消息是要拿撮鼻烟给骷髅头嗅嗅。他说这样就已经足够。"

"省省你那愚蠢的押韵吧,"巫医说,"把鼻烟给我。"

"不在我这里,先生。"

"那在哪儿?"

"你之前说已经把鼻烟放在安全的地方了。"

"那是自然。但我到底放在哪个安全的地方了呢?"巫医一边问,一边在各种配料中发疯似的翻找着。

波利托说:"说不定放在占卜场了呢。"

"不,这些地方好像都不对。"巫医说,"让我想想……"

然而,那头野兽没有给他留出更多思考的时间。它小跑着钻出琼恩斯的小屋,向猎人们的队伍扑来。十来支利箭和长矛向它飞去,像愤怒的大黄蜂一样,在空中嗡嗡作响。但这些投掷物毫无效果,野兽毫发无损地冲破了猎人们的防线。巫医和助手们已经捡起配料,全速冲进了森林。猎人们也在逃跑,但鲁努和另外两个人却丢了性命。

琼恩斯跟在猎人后面,恐惧令他跑得飞快。最后,他来到了林中的一块空地上,空地中央有一座饱经风霜的石头祭坛。他在这里发现了巫医和那两个助手,猎人们躲在他们背后簌簌发抖。森林里,野兽的嘶吼声越来越响。

巫医在祭坛旁边的地上笨手笨脚地摸索着:"我差不多可以肯定,鼻烟就放在这里的某个地方。今天下午,我到这里来过,特地请求日神赐福于它。波利托,你还记得我当时干什么了吗?"

"我当时不在这里,"波利托说,"你跟我们说,你要举行一场秘密仪式,不许我们参加。"

"当然不许了，"巫医边说边拿起一根棍子，在祭坛周围拼命地刨土，"可你们就没有悄悄窥探一下吗？"

"我们绝不会这么干。"小黄说。

"该死的，循规蹈矩的小白痴！"巫医说，"你们一逮到机会就得窥探一下，不然怎么可能当上巫医？"

野兽出现在空地的边缘，离这群人还不到四十五米。与此同时，巫医弯下腰又站了起来，手里拿着个鹿皮小包。

"当然是在这儿了！"巫医叫道，"就在圣玉米穗底下，今天下午我把它埋在这里了。你们这两个笨手笨脚的呆瓜，谁再给我递根裹尸绳？"

波利托已经拿出了裹尸绳。巫医非常灵巧地把小包绑在骷髅头的下颚上，沿逆时针方向绕了三圈。然后他用手掂了掂骷髅头，说道："还有什么我忘了的东西吗？我看没有了。现在瞧好了，你们这些傻头傻脑的乡巴佬，瞅瞅我是怎么做的。"

巫医双手捧着骷髅头，逼近了那头野兽。琼恩斯、猎人们和那两个助手目瞪口呆地站着，看那头野兽用爪子在泥土里刨出了一条接近一米深的壕沟，从沟上跨过，恶狠狠地走向巫医。

老人向野兽走去，看不出丝毫畏惧的迹象。在千钧一发之际，他把骷髅头扔了出去，砸中了野兽的胸口。在琼恩斯眼里，这一击似乎微不足道；但那野兽却发出了一声痛苦的嘶吼，转身阔步进了森林。

猎人们疲惫不堪，无力为野兽的败逃而欢庆。他们默不作声地回了自己的小屋。

巫医对助手们说："我希望你们能从这件事中有所收获。当需要用骷髅头来驱邪时，准备好的头骨——或者叫'阿哈比托斯'——必须击中野兽胸口的正中位置。打在其他地方都不行，那样只会让那头野兽更加愤怒。明天，我们要学习三尸驱邪法，这个方法所用的仪式好看得很。"说完他就离开了。

琼恩斯抱起仍然昏迷不醒的拉卡，把她带回了自己的小屋。门一关上，拉卡就清醒过来，雨点般的亲吻落在琼恩斯身上。琼恩斯把她推开，叫她不要伤害自己的感情，也不要唤起他的感情。但拉卡宣称，她已经发生了变化，哪怕这种改变只是暂时的。她说，看到琼恩斯面对着那头野兽，仍充满解救她的勇气，她深受感动。而且，可怜的鲁努死了，这也让她明白了在短暂的生命中，激情具有怎样的价值。

琼恩斯对这些原因感到怀疑，但不可否认，拉卡确实变了。她的眼睛闪闪发光。她猛地一跃而起，扑向琼恩斯——让人联想起那头野兽的动作——把他推倒在松枝床上。

琼恩斯断定，自己对男人固然所知甚少，对女人则更是缺乏了解。而且，松枝把他的背扎得特别疼。但他很快就忘记了自己的疼痛和无知。这两件事变得微不足道了，他没有再去想，直到黎明的阳光洒满了小屋，拉卡溜回自己家去了。

野兽对于乌托邦的必要性

早上，琼恩斯见到了大学同事。他把昨晚的冒险经历给他们讲了一遍，对事先没有听到关于野兽的警告表示气愤。

"可是，我亲爱的琼恩斯呀！"汉利教授说，"我们想让你亲眼看看卓罗瓦伊特这重要的一面，在做出评判时不带先入为主的偏见。"

"就算目击野兽会让我付出生命的代价？"琼恩斯生气地问。

"你根本没有半点危险。"钱德勒教授告诉他，"野兽从不攻击跟咱们学校有关的人。"

"它看起来确实是一副要吃了我的样子。"琼恩斯说。

"我敢肯定，看起来的确是这样。"曼尼斯弗里说，"可是实际上，它只想抓住拉卡罢了，拉卡是卓罗瓦伊特人，对它来说是个合适的牺牲品。当野兽把那姑娘从你身边抢走时，你顶多也就是被推搡一下。"

琼恩斯发觉，明明昨晚还显得那么可怕的危险事件，现在才知道根本什么也不算，这让他感到沮丧。为了掩饰心中的气恼，他问道："那是什么生物？属于什么物种？"

古典文学系的杰弗拉德自负地清了清嗓子："你昨晚见到的那头野兽是独一无二的，既不要跟佩林诺王追逐的吠兽[1]混淆，也不要跟启示兽弄混了。卓罗瓦伊特兽更接近于狮鹫，古人告诉我们，狮鹫是半骆驼、半龙和半狮子的存在，只是我们不知道具体的比例。但是这种亲缘关系很肤浅。就像我刚才说的那样，我们的野兽是独一无二的。"

琼恩斯问："这头野兽是从哪儿来的呢？"

教授们面面相觑，咯咯地笑了起来，就像一帮难为情的小学生。物理系的布雷克强忍住笑，对琼恩斯说："其实，是我们自己把野兽给搞出来的。每到周末和晚上，我们就利用化学实验室，一部分接着一部分地制造它，一个成员接着一个成员地构建它。大学里的每一个系都参与了这头野兽的设计和制造工作，但我特别要列出化学系、物理系、数学系、控制论系、医学系和心理学系的贡献，还必须提一提人类学系和古典文学系的功劳，这头野兽本来出自他们的灵感。特别要感谢应用艺术系的埃林教授，他用最耐用的塑料皮肤给整头野兽打扮了一番。我也不该忘了我们的学生助理华小姐，假如没有她认真校对我们的笔记，整个项目必定会失败。"

听了布雷克的这番说辞，诸位教授都喜笑颜开。琼恩斯解开了一个谜，结果却发现了另一个谜，仍然什么也不明白。

琼恩斯说："让我瞧瞧我有没有听明白你的话。你们在化学实验室里凭着想法和惰性物质造出了这头野兽？"

"说得很好，"曼尼斯弗里说，"没错，我们就是这么做的。"

---

1. 佩林诺王是亚瑟王圆桌骑士之一。吠兽是拥有蛇的头和颈、豹的身体、狮尾和鹿足的怪物。

"制造这头野兽的事,大学行政部门的人知情吗?"

道尔顿眨了眨眼,说道:"琼恩斯,你也知道那些家伙是个什么样。除了健身房以外,他们天生厌恶一切新鲜事物。所以我们当然没跟他们说。"

"但他们还是知道的,"曼尼斯弗里说,"无论发生了什么事,都逃不过行政部门的眼睛。可是,只要不逼着他们非注意不可,他们就宁肯视而不见。他们认为,这样的项目可能会取得不错的成果,在这种情况下,校方和他们会因为远见卓识而赢得赞誉。万一结果不怎么样,他们也很安全,因为他们对此一无所知。"

有几位教授往前探着身子,关于行政部门的笑话仿佛就在嘴边。但琼恩斯先开口了,他说:"造一头野兽一定很难吧。"

"的确如此,"数学系的托勒密说,"为了制造特殊部件,除去我们自己的时间,还有化学实验室的损耗,我们总共花费了一千二百四十万零十二美元六十三美分。会计系的霍格黑德仔细记录了所有的费用,以防有人询问。"

"这笔钱是哪儿来的?"琼恩斯问。

"当然是政府给的,"政治学系的哈里斯说,"我和我的同事经济学系的芬菲特尔接手了专项拨款项目。剩下的钱足够在野兽项目完成以后大办一场庆功宴了。琼恩斯,真可惜你当时没在。"

没等琼恩斯接着提问,哈里斯便抢先说道:"当然了,我们没告诉政府是在造野兽。虽然那样的话,他们可能还是会拨款,但官僚主义不可避免的拖延会让人发狂的。我们说的是正在研究一项应急计划,出于对国防利益的考量,从东海岸到西海岸建设一条八车道的地下高速公路是否具有可行性。有一点我可能用不着补充了吧,国会向来支持建设高速公路,立刻就热烈地投票决定要拨款给我们。"

布雷克说:"我们当中有很多人都觉得,这样一条高速公路会特别实用,或许也相当有必要。我们越想就越对这个主意有兴趣。可是野兽项目要优先考虑。就算有政府资金可用,这项任务也是难上加难。"

"你们还记不记得，"托勒密问道，"为野兽的计算机大脑编程的时候，那些磨人的难题？"

"老天，记得啊！"曼尼斯弗里咯咯地笑起来，"还有给它整出一套孤雌生殖系统的那些麻烦呢。"

"我们差点就卡住了。"道尔顿说，"不过另一方面，想想我们是怎么让野兽的动作变得协调而稳定的吧！这可怜的家伙在实验室一瘸一拐地折腾了好几个星期，才被调整好了。"

托勒密悲伤地说："它还害死了神经学系的老达格拉斯顿。"

"事故是免不了的，"道尔顿说，"我很庆幸，我们可以告诉行政部门的人，达格拉斯顿休假去了。"

关于制造野兽的事，教授们似乎有千百件奇闻轶事可说。但琼恩斯不耐烦地打断了他们的回忆。

"我想知道的是，"琼恩斯说，"你们为什么要制造这头野兽？"

教授们不得不思索了片刻。最初弄清野兽为何要存在时，他们曾经欣喜若狂，那段日子已经过去多年了。但幸运的是，所有的原因都依旧存在。略微停顿了片刻后，布雷克说：

"琼恩斯，野兽是必不可少的。要让乌托邦式的卓罗瓦伊特取得成功——引申开来，要想实现卓罗瓦伊特所代表的未来——就需要有这头野兽，或者跟它类似的某种东西。"

"我明白了，"琼恩斯说，"可是为什么呢？"

"这真的再简单不过了，"布雷克说，"想想看，像卓罗瓦伊特这样的社会，或者其他任何一种社会，什么因素会导致其解体呢？问问自己吧。这是个很难回答的问题，而且真的没有答案。但我们不能满足于此。人确实要生活在社会中，这似乎是人类的天性。鉴于这一必要条件，我们希望在卓罗瓦伊特建立起一个理想的社会模式。由于当今所有的社会都正面临崩溃，我们希望在得到认可的民主法律框架内，自己的这个社会能尽量保持稳定和公平。我们也想要一个令人愉快的社会、一个有意义的社会。这些都是很有价值的理想，你同意吗？"

"毫无疑问，"琼恩斯说，"可是野兽……"

"没错，这就是野兽的作用。你看，这头野兽是卓罗瓦伊特赖以存在的必然条件。"

看见琼恩斯一副迷惑不解的模样，于是布雷克接着解释道：

"这其实是件简单的事，轻而易举就能理解。但首先你必须接受的是：受到认可的法律框架内的稳定与公平是必要的，存在的意义也是必要的。这些你已经接受了。其次，你还必须认可这样一个事实：没有哪个社会可以仅仅依靠抽象概念来运行。当美德缺乏回报、恶行不受惩罚，人们不再有信仰，社会就会分崩离析。我承认，人是需要理想的；但在现今这个毫无价值的空虚世界里，他们却无法维持理想。人们会在恐惧中发现，神灵遥不可及，任何事情都无关紧要。"

"我们也承认，"曼尼斯弗里说，"过错无疑在于个体本身。即便身为有思想的存在，人也不肯思考。人虽然具有才智，却很少运用才智来谋求自身的进步。没错，琼恩斯，我想这一切我们都可以接受。"

琼恩斯点点头，对教授们在他面前承认这些感到惊讶。

"所以，鉴于所有这一切，"布雷克说，"这下我们可以看出，野兽的存在是绝对有必要的了。"

布雷克转过身去，似乎要说的话已经说完了。但道尔顿却更加热忱地继续说道：

"我亲爱的琼恩斯，野兽只不过是'必要性'这个概念的化身而已。今天，我们攀登了所有的高山，探索了所有的海洋，行星触手可及，而恒星又太过遥远。众神消失了，国家瓦解了，剩下的还有什么呢？人必须运用自己的力量去对抗某种东西，我们为此提供了野兽。人再也不能离群索居了，野兽永远躲藏在附近。人再也不能在无所事事中蹉跎岁月了，必须时刻警惕着野兽的蹂躏。"

曼尼斯弗里说:"野兽使卓罗瓦伊特这个社会保持着稳定和团结。人们假如不合作,就会被野兽一个接一个地杀掉。只有通过全体卓罗瓦伊特人民的努力,野兽才能得到合理的遏制。"

"这样也让他们对宗教抱有完全的的尊重。"道尔顿说,"只有在野兽四处游荡的情况下,人们才是需要宗教的。"

"这摧毁了自满情绪,"布雷克说,"在野兽面前,谁也自满不起来。"

"因为野兽,"曼尼斯弗里说,"卓罗瓦伊特社区的人过着快乐的生活,注重家庭,信仰宗教,亲近土地,而且始终对美德的必要性有所认识。"

琼恩斯问道:"是什么阻止了野兽干脆把整个社区都摧毁呢?"

"编程。"道尔顿说。

"你说什么?"

"野兽已经被编好了程序,也就是说,某些信息和反应已经植入了它的人工大脑。不消说,我们对此是相当小心的。"

"你们教会了野兽不杀大学教授。"琼恩斯说。

"嗯,是的,"道尔顿回答,"说实话,对于这件事,我们算不上有多自豪。但我们认为,在一段时间内,这或许还是有必要的。"

"你们还给那头野兽编了什么别的程序吗?"琼恩斯问。

"我们教它去寻找并消灭卓罗瓦伊特人当中的首领或统治集团;其次是消灭不道德的人,再次是消灭普通的卓罗瓦伊特人。这样一来,任何一个首领都必须保护自己和人民免受野兽的伤害。单这一件事本身就足够让他没法瞎折腾了。但首领还必须跟巫医合作,没有巫医的帮助,他就无可奈何了。这就对他的权力形成了决定性的制约。"

"巫医能帮上他什么忙呢?"琼恩斯问道。

"巫医的所作所为你都亲眼看到了,"汉利说,"他和助手利用的某些东西是由整个卓罗瓦伊特的居民替他们收集来的。这些东西以适当的方式组合起来,就会把野兽赶走。因为按照程序,它可以识别出适当的组合,并做出反应。"

"首领难道就不能干脆把这些东西和它们形成的组合直接拿走,自己来抵抗野兽,不依靠巫医的帮助来维持统治?"琼恩斯问。

"我们非常小心地保持着政教分离,"哈里斯说,"你看,没有任何一种组合在每一次野兽出现的时候都能管用。相反,巫医每天都必须运用月亮和星体的周期,还有温度、湿度、风速之类的变量,计算大量的公式。"

"这样的计算肯定让巫医忙得不可开交吧。"琼恩斯说。

"确实如此,"汉利说,"他们太忙了,基本上没时间去干涉政务。为了防止出现既有钱又不可一世的巫医,我们在野兽身上植入了会重复出现的随机因素,作为最后的一道防线。什么也阻止不了这种措施,野兽将杀死巫医。在这种情况下,巫医跟首领面临着同样的危险。"

"可是在这种情况下,"琼恩斯说,"怎么还会有人想当巫医或首领呢?"

"这些都是特权职位,"曼尼斯弗里说,"你已经看见了,哪怕是地位最低的村民也面临着被野兽杀掉的危险。在这种情况下,有本事的人为了行使权力、对抗野兽、享有更多特权,总是会愿意承受更大的风险。"

"这一切环环相扣的内在联系你看得出来吧。"布雷克说,"首领和巫医都要依靠人民的支持才能保住自己的位置。如果首领不受欢迎,就没人帮他对付野兽,于是很快就会被干掉。如果巫医不受欢迎,就得不到应付野兽所用的那些至关重要的东西,因为那些东西必须通过全体人民的努力才能收集到。所以,首领和巫医都要凭借民众的认可和支持才能掌握权力,于是,野兽就确保了社区实现真正的民主。"

"关于这一切,还有些有意思的趣闻呢,"人类学系的汉利说,

"所有的魔法物品在客观上都是生存必需品，我相信，有史以来，这种情况还是头一回。而且，这很可能也是地球上第一次有生物这么接近超自然存在。"

"考虑到这样的危险，"琼恩斯说，"我不明白，你们的志愿者为什么还要留在卓罗瓦伊特山上？"

布雷克说："他们之所以留下，是因为这是个有意义的好社区，因为他们可以对抗一个看得见摸得着的敌人，而不是一个看不见的疯子，干着邪恶的工作，被无聊逼死。"

"我们有少数志愿者产生了怀疑，"道尔顿说，"虽然我们让他们相信了这次实验的合理性，但他们还是不敢肯定自己能坚持到底。对于那些拿不定主意的人，心理学系的布罗因博士设计了一个简单的大脑额叶手术。这个手术不会对他们造成任何伤害，也不会像过去那些可怕的脑白质切除术那样破坏智力和主动性，而只会清除掉他们关于卓罗瓦伊特以外世界的所有知识。手术做完以后，他们就没有别的地方可去了。"

"这么做合乎道德吗？"琼恩斯问。

"他们是自愿的，"汉利说，"我们从他们身上拿走的只是一点儿没用的知识罢了。"

"我们不愿意这么做，"布雷克说，"但是，任何社会在开拓阶段往往都会面临一些不寻常的问题。幸运的是，我们的开拓阶段已经接近尾声了。"

曼尼斯弗里说："等到野兽产了崽，这个阶段就结束了。"

教授们虔诚地默然了片刻。

"你看，"托勒密说，"我们费了相当大的劲儿，才让野兽实现孤雌生殖。这样一来，它可以自我授精，杀不死的幼崽会迅速拓展到邻近的社区。它的后代不会像原先这头野兽那样，按照编程只在卓罗瓦伊特山的范围内活动。相反，每只幼崽都会去寻找属于自己的社区，让那里的人心惊胆战。"

"但其他人对它们却无可奈何。"琼恩斯说。

"这样的日子不会持续太久。其他社区的人们会到附近的卓罗瓦伊特来找人支招,学会控制自己那头野兽的规则。这样一来,未来的社区就会诞生,并且遍布在整个地球上。"

"我们还不打算就此罢休。"道尔顿兴奋地说,"野兽固然厉害,但在人类破坏性的智慧面前,它和它的后代都无法立于不败之地。因此,我们获得了更多的政府拨款,正在打造其他的创新产品。"

"我们要让机械吸血鬼飞满天空!"托勒密说。

"关节灵活的僵尸会在地上行走!"道尔顿说。

"神奇的怪物会在海里游泳!"曼尼斯弗里说。

"人类会和他们一直渴望的那些神话般的造物一起生活。"汉利说,"狮鹫和独角兽、麒麟和蝎狮、双翼鹰头马和怪鼠,所有这一切,还有许多其他怪兽都会成真。迷信和恐惧会取代肤浅和无聊,面对它们的时候人类会充满勇气。当独角兽把大脑袋搁在闺中少女的膝上时,人们会感到幸福;当小矮人奖励善人一袋金子时,人们会感到快乐!贪婪的人必定会受到食尸鬼的惩罚,好色的人必须提防遇到的是阿佛洛狄忒·潘德摩斯[1]的化身。人类再也不会孤独地生活在宇宙中,而是会跟与自己一样神奇的生灵共存。人类只会按照自己的天性所接受的规则去生活——这样的规则来自超自然力量在地球上的显现!"

琼恩斯看着诸位教授,他们满脸喜色、容光焕发。看到众人这副模样,琼恩斯并没有问他们,卓罗瓦伊特以外的世界是否需要神奇力量的统治,或者是否应该征求一下人们的意见。琼恩斯也没有说出自己的感想:所谓神奇力量的统治只不过是一大堆人造机器在根据人的想象运行;这些机器并非永远正确的神圣存在,只不过是容易出错的凡俗之物,具有极大的破坏性,相当令人恼火。从人类把机器设计

---

1. 古希腊神话中的爱情、美丽和性欲女神。

成了这样的时候，它们就注定会遭到毁坏。

但是，琼恩斯之所以没有说出这番话，并不完全是出于尊重同事们的感受。他还担心，倘若由衷表现出异议，这些奋不顾身的人说不定会要了他的命。因此，他缄口不言。在返回大学的漫长旅途中，他思忖着人类生存面临的种种困难。

等回到了大学，琼恩斯下定了决心，要尽快终止这种象牙塔里的生活。

10

琼恩斯是如何进入政府的

（来源：萨摩亚群岛的马奥阿）

过了一周，有位政府的招聘人员来校园参观。离开大学的机会就来了。此人名叫奥林，头衔是负责政府就业事宜的副部长。他身材矮小，年约五旬，一头剪得短短的白发，一张面色红润的脸酷似牛头犬。他给人一种精力充沛、意志坚定的印象，让琼恩斯深受感染。

奥林副部长面向全体教职员工做了一次简短的演讲："你们多数人都认识我，所以我不会浪费时间来说些花言巧语。我只想提醒你们，政府的各种公共事业单位和机构需要既有才华、又肯奉献的人。我的工作就是发掘他们。凡是有兴趣的人，都可以到旧楼的222号房间来找我，慷慨的福尔斯院长允许我使用这个房间。"

琼恩斯登门了，奥林副部长热情地向他打招呼。

"请坐，"奥林说，"抽烟吗？喝点什么？看到有人来，我挺高兴的。我还以为圣斯蒂芬伍德的书呆子们都有自个儿的拯救世界计划呢。是个什么机械怪兽，对吧？"

琼恩斯大吃一惊。奥林竟然知道卓罗瓦伊特的实验。

"我们时时留心着呢，"奥林说，"一开始，我们被耍了，因为本来以为这只是拿来拍怪兽电影的噱头呢。可是如今我们明白了，已经找了联邦调查局的人来查这个案子。他们在卓罗瓦伊特的那群人里安插了卧底，现在已经占了总人数的三分之一。一旦收集到足够的证据，我们就会采取行动。"

"机械野兽可能很快就要生崽了。"琼恩斯说。

"这只会给我们提供更多的证据，"奥林说，"不管怎么着，咱们还是把注意力转到你身上来吧。照我的理解，你有兴趣替政府工作？"

"我有兴趣。我叫琼恩斯，我……"

"你的事我都知道。"奥林说。他打开一只上了锁的大公文包，取出一个笔记本。

"让我瞧瞧，"他边说边翻动着笔记本，"琼恩斯，因涉嫌发表颠覆性演讲于旧金山被捕，被带到国会委员会面前，判为不合作且大不敬的证人，尤其是关于你和八角大楼的那对孪生间谍阿诺德与罗纳德·布莱克的关系。经神谕官审判，判处十年缓刑。在霍利斯精神病罪犯之家逗留了一段时间，然后在这所大学找到了工作。在校期间，你每天都跟卓罗瓦伊特社区的创始人见面。"

奥林合上笔记本，问道："这些差不多对吧？"

"差不多。"琼恩斯发觉自己不可能再争辩或解释了，"我估计，因为有这样的前科，我就不适合在政府工作了。"

奥林哈哈大笑起来。最后，他擦着眼泪说道："琼恩斯，肯定是周围的环境把你搞得脑子有点问题了。你的档案里没什么特别骇人听闻的事。你在旧金山的演讲只是被指控，没有被证实。你对国会的不敬态度表现出了强烈的个人责任感，就像我们那些最伟大的总统一样。哪怕是为了自救，你也不肯提及阿诺德和罗纳德·布莱克的事，这是一种与生俱来的忠诚。联邦调查局说，自从犯了布莱克兄弟那一档子天真的错事以后，你就坚决不再理睬从事国际革命的间谍了。在霍利斯精神病罪犯之家待过没什么丢人的；假如你看过统计数据，就会发现,我们多数人在某一时期都需要接受精神病治疗。你和卓罗瓦伊特的关系也没什么值得警惕的,理想主义不可能总是被引导到政府希望的方向上去。哪怕正打算消灭卓罗瓦伊特,我们也必须批准这个崇高却不切实际的计划。琼恩斯,我们政府里的人不是伪君子。我们明白,没有哪一个人是绝对清白的,谁都干过自己没法引以为傲的小事。照这么看,你其实什么也没干过。"

琼恩斯对政府的这种态度表示感激。

"你真正应该感谢的人是肖恩·范斯坦,"奥林说,"他以总统助理特别助手的身份提出了这些关于你的看法。我们仔细研究了你的情况,断定你正是我们政府要找的那种人。"

"真的吗?"琼恩斯问。

"毫无疑问。我们政客都是现实主义者,认识到如今困扰着我们的无数问题。为了解决这些问题,我们需要找到最大胆、最独立、最无畏的思想家。我们只找最优秀的人,不会因为任何次要的考量就打退堂鼓。琼恩斯,我们需要像你这样的人。你愿意进政府工作吗?"

"我愿意!"琼恩斯激动地高喊,"我会尽力不辜负你和肖恩·范斯坦的信任。"

"我就知道你会这么说的,琼恩斯。"奥林哑声道,"他们个个都这么说。我从心底感谢你。"

奥林递给琼恩斯一份标准的政府合同。"在这几个地方签名。"琼恩斯签了名。副部长把文件放进公文包,热情地与琼恩斯握手。

"你在政府的职位从这一刻开始生效。谢谢你,愿上帝保佑你,记住,我们都指望着你呢。"

然后,奥林向门口走去,但琼恩斯在他身后叫道:"等等!我的工作是什么呀?我工作的地方在哪儿?"

"会通知你的。"奥林说。

"什么时候?谁来通知?"

"我只是个招聘人员,"奥林说,"我招的人会怎么样完全不在我的管辖范围内。不过别担心,为你分配工作的事会一帆风顺的。记住,我们都指望着你呢。现在请见谅了,我在拉德克利夫学院还安排了一场演讲。"

奥林副部长走了。摆在自己面前的种种可能令琼恩斯兴奋不已,但对于政府的行动速度,他还略有怀疑。

然而,次日早晨,他就收到了一封由特使送来的公函。他奉命以最快的速度前往华盛顿特区波提可大厦东翼432室报到。签署这封公函的正是三军协调主任的特别助理——约翰·马吉。

琼恩斯立刻告别了同事们,最后一次注视大学的碧绿草坪和水泥小径,登上了飞往华盛顿的第一班飞机。

对于琼恩斯而言,到达首都的时刻非常激动人心。他沿着玫瑰色大理石铺设的街道向波提可大厦走去,途中经过了美国的权力中枢——白宫。他的左手边是占地广阔的八角大楼,取代了面积较小的五角大楼,再往前走则是国会大厦。

琼恩斯觉得这些建筑让他激动不已。在他眼里,它们都是历史传奇的化身。他眼前浮现出的是灾难性的内战之前,希腊联邦的首都旧华盛顿的昔日辉煌。他仿佛可以看见伯里克利与迪米斯托克利[1]之间那场震撼世界的辩论,前者代表的是大理石切割从业者的游说团体,后者则是性格暴躁的潜艇指挥官。他想到了克里昂[2]从位于新罕布什尔州阿卡迪亚的老家来到这里,简明扼要地提出了关于发动战争的想法。哲学家亚西比德曾在这里居住过一段时间,代表他的家乡路易斯安那。

回忆飞快地纷至沓来!有关各州之间的战争悲剧,修昔底德[3]在这里写下了最具权威的历史。在这个地方,希腊卫生局局长希波克拉

---

1. 有两位古希腊政治家与此二人同名。
2. 公元前5世纪雅典将军,政治领袖。
3. 公元前5世纪雅典历史学家。

底战胜了黄热病；他信守自己的誓言[1]，对此事只字不提。同样是在这里，最高法院最早的法官来库古[2]和梭伦[3]就正义的本质进行了著名的辩论。

当他走过华盛顿宽阔的林荫大道时，这些名人似乎就簇拥在他周围。想到他们的事迹，琼恩斯决心尽最大的努力，证明自己无愧于祖先。

在这种狂喜的心境下，琼恩斯来到了波提可大厦东翼432室。特别助理约翰·马吉立即向他表示欢迎。马吉为人和蔼可亲，尽管工作量巨大，却干得从容不迫。琼恩斯得知，马吉的上司在夜以继日地撰写毫无作用的请愿书，要求调到陆军去，因此，三军协调办公室的所有决策都是出自马吉之手。

"好吧，琼恩斯，"马吉说，"你被分派到我们这儿来了，我们很高兴你能加入。我想，我应该马上跟你解释一下这个办公室是干什么的。作为各部队之间的协调单位，我们的作用是避免半自治的军方部队之间的工作出现重复。除此之外，我们还为所有部队的计划提供情报和信息，在军事战、心理战和经济战领域担任政府政策的规划者。"

"听着工作挺多的。"琼恩斯说。

"太多了。"马吉回答，"不过，我们的工作绝对是必不可少的。举个例子，就说我们的主要任务吧，在各部队之间居中协调。就在去年，在本办公室成立之前，我们的军队在泰国北部的丛林深处进行了为期三天的激战。你可以想象一下，当硝烟散去，他们发现自己攻打的是美国海军陆战队一个坚守阵地的军营时，该有多么懊恼！想想这对士气的打击有多大！鉴于我们的军事力量在全球分布得如此广泛，又如此错综复杂，我们必须时刻对这类事件保持警惕。"

---

1. 即希波克拉底誓言，据称来自古希腊著名医师希波克拉底。
2. 公元前8世纪至公元前7世纪希腊政治人物，著名的立法者。
3. 公元前7世纪至公元前6世纪希腊七贤之一，古代雅典的立法者。

琼恩斯点头表示同意。马吉接着解释了履行其他职责的必要性。

"以情报为例，"马吉说，"这一度曾是中央情报局负责的特殊领域。可是如今，中央情报局却不肯公布情报，而是要求划拨更多的部队来处理他们发现的问题。"

"真该受到谴责。"琼恩斯说。

"当然了，陆军情报局、海军情报局、空军情报局、海军陆战队情报局、太空部队情报局，以及其他所有的情报局都是如此，程度有过之而无不及。这些部队的爱国精神是不容置疑的；但是，在被允许发动独立战争之后，每一支部队都认为，只有自己这支部队才能对危险作出判断、将战斗进行到底。在这种情况下，关于敌人的所有情报都是矛盾和值得怀疑的。这反过来又导致政府陷入了瘫痪，因为没有可靠的情报作为制定政策的基础。"

"我没想到问题会这么严重。"琼恩斯说。

"问题很严重，而且没法解决。"马吉回答，"在我看来，问题出在政府机构的规模上，这样臃肿的机构史无前例。有个科学家朋友曾经告诉过我，假如一个生物体的尺寸超过了自然大小，往往各个组成部分会分解，最终重新开始生长。我们已经发展得过于庞大，解体的过程已经开始。不过，我们的扩张是时代造成的自然结果，至今为止，我们还不允许发生分裂。冷战仍然迫在眉睫，我们必须修修补补，让三军保持有序和合作的表象。我们协调办公室的人必须查明敌人的真相，汇总方略汇报给政府，并引导各部队按照这个方略采取行动。我们必须坚持到底，直到外部的危险被消除，然后期盼着政府能缩小官僚机构的规模，别等到混乱的势力来替我们完成这件事。"

"我觉得我听明白了，"琼恩斯说，"并且完全同意。"

"我就知道你会的。"马吉回答，"从我看到你的档案、要求把你委派到这里来的那一刻，我就知道了。我对自己说，这人应该是个天生的协调家。尽管遭遇了许多困难，但我还是让你获得了为政府服务的许可。"

"可我还以为这是肖恩·范斯坦的功劳呢。"琼恩斯说。

马吉笑了。"肖恩基本上只是个傀儡而已,我们把文件摆在他面前,他就签字。他也是位一流的爱国者,自愿充当政府不为人知却又必不可少的替罪羊。我们以肖恩的名义做出的决策都是值得怀疑的、不得人心的、存在问题的。如果决策取得了满意的结果,赞誉就归于领袖;如果结果不妙,就由肖恩来承担责任。这样,领袖的权力就不会受到削弱。"

"这对肖恩来说肯定很艰难吧?"琼恩斯说。

"当然。但是,假如对肖恩来说不那么艰难的话,他可能还会不高兴。我有个朋友是心理学家,他是这么认为的。我还认识另外一位心理学家,他的思想更神秘一些,他相信,肖恩·范斯坦正在履行一项义不容辞的历史职责,注定要成为人物和事件的主要推动者,成为一切史书上的关键人物,并且在对人民的启迪方面是股至关重要的力量;出于这些原因,他为之奉献的百姓都厌恶他、辱骂他。但无论真相如何,我都觉得肖恩是个必不可少的人物。"

"我想见见他,跟他握握手。"琼恩斯说。

"暂且还不可能,"马吉说,"肖恩目前被单独监禁,只能吃面包、喝白水。他被判有罪,罪名是盗窃了美国陆军二十四枚原子榴弹炮,以及一百八十七枚原子手榴弹。"

"他真的偷了那些东西?"琼恩斯问道。

"对,但他是应我们的要求才这么干的。我们用这些武器武装了一支通信兵小分队,在玻利维亚东南部的罗斯峡谷战役中赢得了胜利。我还要补充一句,很久以前,通信兵就申领过这些武器,可是一直没能领到。"

"我真替肖恩感到难过,"琼恩斯说,"他被判了什么刑?"

"判了死刑,"马吉说,"但他会被赦免的,回回都是这样。肖恩太重要了,非赦免不可。"

马吉移开了目光，片刻后又重新望向琼恩斯，说道："你的具体工作至关重要。我们要派你去一趟俄罗斯，进行视察和分析。当然了，我们以前也曾经视察过很多回。但要么是带着某支部队的偏见，因而毫无价值；要么是出于协调机构的立场，在这种情况下，相关的文件就会被标记成绝密，归档封存到诺克斯堡[1]地下的机密室里，连看都没有人看过。我的长官向我保证，我也在此向你保证，你的报告不会遭遇这样的命运，会有人看你的报告，并在此基础上采取行动。我们下定决心要实施协调工作，你说的每一句关于敌人的话都会得到认可和采用。现在，琼恩斯，你会接受一次全方位的审核，然后听一听简要的情况介绍，接着就会收到指令。"

马吉把琼恩斯带到安全处，一位负责颅相学的上校在他脑袋上摸来摸去，检查有没有可疑的肿块。在此之后，琼恩斯经受了一番严酷的考验，政府的占星师、塔罗牌大师、茶叶占卜师、面相学家、心理学家、诡辩家和计算机轮番上阵。最后，考验结果宣称他为人忠诚、理性、负责、可靠、虔诚，而且最重要的是还很幸运。在此基础上，他获得了一揽子许可，获准阅读机密文件。

至于琼恩斯在灰铁铸成的机密室里读过哪些文件，我们只有部分清单，当时有两名警卫站在他身边，他们都蒙着眼睛，以确保不会无意中瞥见这些宝贵的文件。但我们还是知道，琼恩斯读过的密件包括：

《我是战场男新娘》，其中曝光了武装部队中违背自然天性的行为，令人极为震惊。

他还阅读了下列密件：

《小孤儿安妮遇见狼人》，一本详尽的间谍手册，作者是有史以来最成功的女间谍之一。

《人猿泰山与黑城》，精彩描述了在俄罗斯控制下的东非地区的

---

[1] 美国北部的军事基地。

突击队行动。

《诗篇》,作者不详,对敌人的货币和种族理论做了隐晦的陈述。

《巴克·罗杰斯进入芒戈》,一份纪实文件,讲述了太空部队的最新壮举,配有插图。

因为这些文件都是写在纸上的,而没有被记在心里,所以对我们来说已然散佚。那些话语塑造了当时辉煌而动荡的政治局势,我们很想知道其中有着怎样的主旨。我们不禁要问,琼恩斯是否阅读过流传至今的少数几部二十世纪经典著作?他是否细读过用不惧岁月的青铜铸成、让人激动不已的《靴子》?他是否读到过《房地产实干家指南》?其中那不朽的幻想几乎是独力塑造了二十世纪的风气。琼恩斯有没有见过可敬的鲁滨孙·克鲁索?那位二十世纪最伟大的诗人与他生活在同一时代。他是否曾与《海角乐园》[1]的某位成员交谈过?在我们的众多博物馆里都能看到鲁滨孙一家的塑像。

唉,可惜琼恩斯从未提及过这些文化方面的事,而是更专注于讲述他那个饱受摧残的年代备受关注的问题。

就这样,琼恩斯连读了三天三夜的密件,然后起身离开了灰铁密室和蒙眼警卫。此时,他彻底认识到了国家和世界的现状。他怀着极大的希望和可怕的预感,打开了收到的指令。

命令要求他前往八角大楼AJB-2分部63栋6层12区18891室报到。命令还附有一张地图,帮助他在那座宏伟的建筑中辨别方向。当他到达18891室时,八角大楼一位代号为"M先生"的高官会向他下达最终指示,并安排他乘坐专机前往俄罗斯。

琼恩斯读到命令时,心中充满了喜悦,因为他终于有机会在重大事件中发挥作用了。他向八角大楼冲去,去接受最终指令,并准备动身。然而,这并非易事。

---

1. 19世纪60年代的一部美国影片,题目原文意为"瑞士的鲁滨孙一家",这家人在移民海外时,乘坐的船只不幸遇难,于是流落到了一个热带荒岛之上。

11

八角大楼历险记

（来源：八角大楼历险记以及其中的四个故事皆出自塔希提岛的马乌宾吉之口）

琼恩斯满怀期待，激动地走进了八角大楼。他向四周张望了一阵，从未想到世上竟会有如此气势磅礴的宏伟建筑。然后，他让心情平复下来，迅速走过壮观的大厅和走廊，爬上楼梯，穿过小路和厅堂，继续沿着另一条走廊前行。

待到最初的激动之情消退以后，他才发现自己手里的地图错得特别离谱，因为上面的各种地名与周围所见的一切毫无关系。说实话，这似乎是另一座建筑的地图。这时，琼恩斯已经深入八角大楼的腹地，他对前方的道路没有把握，也不知自己能不能原路返回。因此，他把地图揣进了衣兜，决定向遇到的第一个人打听一下。

没过多久，他就追上了走廊里的一个人。此人身穿制图部上校的制服，举止和蔼而高贵。

琼恩斯拦住了这位上校，解释说自己迷路了，身上的地图似乎也没用。

上校瞥了一眼琼恩斯的地图，说道："哦，没错，完全正确。这张地图是我们的八角大楼A443-321B系列，上周才刚由我们办公室印刷出来。"

"可是地图上什么也看不出来。"琼恩斯说。

"你说得对极了。"上校自豪地回答，"你知不知道这栋楼有多重要？你知不知道，每个高级政府机构都坐落在这里，其中也包括最机密的机构？"

"我知道这栋楼非常重要，"琼恩斯说，"可是……"

"那你就能理解我们的处境了,"上校继续说,"万一我们的敌人真的弄清了这栋大楼和楼里办公室的情况,间谍就会潜入这些走廊。他们会伪装成士兵和国会议员,接触到我们最重要的信息。一旦某个狡猾又顽固的间谍获取了这样的信息,无论什么安全措施都别想阻止他。我亲爱的先生,我们确实会迷路,完全找不到方向。但这样的地图对间谍来说最具有迷惑性,是我们最重要的安全措施之一。"

"我觉得你说得对。"琼恩斯礼貌地说。

制图部上校深情地抚摸着琼恩斯的地图,说道:"你根本不知道绘制这样一张地图有多难。"

"真的吗?"琼恩斯说,"我还以为给假想中的地方绘制地图是件很简单的事呢。"

"外行人老这么想。只有身为制图师的同行或者间谍才能理解我们面临的难题。要画出这样一张地图,既让人什么也看不出来,又显得很真实,就连专家都会信以为真——我的朋友,这就需要最高水平的技艺了!"

"我敢肯定确实如此,"琼恩斯说,"可是,你们何必费事去画一张假地图呢?"

"这是出于安全考虑,"上校说,"但要理解这一点,你就得明白当间谍拿到这样一张地图时是怎么想的;然后你就会发现,这张地图直接击中了间谍最大的弱点,让他变得比在没有地图的情况下还要没用。要理解这一切,你就必须领悟间谍的心态。"

琼恩斯承认,他被这样的解释给弄糊涂了。但上校表示,这只是了解间谍本性的问题而已。为了说明这一本性,他给琼恩斯讲了个关于间谍的故事,以及间谍拿到这份地图时的行为表现。

间谍的故事

(上校所说的)这名间谍已经克服了之前的所有障碍。他带着这张珍贵的地图,打入了这座建筑的腹地。现在,他企图利用这张地图,却立刻发现图中展示的并非他所搜寻的内容。但他也看出来了,地图制作精美,耗资不菲地印刷在政府专用的纸张上;地图上缀有政府编号,盖有经过会签的批准印章。这是一张清晰明了的地图,制图员的功力堪称楷模。那么,这名间谍会不会把地图扔掉,拿出可怜兮兮的袖珍便笺本,只用一支不太好使的破圆珠笔,尝试着去描绘周围扑朔迷离的复杂地形呢?他肯定不会。即便朝着这个方向努力或许可以赢得最终的胜利,但我们这名间谍也只是凡夫俗子而已。他自己在肉眼观察、绘图和概括方面的能力不值一提,并不指望能与该领域的专家相匹敌。他需要具备极大的勇气和自信,才能扔掉这张出色的地图,只依靠感官来指引自己前进。假如真具备如此行动的必备素质,那他当初就不会去当间谍了。他大可成为人类领袖,或是伟大的艺术家或科学家,但他并没有成为这样的人。他是个间谍,也就是说,他是选择去了解事物的人,而不是去寻找所知事物的人。他有必要假设在自身之外存在着真理,因为没有哪个真正的间谍会认为,自己毕生的工作就是发现无聊的谎言。

当我们考虑到任何一名间谍的性格时,这都是至关重要的,尤其是对于窃取了政府地图、打入到这座戒备森严的建筑腹地的间谍。

我想,我们或许可以说句公道话,这名间谍既可靠又优秀,满怀非凡的奉献精神,十分狡诈坚毅。这些品质使他克服了所有危险,来到了这座建筑里的某个有利位置;但同样也正是这些品质会塑造他的思想,使某些行为成为可能,而另一些行为则不具备可能性。所以,我们必须意识到,这名间谍越擅长本职工作、越是诡计多端、奉献精神越强、经历越丰富、耐性越好,他就越不可能抛开这些美德,扔掉地图,拿出白纸和笔,潦草地勾画出眼前所见的景象。也许对你而言,扔掉官方地图似乎轻而易举;但这名间谍却会觉得这样的想法很陌生,令人厌恶、难以接受,全然与自己的天性格格不入。

间谍不会这么做,反倒会开始以间谍的方式对这张地图进行推理,他认为这是唯一的推理方式,但我们知道,这只是他逃避矛盾的一种方式,生活已经显现出了这样的矛盾,但他的本能和理性却拒不接受。

这确实是一张由政府印发的地图,上边有各种各样的通道和门廊。间谍看着地图,相比于他冒着生命危险窃取到的其他宝贵的真实文件,这份文件看起来不无相似之处。他扪心自问:"这地图有可能是假的吗?我知道这是政府印发的,而且是从一名官员手里偷来的,他显然很珍视它,认为这幅地图很有价值。仅仅因为地图与亲眼看到的周围环境似乎没有半点瓜葛,我就对这份文件置之不理,这样的做法是否欠妥?"

间谍思索着这个问题,最后发现了关键的那个词——"似乎"。这张地图仅仅是看似毫无瓜葛!他一时间被表象所蒙蔽,险些被自身感官提供的证据引入歧途。这张地图的绘制者差一点就在他身上得逞了,他自己可是诡计和伪装的大师,是耗费了毕生时间来挖掘他们秘密的人。当然,现在一切都可以解释得通了。

间谍说:"他们竟然想用我自己的那些把戏来愚弄我!不用说,手段很拙劣,但至少他们开始以正确的方式来思考了。"

间谍这话的意思是,他们开始像他一样思考了,如此一来,对他而言,他们的秘密也就更容易理解了。这令他很高兴。由于地图与这座建筑并不一致,他本来有些脾气,现在坏情绪已经彻底消失了。他心情愉悦,精力充沛,随时准备应对任何困难,随时准备对这个问题寻根究底。

"我来琢磨一下事实及其含义吧,"间谍说,"首先,我知道这张地图很重要。跟它有关的一切,以及我所经历的一切,都将我引向这个前提。我还知道,这张地图上展示的似乎并非本来应该呈现的那座建筑。地图和这座建筑之间存在着某种联系,这是显而易见的。具体是什么联系呢?这张地图的真相是什么呢?"

间谍思索了半晌,然后说道:"这暗示需要解码,某个技艺娴熟的狡猾制图师在地图上植入了令人迷惑的内容,这张地图原来的所有者是知道的,但我至今为止还不知道。"

说完这话,间谍挺直了身子,又道:"只不过,我可是个花了一辈子的时间来破解密码的人。说实在的,最让我感兴趣的东西莫过于密码了。或许可以说,命运注定了我是要破解密码的人,而且命运与机遇合力,让我今天来到了这里,手里还握着这份至关重要的密件。"

我们这位间谍心情激荡。但他接着又自问:"我在刚开始进行调查的时候就坚决认为,这份文件是一张真实的加密地图,而不是什么别的东西,这难道不是太武断了吗?经验给过我惨痛的教训,人心是叵测的。我自己就是个活生生的证据,因为我具备狡黠的思维和巧妙的行动方式,所以能够隐藏在敌人当中,发现他们的许多秘密。回想起这一点,我要是不允许他们同样也有狡诈行事的可能,难道不是对他们不公吗?

"很好。虽然理智和直觉告诉我,这张地图在各方面都是真实的,仅仅是因为我没有掌握破解密码的要诀,才会被误导,但我必须承认,它也有可能掺假了,所以是半真半假。这样的假设可以有很好的理由作为支撑。假设被我偷走地图的那个官员仅仅需要地图中真实的部分,他事先拥有了我所不具备的知识,让他可以使用地图中与他的工作有关的真实部分。他只是个无聊的公务员,而且最重要的是,他对地图和密码不感兴趣,只会照着图中真实的那部分到办公室去,对虚假的部分则视而不见。真假两部分结合得巧妙至极,地图本身不会给他带来什么困扰。为什么要觉得困扰呢?他的工作与地图毫无瓜葛。他对地图的真伪不感兴趣,正如我对他那份琐碎工作的细节也不感兴趣。他跟我一样,没工夫去操心与自己无关的复杂问题。他完全可以在不伤害自己感情的前提下使用这张地图。"

想到这个人一边用着地图,一边却对它毫无兴趣,间谍便觉得既好笑又悲哀。人可真是奇怪啊!这位官员仅仅是在使用地图而已,对它神秘的性质却从未产生过质疑,这可真是奇怪啊;而间谍却明白,唯一需要做的就是彻底理解这张地图，弄清它所展示的内容。只要彻底地理解了这张地图，其他的一切自然会水落石出，整座建筑的秘密也就触手可及了。在他看来，这似乎是显而易见的，所以，这位官员竟会对地图漠不关心，这令他无法理解。在这名间谍看来，自己的兴趣显得那么自然、那么必要、那么普遍，以至于他差点就要以为，这名官员根本不是人类，而是其他某个物种的一员。

"可是不对呀，"他自语道，"感觉可能是这样，但那个官员和我之间真正的区别很可能在于遗传，或者是环境造成的影响，或者其他类似的东西。我绝不能受到这些因素的干扰。人类有多么奇怪、多么无法被了解，我一直都是知道的。哪怕是这世上最容易理解的一帮人——也就是间谍，采用的方法和表现的态度也各不相同。是啊，这是个奇怪的世界，我对它知之甚少。关于历史、心理学、音乐、艺术或文学，我又懂些什么呢？噢，我固然可以就这些话题展开理性的对话，但在内心深处，我却知道，我对这些一无所知。"

这样的想法让间谍闷闷不乐。但他转念又想："幸运的是，有一件事我确实了如指掌。那就是间谍活动。世上没有无所不能的人，而我在这方面已经表现得很好，成为这个领域内的专家。我的希望和救赎正是来自这样的专业性。我真正的深度就在这狭窄的空间里，我检验世界的尺度亦然。毕竟，我对间谍活动的历史和心理学知之甚详，也阅读过大部分关于间谍活动的文学作品。我看过描绘间谍的名画，也经常聆听关于间谍的著名歌剧。因此，我的深度赋予了我广度。对这一件事的深刻了解在这世上为我打下了坚实的基础。我可以站在这一基础之上，从某个特定的角度来看待其他问题。

"当然了，我绝不能错误地以为，所有的事都可以归结为间谍活动及其技巧。就算看似是事实，这样的简化处理也是聪明人务必要避免的。不，间谍活动并不等同于一切！它只不过是一切的关键所在。"

在确定了这一点后，间谍接着说："间谍活动固然不等于一切；

但幸运的是，对我而言，地图这件事确实跟间谍活动有关。地图恰恰是开展间谍活动的核心问题，当我手握地图，又知道地图是由政府绘制的时候，我就具备了处理这类问题的特殊本领。跟半真半假的地图一样，密文地图也是间谍活动格外关注的对象。哪怕是一张纯属捏造的地图，也必定与间谍活动有关。"

现在，这名间谍已经做好了分析地图的准备。他告诉自己："存在着三种可能性。第一，地图是真的，而且经过加密。在这种情况下，我必须极具耐心并调动所有的技巧加以破解。

"第二，这张地图半真半假，而且经过加密。在这种情况下，我就要确定哪一部分是真，然后加以破解。对于一个对这项工作一无所知的人来说，这似乎很困难；但对专家而言，这样的困难是可以克服的。一旦我破解了地图中真实部分的一丁点内容，其余部分就会迎刃而解。这样，假的那部分就会残留下来，其他人可能会把它扔掉，但我不会。我对待虚假部分的态度会跟对待整张虚假地图一样，也就是第三种可能性。

"第三，如果整张地图都是假的，那我就必须看一看，能从伪造的地图里提炼出哪类信息。诚然，政府印发伪造地图的想法很荒唐，但我们不妨假设事实如此。或者更确切地说，不妨假设制图师的意图就在于伪造。在这种情况下，我就必须问一问，假地图要怎么画？

"这绝非易事，这一点我是知道的。假如制图师在这座建筑里工作，在走廊里来来回回，在办公室里进进出出，那么，他对于这座建筑的了解就无人能及。如果这个人企图伪造一张地图，那他怎么能避免在不经意间画出真实建筑的某一部分呢？

"说真的，他办不到。他沉浸在真实之中，这就会导致他不可能实现纯粹的虚假。万一他不小心画出了真实地图的某一部分，我都必然能找到真实的部分，那样一来，大楼里戒备森严的安保措施就形同虚设了。

"但我们不妨假设，高层官员们知道这一切，而且仔细研究过伪造地图的问题。我们不妨赋予他们一点优势,可以在必要的情况下提出任何疑问。他们知道,为了让地图起到应有的作用,就必须由熟练的制图师来绘制,使其符合地图及建筑的一般逻辑准则;这张地图必须一假到底,绝不能包含真实的成分,哪怕是在无意中泄露也不行。

"为了解决这个难题,我们假设,高层官员们找来了一位平民制图师,他对这座建筑一无所知,被蒙着眼睛带到了这个地方,给了他一间戒备森严的办公室,吩咐他为一座虚构的建筑绘制一张地图。他照办了,但在无意中泄露真相的难题依旧存在。因此,就必须由了解真相的政府制图师对地图进行核对。政府的制图师核对后(只有制图师才有做出判断的资格),认为这张地图很好,因为它没有半点真实的成分。

"在最后这种情况下,这张地图仍然只是密码而已!它出自技艺娴熟的平民制图师之手,因此符合地图绘制的一般原则。地图的内容是一座建筑,符合建筑地图的绘制准则。它被判定为虚假地图;但作出这种判断的是一位了解真相的官方制图师,根据对真实建筑的了解,他有能力对地图上的每一个细节作出判断。因此,相对于官方制图师所了解的真相,这张所谓的虚假地图只不过是一种颠倒或扭曲的形象;经由他的判断,在真实建筑和虚假地图之间建立起了一种关系,因为他同时了解真实与虚假二者,且判定它们并不相同。他必不可少的居中裁断表露了虚假地图的本质——作为一种掩盖真相的逻辑扭曲,它就可以称为密码!

"既然这种密码符合公认的地图及建筑准则,进行密码分析就是可行的!"

间谍对这张地图的三种可能性的分析就此完成,现在,所有的可能性都可以归结为一条:这张地图是真的,而且经过加密。

这一发现让间谍呆住了,他说:"他们还以为能要耍我呢,但在我的领域内,他们根本办不到。在寻求真相的过程中,我毕生都生活在虚假和欺骗里;但我对自己的现实状况始终明明白白。因为对于自身和我所探求的东西，我很清楚，根本就不存在虚假，一切要么是真相，要么是密码。如果是真相，我就遵循；如果是密码，我就破解。毕竟，密码说到底也不过是掩盖起来的真相而已！"

终于，间谍高兴起来。他经历过最深切的困惑，也有勇气面对最令人畏惧的后果。此时，他的奖赏就在眼前。

现在，这名间谍聚精会神地看着地图，小心翼翼地捧着这精心制作的赝品，开始执行任务，这是他人生的巅峰时刻，即便有无尽的时间，他也来不及完成这项任务。他开始设法破解这张虚假地图。

制图师的解释

上校讲完后和琼恩斯都默然呆立了半晌。然后琼恩斯说："我忍不住为那个间谍感到难过。"

"这是个悲伤的故事，"上校说，"不过话又说回来了，所有人的故事都很悲伤。"

"一旦这个间谍被抓住，他会受到怎样的惩罚呢？"

"他已经惩罚过自己了，"上校答道，"他所受的惩罚就是破解地图。"

琼恩斯想不出比这更悲惨的命运了。他问："你们在八角大楼这儿捉到了很多间谍吗？"

"到目前为止，"上校说，"还没有一个间谍成功地突破我们的外部安保措施并打入大楼内部。"

上校必定注意到了琼恩斯脸上流露出的失望之色，因为他急忙加了句："不过，这并不能推翻我刚才讲的这个故事。假设真有间谍突破所有的安保措施进入了这里，他的行为方式也会跟我刚才说的一模一样。相信我，在外围的防御网络中，每周都有间谍被捕。"

"我没注意到任何防御措施。"琼恩斯说。

"当然没有。首先，你又不是间谍。另一方面，安保部门对自己的工作非常了解,不会暴露自身,只在必要时才采取行动。目前的情况就是这样。等到将来,有更多狡猾的间谍出现以后,我们制图部的人就可以拿出假地图。"

琼恩斯点了点头。现在,他迫不及待地想继续执行自己的任务,却又拿不准该如何是好。他决定拐弯抹角地问一问上校:"你确信我不是探子吗?"

"在某种程度上来说,每个人都是探子,"上校答道,"但是,就你所暗指的那个特定意义而言,没错,我确信你不是探子。"

"那好吧,"琼恩斯说,"我得告诉你,我接到了特殊指令,要到这里的某一间办公室去。"

"我可以看看你所说的指令吗?"上校问。琼恩斯把接到的指令递给他。上校细看了一番,又还给了他。

"似乎是官方下达的,"上校说,"不用说,你应该马上到那间办公室去。"

"那正是我遇到的难题,"琼恩斯说,"说实话,我迷路了。我试着按照你们这张绝妙的假地图去走,自然什么也没发现。既然你知道我不是探子,也知道我正在执行公务,那要是你能帮帮我的忙,我会非常感激的。"

琼恩斯提出这个要求的方式谨慎而迂回,他认为,这应当十分符合上校的思维方式。但是上校却移开了视线,威严的面容上流露出尴尬的神色。

"恐怕我帮不了你,"上校说,"你的办公室在哪儿,我半点儿概念也没有,甚至不知道该建议你往哪个方向走。"

"但那根本不可能!"琼恩斯喊道,"你是制图师啊,是这座大楼的官方制图师。就算你画的是假地图,我可以肯定,真地图你也会画,因为那绝对是你的天性。"

"你说得都对,"上校说,"尤其是最后关于我的天性那一句。不管什么人都可以推断出制图师的天性,因为他的天性就体现在工作中。这项工作就是绘制出分毫不差的地图,既清晰又精准,让哪怕是最愚笨的人也看得懂。由于对我画图的需求超乎了我的控制范围,我的职责已经走样了,所以,我只能耗费大量的时间,来绘制看似真实的虚假地图。不过,你猜得没错,什么也阻止不了一个真正的制图师画出真实的地图。就算不允许画,我也要画。幸好这种事并没有受到禁止,而是有明文规定的。"

"谁规定的?"琼恩斯问道。

"这栋大楼里的高级官员,"上校说,"他们控制着安保工作,用真实的地图来协助部署安保力量。当然了,对他们来说,真实地图仅仅是一种便利物品,是他们随手拿来参考的纸头,就像你也会随便瞟一眼手表,看看现在是三点三十分还是三点四十分。真有必要的话,他们可以纯粹依靠自己的知识和力量,根本就用不着地图。他们可能会觉得这东西有点讨厌,但还不算特别烦人。"

"既然你给他们画真地图,"琼恩斯说,"那不用说,你肯定能告诉我现在该往哪儿走。"

"我没法告诉你,"上校说,"只有那些高官才对这栋大楼了如指掌,想去哪儿就可以去哪儿。"

上校见琼恩斯一脸不信的表情,便说:"我明白,你听着肯定觉得这一切很不合理。但你要知道,我一次只画大楼的一部分;因为这座建筑太大、太复杂,别的办法都不管用。我画出我的那部分,通过信使把它交给某个高官,然后再画另外一部分,以此类推。兴许你以为,我可以把对各个部分的了解汇总到一起,从而认识到大楼的全貌?我可以立马告诉你,我办不到。首先,还有别的制图师,他们画的那部分区域我向来没时间去看。就算整栋大楼都是我自己一点一点画出来的,我也永远没办法把所有局部组合成一个一目了然的整体。对我来说,大楼的任何一个部分我似乎都了解,我在纸上呈现得准确无误。可是,一旦要把我画出的无数局部整合起来时,我就会犯迷糊,没法把不同的局部区分开来。如果思考这个问题的时间太长,我的睡眠和食欲就会受影响，会抽烟过多，会借酒浇愁，工作质量会下降。有时候，当这些邪恶的咒语降临到我身上，我就会出现误差，直到官员们把那部分地图打回来让我修改，我才会发觉这动摇了我对自己经过检验的能力的信心。我决心改掉坏习惯，专心完成任务，用娴熟的技巧每次只画好一个部分，不再去费神琢磨整体。"

上校顿了顿，揉了下眼睛。"你说不定也料到了，"他又说，"我这番有益的决心没坚持多久，特别是跟制图师同事待在一起的时候。在那种场合，我们有时会讨论大楼的事，想要私底下弄清楚它到底是什么样子。一般来说，我们制图师都很腼腆；就像间谍一样，我们宁愿独自工作，彼此不讨论。但我们喜欢的孤独会逐渐让人受不了；然后我们就克服了天性的局限，讨论起了这栋大楼，我们人人都热心地用自己知道的内容来添砖加瓦，没有谁心怀嫉妒，所有人都下定了决心，要弄清楚整座建筑是怎么回事。但事实证明，也正是这样的时候最令人灰心。"

"为什么呢？"琼恩斯问道。

"我刚才说过，"上校说，"有时候，我们画的局部地图会被打回来修改，虽然从来没有半句官方的意见，但我们还是自以为出了差错。可是，等我们这些制图师一起讨论的时候，偶然间发现，我们当中有两个人画过同一片区域的地图，但每个人的印象和画法都不同。当然了，这种人为错误是意料之中的事。但让人困惑的是，那些高官居然两个版本都接受了。你可以想象，制图师听到这样的事会是什么感觉！"

"你们觉得这是出于什么理由呢？"琼恩斯问道。

"嗯，制图师各自都有独特的风格和个性，这兴许可以解释造成差异的原因。另一方面，哪怕最好的记性也是靠不住的，所以，我们画的局部说不定并不相同。但按照我的想法，这些理由都不充分，只有一种说法能解释得通。"

"什么说法？"琼恩斯问。

"我相信，按照高官们的吩咐，工人们正在不断地对大楼的各个部分进行改造。能让我满意的解释只有这一种。我甚至瞥见过一些绝对是工人的人。但就算没见过他们，我还是会这么觉得。想想看吧，高官们关心的是安保问题，而最好的安保措施就是保持大楼处于不断变化的状态。其次，假设大楼是静态的，那地图测绘搞一回就够了，根本不会要求我们不断地画图和修改。最后，高官们企图控制一个正在不断变化的复杂世界；因此，世界在变，大楼也必须跟着变。一定要建更多的办公室，要改造旧办公室来容纳新的人员；要撤掉一排小隔间，改成一间礼堂；要封闭整条走廊，好安装新电线、新管道。诸如此类。其中有些变化一眼就能看出来，不光是制图师，随便什么人都能看到。但其他改造显然是秘密进行的，或者是发生在大楼内部的某些地方，要等改造工作完成以后，我才会去。然后，虽然我能感觉到差别，但新的看着还是跟旧的差不多，让人莫名其妙。正是出于这些原因，我才认为，这栋大楼一直在不断变化，所以，要完全了解它是不可能的。"

"这地方要是真像你说的那么神秘，"琼恩斯说，"那你怎么找到返回自己办公室的路呢？"

"在这一点上，我只好惭愧地说，绘制地图对我依旧没什么帮助。我找到自己办公室的方式跟这里的其他人并没有区别——都是凭借着类似本能的东西。别的工人不明白这一点；他们还以为自己是通过发挥聪明才智、某种'右转左转'的系统找到路的呢。他们跟那个间谍一样，以为只要自己愿意，就能获得关于这栋大楼的任何信息。虽然这些人除了通往自己办公室的走廊之外，从来没有冒险去过别的地方，但听见他们议论大楼的谈话，你就会忍不住大笑，甚至哭出声来。但是，身为制图师，在工作期间，我却在大楼里到处溜达。有时候，我已经去过的地方会发生巨变，变得面目全非。然后，某种不同于知识的东西会引导我回到自己的办公室，就像引导办公室的工人那样。"

"我明白了,"虽然实际上完全摸不着头脑,琼恩斯还是说道,"这么说,你真不知道我要怎么着才能找到这间办公室?"

"我真不知道。"

"你能给我点建议吗?我该怎么去找,或者该找什么样的地方?"

"我是这栋大楼的专家,"上校伤感地说,"聊起大楼的事来,我可以说上一年都不重样。但是很可惜,对于你这种特定的处境,我说什么也帮不上忙。"

琼恩斯问:"你觉得,我能找到被派去办事的那间办公室吗?"

"如果你在这儿要办的事很重要,"上校说,"如果高官们真的希望你找到那间办公室,那么,我可以肯定,你是不会遇到麻烦的。另一方面,可能除了你自己以外,你要办的事对任何人都无关紧要,在这种情况下,毫无疑问,你就得找上很久了。没错,你执行的是官方指令;但我怀疑,高官们偶尔也会派人去找子虚乌有的办公室,目的只是测试大楼内部防御措施的安全性。假如你属于这种情况,那成功的机会确实很渺茫。"

"不管是哪种情况,"琼恩斯泄气地说,"我的前景看着都不太妙。"

"嗯,我们这里的每一个人都会面临这些风险,"上校说,"间谍怀疑首领派他们去执行一项危险的任务,纯粹是为了除掉他们;制图师怀疑高官吩咐他们画图,只是为了不让他们的手指闲着捣乱。我们心里都有各自的怀疑,我只能祝你好运,但愿你的怀疑永远不会得到证实。"

说完,上校彬彬有礼地鞠了一躬,沿着走廊走开了。

琼恩斯望着他离去,本想跟着他走的,然而,那是他刚才来的方向。看来,朝着未知继续前进似乎是体现信念的必要行动,而不是一遇到挫折就回头。

于是,琼恩斯继续前进,但并不完全是出于信念。他也怀疑身后的走廊现在可能已经变样了。

琼恩斯走过气势恢宏的厅室和通道，爬楼梯，穿旁路，过大堂，又继续沿着另一条走廊往前走。他强忍住心里的冲动，没有去查阅那张精美的假地图，但还是舍不得把那玩意儿扔掉。所以，他把它揣在兜里继续前行。

无法得知时间过去了多久，但琼恩斯终于感到疲惫不堪。此时，他正置身于这栋大楼里某个陈旧的地方。这里的地板不是大理石铺砌的，而是木地板，并且朽烂得很严重，脚踩上去有些危险。墙壁用的是劣质灰泥，已经剥落开裂。有些地方的灰泥早已脱落，露出了内部的电线，大部分绝缘材料已然腐烂，显然形成了火灾隐患。就连天花板似乎也不稳当，某些位置鼓了起来，看着不像什么好兆头，令琼恩斯担心天花板会砸落到自己身上。

原先的办公室现在都搬走了，这地方需要立即大加修缮一番。琼恩斯甚至看见地板上放着一把工人用的锤子，这让他相信，虽然不见工人的踪影，但这里总有一天会大修的。

琼恩斯一筹莫展，又深感沮丧，他在地板上躺下来，极度的疲倦令他别无选择。他伸了个懒腰，不到一分钟就进入了梦乡。

忒修斯[1]的故事

琼恩斯醒来时，心中有一丝不安。他站起身，听到走廊里传来一阵脚步声。

没过多久，他便看见了脚步声的来源。那是个男人，身材高挑，正值盛年，一张脸显得既聪明又多疑。此人手拿一个绕在纺锤上的巨大线团，一边走，一边解开线绳，绳子掉在走廊的地板上，微微闪

---

1. 古希腊神话中的雅典国王，他深得克里特国王米诺斯之女阿里阿德涅的青睐，公主交给他一个线团，让他将一端拴在迷宫门口，跟着滚动的线团往前走，他借此破解了米诺斯建造的迷宫，战胜了怪物弥诺陶洛斯，解救了雅典进贡给克里特的童男童女。

着光。

那人一看见琼恩斯就绷紧了脸,露出怒色。他从腰间拔出一把左轮手枪,开始瞄准。

琼恩斯大喊:"等一下!不管你是怎么想的,可我从来没害过你!"

这人显然在竭力控制自己不去扣动扳机。他方才脑子一片空白,眼神凶恶,此时又恢复了正常的模样。他将左轮手枪别回腰带里,说道:"非常抱歉,吓了你一跳吧?说实话,我认错人了。"

"我长得像他吗?"琼恩斯问道。

"算不上像,"那人说,"可是,在这该死的地方,我会变得紧张,更容易先开枪。就算是这样,因为我的使命实在太重要了,所以这些焦躁的草率行为是可以获得原谅的。"

"你的使命是什么?"琼恩斯问道。

琼恩斯问出这个问题时,那人的脸上焕发出了光彩。他自豪地说:"我的使命,就是为世界带来和平、幸福和自由。"

"还挺重大的。"琼恩斯说。

"只有这样我才会满足,"他说,"把我的名字记好了。我叫乔治·P.忒修斯,作为一个摧毁独裁统治、解放人民的人,我满怀信心地期待着被世人所铭记。我在这里的事迹会成为全人类眼中的一个象征,就其本身而言,也是善良而正义的行为。"

"你打算去干什么事?"琼恩斯问。

"我要单枪匹马地去刺杀一个暴君。"忒修斯说,"这个人成功地谋得了这栋大楼里的掌权人一职,有很多容易上当的傻瓜以为他是个乐善好施的人,因为他下令修建水坝来抵挡洪水、向饥民分发食物、为病人提供医疗资助,还干了很多华而不实的事。这兴许可以骗过一部分人,却骗不了我。"

"如果他真的做了那些事,"琼恩斯说,"那么,听起来确实像个慈善家。"

"我早就料到你会这么说。"忒修斯悻悻地说,"他的诡计骗过了你,正如大多数人也上了他的当。我没法指望改变你的想法。我不擅长狡辩,而那个人却有全世界最好的宣传家来替他鼓吹。我的清白只好寄希望于未来了。眼下,我只能把自己知道的说出来,而且是用一种并不动听的生硬方式来说。"

"我洗耳恭听。"琼恩斯说。

"那好吧,"忒修斯说,"你想想看,为了做成这些善事,这个人必须先爬到高位上去。为了往上爬,他大肆行贿、挑拨离间,把人民分成敌对派系,杀死反对他的人,腐化少数有权势的人,让大量的穷人挨饿。最后,等到拥有了说一不二的权力,他就开始从事公共事业了,但并不是出于对公众的热爱。不,他那么做就像你我给花园除草一样,这样他就能看到赏心悦目的美景,而不是难看的画面。暴君就是这样,为了夺取权力,他们会不择手段,从而制造和延续他们号称要根除的邪恶。"

忒修斯的这番话打动了琼恩斯,但他同时也有点怀疑,因为忒修斯表情凶狠,还有点贼头贼脑。所以,琼恩斯谨慎地说:"我当然能理解你为什么想杀这个人。"

"不,你理解不了。"忒修斯愁眉苦脸地说,"你大概以为,我只是在吹牛和空想,是个拿着枪的虔诚疯子。好吧,你想错了。我是个平凡的人,如果我能做件善事,赢得美名,那我就很高兴了。不过,我之所以要对这个暴君采取行动,主要是出于私人恩怨。"

"怎么这样说?"琼恩斯问道。

"这个暴君有某些不为人知的私欲,"忒修斯说,"跟驱使他爬上权力宝座的激情一样变态。这样的信息一般都是保密的,或者会被当作嫉妒他的傻瓜说的疯话,沦为人们的笑柄。他那些老练的宣传人员会这样来处理。但我了解真相。

"有一天,这个暴君坐在他那辆带有装甲的黑色凯迪拉克里,从我们镇上穿过,他被防弹玻璃保护着,抽着大雪茄,向人群挥手致意。然后偶然间，他的目光落到了人群中的一个小姑娘身上，于是他便下令停车。

"他的保镖驱散了人群，只有少数几个人躲在地窖里和屋顶上没有被发现，可以冷眼旁观。然后，暴君从车里出来，向小姑娘走去。他递给她冰激凌和糖果，让她陪他一起上车。

"围观的人有几个明白了是怎么回事，冲出去想救孩子。但保镖开枪打死了那些人。他们用的是消音枪，以免吓着小姑娘。他们告诉她，那些人决定要睡一会儿。

"这孩子虽然幼稚无知，心中却也有所怀疑。暴君汗湿的红脸膛和颤抖的厚嘴唇肯定表现出了什么迹象，把她吓着了。所以，当色欲令暴君浑身发抖时，她虽然想要冰激凌和糖果，却站在那里，犹豫不决，我们这些人在地窖里探出头无可奈何地看着，替她担心得直冒汗。

"小姑娘一边渴望地望着那堆漂亮的糖果，一边观察暴君紧张的动作，然后，她打定了主意。她说，如果玩伴们陪她一起去，她就愿意上车。这孩子天真无邪，太容易上当，以为有玩伴们陪着就安全了。

"暴君高兴得脸都紫了。这显然超出了他敢奢望的范围。人越多越热闹，这是他邪恶的座右铭。他告诉小姑娘，把她想找的玩伴都带上，她就把朋友们都叫来了。

"孩子们蜂拥而来，扑向那辆黑色的凯迪拉克。就算没有她的召唤，她们也会来的，因为暴君很狡猾，打开了车上的收音机，播放着最美妙、最诱人的音乐。

"暴君播着音乐，分着糖果，把她们统统赶进那辆大车，关上了车门。他的保镖们跨上大马力摩托车，聚拢到大车周围。然后，他们一窝蜂疾驰而去，准备到暴君行乐的密室里可耻地纵情声色。那些孩子从此再无音讯。你可能已经猜到了，第一个小姑娘就是我的亲妹妹，在我的眼皮底下被带走了，镇上冲出去的人被打死了，躺在她旁边的人行道上，而我却躲在地窖里，无能为力。"

忒修斯涕泪横流，他擦了擦眼睛，对琼恩斯说："我为什么要杀那个暴君,真正的个人原因这下你已经知道了:为了摧毁他的邪恶,给被打死的朋友报仇,救出可怜的孩子们,但最重要的是要找到我可怜的妹妹。我不算英雄,只不过是个普通人。但之前的遭遇迫使我去做这桩义事。"

琼恩斯的眼睛也湿漉漉的,他拥抱了一下忒修斯,说道:"我祝你此行顺利,当然也希望你能打败那个可怕的暴君。"

"我有我的希望。"忒修斯说,"为了完成这项艰巨的任务,我也拥有必需的决心和诡计。首先,我找到了暴君的女儿。我讨好她,用尽了一切能想到的办法讨好她,直到她终于爱上了我。然后我引诱她堕落,这让我获得了一些满足,因为她比我可怜的妹妹大不了多少。她盼着跟我结婚,我也答应了会娶她——但我宁愿割断自己的喉咙,也绝不会这么干。我用非常巧妙的方式向她说明了她父亲是个什么样的人。一开始,她不肯相信,这个小傻瓜爱她的暴君父亲爱得可深了!但她更爱我,慢慢地,她相信了我说的一切。然后,作为最后一步,我请她帮我谋划杀她父亲的事。你可以想象那有多难。不管他有多坏,不管他干了些什么,那可怜的小姑娘也不希望自己的爸爸被杀。但我威胁说,她要是不帮我,我就永远离开她。她既爱着我,又爱着父亲,差一点被逼疯了。她一遍又一遍地恳求我忘掉过去,可是发生过的事无论如何都无法被抹去。她叫我跟她走,到一个远离她父亲的地方去生活,永远别再想他了,只想她就好,可我每次一看见她,就会立刻想起她父亲的那张脸!一连好些天,她都按兵不动,以为能说服我照她的想法去做。她用最歇斯底里的夸张语言,没完没了地向我示爱。她发誓,自己不能容忍与我分离一刻,假如我死了,她也会自杀。还有一大堆诸如此类的胡言乱语,作为一个理智的人,我觉得这些话特别烦人。

"最后,我转身离开了她。那一刻,她的勇气化为了乌有。这小怪物的内心深处充满了最深切的自厌,她说,只要我发誓永远不离开她,她就帮我刺杀心爱的父亲。当然,我照着她的想法发誓了。为了得到所需的帮助,要我答应什么都行。

"她把只有她才知道的情况全告诉了我,比如在这栋大楼里的什么地方能找到她父亲的办公室。她还给了我这个线团,让我沿途留下标记,一旦完事,就能迅速离开。这把左轮手枪是她亲手交给我的。所以我才会在这儿,在去往暴君办公室的路上。"

琼恩斯说:"我明白了,你还没找到他吧?"

"还没有。"忒修斯回答,"你自己肯定也注意到了,这儿的走廊特别长,又曲里拐弯的。而且,我运气也不好。我刚才也说了,我性子急躁,因此倾向于先开枪。正因为这样,不久以前,我很偶然地开枪打死了一个穿军官制服的人。我突然跟他打了个照面,想都没想就开枪了。"

"是制图师吗?"琼恩斯问道。

"我不知道他是什么人。"忒修斯回答,"但他戴着上校徽章,面容看着很和善。"

"就是制图师。"琼恩斯说。

"我很抱歉。"忒修斯说,"但更让我难过的是,我在走廊里还杀了另外三个人。我肯定是个倒霉蛋。"

"那三个是什么人?"琼恩斯问道。

"是我原本准备营救的三个孩子,这太让我伤心了。他们肯定是从暴君的房间里溜了出来,想重获自由。我朝他们开了枪,就像朝那个军官开枪、也差点朝你开枪一样,太匆忙了,他们还没来得及说话我就开枪了。我无法形容心里的悔恨,还有越来越坚定的决心:那个暴君会为这一切付出代价的。"

"你打算拿他女儿怎么办?"琼恩斯问道。

"我不会遵照本能把她杀了的。"忒修斯说,"但是,那个丑八怪再也见不到我了。我会祈祷暴君的崽子心碎而死。"

说着,忒修斯扭过头,怒气冲冲的面孔转向了眼前昏暗的走廊。

"现在,"他说,"我得干活去了。再见,我的朋友,祝我好运吧。"

忒修斯迈着轻快的脚步走开了，边走边解开亮闪闪的绳子。琼恩斯目送着他，直到他消失在一道拐弯处。有那么一会儿工夫，他能听到渐行渐远的脚步声，然后就彻底没了声息。

突然间，在琼恩斯身后的走廊里冒出了一个女人。

她年纪很轻，差不多还是个小姑娘，胖嘟嘟的身子，红扑扑的脸，双眼闪烁着疯狂的光芒。她不声不响地走着，沿着忒修斯走过的路。她一边走，一边拾起他刚才小心翼翼放下的绳子。她双手捧着个巨大的绳球，在向琼恩斯走来的时候，她还不断把绳子往球上绕，清除掉了忒修斯留下的标记，他原本还以为可以循着绳子原路返回呢。

从琼恩斯身边经过时，她转身盯着他，脸上满是强烈的愤怒和悲痛之色。但她一个字也没说，只是竖起一根手指，抵在嘴唇上，表示噤声。然后她飞快地继续往前走去，边走边将绳子收起。

她来得快，去得也同样快，走廊里又变得空无一人。琼恩斯朝两边望了望，却看不见有任何痕迹表明忒修斯或那姑娘曾从他身边经过。他揉了揉眼睛，再一次躺下来，陷入了沉睡。

有些说故事的人认为，在八角大楼的走廊里，琼恩斯还经历了无数其他的冒险。据说，他遇到了命运三女神，那几个老掉了牙的老太婆向他说明了她们的职责和愿望，自此以后，琼恩斯逐渐理解了众神面临的问题，以及解决这些问题的方法。还有人说，琼恩斯在走廊的地板上沉睡了二十年，唯有在阿佛洛狄忒·潘德莫斯的干预之下，他才苏醒过来，阿佛洛狄忒把她的生平故事讲给他听了。当琼恩斯对故事里的某些细节表示怀疑时，这位女神便把我们的主人公变成了女人。变成女人以后，琼恩斯的灵魂经受了诸多困难和考验，身体就更不必提了，他还了解到许多奇奇怪怪的事，一般说来，男人是永远也不会知道这些的。最后，他对阿佛洛狄忒故事里的每一个细节都表示认可，女神才又把他变回了男身。

然而，这一切的可信度毕竟有限，没有阐明细节。现在，我们再来讲一讲琼恩斯在八角大楼的最后一次历险，这次遭遇发生之时，他已经见过忒修斯，又一次睡着了。

弥诺陶洛斯[1]的故事

琼恩斯被人粗暴地摇醒了。他一跃而起，看见周围的走廊不再是陈旧朽烂的模样了，而是既明亮又时新。刚才将他摇醒的那个人双肩极阔，肚腹比肩还宽，外加一张严肃认真的宽脸。没有人会搞错这个人的身份，他只可能是位官员。

"你就是琼恩斯？"官员问道，"好了，你午觉睡醒了的话，我看我们就可以开始干活了。"

琼恩斯深表懊悔，声称他刚才一直在睡觉，而没有去找被派去办事的办公室。

"没关系，"官员说，"我们这儿有自己的规矩，但我觉得还不至于太古板。其实，你睡了一觉也挺好。我本来在大楼里的其他地方，接到了安保主管的紧急命令，才把我的办公室搬到这里来，我觉得有必要怎么修补就怎么干。工人们发现你睡着了，决定不去打扰你。他们默不作声地干着自己的活，一直到要修理你躺的那块地板时，才把你挪开了。就连他们把你抬走的时候，你都没有醒过来。"

琼恩斯看着在他睡觉时完成的大量工作，越看越感到惊奇。他转向一间办公室的门，那里曾经只有一堵破败的墙壁；此时那扇门上却整齐地印着：AJB-2分部，63栋，6层，12区18891室。这恰恰是他一直在寻找而未果的那个地址。琼恩斯的搜寻竟然以这样的方式结束了，他不禁表示惊讶。

"没什么可惊讶的，"官员说，"这样的业务程序在这儿再普通不过了。最高层的官员不仅了解这栋大楼和楼里的一切，对楼内每一个

---

1. 古希腊神话中的牛头怪，是克里特王后与公牛所生的怪物，半人半牛，天性残暴，尤其喜食儿童的嫩肉。克里特国王米诺斯在克里特岛上修建了一座迷宫，将他困在其中。

人的活动也了如指掌。陌生人在这儿会遭遇什么样的困难，他们一清二楚；可惜的是，我们有非常严格的规章制度，禁止帮助陌生人。但官员们时不时地会让办公室迁址，搬到搜寻者所在的地方，借此来规避制度要求。这很合理，对吧？好了，进来吧，咱们开始干活了。"

办公室里有张大书桌，桌上摞着堆积如山的文件，还有三部电话，正在丁零丁零地响。那官员让琼恩斯坐下，然后去接电话。他接起电话来特别干脆利索。

"大点儿声，伙计！"他对着第一部电话吼道，"你说什么？密西西比河又发洪水了？建一座大坝！建十座大坝，只要能把洪水挡住。建好以后给我发份备忘录。"

"好了，我能听见，"他对着第二部电话嚷道，"潘汉德尔在闹饥荒？马上发粮！在政府仓库签我的名字就行。"

"冷静点，我们来听一听。"他对着第三部电话咆哮，"瘟疫席卷了洛杉矶？马上把疫苗送过去，等控制住了给我发电报。"

官员放下最后一部电话，对琼恩斯说："我这些助理都是白痴，遇到一点风吹草动就吓得要命。而且，仿佛这样的表现还不够差劲似的，要是不先打个电话征得我同意，就算婴儿快要在浴缸里淹死了，那帮胆小如鼠的家伙都不敢把孩子抱出来！"

刚才，琼恩斯听到官员在接电话时迅速而果断的言辞，心里掠过一阵怀疑。他说："这件事我不是特别确定，但我认为，有个愤愤不平的年轻人⋯⋯"

"打算暗杀我？"官员接口说完了下半句，"就这么回事，对吧？半个小时之前，我就把他搞定了。我埃德温·J.弥诺陶洛斯可没有打盹儿的时候。我的警卫把他带走了，他多半会被判个终身监禁。但这件事不要告诉任何人。"

"为什么不行？"琼恩斯问道。

"属于负面宣传，"弥诺陶洛斯说，"尤其是他跟我女儿的八卦，他不小心搞大了我女儿的肚子。我早就跟那个小笨蛋说过，要把她的朋友们带回家,可她偏不,非得溜出去,跟无政府主义者约会!我们要讲一个经过专门准备的故事,就说,这个叫忒修斯的家伙把我伤得特别重,医生们都对我的性命忧心忡忡;而他却逃跑了,还娶了我女儿。你可以看出这么个故事会有怎样的价值。"

"我不太清楚。"琼恩斯说。

"见鬼,这会引起人们对我的同情!"弥诺陶洛斯说,"听说我在生死边缘挣扎,人们会感到难过的。等到他们再一听说,我的独生女儿嫁给了那个刺客,他们就会越发难过。要知道,尽管我的能力已经得到证实,但那帮贱民还是不喜欢我。这个故事应该能赢得他们的心。"

"高明得很。"琼恩斯说。

"谢谢你。"弥诺陶洛斯说,"坦白地说,我对自己的公众形象已经担心了好一段时间,要是这个拿着绳子和左轮手枪的白痴没有冒出来的话,我就只好雇人来动手了。我只希望报纸能把这个故事讲好。"

"在这一点上有什么问题吗?"琼恩斯问道。

"哦,他们会照着我说的话印出来的,"弥诺陶洛斯闷闷不乐地说,"我已经雇了个人,要把这件事写成一本书,还要改编成一部戏剧和一部电影。别担心,我会把它的价值榨得一干二净。"

"关于你女儿的事,你告诉他们要怎么写呢?"琼恩斯问道。

"呃,我刚才说过了,她嫁给了这个信奉无政府主义的家伙。然后,过个一两年,我们就再发表一篇报道,说他们离婚了。你瞧瞧,还得给那孩子起个名字。可是,天知道那些白痴会怎么写我可怜的小胖墩阿里阿德涅。大概会把她写得很漂亮吧,以为这样我看了会很高兴。那些下流的社会渣滓读到这种玩意儿会掉眼泪,巴不得再多看几篇。哪怕是国王和总统——这些人本来应该更有头脑的——也爱看这样瞎编的文章,胜过优秀的真实统计学著作。人类主要是由谎话连篇、错误百出的无能傻瓜组成的。我固然可以控制他们,但我要是能理解他们，那就见鬼了。"

"那孩子们怎么着了？"琼恩斯又问。

"你这话是什么意思？什么叫孩子们怎么着了？"说这话时，弥诺陶洛斯恶狠狠地死盯着他。

"呃，忒修斯说……"

"那人是个骗子，还算聪明，但脑子有问题，"弥诺陶洛斯说，"要不是因为我这个身份，我早就告他诽谤了。我看着像那种变态吗？我看，我们可以安心地忘掉关于孩子们的任何问题了。现在，我们来谈谈你和你的工作，好吧？"

琼恩斯点了点头。针对他在俄罗斯可能会面临的政治局势，弥诺陶洛斯快速地简要介绍了一下。他给琼恩斯看了一张秘密地图，上面画出了敌对力量和西方势力在世界各地的大致位置以及力量分布。敌对力量被涂成了血红色，扩散到了众多国家，范围之广令琼恩斯惊呆了。而西方势力则被涂成了天蓝色，似乎完全不是对手。

"情况并不像表面看起来那么绝望，"弥诺陶洛斯说，"首先，这张地图只是凭借臆测画出来的。另一方面，我们确实拥有大量的弹头储备，还有搭载弹头的导弹系统。我们的导弹技术已经发展了很长一段时间。真实的证据来自去年伊兹战斗队的野外演习。当时，一枚搭载了改良弹头的小矮人导弹就可以炸毁木卫一——木星的卫星之一，我们在上面模拟了一座俄罗斯基地。"

"听起来我们确实厉害。"琼恩斯说。

"哦，没错。可是俄罗斯也对导弹做了改良：四年前，他们成功地炸毁了海王星。实际上，这意味着导弹力量势均力敌。但我们不能指望这个。"

"那我们能指望什么呢？"琼恩斯问道。

"没人知道，"弥诺陶洛斯说，"正因为如此，我们才要派你去查明真相。琼恩斯，情报是我们面临的难题。敌人到底在搞什么鬼？那边到底在发生什么？我知道，三军协调办的约翰·马吉告诉过你，我们需要不带偏见的判断。我只能再强调一遍,我们需要了解真相,不管真相有多可怕,都要由一个可以信赖的人坦诚而直白地说给我们听。琼恩斯,你理解我们给你布置的任务了吗?"

"我觉得我明白了。"琼恩斯说。

"你不是在为任何团体或派系服务;最重要的是,你不能照着你觉得我们爱听的样子来汇报。你所见到的那些东西,你既不需要贬低,也不需要夸大,而是要尽量简单、客观地来陈述。"

"我会尽力的。"琼恩斯说。

"我想,我要求的已经够多了。"弥诺陶洛斯不情愿地说。

然后,他把这次出差所需的经费和文件交给了琼恩斯。弥诺陶洛斯并没有把琼恩斯送回走廊,让他去寻找通向入口的路,而是打开了一扇窗户,按下了一个按钮。

"我一直都是这么做的,"弥诺陶洛斯说着,一边帮琼恩斯在飞行员身旁的座位上坐好,"受不了那些该死的走廊。祝你好运,琼恩斯,记住我说的话。"

琼恩斯表示会照办的。他被弥诺陶洛斯对自己的信赖深深打动了。直升机朝着华盛顿机场驶去,一架自动驾驶专机会在那里等候着他。可是,就在直升机腾空而起之际,琼恩斯似乎听见了一阵孩子们的笑声,远远地正从弥诺陶洛斯的办公室隔壁的房间里飘来。

12

俄罗斯的故事

(来源:复活节岛的佩鲁伊)

琼恩斯登上了他的专机,没过多久就飞入了高空,一路向北,往北极而去。他享受了一顿自动奉上的美餐,后来机上又播放了一部电影供他娱乐。太阳低垂在地平线上,最后,专机的自动驾驶仪让琼恩斯系好安全带,准备在莫斯科机场降落。

降落过程平安无事;当机门向俄罗斯的首都敞开时,琼恩斯等待着,心中的兴奋与忧惧交织在一起。

政府的三名官员会见了琼恩斯。他们头戴毛皮帽,身穿毛皮衣,脚蹬毛皮靴,为了抵御平原上呼啸而过的寒风,这是必不可少的御寒措施。他们作了自我介绍,将琼恩斯带到一辆等候在旁的指挥车前,准备驱车前往莫斯科。在这段旅途中,琼恩斯有机会更仔细地观察要对付的这些人。

斯拉夫斯基的胡子一直蓄到齐平眼睛的高度,浅褐色的眼睛深处露出一种恍惚出神的表情。

奥鲁提身材矮小,胡子刮得干干净净,走起路来一瘸一拐。

特里格斯克元帅身材富态,神情欢快,似乎是个值得信赖的人。

到了红场,他们把车停在和平大厅前。室内燃着熊熊的火焰,光芒耀眼。官员示意琼恩斯坐到一张舒适的椅子上,然后在他身边落座。

"我们就不废话了,"特里格斯克元帅说,"在展开讨论之前,我只说一句开场白:欢迎你来到我们亲爱的莫斯科。每当像你这样由官方委派的西方外交官来访,我们总是高兴的。我们说话很坦率,希望你也以坦率的方式回应。这样才能把事情办好。在进入莫斯科的这段路上,你可能已经注意到了……"

"是的,"斯拉夫斯基插话道,"对不起,请见谅,但你有没有注意到小小的白色雪晶从天而降?还有冬日洁白的天空?我真的很抱歉,我不该插嘴,不过,哪怕是像我这样的人也有感情,有时也情不自禁地想要抒发一下。大自然哪,先生们!抱歉,但是大自然,没错,它自有一番……"

特里格斯克元帅打断了他的话:"够了,斯拉夫斯基。我可以肯定,在过去的某个时候,人中龙凤的总统特使琼恩斯曾经留意过大自然。我想我们可以免掉这些礼节了。我是个直截了当的人,想用直截了当的方式说话。你可能觉得我很粗鲁,但情况就是这样。我是个军人,受不了外交官的礼貌。我讲明白了吗?"

"是的,一清二楚。"琼恩斯说。

"妙极了。"特里格斯克元帅接着道,"既然是这样,那你的答案是什么?"

"关于什么问题的答案?"琼恩斯问道。

"关于我们最新的提议,"特里格斯克说,"你千里迢迢地赶来,肯定不单是为了度假吧?"

"恐怕你得跟我说一说,你们的提议是什么。"琼恩斯说。

"真的非常简单,"奥鲁提说,"我们只是要求贵国政府解除武装,放弃在夏威夷的殖民地,允许我们占领阿拉斯加(那地方本来就是我们的),再把加利福尼亚的北半部割让给我们,以示善意。一旦这些条件得到满足,我们就答应你们几件事,只是眼下我一时想不起是什么事了。你怎么说?"

琼恩斯向他们解释自己无权发表任何意见,但对方不愿接受这样的说法。因此,既然知道华盛顿绝不会接受这样的条件,他就表示了拒绝。

"瞧见了吧?"奥鲁提说,"我早就告诉过你们,他们是不会答应的。"

"还是值得一试的,对不对?"特里格斯克元帅说,"他们说不定会答应呢。不过现在,我们可以开始认真考虑基本情况了。琼恩斯先生,我希望你和贵国政府知道,我们已经做好了准备,可以击退你方对我们发起的任何规模的进攻。"

"我们的防线起于东德,"奥鲁提说,"从波罗的海横跨地中海。"

"从深度上来说,"特里格斯克元帅说,"将德国和波兰彻底包括在内,还包含了欧洲境内的俄罗斯大部分地区。你可以去视察一下那些防御工事,亲眼看看我们的战备状态。而且,我们的防御系统是全自动的,比西欧的设施更现代化,分布也更密集。简而言之,我们仍然领先于你们。我们的防御力量比你们更强,也很乐意证明一下。"

斯拉夫斯基方才沉默了许久,此时他说:"你会目睹这一切,我的朋友!你会看到星光在枪管上闪烁!请原谅,但就算是一个像我这样微不足道的人、一个可能被误认成鱼贩子或木匠的人,也有诗意的时刻。真的,哪怕你们笑我,这也是真的。先生们!我们的诗人说过:'草丛漆黑/当黑夜蔓延/消逝在悲伤中。'啊,你们没想过会听到我引用诗句吧!我很清楚,引用诗句是不恰当的!我对自己的行为感到遗憾,超乎你们想象的遗憾,其实,我强烈反对这样的做法,只不过……"

奥鲁提轻轻推了推斯拉夫斯基的肩膀,后者便不作声了。奥鲁提说:"你得忽略他的情不自禁,琼恩斯先生。他是一名主要理论家,所以有自发演说的倾向。我们说到哪儿了?"

"我想,我刚才已经解释了一下,"特里格斯克元帅说,"我们的防御体系是井然有序的。"

"哦,我们知道,"奥鲁提说,"我们知道,你在旧金山发表过关于共产主义的演讲,后来遭受了国会委员会的审讯。我们看到了美国的秘密警察是如何跟踪你的,因为我们也在跟踪他们。当然了,阿诺德·布莱克和罗纳德·布莱克的同伴告诉我们,你为这一事业做出了巨大的贡献,而且你还很机智,避开了与他们的一切接触。最后,我们还观察到,你如何成功地重新赢得了政府的青睐,并谋取了一个关键位置。所以我们才说,欢迎回家!"

琼恩斯回答:"我正在竭尽全力地为美国的大业服务。"

"说得好,"特里格斯克说,"谁知道有什么人在监听呢,嗯?你隐瞒身份的做法是对的,这件事我不会再提了。琼恩斯先生,我们希望你继续伪装,这样你对我们才最有价值。"

"说得没错,"奥鲁提说,"这件事就这么了结了。"

"别忘了告诉他们,"特里格斯克说,"虽然我们的常规步兵部队在规模上可能略有缩减,但导弹武器却做好了充分的准备。我们还在月球、火星和金星上部署了全副武装的导弹部队。只要我们一声令下，随时可以发动暴风骤雨式的进攻。"

"当然了，这样的话有点不好出口，"奥鲁提说，"我们的宇航员已经察觉到了某些不利条件，这种事在我们之间说说就得了。在月球上，为了躲避太阳的辐射，他们生活在地底深处，而且成天忙着制造食物、水和空气。这种情况导致沟通变得有点艰难。"

"在金星上，"斯拉夫斯基说，"气候潮湿得叫人没法相信，金属生锈的速度快得不得了，塑料或者蔬菜在你鼻子底下就烂掉了。这对无线电设备是种严峻的考验。"

"在火星上，"特里格斯克说，"有一种蠕虫似的微小生物，特别凶狠。它们虽然没脑子，但是见什么就啃什么，就连固体金属也不放过。要是不采取特别的防范措施，所有的设备都有可能被这些可怕的生物啃成蜂巢，更不用说那些人自己了。"

"叫我高兴的是，美国人也面临着同样的难题，"奥鲁提说，"他们也向月球、火星和金星派遣了远征军。但我们比他们先到，所以这些行星是我们的地盘。不过现在，琼恩斯，我们真的非得端些点心给你不可了。"

琼恩斯吃了好些酸奶和黑面包，当时能弄到的食物只有这些。然后，他们跟琼恩斯一起坐进了他自己的喷气机，带琼恩斯去看防御工事。

很快，琼恩斯便俯瞰到下方的一排又一排大炮、雷区、带刺的铁丝网、机枪和碉堡，它们伪装成了农场、村庄、城镇、三驾马车、敞篷四轮马车等等，一直延伸到地平线处，一眼望不到头。然而，琼恩斯却连一个人影也没见到，这让他想起了以前听过的有关东欧局势的传言。

他们返回莫斯科机场，几个人下了飞机，祝琼恩斯返回华盛顿的旅途一路顺利。

就在他离开之前，斯拉夫斯基对他说："记住，我的朋友，人人都是兄弟。噢，一个连工作都别指望能干好的酒鬼，居然会有这样美好的情操，你可能会嘲笑我吧。就算你笑话，我也不会怪你的，就像我也不会怪我的上司罗斯科连科昨天拿棍子敲我的脑袋，说我下次露面时要是再喝醉了，就得卷铺盖走人。我不怪罗斯科连科，哪怕我明知道自己还会喝醉、明知道他会把我炒了，我还是爱那个可怕的人，就像爱自己的兄弟一样。先生们，然后我太太会怎么样呢？她白天黑夜都在流泪，躺在沙发下面祈祷。我的大女儿格鲁斯蒂卡娅又会怎么样呢？她耐心地缝补我的衬衣，就算我偷她攒下来的钱去喝酒，她也不会骂我。我看得出来，你瞧不起我，我不怪你。再也没有比我更卑劣的人了，先生们，你们可以骂我，可我是个受过教育的人，有高尚的情操，曾经前途似锦……"

就在此时，琼恩斯的专机起飞了，他听不见斯拉夫斯基的长篇大论是如何结束的——假如这番话真有说完的时候。

后来，琼恩斯回顾了自己的所见所闻，他认识到，在目前的形势下，没有交战的必要，甚至也没有交战的理由。

琼恩斯把这条消息连同全部的细节先行发给了华盛顿。

13

战争的故事

（来源：胡阿希内岛的特莱乌）

令人扼腕的是，就在琼恩斯飞越加利福尼亚上空时，一座自动雷达站将他的飞机当作了入侵者，向其发射了大量的空对空导弹。这起惨痛的悲剧标志着大战的开始。

纵观整个战争史，这种错误时有发生。然而，在二十一世纪的美国，由于人们对机器怀有极大的信心和深厚的感情，也由于这些机器半自主运作的性质，这样的错误必然会带来极其严重的后果。

琼恩斯望着导弹向喷气机疾射而来，心中既恐惧又着迷。然后，机上的自动驾驶仪察觉到危险，发射了反导弹防御导弹，这让他感到一阵突如其来的猛烈倾斜。

这次反击导致其他陆基导弹站也加入了战斗。这些导弹站有些是自动运行的，有些则不然，但都即刻对紧急呼叫作出了反应。与此同时，琼恩斯乘坐的喷气机也调动起了机上全部的武器。

但这架飞机并没有浪费建造者当初内置的花招。它将无线电调到了导弹发射频率，发出警报，宣称自己受到了攻击，并将空中导弹列为有待摧毁的敌方目标。

这样的策略取得了一定的成功。年代较早的导弹回路更简单，不会摧毁被认作是己方力量的飞行器。然而，年代较新的导弹则更加复杂精密，它们早已受到过警告，要当心敌军妄图尝试这样的伎俩。因此，这些导弹加紧了进攻，而老式导弹则顽强地保卫着那架孤零零的喷气机。

当两拨导弹全面开战时，琼恩斯的专机溜出了这一地带，将战区远远抛在身后，向位于华盛顿特区的机场疾驰而去，那里是它的本部基地。

飞抵机场后，琼恩斯坐上电梯，被带到了位于地下两百多米的指挥中心。在这个地方，有人询问他，针对他的这场袭击属于何种性质，袭击者又是什么身份。但琼恩斯能够确定的只有一点：他遭受了某些导弹的攻击，另一些导弹则在保护他。

这一点众人早已知晓，于是，官员们便转而询问琼恩斯那架喷气机上的自动驾驶仪。

自动驾驶仪一度给出了模棱两可的回答，因为它还没有读取到正确的安防密码。不过，等密码读取完毕之后，它便表示，地面导弹在加州上空袭击了它，其中某些导弹所属的类型它从未见过。

自动驾驶仪的陈述连同此次战役的其余所有相关数据，都被一并提交给了战争概率计算器，不久，它便按照可能发生的概率列出了以下几种情况：

1. 敌对力量袭击了加利福尼亚。
2. 中立国袭击了加利福尼亚。
3. 西方联盟的成员袭击了加利福尼亚。
4. 来自外太空的入侵者袭击了加利福尼亚。
5. 加利福尼亚并未受到袭击。

计算器还给出了这五种可能性所有可能的排列组合，将其作为备选的子可能性进行了排序。

华盛顿也收到了琼恩斯之前关于俄罗斯局势的报告，但尚未经过计算器的处理和核准——人为因素及可靠性评估计算器运行缓慢、有条不紊。这很可惜，因为战争概率计算器只能采用由其他计算器验证过的材料。

在座的官员们发现，各种各样的概率、子概率、可能性和子可能性把他们搞糊涂了。他们原本希望能挑出一种被评定为最大概率的说法，再据此采取行动。但在战争概率计算器面前，这样的想法根本不可能实现。随着新数据的输入，计算器会对各种概率加以修正和改进，按照不断变化的顺序进行排列和分组。标着"十万火急"的重估表格以每秒十张的速度从机器里喷涌而出，没有哪两张是一样的，这让在场的军官感到气恼。

然而，这台机器的所作所为完全符合一名理想的情报官员应有的表现——将所有经过核准的报告都纳入考虑范围，权衡其意义和可能性，根据所有可核实的相关信息来提出建议，绝不会仅仅由于自负或固执而坚持己见，而是时刻做好准备，愿意依照新的数据来对之前的任何判断做出修正。

可以肯定的是，战争概率计算器不会发号施令；那是人类的荣耀和责任。也不能责怪计算器没有就加利福尼亚之战呈现出一幅相互统一、协调一致的真实画面；描绘出这样的画面根本就是不可能的。这是二十一世纪战争的本质造成的。

指挥官再也不会走在军队的前排向前挺进,他的眼前再也看不到敌军的士兵站在他们的将军背后,身穿特定颜色的军服,高扬着战旗,唱着军歌——对于敌人的存在、性质和身份,只有亲眼见证才能提供明确无误的感官证明。那些日子已经一去不复返了,随着工业文明的发展,战争也在以一致的步调进步,变得更加复杂,机械化程度也更高,远离了指挥战局的人。多年以来,将军们被迫离实际的武装冲突越来越远,以便与战斗中所有环环相扣的人员和机器保持可靠的联系。

在琼恩斯所处的时代,这样的情况已然登峰造极。因此,难怪军官们会拿着计算器给出的前五种可能性,予以同等评级,再交给武装部队的指挥官沃伊格将军,由他做出最终的决定。

沃伊格仔细查看了摆在他面前的五种选择,对现代战争面临的问题也早已心中有数,他悲哀地发觉,自己已经高度依赖信息来做出明智的决定。他也明白,自己手里的大部分信息来源于造价极其昂贵的机器,这些机器有时却连鹅和火箭都分不清楚;这样的机器需要大批训练有素的人来照料、维修和改良,并以各种方式对其加以安抚。即便机器受到了如此郑重其事的关注,沃伊格仍然知道,它们并不是真的可靠。人造物不会比创造者更强,实际上在许多最差劲的方面倒与人类相仿。机器和人一样,也经常出现类似于情绪不稳定的情况。有些变得过度积极,有些反复出现幻觉、功能故障和身心崩溃,甚至是纯粹的焦虑症发作。除了自身的问题之外,这些机器往往还会受人类操作员的情绪状态影响。其实,易受影响的机器只不过是操作员个性的延伸。

当然,沃伊格将军知道,没有哪台机器具备真正的意识,因此也没有哪台机器真正患有精神上的疾病。但它们看似患了这样的疾病,这跟真的病了同样糟糕。

工业时代早期的人们总是以为,机器冷酷、高效、没心没肺,而且永远不会出错。这些浪漫主义者的想法并不正确,沃伊格将军知道,尽管机器有特殊的感知和能力,但它们并不比人类更可信。于是,他坐在离战场几千公里远的地方,研究着这五个备选方案,而送来消息的是值得怀疑的机器,证实消息的是歇斯底里的人类。

尽管面临着这些问题,但沃伊格将军是个在决策方面训练有素的人。此时,沃伊格最后看了一眼那五个方案,迅速盘查了一番自身的认知与意见,然后拿起电话,下达了命令。

我们不知道在五个方案当中,将军选择的是哪一个,也不知道他的命令到底是什么。这没什么区别。战斗已经完全脱离了将军的掌控,他无力发动进攻,无力下令停战,也无力对战事发挥重大的影响。战斗已经失控,机器具有的半自主运作特性又加剧了这种失控。

一枚受损的加利福尼亚导弹呼啸着冲入高空,在佛罗里达州的卡纳维拉尔角坠落,炸毁了半个基地。剩下的那一半基地力量集结起来,以牙还牙,向显然盘踞在加利福尼亚的敌人发射导弹。其余导弹虽然受到了破坏,却没有被彻底摧毁,在全国各处遍地开花。如同自动导弹发射站一样,纽约、新泽西、宾夕法尼亚以及其余多州的地方指挥官自行决定予以反击。人类和机器都不乏做出这一决定的情报基础。实际上,在通信中断之前,他们就已收到了铺天盖地的报告,覆盖了每一种可能性。作为士兵,他们选择了最可怕的那一种。

在整个加利福尼亚和美国西部,这次反击行动遭到了回击。当地指挥官相信,无论敌人是谁,必定都已在美国东海岸上建立了滩头阵地。他们尝试着摧毁这些滩头阵地,一旦认为有必要,就会毫不犹豫地使用核弹头。

这一切发生的速度快得可怕。当地指挥官和他们的机器承受了令人毛骨悚然的枪林弹雨,他们倾向于尽量拖延反击的时长。有些人可能原先还在等待明确的命令,但最后,凡是有能力一战的都加入了混战,加剧了破坏程度,让局面变得更为混乱,使战火蔓延到了世界的各个角落。没过多久,大量扩散的机器文明就从地球表面消失了。

这一切发生的时候,琼恩斯正一头雾水地站在三军司令部,看着某些将军下达命令,另一些将军又将命令撤销。这一切琼恩斯都看在眼里,但凭借自己了解的信息,却仍然无法说出敌人是什么人,或者是什么东西。

就在这时,司令部忽然一阵地动山摇。即便位于地下几百米深,司令部也受到了特殊挖掘机的攻击。

琼恩斯挥舞着一只手好保持平衡,他抓住了一位年轻中尉的肩膀。中尉转过身来,琼恩斯立刻认出了他。

"卢姆!"他叫道。

"嘿,琼恩斯!"卢姆回应道。

"你怎么到这儿来了?"琼恩斯问道,"你跑到军队里当中尉干吗?"

"好吧,伙计,"卢姆说,"这就说来话长了,确切地说,我还算不上那种正经八百的军人,所以就更奇怪了。但你问我这个问题,我还挺高兴的。"

司令部再次震动起来,有许多军官都被晃倒在地。但卢姆设法保持着平衡,给琼恩斯讲述了自己参军的故事。

14

卢姆参军记

(来源:卢姆自述,记载于《斐济之书》正统版)

呃,哥们儿,你走后没多久,我就离开了霍利斯精神病罪犯之家,去了纽约,参加了一场特时髦的派对。那天晚上,我嗑嗨了,那玩意儿你要是不习惯,还挺难受的,我就不习惯。

但我确实试过了,嗑的时候,我有种感觉,觉得自己肩负着弗洛伦斯·南丁格尔那样的职责,要去照顾世界上所有生病的战斗机器。我越想越确定,我想起了那些烧毁了枪管、可怜兮兮的旧机枪,想起了踏板生锈的坦克,想起了起落架坏掉的喷气机,还有诸如此类的东西,越想越难过。我想到了这些机器所经历的说不出口的可怕苦难。我知道,我必须治好它们、安抚它们。

你也瞧见了,当时我嗑得太嗨,就在这种状态下走到了最近的征兵站,报名参了军,好离那些可怜的机器近点儿。

第二天我一觉醒来,发现自己身在部队,这让我清醒过来了,甚至可以说是感到恐惧。我连忙冲出去,找那个该死的征兵中士,当时我显然神志不清,而他占了我的便宜。可是他已经飞走了,到芝加哥的一家妓院发表征兵演说去了。于是我赶紧去见我的指挥官,简称指挥。我跟他说,我是个瘾君子,而且最近刚进过一家精神病罪犯机构,这两点我都可以证明。而且,我还对枪支有无法抵挡的恐惧;一只眼睛失明,后背也有伤。由于上述所有理由,我说,根据《征兵法》第123页C段的规定,我无法合法加入武装部队。

指挥直视着我的眼睛,面露微笑,只有正规军或者警察才会那么笑。他说:"士兵,这是你新生活的第一天,所以,你跟我说话的方式有些没规矩,我也不跟你计较。现在,请你滚出去,到中士那里去报到。"

见我没动,他敛了笑容,说道:"听着,士兵,没人在乎你参军的原因,或者你所谓的神志不清。至于你提到的各种毛病,犯不着担心。你只需要当个好兵就行,你会发现,部队生活是一种不错的生活方式。别跟个禁闭室的律师似的,到处引用什么《征兵法》,因为这样一来,你在我手下的军士面前只会讨人嫌,他们说不定会把你的脑袋打开花。现在我们明白自己的立场了,我对你一点也不讨厌。说实话,我为你的爱国热情感到自豪,昨天晚上,正是这种爱国热情让你报了名,参加了为期五十年的特别全职兵役。好伙计!现在给我滚吧。"

于是,我走出了他的办公室,不知道下一步该怎么办,因为监狱或者精神病院可以走人,部队却不行。有一段时间,我心情很低落,可是后来，我突然就被任命成了少尉，紧接着直接被分派过来，当上了沃伊格将军的私人幕僚，他是最高将领当中的头号人物。

一开始，我还以为这完全是因为我的性格讨人喜欢，可是后来，我才发现完全是另外一回事。应征入伍那会儿，我正嗨得飘飘然呢，好像把自己的职业写成了皮条客。这引起了一些关注特殊职业群体的军官的注意。有人把这件事汇报给了沃伊格将军，他立即下令召我前去提供服务。

开始我根本不知道该干什么，因为我从来没有在那个领域工作过。可是，将军的另一个皮条客——或者用大家更礼貌的称呼，叫"特别值勤官"——他吩咐了我该怎么做。从此以后，我每周四晚上就为沃伊格将军安排一场派对，只有这一个晚上，他才能从军务中抽身。这工作很轻松，因为我只需要打个电话，号码从华盛顿国防区域娱乐手册上挑一个就成；或者在必要的时候，我会给武装部队采购部发一条紧急信息，他们在所有的主要城市都设有分支机构。将军对我高效的工作表示了由衷的赞赏，我不得不承认，部队并不像原先想象的那么阴森可怕。

琼恩斯，正因为如此，我才会到这儿来。作为沃伊格将军的助理和好友，我可以告诉你，这场战争，无论我们到底是在跟谁打，都不可能找到更出色的指挥官了。我觉得这一点人人都应该知道，这很重要，因为人们经常对身居高位的人有些误解。

还有，琼恩斯，我想我应该指出，司令部这里刚刚发生了一场爆炸，这暗示着还会发生更重大的变故。而且有几盏灯也熄了，空气中弥漫着一股霉味。所以，既然这地方显然并不需要我们的服务，那我建议，只要确实跑得掉的话，咱们还是赶紧溜之大吉吧。

你听明白了吗，琼恩斯？你还好吧，伙计？

15

逃离美国

（来源：斐济的帕奥伊）

一次小爆炸正好发生在琼恩斯的脑袋旁边，把他吓呆了。他只觉胆战心惊，就这么任凭朋友将他拖进了一部电梯，猛地扎入了地底更深处。电梯门打开时，他们站在一条宽阔的通道里，前方有块牌子，上面写着：应急地下求生通道，仅限授权人员使用。

卢姆说："我不知道咱们算不算授权人员，可是，在这样的关头，就必须把细枝末节抛到九霄云外去了。琼恩斯，你还能说话吗？正前方应该有辆车，我希望它能把我们运到平安无事的地方。这样的安排是将军告诉我的，我相信，那个卑鄙的老头跟我说这个，可不单单是在找乐子。"

在卢姆预料之中的那个地方，他们俩找到了那辆车，在地底行驶了许多个小时，最终在马里兰州的东岸钻出地面，眼前便是大西洋。

到了这里，卢姆果决的意志动摇了，他想不出下一步该如何是好。但是，琼恩斯已经完全恢复了清醒。他拽住卢姆的手臂向寂静的海滩走去，然后折而向南，步行了几个小时，终于来到了一处冷清的小港口。

码头停靠着许多帆船，琼恩斯从中挑选了一艘，从停在港口的众多海船上取来了食物、水、海图和航海仪器，开始往这艘帆船上转移。才刚转移到一半，便开始有导弹在头顶呼啸而过，琼恩斯决定立即启航。

船已经驶到了离岸好几公里之外，卢姆才如梦初醒，四下张望了一番，问道："呃，伙计，我们这是要去哪儿？"

"到我的家乡去，"琼恩斯说，"南太平洋的马尼图瓦岛。"

卢姆思索了一下,温和地说:"算是长途旅行了,对吧?我是说,要绕过合恩角等地,大概得有一万三四千公里了吧?"

"差不多。"琼恩斯说。

"你或许应该考虑一下改成去欧洲?那儿离这儿只有四五千公里。"

"我要回家。"琼恩斯坚决地说。

"是啊,好吧。"卢姆说,"东奔西跑,还是家乡最好。可是,要走这么长的路,我们的食物和水有点不够吧,我怀疑,这一路上可能也弄不到什么吃的喝的。我对这艘船也没有十足的信心,我觉得船已经开始漏水了。"

"你说的全是大实话,"琼恩斯说,"但我觉得,漏水的地方是可以补好的。至于食物和水,咱们就往好处想吧。卢姆,根据我了解到的情况,真的再也没有别的地方值得一去了。"

"好吧,"卢姆说,"我并不是在挑刺,只是提出几种可能会遇上的麻烦,看看有没有解决的办法。既然没有,那我就跟你一样,只能往好处想了。而且我还在想,在这段旅途中,你应该写写回忆录,因为读起来会很有意思的,何况万一有人碰巧遇到这艘船,也可以凭借你的回忆录,认出我们饿死以后的可怜尸体。"

"虽然我必须承认,这种可能性很大,"琼恩斯说,"但我一点也不相信我们真的会死。而且卢姆,你为什么不写写回忆录呢?"

"我可能会写一两篇概述,"卢姆说,"但是,我主要想思考一下人类和政府,还有这二者要怎么改良,我要调动我这个瘾君子脑瓜里的所有资源,好完成这项任务。"

"我觉得这很了不起,卢姆,"琼恩斯说,"只要找得到倾诉的对象,我们俩就有很多事能讲给大家听。"

于是,琼恩斯和他忠实的朋友完全达成了一致。天色渐渐变暗,他们在一片汪洋之上,沿着危机四伏的海岸扬帆远航,驶向一个未知的遥远目标。

16

旅程终点

（根据所有可用的资源编纂而成）

他们沿着南北美洲的海岸航行，绕过合恩角，然后向西北驶去，到达了南太平洋的岛屿，这些就不必多说了。琼恩斯和卢姆经受了严酷的考验，面对了众多的危险。然而，各个时代的众多水手莫不如此，我们这个时代也是一样。我们对他俩的遭遇抱着深切的同情，琼恩斯和卢姆在热带的烈日下曝晒，被飓风吹得上下颠簸，缺食少水，船体受损，桅杆被毁，在下风处见到了危险的暗礁，诸如此类。但在表示过同情之后，我们也必须察觉到，相比于乘坐小船航海的无数其他故事，这些细节并无差别。这种内容上的千篇一律虽然不至于削弱他们经历的价值，但确实会在一定程度上削弱读者的兴趣。

关于那次可怖的旅程，琼恩斯本人从未多说过什么，因为他感兴趣的是其他事。据说，当卢姆被问及这次航程中的感受时，他只说了一句话："嗯，伙计，你懂的。"

我们确实懂。于是，我们来接着说抵达了旅程终点的琼恩斯和卢姆。他们虽然饥渴难耐，失去了知觉，被海浪冲到了岸上，但一息尚存，在马尼图瓦居民的照顾之下恢复了健康。

等到恢复知觉以后，琼恩斯问起了他的恋人彤德拉约，他走时把她留在了岛上。但是，那位生机勃勃的姑娘已经厌倦了等待，嫁给了图阿摩托斯的一名渔夫，如今已是两个孩子的母亲。琼恩斯欣然接受了这一消息，把注意力转向了国际事务。

他发现，对于马尼图瓦及其邻近岛屿，战争带来的影响微乎其微。长期以来，这些岛屿与亚欧并无接触，突然间又与美洲失去了联系。这让毫无根据的谣言纷至沓来。有人说，外面发生了一场大战，地球上所有的大国互相灭了对方。另一些人则归咎于狠毒得难以置信的外星入侵者。还有人说，根本没发生过什么战争，只是一场瘟疫席卷了世界，随之而来的便是西方文明的全面崩溃。

这些说法连同其余诸多理论都存在争议，如今依然争执不休。本书编辑坚信琼恩斯陈述的观点，即一场混战自行爆发，最后以美国毁于一旦而告终，那是旧世界残存的最后一个伟大文明。

在南太平洋诸岛上，几乎察觉不到由此带来的影响。不过是谣言四起，有时还能看见头顶上有导弹飞过。大部分导弹都落入了海中，没有造成任何危害，但有一枚导弹落在莫洛泰阿，将那座环礁的东半部彻底摧毁，导致七十三人丧生。美国的导弹基地大多位于夏威夷和菲律宾，他们徒然等待着命令，还不断猜测着敌人的身份。随着最后一枚导弹落入海中，再也没有新的飞来。战争结束了，旧世界已然完全消亡，仿佛从来不曾存在过。

在那些日子里，琼恩斯和卢姆二人虽然神志清醒，但身体却很羸弱。战争过去好几个月之后，他们才完全恢复元气。最终，他俩都做好了准备，想在新文明形成的过程中发挥自己的作用。

遗憾的是，他们看待自身职责的方式并不相同，未能在实质上达成一致意见。他们想要维持不变的友谊，但要做到这一点却变得越来越难。二人的追随者恶化了这样的困局，有些人认为，这两个憎恶战争的人或许会自己发动战争。

然而，情况并没有照此发展。从西面的努库希瓦到东面的汤戈，在南太平洋诸岛，琼恩斯的影响力更胜一筹。因此，卢姆和他的追随者们预备了大批独木舟，向东航行，越过汤加，来到了斐济。在那里，卢姆的理念激起了人们极大的兴趣。此时，二人都已步入中年，他们怀着真切的悲伤告别了对方。

临别之际，卢姆对琼恩斯说了这样的一席话："好吧，伙计，我估计，每只猫都必须找到自个儿荡秋千的地盘。不过，坦率地说，这么一走了之让我很烦恼，你知道吧？琼恩斯，你我都经历过，只有天知地知，你知我知。所以，就算我觉得你错了，你也要继续坚持下去，把你的话传达出去。我会想你的，伙计，所以就自在过日子吧。"

琼恩斯也表达了类似的感想。卢姆启航去了斐济，在那里，他的理念受到了极其热烈的拥戴。直至今日，斐济仍是卢姆主义的中心，斐济人讲的英语方言不是源自琼恩斯，而是源自卢姆。某些专家认为，这是英语最纯粹、最古老的形式。

在卢姆的哲学体系中，最引人注目的部分可以用他本人的原话来表述，他将这段话写入了《斐济之书》：

听我说，整起事件之所以如此发生，都是拜机器所赐。
因此，机器即恶。它们又是金属所制。
所以，金属之恶更甚。我是说，金属即邪恶。
故此，一旦我们铲除可恶的金属，万物皆会欢愉。

当然了，这只是卢姆学说中的部分内容而已。他还另有若干坚定不移的理论，阐述对醉酒与狂喜的需要（"人非得欢愉不可"）；阐述合乎理想的行为（"谁也不应打扰任何人"）；阐述社会所应受到的限制（"他们不应凌驾于任何人之上"）；阐述礼貌、宽容与尊重的必要性（"你不应贬低任何人"）；阐述在客观上确定的感觉与材料的重要性（"我最喜好挖掘真实的东西"）；阐述在社会框架内的合作（"所有的猫一起荡秋千玩耍时，就很不错"）；以及其他诸多事项，几乎涵盖了人类生活中的方方面面。上述示例均摘自《斐济之书》，在这本书中，可以找到卢姆的所有语录及相关注释。

在新世界的早期，令斐济人最感兴趣的，乃是卢姆关于金属固有之恶的理论。这个民族天性喜好冒险，又常远行，在卢姆的引领下，他们组建了浩浩荡荡的船队，扬帆远航，把凡是能找到的金属统统投进了海里。

在这样的远征中，斐济人为充满激情的卢姆主义信念笼络到了一批新的拥护者。他们驶过澳大利亚，来到丛林遍布的亚洲海岸，然后一路向东，抵达了美洲海岸，将毁灭金属的风潮扩散到了整个太平洋。他们的壮举被载入了不计其数的歌曲和传说中，尤其是他们在菲律宾的事迹，以及在毛利人的帮助下在新西兰的所作所为。直到本世纪末、卢姆去世多年之后，他们才得以在夏威夷完成这一事业的全部内容，如此一来，太平洋岛屿上大约十分之九的金属都被铲除一空了。

在斐济人声望正隆时，那些凶猛的人曾经短暂征服了所到之处的众多岛屿。但他们的人数实在太少，导致这样的征服难以为继。有一段时间，斐济人统治着波拉波拉岛、赖阿特阿岛[1]、胡阿希内岛及欧胡岛[2]；但他们要么被当地人同化，要么被赶走了。况且，多数斐济人都尊重卢姆有关斐济以外各岛屿的明确指示："做自己的事，然后走人；最重要的是，不要到处闲荡，变成派对上让人扫兴的家伙。"

斐济人的冒险就此告终。

不同于卢姆，琼恩斯没有在身后留下任何系统性的哲学著作。他从未明确表示过对金属的反感，但他本人却对其态度冷淡。他不信任一切法律，即使最好的法律亦然，与此同时，他又承认法律的必要性。对琼恩斯而言，法律之善取决于执法者的本性。当执法者的本性有所改变时——琼恩斯认为，这是不可避免的——法律的本性也会随之改变。一旦面临这种情况，就必须制定新的法律、找到新的立法者。

琼恩斯教导说，人们应该积极地追求美德，同时也要认识到，这样的追求会极为艰辛。在琼恩斯看来，其中最大的困难在于，一切事物（甚至连同人类及其美德）都处于不断的变化中，因而便会迫使求善之人抛弃对永恒的幻想，去寻找发生在自身和他人身上的变化，将

---

1. 太平洋东南部社会群岛的第二大岛，背风群岛的最大岛。
2. 夏威夷群岛的一部分。

他的善集中于一种不懈的追求，即在生命的蜕变中无休止地寻求暂时的稳定。琼恩斯指出，这样的求索需要运气，运气是种无法定义的事物，但绝对必不可少。

琼恩斯讲述了这一点，以及许多其他的事，他始终强调美德的卓越性、积极意志的必要性，以及完美的不可能性。有人说，琼恩斯晚年的布道方式却与以上观点截然不同，他告诉人们，世界不过是邪神制造的恐怖玩具；这个玩具的形态犹如一座剧院。在剧院里，众神为了自娱，上演着无穷无尽的戏剧，创造出作为演员的人类，并利用他们来演戏。众神的所作所为就是在这些人心里塞满意识，在这样的意识中渗透进美德与理想、希望和梦想，以及形形色色的品质和矛盾。然后，有了这群被创造出的演员，众神便为他们设下种种难题，在这些趾高气扬的木偶带来的精彩表演中发现巨大的乐趣。木偶满脑子都是自身的重要性，对自己在整个世界中的地位坚信不疑，猜测或证明着自身的不朽，奋力去解决诸神摆在他们面前的困境。见到这样的景象，众神放声大笑，看到某个小小的木偶决心要体面地活着、高贵地死去，再也没有什么事比这更让他们开怀的了。众神总是对此表示称许，嘲笑着死亡的荒诞，因为有了死亡这一件事，便使人类所有的解决方案都失去了可能性。但即便是这一点，也还算不上最可怕的事。随着时间的推移，众神会厌倦他们的剧院和小小的人类木偶，会把它们统统抛弃，并且拆掉剧院，转而寻找别的消遣。再经过一段短暂的时间，就连诸神也不会记得人类曾经存在过。

这个故事并没有体现出琼恩斯的特点，编辑认为这故事配不上他。我们将永远铭记中年琼恩斯在全盛时期的能量，当时他正向世界传扬希望。

琼恩斯在有生之年目睹了旧世界的消亡与新世界的诞生。今天，所有名副其实的文明都存在于太平洋诸岛上。我们的种族发生了融合，有许多人的祖先来自欧洲、美洲或亚洲。然而，我们大部分都是波利尼西亚人、美拉尼西亚人和密克罗尼西亚人的后代。居住在哈瓦基岛的编辑认为，我们目前之所以保持着和平与繁荣，和岛屿面积小、数量众多、相距遥远有密不可分的关系。如此一来，某一群体完全征服所有人变得绝无可能，而且，凡是不喜欢本岛的人也很容易逃脱。这些优势都是大陆居民所不具备的。

当然，我们也会面临某些难题。尽管与过去的战争相比规模极小，但岛群之间仍会爆发战争。社会依旧存在不平等、不公正的现象，存在犯罪和疾病；不过，这些阴暗面始终没有发展得过分严重，还不至于彻底摧毁岛上的社会。生活在变，这种变化在带来进步的同时，往往也带来了邪恶；但与忙乱的往昔相比，现今的变化速度更加缓慢。

或许，现今的变化之所以如此缓慢，一部分是由于金属极度稀缺。在我们这些岛屿上，金属供应量总是不足——斐济人摧毁了大部分可以获取的金属。菲律宾人有时会从地下挖出少量的金属，但几乎不会流通。卢姆主义团体仍然活跃，他们会偷走所有被发现的金属，然后扔进大海。我们有许多人都觉得，这种对金属的非理性仇视十分可悲；但我们还是回答不了卢姆提出的那个古老的问题，而卢姆主义者还在用这个问题来奚落我们。

那个问题是这样的："伙计，你试过用珊瑚和椰子壳来造原子弹吗？"

如今的生活就是如此。无奈之下，我们悲哀地认识到，我们的和平与繁荣是以一个饱受蹂躏的社会为基础的，正是这个社会的毁灭使我们的存在成为可能。然而，所有的社会莫不如此，我们无能为力。有些哀悼过去的人或许应该好好思索一下未来。斐济的卢姆主义者群体漫游到了遥远的地方，他们归来后描述了现今居住在大陆上的野蛮部落的骚动。这些零零散散的可怕野蛮人暂时可以置之不理；可是将来，谁又知道会发生什么呢？

至于他们这段旅程的终点，记述如下：卢姆去世时，享年六十九岁。当时，他正率领着一帮销金人毁坏金属，有个身材魁梧的夏威夷人企图保护一架缝纫机,一棍子砸在了卢姆的脑袋上,打得他头破血流。卢姆的遗言是:"好了,孩子们,我要动身到天庭的大茶话会去了,主持活动的是他们当中最厉害的瘾君子。"

说完,他就死了。关于宗教问题,这是卢姆最后一段有记载的言论。

琼恩斯的结局则大相径庭。七十三岁那年,在访问地势巍峨的莫雷阿岛[1]时,他看见海滩上起了一阵骚动,就下去察看是怎么回事。他发现,有个与他属于同一种族的人乘着木筏漂流到了岸边,衣服破烂不堪,肢体晒伤严重,但其他方面的状况还算良好。

"琼恩斯!"那人大喊,"我就知道你还活着,我相信一定能找到你的。你是琼恩斯,对吧?"

"我是,"琼恩斯说,"不过,恐怕我没认出你是谁。"

"我是瓦茨啊,"那人说,"跟'我吃'的发音有点像的那个瓦茨。是你在纽约遇到的珠宝大盗。你现在想起来了吗?"

"对,我想起来了,"琼恩斯说,"可是,你为什么要来找我呢?"

"琼恩斯,我们虽然只聊了短短一会儿,但你却对我产生了深远的影响。正如你的旅途成了你的生活那样,你这个人也成了我的生活。我说不清这念头是怎么来的,但这样的想法确实产生了,让我觉得无法抵挡。我的工作就是你,只跟你有关。对我来说,搜集你所需要的一切是一桩漫长又艰巨的任务,但我并不介意。我得到了帮助,还获得了身居高位者的恩惠,我心满意足。接着发生了战争,每一件事都变得更难了。为了找到你所需要的东西,我不得不在美国满目疮痍的地面游荡了很多年,但我完成了任务,最后来到了加利福尼亚。我从加州出发,朝着太平洋上的岛屿航行。这么多年来,我从一个地方辗转到另一个地方,经常听说你的消息,却一直没找到你。但我始终没有气馁。我总是回想起你原先不得不面对的困难,从中汲取勇

---

[1]. 法属波利尼西亚的一个火山岛。

气。我知道，你的工作研究的是让世界获得圆满；而我的工作研究的是让你获得圆满。"

"这太不可思议了，"琼恩斯的声音很平静，"我亲爱的瓦茨，我想，你兴许没法完全控制自己的理智，可是这根本没什么区别。我很抱歉给你添了这么多麻烦，但我并不知道你在找我。"

"你没法知道，"瓦茨说，"琼恩斯，就算是你，也不可能知道有什么人或者什么东西在找你，直到你被找上的那一刻。"

"好吧，"琼恩斯说，"现在你找到我了。你刚才说，你有东西要给我？"

"有几件东西，"瓦茨说，"我一直忠诚地保存并珍藏着，因为你要想获得圆满，这些东西是必不可少的。"

接着，瓦茨捧出了一个绑在身上的油布包裹。他面带欣慰的笑容，把包裹递给了琼恩斯。

琼恩斯打开包裹，发现里面装着以下几件东西：

1. 肖恩·范斯坦写下的一张便条。他说，这些东西是他本人奉上的，还让瓦茨代自己行事。他希望琼恩斯一切安好。至于他自己呢，他和女儿迪尔德丽躲过了那场浩劫，来到了桑加尔岛，距离智利海岸有三千多公里。在那座岛上，作为一名商人，他赢得了不大不小的成功，而迪尔德丽则嫁给了当地一名勤劳而开明的少年。他衷心希望包裹里的东西会对琼恩斯有价值。

2. 一张简短的字条，出自琼恩斯在霍利斯精神病罪犯之家见过的那位医生之手。医生写道，他还记得，琼恩斯对那个自以为是上帝的病人感兴趣，但琼恩斯尚未与之见面，那病人就消失了。然而，由于琼恩斯曾经对这个病例表示好奇，医生便一并附上了病人遗留的些许文字——亦即在桌上找到的那份名单。

3. 一份八角大楼的地图，盖有官方制图师的印章，经过最高层的官员们核准。八角大楼的首长亲手写下了"准确无误，最终版"的字样。无论什么人手持地图，都绝对可以迅速找到大楼里的任何一个地方,不会有半分耽搁。

琼恩斯注视了良久,他的脸变得如同风化了的花岗岩一般。有很长一段时间,他一动也没动,只有瓦茨想从他肩头窥视那几张纸时,他才动了一下。

"这只是为了公平起见!"瓦茨嚷嚷道,"我带着它们走了这么远,从来没偷看过一眼。我亲爱的琼恩斯啊,我非得瞧一瞧那张地图不可,病人留下的名单我也瞟一眼就行了。"

"不行,"琼恩斯说,"这些东西又不是送来给你的。"

瓦茨勃然大怒,村民们不得不将他拦住,以防他动手强抢。村里的几个牧师来到琼恩斯面前,满脸期待,可他却一步步退开了。他流露出恐惧的神情,有人还以为他会把这些纸张扔进海里呢。可是他没有,而是紧紧攥着这些纸,沿着陡峭的山路匆匆进了山。几位牧师跟随在他身后,但在茂密的灌木丛中,他们很快便迷了路。

他们下山告诉众人,琼恩斯很快就会回来的,他只是希望拿着那些纸独自研究一段时间。人们等待了许多年,一直没有失去耐心,只是瓦茨却死了。然而,琼恩斯再也没有下过山。

又过了将近两个世纪,一名猎人爬上莫雷阿岛陡峭的山坡搜寻野山羊。下山以后,他自称见到一位耄耋老人正坐在一个山洞前,盯着一些纸张。那老人向他招手,猎人走上前去,心里未尝不觉得害怕。他看到老人手里拿的那些纸经过日晒雨淋,早已模糊难辨,而老人本身因为长期盯着这些纸看,似乎也已失明。

猎人问道:"你怎么还能看得了这些纸呢?"

老人回答:"用不着看。我已经记在心里了。"

然后,老人站起身来走进了山洞,转瞬间,这个人便仿佛从未存在过一样。

这个故事是否属实?尽管已经老得难以置信,但琼恩斯会不会还住在山里,思考着一个业已逝去的时代的最高机密?倘若确实如此,那对我们自己这个时代而言,病人的名单和八角大楼的地图是否还有任何意义？

我们永远也无法知晓。三支探险队先后探查过这个地方，尽管那里确有洞穴，他们却都未曾发现人类居住过的证据。学者们认为，那个猎人必定是喝醉了。他们推断，由于重要的消息来得太晚，琼恩斯伤心得发了疯；于是，他逃离了那些牧师，拿着那些已经褪色的无用文件，过上了隐士的生活；最后在某个人迹罕至的地方悄然离世。

这样的解释似乎还算是在情理之中；然而，莫雷阿人却在山洞这里建起了一座小小的神殿。

DIMENSIONS OF SHECKLEY: The Selected Novels of Robert Sheckley by Robert Sheckley
Copyright © 2002 by Robert Sheckley
Published by agreement with Donald Maass Literary Agency through The Grayhawk Agency Ltd.
Simplified Chinese edition copyright:
2025 Chengdu Eight Light Minutes Culture Communication Co., Ltd.
All rights reserved.
著作版权合同登记号：01-2024-5591

图书在版编目（CIP）数据

永生公司 /（美）罗伯特·谢克里著；罗妍莉，陈阳译. — 北京：新星出版社，2025.3. —（罗伯特·谢克里科幻小说集）. — ISBN 978-7-5133-5971-9

Ⅰ.Ⅰ712.45

中国国家版本馆CIP数据核字第20250Z6J92号

罗伯特·谢克里科幻小说集Ⅲ
永生公司

[美] 罗伯特·谢克里 著；罗妍莉 陈 阳 译

责任编辑	施 然
监 制	黄 艳
责任印制	李珊珊

出 版 人　马汝军
出版发行　新星出版社
　　　　　（北京市西城区车公庄大街丙3号楼8001　100044）
网　　址　www.newstarpress.com
法律顾问　北京市岳成律师事务所
印　　刷　北京美图印务有限公司
开　　本　910mm×1230mm　　1/32
印　　张　10.625
字　　数　276千字
版　　次　2025年3月第1版　　2025年3月第1次印刷
书　　号　ISBN 978-7-5133-5971-9
定　　价　66.00元

版权专有，侵权必究。如有印装错误，请与出版社联系。
总机：010-88310888　传真：010-65270449　销售中心：010-88310811